Viktor Jerofejew

Die Moskauer Schönheit

Roman

Aus dem Russischen
von Beate Rausch

S. Fischer

Die russische Ausgabe erschien 1990 unter dem Titel
»Russkaja Krasawiza« im Verlag Wsja Moskwa, Moskau
© 1990 Editions Albin Michel S. A., Paris
Für diese Ausgabe:
© 1990 S. Fischer Verlag GmbH, Frankfurt am Main
Umschlaggestaltung: Buchholz/Hinsch/Walch unter Verwendung
einer Abbildung von Henri Matisse, ›Odalisque, Harmony in red‹.
© VG Bild-Kunst, Bonn 1990/Les Héritiers Matisse
Satz: Fotosatz Otto Gutfreund, Darmstadt
Druck und Einband: Clausen & Bosse, Leck
Printed in Germany 1990
ISBN 3-10-037102-7

1

– Und?
Keine Antwort. Statt dessen verschwand sein Kopf. Ächzend und laut keuchend kroch er weiter. Es war glitschig. In der Dunkelheit stieß er immer wieder auf pralle, elastische Gebilde, die taumelten wie nicht vertäute Luftschiffe, zur Seite schwammen und widerstrebend den Weg freigaben. Ein satter, in Schwaden aufsteigender Geruch entmutigte ihn, aber er nahm sich zusammen und kroch vorwärts, wobei er lateinische Begriffe vor sich hin murmelte, dazu berufen, die düstere und raubgierige Welt des geheimnisvollen Tempels zu entzaubern und der beschwerlichen Fortbewegung den Charakter einer wissenschaftlichen Exkursion zu verleihen.

Hartnäckigkeit, Erfahrung und der Glaube an sein Medizinerlatein trugen in nicht geringem Maße dazu bei. Er war glücklich in die Spalte hineingeglitten, zwischen warmen, in ihrem Innern glucksenden Klippen hindurch, die an Weinschläuche mit erhitztem Wein oder an Mollusken erinnerten, da sie ziemlich ekelhaft aussehende Kämmchen, winzige Kämmchen und Saugnäpfchen besaßen, die nicht eine Sekunde ihre unsystematischen Bewegungen unterbrachen und sich auf mageren Beinchen bewegten – nachdem er also an den erwähnten Saugnäpfchen glücklich vorbeigekommen war – dafür mußte er allerdings einige Saugnäpfchen mit der Wurzel ausreißen, wobei eine Molluske zu bluten begann –, erreichte er das bestimmte Ziel, und unwillkürlich, von starker Erregung gepackt, begeisterte er sich an der sich ihm eröffnenden Aussicht:

IN DEM WEITEN, VON DER SONNE LIEBKOSTEN TAL ERBLÜHTEN IN ZARTEM HELLBLAU DIE BERGAMOTTBÄUME.

– Und? Was tun Sie da? He!
Stanislaw Albertowitsch strahlte. Stanislaw Albertowitsch stürzte sich mit sabbernden Küssen auf mich. *Ich gratuliere!*

Ich gratuliere! Er war auf Altmännerart gerührt. Ich war geradezu erstaunt, obwohl die Mitteilung für mich wie ein Schlag vor den Kopf war, schwarze Ringe schwebten mir vor den Augen, aber ich beherrschte mich, kein irrer Aufschrei, ich verkroch mich nicht, ich kippte nicht in Ohnmacht, ich klammerte mich nur mit den Fingern an die Armlehnen des Stuhls und empfing den Schlag ergeben und würdevoll wie eine Betschwester *oder* eine Königin.

In mein Herz drang die Nadel des Grauens. Mir schwante Tödliches, das Herz flatterte, stockte und stand still. Der Schweiß lief in Rinnsalen den Rücken hinunter. Die Beine in die Luft geworfen, trennte ich mich vom Leben, das mir in diesem unglückseligen Jahr demonstrativ den Rücken zugekehrt hatte, als hätte ich mir irgendwas zuschulden kommen lassen. Als es mir den Rücken zukehrte, schickte es mich in eine Wildnis und ein Dickicht, wohin noch kein zivilisierter Mensch den Fuß gesetzt hat, und wenn doch, dann ist er auf der Stelle versunken und spurlos verschwunden.

Ich wies den Wattebausch mit Ammoniak zurück – danke! – und sah Stanislaw Albertowitsch mit unverhohlenem Mißtrauen an. Weshalb war er eigentlich so gerührt? Was ging ihn das an? Ach, du Aas! Meinst du, ich habe es vergessen? Ich erinnere mich an alles, Stanislaw Albertowitsch, an alles! Ich habe ein gutes Gedächtnis, Stanislaw Albertowitsch. An die Veteranin der russischen Abtreibung erinnere ich mich und an die Sklavenkindchen... Ich war schockiert von der Mitteilung, schwieg aber still und nahm den Schicksalsschlag entgegen, obwohl die Neuigkeit so neu auch nicht war, diesen Beigeschmack im Mund hatte ich gleich erkannt, als ich eines Tages damit aufgewacht war, ein Beigeschmack ohne Wenn und Aber, das erste Alarmzeichen, und unten zog es, wie jedesmal in alten Zeiten, wenn ich mich unbeschwert in die Lüfte erhoben hatte, weil meine Wachsamkeit auf der Strecke geblieben war, aber ich hatte auch allen Grund, ruhig zu sein, denn das eine konnte ja nicht passieren, einstimmig hatten sie es versichert, nie wieder, und im Chor der weißen Kittel hatte Stanislaw Albertowitsch als erster bekümmert die Arme ausgebreitet, das wandelnde Mitleid, und ich hatte ihnen vom Stuhl aus zugelacht – Flennt nicht wegen mir! – und über die Sklavenkindchen Witze gemacht, so daß ich schließlich Grund genug hatte, ihnen zu glauben, und unbeschwert lachend hatte ich längst jede Art von Vorsichtsmaßnahme aufgegeben, diese ganzen Spiralen, Pillen, Zitronen und Seifenstückchen, gar nicht zu reden von all den übrigen Rettungsringen, aber ein schlechter Arzt, man kann sagen, was man will, ist er nicht, so welche kann man am hellichten Tag mit der Laterne suchen, trotz seiner Neigungen, die, wie Ksjuscha bemerkte, die mich im Lenze unserer Bekanntschaft mit ihm zusammenbrachte, als sie noch keine Französin war und noch nicht in ihrem rosafarbenen, aufheulenden Schlitten durch die Nacht brauste, sondern einen kanariengelben Schiguli hatte – damit brachte sie mich also zu Stanislaw Albertowitsch, und unterwegs erzählte sie von einigen Neigungen, die, wie Ksjuscha bemerkte, die Patientinnen immer aus ihrer mutlosen Lethargie herausreißen. Warum sollte ich also auf ihn verzichten, wo ich ihn jetzt dringend brauche – wenn er auch ein ziemliches Aas ist! Na schön, ich wehrte nur die sabbernden Küsse ab und wies den Wattebausch zurück. Aber er deutete meine Schwäche in einer für ihn sowie für die Frage der Multiplizierung menschlicher Reserven günstigen Weise, er bekam rote Backen, begann gerührt zu gurren, das wäre ein einmaliges Wunder, man müßte wirklich ein Symposium abhalten und berichten, was unser Spielkind wieder angestellt hat, unser ausgelassenes Kätzchen, aber ich zu ihm: Finger weg von dem Kätzchen! Er zog die Finger ohne Eile zurück, er steht da und lacht, und die Wangen zittern.

Ach, Stanislaw Albertowitsch, Sie unermüdlicher Bock! Daß Ihnen das nicht über wird, von morgens bis abends fummeln Sie ununterbrochen rum, der Job hat Ihnen die Augen verdorben, und Sie haben sich immer noch nicht ausgetobt,

Ihre jungenhafte Wißbegierde immer noch nicht gesättigt, das ganze Leben haben Sie am Schlüsselloch geklebt! Na gut, sagte ich streng, lassen Sie mich zuerst von dem Stuhl hier runter (erinnern Sie sich, Stanislaw Albertowitsch, wie ich das erste Mal zu Ihnen kam, auf Empfehlung von Ksjuscha, und über schmerzhafte Geweberisse klagte, und wie Sie, Ihre ärztliche Immunität vorschützend, mich in die Brust zu kneifen beliebten? Damals war ich jung und fröhlich), lassen Sie mich von diesem verdammten Karussell runterklettern, das mich geradewegs ins Horrorkabinett schleudert, so, und lassen Sie mich, mit Verlaub, meinen Slip anziehen! Bleiben Sie mir vom Leib! Oh, Stanislaw Albertowitsch, den Buckligen heilt erst der Tod, aber was mich angeht: der Tod wird den Buckligen nicht heilen, das ist eine dunkle Angelegenheit, der Bucklige wird den Tod heilen, daher auch die Gänsehaut, und im Herzen die Nadel des Grauens, aber ich nahm mich zusammen, während ich meinen Slip und die Nylons anzog.

So, sage ich, nun sieht die Sache schon anders aus, jetzt können Sie mir auch gratulieren. Merci, natürlich, bloß wozu eigentlich? Wieso wozu? Ich meine, wieso wozu? Kindchen, Sie sind kein kleines Mädchen mehr, um nicht zu begreifen, welchem Wunder wir beide heute beiwohnen, entgegen allen wissenschaftlichen Erkenntnissen über Unfruchtbarkeit, die mir, unterbreche ich ihn, ganz ausgezeichnet in den Kram gepaßt hat, woran ich, widerspricht er mir, nie geglaubt habe und nicht glauben werde, da ich darin, Kindchen, lediglich Ihr unerschütterliches Selbstschutzsystem sehe, grundlos, Stanislaw Albertowitsch, sehr grundlos, und überhaupt, würde ich Ihnen die Einzelheiten dieses *Wunders* erzählen, dann würden Sie begreifen, daß dies keine Lösung ist, und statt sich zu ereifern, würden Sie als Arzt fordern, die Entwicklung dieses Wunders unverzüglich im Keim zu ersticken, worauf ich eigentlich auch bestehe, und was ich meinen Rechten und Bedürfnissen entsprechend auch durchsetzen werde, vorzugsweise mit Ihrer Hilfe, liebster Stanislaw Albertowitsch. Ich habe den Eindruck, daß das Problem beim Vater liegt, ist er, entschuldigen Sie den Ausdruck, debil? Alkoholiker? Ihnen nicht bekannt? – Schlimmer! – antwortete ich lakonisch. Stanislaw Albertowitsch war verdutzt, guckte auf einmal dümmlich und wurde nachdenklich... Ein Schwarzer? – er sprach es endlich aus. Obwohl mich innerlich fröstelte, brach ich in Gelächter aus, als ob mich jemand kitzelte, nicht, daß ich Angst hätte, gekitzelt zu werden, oder wenn ich Angst habe, dann nur ein ganz kleines bißchen, eher mag ich es nicht, wenn man mich kitzelt, als daß ich Angst habe, im Unterschied zu Ritulja, die immer selbst darum bittet, gekitzelt zu werden, weil sie daran ein mir unverständliches jungfräuliches Vergnügen findet. Sie ist noch jung, Ritulja, und ich sehe sie nachsichtig an, wie sie lacht, wenn ich sie kitzle. Na ja, wenn einer möchte, warum soll man ihn nicht ein wenig kitzeln? Wo bleibt Ritulja? Hattest du mal einen Schwarzen? – hat mich Ritulja gefragt. Nein – gab ich ehrlich zu. Ich war immer sauber. Aber Ritulja hatte einen Verehrer aus Martinique, Joel. Ein Schwarzer, aber was typisch ist – *auch* einer mit französischem Paß. Ritulja hat es ihm sogar mit dem Mund gemacht. Und dann ist er abgereist und hat aus Martinique eine Postkarte mit einer Lagune und zerrupften Palmen drauf geschickt, wo er schrieb, daß es ihm in unserem Land nicht gefallen hat, weil es so kalt ist und es keinen Karneval gibt. Ritulja war empört und nannte Joel ein undankbares Schwein.

Nein, sage ich zu Stanislaw Albertowitsch, kein Schwarzer. Schlimmer! – Schlimmer geht's nicht, sagt Stanislaw Albertowitsch befremdet, aber interessiert. Ich sagte nichts. Ein unzuverlässiger Mensch. Na gut, sagte ich, beenden wir dieses Gespräch. Er bot mir eine Zigarette an. Darf man Ihnen einen Rat geben, Kindchen? Ich zuckte die Achseln, aber dessenungeachtet sagte er, Sie brauchen selbstverständlich auf meine Meinung keine Rücksicht zu nehmen, Kindchen. Sie sind eine berühmte Frau, in der ganzen Welt durch Presse,

Funk und Fernsehen berühmt geworden, Sie haben Freunde, klare Sache, Beschützer und Ratgeber, das heißt, ich sehe: es handelt sich um ein heikles Thema, und es steht mir nicht zu, mir, einem altmodischen alten Mann, der sich in Kürze ganz zur Ruhe setzen und auf seine Datscha zurückziehen wird – ich wußte nicht, daß er eine Datscha hat und dachte: dann ist er wohl doch ein alter Ausbeuter, der seinen Reichtum den vielen Tränen und weiblichen Unpäßlichkeiten verdankt, und gute Zigaretten leistet er sich, goldgelber Tabak, und die Datscha, wo liegt die? – In Kratowo! – Ah! Eine Judengegend, kapiert, das Israel vor den Toren Moskaus – er sinnierte weiter: es steht mir nicht zu, mich in Ihr stürmisches und interessantes Leben einzumischen, Kindchen, von dem ich einige schrille Details – hier senkte er die Stimme – in einem originellen Magazin zu betrachten zufällig Gelegenheit hatte – ich zog gelassen die Augenbrauen hoch –, in einem von ihm sehr geschätzten, leider verpönten Magazin, er sei überwältigt von Entzücken, so sagte er, von echtester Begeisterung, obwohl er Gott sei Dank, und er seufzte geräuschvoll auf, alles Mögliche gesehen habe, ja und nicht nur er, sondern auch einige seiner allerengsten Freunde, die dermaßen beeindruckt gewesen seien, daß sie es sogar für leichtfertige Aufschneiderei meinerseits hielten zu behaupten, daß ich Sie hin und wieder benutzt hätte, in ärztlicher Hinsicht, versteht sich. Mehr noch: unser grenzenloses Entzücken führte zu gewissen unwillkürlichen Momenten, die wir alle mit Befremden und Stolz zu konstatieren gezwungen waren, und uns wurde klar, daß Ihr Reiz, Kindchen, bei weitem effektvoller ist als viele fremdländische Erzeugnisse dieser Art, und da meine Freunde zu Verallgemeinerungen neigen, kamen sie zu dem Schluß, daß wir auch hier, auf diesem Gebiet, und das in höchst patriotischem Sinne, unsere Vorherrschaft und Überlegenheit behaupten können.

Ich konnte mir diese ehrenhafte Gesellschaft lebhaft vorstellen, die Sorte mit Hosenträgern und Bärtchen, die sich mit

Vergrößerungsgläsern um den Tisch drängt, zwecks Besichtigung der Hochglanzdelikatesse, die währenddessen ihr schweres Kreuz zu tragen hatte! – Ach, Stanislaw Albertowitsch, was reden Sie da für einen Unsinn! – sagte ich eher verärgert als geschmeichelt von seinem Bekenntnis, obwohl ich natürlich auch ein bißchen geschmeichelt war. – Was für eine Berühmtheit, zum Teufel! Was für ein stürmisches und interessantes Leben! Sie sollten wissen, Stanislaw Albertowitsch, daß ich als Ergebnis dieser ganzen Geschichte wie die letzte Kirchenmaus lebe, die Angst hat, sich zu rühren, um nicht doch am Schluß gefressen zu werden! – Irgendwann wird man auch bei uns lernen, die Schönheit zu schätzen, sagte Stanislaw Albertowitsch leise, während er nachdenklich mit seinen geübten Fingern auf dem Tisch trommelte und nicht fassen konnte, warum meine Schönheit nicht in den Dienst des Vaterlandes gestellt werden durfte und statt dessen von der Gegenseite ausgenutzt worden war, worüber ich ebenfalls mein Bedauern zum Ausdruck brachte und vorsichtshalber andeutete, daß sich das noch ändern könnte. – Ich würde ja all diese Berühmtheit, all diesen Lärm und dieses eitle Treiben hergeben – rief ich zornig aus – für die stille Behaglichkeit der Familie unter den Fittichen eines Ehemanns, dem ich vorm Schlafengehen in einer Schüssel die Füße waschen würde! – Genau davon rede ich ja, freute sich der alte Schuft. Bringen Sie Ihr Baby zur Welt und baden Sie es in einer kleinen Wanne, erziehen Sie es, es gehört Ihnen, bringen Sie es unbedingt zur Welt, und der Vater wird verblassen, falls er es verdient hat! – Sie wissen ja nicht, wozu Sie mich drängen, sagte ich traurig und beschloß, ihn als Fachmann ohne Umschweife zu fragen – Stanislaw Albertowitsch, haben Sie meinen Geruch bemerkt?

Er schwankte ein wenig und zögerte mit einer Antwort, und ich begriff, daß es also die Wahrheit war, offen für jeden, der sie sehen wollte. Was meinen Sie damit, Kindchen? – fragte er mit falscher Stimme, als ob er nicht selbst viele Male meinen außerordentlichen Duft gerühmt hätte, der schon Legende geworden ist und vielleicht noch zu vergleichen mit einem blühenden Bergamottbaum, während die verschiedenen Gerüche – darüber lachte er gern – erstaunlich oft ihren Trägerinnen nicht gerade zum Vorteil gereichen, besonders wenn es sich um sumpfige Ausdünstungen handelt oder um billigen Bratfisch, allerdings hob er auch Ksjuschas Geruch hervor: so riecht ein Bündel getrockneter Steinpilze, wie sie auf dem Markt zu Höchstpreisen gehandelt werden, und das ist ein resistenter Geruch, er gehört einer Frau mit klugem und flinkem Gesicht... Ksjuscha! Ksjuscha! Ich schreibe und fühle dich, und ich sehne mich nach jener Zeit, als sie am Strand von Koktebel den Blick von dem französischen Roman abwandte und mich mit offener Neugier anblickte und ohne einen Funken Konkurrenz meine Qualitäten lobte, so sehen Frauen Frauen nicht an, und ich war geschlagen, ich verliebte mich auf der Stelle, ohne Hintergedanken, in ihre Worte und die Gegenstände, die sie umgaben, sogar in dieses französische Taschenbuch mit dem rot-weißen Einband, das, wie sich sehr viel später herausstellte, als wir zusammenkamen, um nie wieder auseinanderzugehen, ein Hinweis war auf die zukünftige Trennung, ein fernes Gewittergrollen, das sie ganz unverdientermaßen in eine internationale Abenteurerin und beinahe in eine Spionin verwandeln sollte.

Und manchmal, schwadronierte Stanislaw Albertowitsch, gibt es sehr interessante Exemplare. Hören Sie, Kindchen? Die riechen nach Dill oder auch nach Holunder... Die *Fräuleins* – verbessert er sich, so sagte man früher. Und ich sagte: Was lügen Sie da zusammen! *Fräuleins* verströmen alle gleichermaßen Wohlgeruch, widersprach ich absichtlich, obwohl er recht hatte mit den Bündeln getrockneter Pilze, bloß, Stanislaw Albertowitsch bemühte sich vergeblich, mit falscher Stimme die Antwort hinauszuschieben, und als ich ihn in die Enge trieb und zu schreien anfing, ob man etwa nicht merkt, daß ich verfault bin und stinke, als ob mein Inneres mit modrigen Lappen vollgestopft wäre, da gab Stanislaw Albertowitsch, in die Enge getrieben, zu, daß seine Aufmerksamkeit in der Tat von einer Veränderung gefesselt war, doch die Bergamotte könne ja nicht ewig blühen, es sei Zeit, daß sie Früchte trage.

Er war zufrieden mit seinem mißlungenen Witz. Ich brach an Ort und Stelle in Tränen aus, in seinem Sprechzimmer, vor dem erstaunten Stanislaw Albertowitsch, der natürlich ein großer Kenner weiblicher Tränen war und dieses Schreckensfurzes, der nicht beherrschbar war und immer wieder vom Karussell herab ertönte, aber er war auch mein Freund, der mich schon mehrmals schmerzlos und ohne Zeit zu vergeuden von meinen Sorgen erlöst hatte, und außerdem mein Verräter, der mich nach dem Verrat mit Entschuldigungen überschüttete, nachdem er heimlich im Regen unter einem großen schwarzen Schirm auf der anderen Straßenseite auf mich gewartet und sich auf mich gestürzt hatte. – Verzeihen Sie, Kindchen, man hat mich gezwungen! – er machte Anstalten, meine Hand zu küssen. – Genug, Stanislaw Albertowitsch! Es war offenbar nicht schwer, Sie zu zwingen... lassen Sie mich... – und ich verschwand im Taxi zu Großpapa, wo es auch Ärger gab. Stanislaw Albertowitsch begriff, daß ich es ernst meinte, änderte seinen Gesichtsausdruck und beschloß, daß ein Schwarzer hier nicht im Spiel war, sondern etwas ganz und gar Unzulässiges, und daß er wieder mal was nicht mitgekriegt hatte. Ich hörte auf zu weinen und begann ihn zu beruhigen. Er war bereit, sich zu beruhigen, wenn ich als Gegenleistung aufrichtig wäre. Also schön, Sie haben es erraten, ein Schwarzer! – Er glaubte es nicht. Also, ich will nicht gebären, ich will kein Kind, keinen kleinen Jungen und noch weniger ein Mädchen, das sich dann herumquält, weder einen kleinen Frosch noch ein kleines Schwein – nichts dergleichen! Windeln, Nachttöpfe, schlaflose Nächte. Brrr! Ich will nicht! – Kindchen, das ist Ihre letzte Chance. – Meinetwegen! Ich will nicht! – So meine Worte.

Wo ist Ritulja? Wo treibt es sie herum? Schluß! Aus! Entschieden. Ich lasse mich taufen! Morgen werde ich es Vater Weniamin wissen lassen. Seine Augen atmen Güte, die Wimpern reichen bis auf die Wangen. Und Stanislaw Albertowitsch fragte, als ich ihm sagte, daß ich vorhabe, mich taufen zu lassen: Im katholischen Glauben? Warum, sind Sie Katholik? War ich, sagt er, irgendwann in meiner Kindheit war ich Katholik, und jetzt bin ich gar nichts, obwohl ein Pole Papst in Rom geworden ist. Stanislaw Albertowitsch ist Pole. Er ist aus Lwow, aber mit jüdischem Blut. Ich verstehe nicht, warum sind Sie nicht in Polen? Das hat sich so ergeben. Ich kann ja nicht mal Polnisch. Also, was sind Sie dann für ein Pole! Meine Großmutter zum Beispiel war eine echte Polin! Nein, sage ich und wedle mit meinem weiten Rock wie mit einem Flügel. – Nein! Ich bin orthodox und will mich nicht aus einer Laune heraus, wie es heutzutage Mode ist, taufen lassen, so wie all die *Unsren* sich längst haben taufen lassen und ihre Kinder auch, für die sie aus Hamburg Taufkleidchen bestellt haben, sondern ich lasse mich taufen, weil es notwendig ist. Stanislaw Albertowitsch, ich empfinde eine quälende Gottverlassenheit! Nun ja, sagt der Doktor, ich verstehe Ihre geistlichen Anwandlungen, nur, wie lassen die sich vereinbaren mit... das ist doch keine sehr gottgefällige Angelegenheit. – Woher wollen Sie das wissen? – Er war erstaunt, und er sagt: Nehmen Sie noch einen Moment Platz, Kindchen. Möchten Sie noch eine Zigarette? – Ich sage: Aber im Prinzip sind wir uns einig? – Gut – antwortet er – warten wir noch zwei Wochen. Wozu die Eile?

Wozu? Wenn er wüßte, daß ich zum Kampfplatz höherer Mächte geworden bin!

Und da fragt Stanislaw Albertowitsch, als ob irgendwelche Eingebungen über ihn gekommen wären, ob es wahr ist, daß ich etwas mit dem Tod von W. S. zu tun habe. Ich habe in der Zeitung einen seltsamen Artikel gelesen, sagt er, wo, soweit ich verstanden habe, von Ihnen die Rede war, Kindchen, unter der Überschrift »Liebe«, gezeichnet von zwei Autoren, von dem ich allerdings nur verstanden habe, daß Sie zum Zeitpunkt seines Todes mit ihm in seiner Wohnung allein waren. Habe ich das richtig verstanden? Wirklich, antworte ich, der Artikel ist ziemlich unverständlich, ich bin selbst nicht ganz klug daraus geworden, denn diese Pseudobrüder Iwanowitsch haben natürlich reichlich blauen Dunst verbreitet, aber, antworte ich, W. S. hat ein sehr würdevolles Ende gefunden. Ja, er wiegte den Kopf, man ist nicht gleich daraus klug geworden und hat eine schändliche Untersuchung in Gang gesetzt. Auch mich hat man da hineingezogen ... Ich erzähle es Ihnen irgendwann. Sie sind doch nicht böse auf mich, Kindchen? Schon gut, sage ich, wer an alten Geschichten festhält ... Ja, Stanislaw Albertowitsch wurde nachdenklich, nicht jede Frau kann darauf stolz sein, daß an ihrer Brust, im Grunde genommen, eine ganze Epoche untergegangen ist ... Warten Sie! – rief er plötzlich aus. – Ist das Kind etwa von Ihm? – Er sah mich durchdringend an wie ein mit übersinnlichen Kräften Begabter, obwohl auch ich ein starkes Magnetfeld habe, und ehrlich, sein Blick irritierte mich, aber er beantwortete die Frage selbst, ohne meine Hilfe. – Übrigens, was rede ich? Wann ist er denn gestorben? Im April? Und jetzt haben wir ... – Er sah aus dem Fenster: Schneeregen, und wir spiegelten uns in der Glasscheibe. – Von so einem Mann ein Kind in die Welt zu setzen, ist keine Sünde – bemerkte Stanislaw Albertowitsch. – Aber ich sehe da eine gewisse Abnormität, Kindchen. Entschuldigen Sie. – Als gäbe es keine anderen Männer! – spottete ich der Toten ... – Ritulja! Ritulja ist gekommen! Hurra! Mit einer Flasche Champagner! Wir werden trinken, wir werden uns amüsieren ...

2

Ritulja behauptet, ich hätte in der Nacht geschrien. Das kann sehr gut sein, aber ich habe nichts gehört. Ritulja hat mir als Beweis ihre Hand mit Kratzspuren von Fingernägeln gezeigt – Ich habe mich nur mit Mühe losgerissen! – Wahrscheinlich hatte ich nach dem Champagner einen Alptraum. Und was habe ich geschrien? – Einfach A-a-a-a-a-!

Ich mag Ritulja, aber ich schweige wie ein Fisch in Aspik. Die offizielle Version: ich verstecke mich vor einem Mann. Daran ist ein Stückchen Wahrheit. Das Schrecklichste ist nämlich, daß ich das Geheimnis in mir vergraben muß und es niemanden gibt, mit dem ich es teilen könnte, ich habe Angst, daß man mich für verrückt erklärt, mich in die Zwangsjacke steckt, fortjagt oder verbrennt wie eine Hexe, im Krematorium. Mir hat Mersljakow gereicht. Mersljakow wollte mir, als ich ihm die Sache in groben Zügen erzählt hatte, voller Entsetzen die Hand der alten Freundschaft reichen. Er brachte mich für alle Fälle in eine Kirche bei Moskau, wo er mich beten ließ. Ich betete, soweit ich konnte, aus tiefstem Herzen. Ich packte vor den Heiligenbildern einen ganzen Haufen von Klagen aus und heulte los, und danach fuhren wir in ein Restaurant. Im Restaurant tranken wir was, beruhigten uns, und weil ich noch immer unter einem fast panischen Angstgefühl litt, schlug ich Mersljakow vor, bei mir zu übernachten und damit unserer vergessenen sechstägigen Liebe zu gedenken. Doch Mersljakow drückte sich und wurde kleinmütig unter dem Vorwand, er könnte sich ja weiß der Teufel was für eine mystische Syphilis holen. Ist er nicht ein Schwein? Er hat mich auf den Tod beleidigt. Ich hätte Mersljakow rausgeschmissen, aber zu dem Zeitpunkt war er schon nicht mehr ganz nüchtern. Statt dessen betranken wir uns vollends und schliefen einfach ein.

Der Versuch hat mir gereicht. Ich begriff, daß es besser war, mit meinem Geheimnis überhaupt nicht an die Öffentlichkeit zu treten. Aber es bei mir zu behalten, muß ich sagen, war eine riesige Belastung... Meine Einzige, ich teile dir einige Ereignisse mit, die sich zugetragen haben. Ich schließe nicht aus, daß mein Fall, obwohl er ziemlich unerhört ist und auch skandalös, weil er die in der Welt bestehende Ordnung der Dinge bedroht, nicht etwas ganz und gar Einzigartiges darstellt, sondern einfach etwas, das man für sich zu behalten vorzieht, denn Weiber denken immer: wozu sich auf sowas einlassen? Ich habe nicht die Absicht, es für mich zu behalten. Erstens, ich habe nichts zu verlieren, wenn auch nur im Interesse der Wissenschaft, denn die Wissenschaft könnte eine Erklärung geben, wenn sie mir nur glauben würden und mich nicht in die Klapsmühle stecken. Ich bin absolut überzeugt, nicht den Verstand verloren zu haben und, im Gegensatz zu Veronika, keine Hexe zu sein, Timofej hält sie sich zur Tarnung, und wenn es so kam, wie es gekommen ist, dann gab es Gründe, über die ich noch schreiben werde.

Natürlich kann ich schreiben, aber daß ich nicht weiß wie, das heißt, daß ich keinerlei Beziehung zur Literatur habe, beunruhigt mich doch irgendwie. Es wäre sehr viel besser, wenn beispielsweise Scholochow es übernehmen würde, meine Geschichte niederzuschreiben. Ich kann mir vorstellen, er würde sie so schreiben, daß allen die Kinnladen herunterklappen, aber er ist schon sehr alt, und außerdem sagt man, er hat sich dermaßen dem Suff ergeben, daß er angefangen hat, Gerüchte über sich zu verbreiten, sein geniales Werk hätte nicht er, sondern ein ganz anderer verfaßt. Die übrigen noch lebenden Schriftsteller flößen mir kein Vertrauen ein, weil sie langweilig schreiben, immerzu lügen und darauf aus sind, die Tatsachen des alltäglichen Lebens entweder schönzufärben oder im Gegenteil absolut zu verteufeln, wie Solschenizyn, von dem mir W. S. glaubhaft erzählt hat, daß er in seinem Lager ein bekannter Denunziant und Deserteur gewesen ist, nicht umsonst ist er später wahnsinnig geworden, im Unterschied eben zu Scholochow, der ehrlich geschrieben hat und wie es eben war und darum auch allgemeinen Respekt verdient und sogar über ein eigenes Flugzeug verfügt. Interessanter und menschlicher schreiben die ausländischen Autoren (mit Ausnahme wohl der Mongolen), die öfter in der Zeitschrift *Literatur des Auslands* gedruckt werden, die mir früher Viktor Charitonytsch abonniert hat, jetzt abonniert er sie nicht mehr. Sie sind erfolgreicher als die Unsren, können Psychologie vermitteln, ja und außerdem ist es lustiger, über das Leben im Ausland zu lesen, denn was unser Leben betrifft, ist sowieso alles klar, wozu noch darüber lesen, ich gehe ja auch nicht ins Kino, in diesen ganzen Quatsch, schade um die Zeit, aber auch die bringen manchmal Sachen und lassen einen derartigen intellektuellen Stuß los, daß man nicht weiß, wo Anfang und Ende ist, der reinste Modernismus, der ihre künstlerische Kraft schwächt, und man fragt sich, wozu sie sowas überhaupt veröffentlichen. Und wenn ich so von meiner Erfahrung ausgehe, muß ich sagen, daß Schriftsteller ein mickriges Volk sind, und als Männer sind sie noch mickriger, und ungeachtet ihres imposanten Äußeren und ihrer Lederjacken sind sie immer irgendwie aufgeregt, geschäftig und kommen immer gleich zum Höhepunkt. Nie habe ich die geringste Lust gehabt, einen von denen zu heiraten, obwohl sich einige Male die Möglichkeit bot, ja, sogar den Direktor eines Verlags. Das war ein noch ziemlich junger Mann, aber mit einem völlig zerrütteten Nervensystem, der davon träumte, alle aufs neue zu *entkulakisieren*. Vor allem träumte er davon, die Sängerin Alla Pugatschowa zu entkulakisieren. Er geriet geradezu in einen hysterischen Taumel. Aus Bescheidenheit gab ich mich als Kindergärtnerin aus. Das fesselte ihn. Aber nichtsdestoweniger wollte er auch mich zunächst entkulakisieren und erst danach heiraten. Wir mußten uns trennen. Und sie haben solche billigen Weiber geheiratet, daß es geradezu eine Schande ist.

Aber ich will ja nicht nur die Wissenschaft in Verlegenheit bringen, indem ich sie mit neuen Daten versorge. Das läßt mich offen gestanden völlig kalt. Es ist schließlich an der Zeit, mein Schicksal in Ordnung zu bringen. Allerdings habe ich nicht die Absicht zu bereuen. Manchmal komme ich mir vor wie ein unglückliches dummes Weib, das vom Leben mißhandelt wurde, in Gestalt übrigens der kreischenden Mordwinin Polina Nikanorowna, und es bleibt überhaupt nichts anderes übrig, als sich im eigenen Badezimmer aufzuknüpfen, wo, ohne eine Sekunde zu schweigen, eine teuflische Erfindung summt – der Gasboiler, aber manchmal, wenn ich mein üppiges Haar gelöst habe, schaue ich mich an und sage: wisch die Tränen weg, Ira! Vielleicht bist du tatsächlich die neue Jeanne d'Arc? Wenn du auch in der Scheiße gelandet bist. Na und? Pah! Du konntest Rußland nicht retten, aber dafür hast du nicht gezögert, wegen dieses zweifelhaften Unterfangens ein tödliches Risiko einzugehen! Wer von deinen weiblichen Landsleuten, deren größte Kühnheit darin besteht, geheimgehalten vor dem Ehemann, sich ein, wie meine Mutter sagt, die immer nach Moskau gefahren kommt, um sich mit meinen Parfüms einzuparfümieren, »Nebeninteresse« zuzulegen und ein-, zweimal die Woche mit ihm zu schlafen, auf dem Nachhauseweg von der Arbeit, die Jagd nach Defizitware vorschützend – also, wer von denen hat so schön und hoffnungslos was riskiert wie du?

Nicht nur einmal bin ich in voller Abendtoilette im Dreck gelandet, nicht nur einmal habe ich Schande auf mich geladen, und man hat mich an die Luft gesetzt, allerdings nicht aus irgendeiner Kneipe wie eine Bahnhofsnutte, sondern aus dem Konzertsaal des Konservatoriums, wo ich während einer Premiere Apfelsinen in ein britisches Orchester geschleudert habe. Was blieb mir in meiner ausweglosen Lage auch übrig! Nein, Ira, die letzte Frau bist du nicht gewesen, deine Schönheit machte die Männer verrückt und ließ sie verblassen, du hast ausschließlich Champagner getrunken und Blumensträuße wie eine Primadonna bekommen, von Kosmonauten, Botschaftern und Untergrundmillionären.

Ein toller Mann, der Neffe des Präsidenten einer lateinamerikanischen Republik, der schöne Carlos, hat dich auf dem Tisch in seiner Residenz geliebt und dabei seine klapprige Frau ganz vergessen, und Wolodja Wyssozki hat dir oft von der Bühne herunter zugeblinzelt, wenn er nach dem *Hamlet* herauskam, um sich zu verbeugen... Es gab auch andere, einfachere, es gab auch Gesindel und Schufte – nur im Vergleich erkennt man die Größe eines Menschen! So richtig geliebt habe ich nur wichtige Leute, auf ihren Gesichtern lag der fette Glanz von Leben und Ruhm, vor dem ich machtlos war, ich war Feuer und Flamme – aber auch ich war fähig, Wunder zu vollbringen, und nicht umsonst hat mich Leonardik den »Genius der Liebe« genannt, und er wußte, was er sagte. Und die Liebe zwischen uns, so unheilvoll und verderblich sie für mich auch war, kann man sie etwa als vulgär bezeichnen? – Nein, Ira, sage ich zu mir, du läßt die Nase zu früh hängen, dein Schicksal entscheidet sich nicht in irgendeinem mickrigen Büro, und im übrigen haben die sechs allerschönsten Schönheiten Amerikas ein Auge darauf, die unablässig in Film und Fernsehen bestaunt werden und auf die sich eine Millionenarmee von Durchschnittsamerikanern einen runterholt, und einmal haben sie sich alle getroffen, fünf Weiße und eine Schokoladenbraune, in einem schicken russischen Restaurant in New York, in irgendeinem Teesalon auf der 57th Street, und unter dem Blitzen der Fotoapparate und dem Surren der Kameras forderten sie einstimmig, man solle mich nicht beleidigen, man solle ihre Schwester nicht anrühren, die ihnen in ihrem einzigen Pelz aus feuerrotem Fuchs wie eine ferne Bettlerin oder ein schmuddliges Aschenputtel erschien, das sich im Schnee und in ihrem Unglück verirrt hatte. Ich dachte, sie würden mir mit ihren Grüßen irgendein nettes kleines Geschenk zuschicken, zumindest einen Lammfellmantel zur Erinnerung, den ich ohnehin nicht angenommen hätte – aus Stolz, den habe ich von meiner Urgroßmutter geerbt, der ich überhaupt sehr ähnlich bin, ich habe ihr Portrait über dem Bett hängen – aber sie haben nichts geschickt, sie wollten wohl nichts rausrücken... – Ach, pfeif doch auf die! – sagte Ritulja, als wir uns das Foto anschauten, wo sie sich umarmen: fünf Weiße und eine Schokoladenbraune. – Ekelhaft, diese Fratzen! Mit extra Riesengebiß! – knurrt Ritulja, die auf die Amerikanerinnen eifersüchtig ist. – Charitonytsch hat ihnen zu Recht so einen Schrieb vor den Latz geknallt! – sagt sie schadenfroh. Ritulja hat überhaupt eine gewisse Abneigung gegen ausländische Frauen, weil sie Anspruch erheben auf den Löwenanteil der ausländischen Männer. Aber zu mir ist sie sehr lieb und zärtlich wie ein Zicklein. Ich wohne den zweiten Monat bei Ritulja, in einem permanent alarmierten Zustand. Ich glaube an die zarten Bande der Freundschaft unter Frauen. Ohne sie wäre ich ganz verloren. – Du solltest lieber deinen Gawlejew anrufen! – rät mir Ritulja. Was soll ich mit Gawlejew? Auch er hat mir die kalte Schulter gezeigt. Zum Teufel mit ihnen, sie sind mir alle zuwider! Dabei konnte ich es früher keine drei Tage aushalten, ich duftete wie ein himmelblauer Bergamottgarten in einer Mondnacht, wenn die Sterne am südlichen Himmel stehen und neben mir meine Ksjuscha in den Wellen plätschert. Aber sie haben den Garten niedergetrampelt. Mich taufen lassen? Und wenn ich plötzlich nicht darf? Denn ich werde für nichts auf der Welt Vater Weniamin beichten! Alle haben sich gegen mich verschworen! Nicht umsonst, nicht umsonst hat er mich über Leonardik ausgefragt, wie er denn genau gestorben sei. Bitte sehr, ich werde antworten, mit reinstem Herzen, wie vor den Untersuchungsrichtern, die mich gequält und schließlich freigesprochen haben, denn irgendwer mußte doch die Hauptperson auf der Trauerfeier sein, also war ich das und nicht sie, oder es hätte wenigstens eine Versöhnung stattfinden müssen, ungefähr so bedeutend, wie am Sarg der zerschmetterten Anna Karenina, deren Ehemann und der Offizier Wronski sich mit Tränen in den Augen versöhnten, denn vor dem Tod sind alle gleich, aber bei Sinaida

Wassiljewna reichte die Großmut nicht, und woher sollte diese Ziege die auch nehmen, es hat ihr nicht mal gereicht, daß man mich achtkantig rauswarf, Sinaida hat ihre Intrigen noch weiter gesponnen! Sie hat ihren ganzen Einfluß als Witwe genutzt, um mich zu vernichten! Und dann noch mein *Gang*... Ach, warum bin ich gegangen?

Wenn sie nur wüßten, die fünf Weißen und die eine Schokoladenbraune, wie schlimm es jetzt um mich steht! Oh, wie schlimm! Aber nun können sie mir nicht mehr helfen, nichts kann mir mehr helfen... Nein, ich werde mich also in den nächsten Tagen taufen lassen – und dann sehen wir weiter! Dann wird auf meiner Seite ein lichtes Heer göttlicher Kräfte erstehen, und wenn jemand mich auch nur anzurühren wagt – mag er es versuchen! Die Hand des Beleidigers soll verdorren, seine Beine sollen ihm steif werden, und die Leber soll sich mit Krebsgeschwüren bedecken... Gräm dich nicht, Ira, sage ich zu mir, du bist zäher als vierzigtausend Katzen! Zäher als vierzigtausend Katzen... Vielleicht bist du tatsächlich die neue Jeanne d'Arc?

3

Ich habe ausschließlich Champagner getrunken, im allgemeinen habe ich wenig getrunken und das Trinken nicht zum täglich Brot gemacht, womit ich mich von der Gewohnheit des einfachen Volkes absetzte, ich habe selten und wenig getrunken, und nur Champagner, nichts außer trockenem Champagner, und bevor ich trank, rührte ich immer mit dem Draht, der zuvor um den Korken gewunden war, in dem hohen Sektglas. Dann schäumt und zischt es im Glas, die beißenden, für die Kehle unerträglichen Bläschen steigen nach oben, und immer habe ich den Brut jedem anderen Champagner vorgezogen! Ach, Brut! Du bist brutal, du bist ein Gangster, du bist der Feuervogel Blok! Du bist göttlich, Brut!

Wenn es keinen Champagner gab, ließ ich mich überreden und trank Kognak, was sie mir einschenkten, trank ich, bis hin zu bulgarischem Spülwasser, aber das ist nicht das Wesentliche: ich wollte ein bißchen Verständnis, aber sie machten mich vorsätzlich und gezielt betrunken, und ich tat so, als merkte ich nichts, ich wurde kapriziös und begann alles zu verschmähen. Ich will keinen Martell! Ich brauche euren Courvoisier nicht! – Ich mag Cointreau! – sagte ich mit einem siegesbewußten Lächeln, ich wollte ihnen allen die Suppe versalzen, und sie antworteten: Aber das ist doch kein Kognak! – Wieso denn nicht? Kann Kognak etwa nicht aus Apfelsinen sein? – Alle lachen. Die Kennerin hat sich blamiert. Halt mich nicht für blöd! Na schön, Grischa, sagen sie zu ihm, spiel dich nicht auf. Bring den Cointreau! Aber Grischa hat keinen Cointreau, und das macht keinen soliden Eindruck. – Einmal war ich in einer Gesellschaft, wo auch, stellt euch vor, ein Baron war, ein echter Baron, graumeliert war er, stimmt's, Ksjuscha? – Ksjuscha schaut mich zärtlich an, wie ein ausgelassenes Kind. – Der Besitzer eben dieses berühmten Kognaks. – Was hat er denn getrunken, dieser Baron? – fragt irgendein lausiger Professor von der Lumumba-Universität. – Seinen eigenen Kognak? – Nein – sagt augenzwinkernd zu ihm der von mir empfindlich gekränkte Hausherr, der mich bereits haßt wegen des Cointreaus, dieser – wie heißt er gleich? – Grischa, den Ksjuscha und ich, man kann sagen, aus Gefälligkeit besucht hatten. Nein, sagt Grischa ironisch, das ist dasselbe wie den eigenen Urin trinken! – Ach, wie geistreich, sage ich kühl. Überhaupt nicht komisch. – Ich fühle entsetzt, daß man mich hier nicht versteht, daß ich fremd bin auf dem Fest des Lebens, daß ich was trinken muß, so schnell wie möglich, um nicht loszuheulen, ich muß irgendeine Sprache lernen, denn der Baron spricht kein Russisch, wenigstens zwanzig Wörter am Tag, aber ich bin so träge, so träge, daß ich mit meiner Trägheit eine ganze Insel von der Größe beispielsweise Islands anstecken könnte, und Island würde eine Wüste – Schluß, aus! Aber was geht's mich an? Ich sah mich um und suchte Ksjuscha, aber anstelle von Ksjuscha lag nur ein Paar Schuhe auf dem Teppich, geblendet von ihrem umwerfenden Flair, hatten sie Ksjuscha in die Küche geschleppt, dabei war sie gerade erst angekommen in ihrem rosafarbenen Wagen, in großer Toilette, sie war angekommen und hatte gesagt: Ich kann nicht leben in Rußland. Ich kann nicht ohne Rußland... Was soll ich tun, mein Kleines?

Sie hat mich immer *mein Kleines* genannt, und welche Zärtlichkeit legte sie in diese Worte! Sie hatten sie barfüßig in die Küche entführt. Ich ging ihr nach, ich sehe: zwei läppische Regisseure von Mosfilm scharwenzeln um sie rum, und sie sitzt da und trinkt gleichgültig ihren löslichen Kaffee. Ich sage: Ksjuscha, verschwinden wir von hier! Die hier verstehen uns nicht und wollen uns bloß betrunken machen. Gehen wir, mein Kleines, sagt sie zu mir, hilf mir aufstehen! Die Kerle in ihren blödsinnigen Wildlederjäckchen halten uns an den Händen fest, sie fordern uns zum Tanzen auf. Aber ich sage: tanzen zu was? zu diesen alten Kamellen? Nein danke, sage ich, da haben wir was Besseres zu tun! Mit Ach und Krach ließen sie uns gehen, und Grischa steht schwankend im Türrahmen und beobachtet sauer, wie wir uns im Lift aufpflanzen. Mädchen, vielleicht überlegt ihr's euch nochmal? Ich hab noch eine Melone. Aber Ksjuscha sagt: gib sie her, deine Melone. Wir bringen sie dir morgen zurück. Grischa wurde geradezu schwarz vor Wut, und wir drückten auf den Knopf, und abwärts. – Die sind nichts für uns – sage ich – eine Nummer zu klein. – Und sie antwortet: wie sind wir bloß an die geraten?

Wir setzten uns in den rosafarbenen Wagen, und wir überlegen: was nun? Ksjuscha schlägt vor, zu Antontschik zu fahren. Was für ein Antontschik? Wird das nicht, sage ich, ein weiterer Schuß in den Ofen? Ich habe es nie geschafft, ihre ganzen Bekannten zu Gesicht zu bekommen, ihre Freunde hingen wie Trauben an ihr. Also, frage ich, wie geht es dir in Frankreich? Beschissen, antwortet sie. Ksjuscha hatte einen Zahnarzt geheiratet und gespottet, da würde sie keine Zahnschmerzen kriegen. Dieser René war zu einem wissenschaftlichen Kongreß nach Moskau gekommen, und sie hatte mit ihm eine Fernsehaufzeichnung gemacht, er konnte seine Händchen falten wie eine Madonna – ach, mein Kleines, erzählte sie mir, an seinem Hemd ging ein Knopf auf, und ich sah seinen behaarten Nabel... mein Schicksal war entschieden. Sie meinte, daß sie in Frankreich auch beim Fernsehen arbeiten würde, weil sie seit ihrer Kindheit französisch sprach und Klavier spielte, eine Erziehung wie im vorigen Jahrhundert, aber der Franzose wollte es ihr partout nicht erlauben und zog mit ihr in einen Pariser Vorort, bei der Bahnstation Fontainebleau, wo Napoleon begraben ist – aber davon wollte ich nicht sprechen. Ksjuscha lebte in einem geräumigen Haus mit einem großen Birnengarten und schrieb mir verheulte Briefe. Mein zartes Kleines, schrieb sie, mein Ehemann René hat sich bei näherem Hinsehen als totaler Sack herausgestellt. Tagelang bohrt er Zähne, plant die Zeit bis auf die Sekunde genau und spießt Geldscheine auf Sicherheitsnadeln. Abends liest er mit wichtiger Miene *Le Monde*, und im Bett redet er über eine besondere Form des Sozialismus mit französischem Gesicht. Seine Berührungen und sterilen Gerüche erinnern immer an ein und dieselbe Zahnarztpraxis, obwohl sein Schwanz keineswegs einem Bohrer und überhaupt nichts Gescheitem ähnelt. An Birnen habe ich mich überfressen, ich habe chronischen Durchfall. Von den hiesigen Russen, die ich kennengelernt habe, kriege ich auch Durchfall. Die sind total bekloppt und beweinen ununterbrochen das Vaterland. Ihnen zu widersprechen, ist sinnlos: sie sind mißtrauisch und tumb. Die Harvard-Rede von S. – hast du sie gelesen? – ist eine unheimliche Blamage. Ich bin errötet für diesen Rjasaner Bumskopf und habe hocherfreut den alten Parteislogan wiedererkannt: für gestern – besten

Dank, für heute – verantworte dich! und inzwischen finden sie, daß ich überhaupt eine *Rote* bin. Bei mir hat sich der örtliche Emma-Bovary-Komplex entwickelt, ich habe mir einen hübschen jungen Lastwagenfahrer zugelegt, aber der ist auch ein Lahmarsch... In einem anderen Brief gab sie dann doch zu, daß Frankreich ein recht schönes Land ist, daß sie aus Langeweile angefangen hat herumzureisen, wie wunderschön die Normandie ist, nur daß es leider überall Zäune, Privatgrundstücke und Franzosen gibt, ein unerträgliches Publikum! Besonders der Pariser Snobismus bringt mich um – schrieb sie. – Die können nicht normal reden, immer dieses Gezwitscher, ihre Gedanken flattern nur so rum, reinste Rhetorik und Schnörkel, überhaupt kein Bezug zum Leben! Mein Mann René und ich waren mal bei einem Mitglied der Akademie. Der hat René zwei Finger gereicht – kannst du dir das vorstellen? – statt eines Händedrucks. René war nicht mal sauer! Mit zuckersüßer Grimasse saß er auf der Sesselkante... Wo ist dieser verkommene Westen? – schrieb Ksjuscha. – Ich finde ihn nicht! Alle sind so deprimierend gesetzt, und wenn sie mal sündigen, dann so präzis und gründlich, wie ein Verkäufer in einem Wurstladen ein Scheibchen Schinken abschneidet. Oder wie sie Wodka trinken – in winzigen Schlückchen und nicht mehr als zwei Gläschen, und danach, im Bewußtsein der begangenen Sünde, sind sie zufrieden und noch gesetzter als zuvor. – Ich glaubte ihren Briefen nicht und dachte, sie hält mich zum besten – Mein einziger Trost ist, es mir selber zu machen – schrieb sie. – Und meine Gedanken an dich, mein Kleines! – Ich beschloß, daß Ksjuscha ihren besonderen Zweck damit verfolgte, daß sie wohl so schreiben *mußte*, aber ich liebte Europa weiterhin. Ach, was für ein Mann war doch beispielsweise dieser graumelierte Baron, den ich im Restaurant »Kosmos« getroffen habe! Und Grischa dachte, ich lüge. Ich maß Grischa mit einem vernichtenden Blick, wie ihn Männer nicht ertragen, weil sie ihre Armseligkeit spüren. Ach, Grischa! Wo war er bloß hergekommen mit seiner blöden Melone? Ksjuscha, sagte ich, sei so gut und sag, wohin wir fahren, Ksjuscha, du bist doch total abgefüllt! Das ist mir wurscht, sagte Ksjuscha, schließlich bin ich Französin. Was können die mit mir schon machen? – Dann stocherte sie lange am Zündschloß herum und konnte es lange nicht finden. Der Wagen heulte auf, als wollte er im nächsten Moment in die Luft fliegen. Es schneite dicke Flocken und war dunkel. Ksjuscha, sagte ich, fahren wir mit dem Taxi! – Sei still und hör lieber Musik, sagte Ksjuscha und schaltete die Musik ein. Eine brasilianische Sängerin, an den Namen erinnere ich mich nicht, begann laut zu singen, aber mit so warmer Stimme, als sänge sie nur für Ksjuscha und mich. Ich dachte an Carlos. Wir umarmten uns und schmiegten uns aneinander. Sie trug einen Wolfspelz, ganz nach der neuesten Mode – so knauserig konnte der Zahnarzt wohl doch nicht sein, den ich bis zur Hochzeit nie gesehen hatte, weil Ksjuscha trotz unserer Liebe immer ihr eigenes Leben führte und niemanden zuließ. Das kränkte mich, und ich bemühte mich, zu sein wie sie. Ich selbst trug meinen alten roten Fuchs, den mir Carlos, der Bruder des Präsidenten, geschenkt hatte, nur war er nicht mehr in Moskau und vielleicht auch nicht mehr unter den Lebenden, denn der Präsident war gestürzt worden, und an der Macht war eine Junta von ganz durchtriebenen Gaunern. Sie hatten Carlos aus Moskau abberufen, und er war verschwunden, kein Lebenszeichen, kein Brief, nichts.

Ich weiß nicht, ob Carlos ein guter Botschafter war, aber daß er ein toller Liebhaber war, weiß ich genau! Er machte seine Botschaft zum lustigsten Ort von Moskau. Er war sehr progressiv, und man verbot es ihm nicht, schweren Herzens. Er war so progressiv, daß er in einem ausgebauten Schiguli, an dem er sein Fähnchen, bunt wie ein Pyjama, befestigt hatte, zu Empfängen fuhr, und zwar ohne Chauffeur, aber ich wußte ja, daß er in der Garage einen Mercedes mit blitzenden schwarzen Flanken stehen hatte, und nachts zischten wir damit rum, wenn ich Lust zu einer Spazierfahrt hatte. Das

Kellergeschoß baute er um in einen Tanzsaal. Er kaufte Unmengen von Fressalien, Getränken und Zigaretten in dem Valutaladen in der Grusinskaja und veranstaltete wahnsinnige Gelage. Dort verkehrte das gesamte intellektuelle Moskau. Dort gestand mir Bella Achmadulina, mein Kind, Sie sind unsäglich schön. Carlos tanzte sehr gut, aber ich tanzte noch besser, und er merkte das schnell und schätzte es gebührend. Ich blieb bei ihm, wenn gegen Morgen die letzten Gäste gegangen waren, und der Milizionär salutierte ihnen der Reihe nach. Ich bin der Botschafter – schärfte er dem Milizionär, der die Villa bewachte, ein, während er ein Glas und eine Flasche Moskowskaja in der Hand hielt – und wenn du ablehnst, bin ich beleidigt. Der Milizionär hatte Angst, den Botschafter eines befreundeten Staates zu beleidigen und trank, ohne mit der Wimper zu zucken. Ich blieb bei ihm, und es stellte sich heraus, daß er noch besser lieben als tanzen konnte. Wir liebten uns zu klassischer Musik, und unser Bett wurde in dieser Nacht sein überdimensionaler Schreibtisch mit Bergen von Büchern und Papieren, die die flüchtigen Geheimnisse der Bananenrepublik enthielten, aber er war kein heißer Brünetter mit feinem schwarzen Schnurrbart, der Brutalität verhieß und falsche feurige Schwüre. Sein südländisches Äußeres war gemildert und gezähmt von Oxfordscher Eleganz, dort hatte er viele Jahre gelebt und studiert. Ich hatte es nicht mit irgendeinem schwülen Parvenü zu tun. Er eroberte mich mit aristokratischer Ruhe, und ich glaubte Ksjuscha nicht.

Ksjuscha kam ein Jahr später, unter dem Vorwand, Reproduktionen für einen Ausstellungskatalog sammeln zu wollen, sie war so salopp und dabei tadellos gekleidet, daß man nicht einmal die Labels in ihren Kleidern, Stiefeln, Pullovern und Nachthemden anschauen mußte, um zu erraten, daß sie aus den allerfeinsten Boutiquen stammten, ganz zu schweigen von dem rosafarbenen Wagen, um den alles zusammenlief, aber sie war noch nicht ausgestiegen, geduscht und umgezogen nach der langen Fahrt, da hatte sie schon begonnen, ihren

Ehemann zu beschimpfen, und im gleichen Atemzug auch den Birnengarten. Weil ich gewohnt war, sie nach einem halben Satz, einer Andeutung oder auch ganz ohne Worte zu verstehen, wenn ich nur in ihr unvergleichliches Gesicht sah, fühlte ich mich betrogen, doch ich schwieg. Aber als wir uns nach dem ganzen Wirbel und nachdem sie mich beschenkt hatte – immer verwöhnte sie mich – endlich schlafen legten, bat ich sie um Erklärungen. Ist Ksjuscha etwa wirklich, dachte ich, eine andere geworden? Nein, sagte ich zu mir, deshalb werde ich sie nicht weniger lieben, ich werde ihr überhaupt alles verzeihen und nicht widersprechen – aber ich wollte ja nicht nur verzeihen, denn ich habe öfter versucht, mich in ihre Affäre zu versetzen, in die sie mich bis zur Hochzeit nicht eingeweiht hat, also bat ich sie um Erklärungen, und sie sagte gähnend, an das Gute, mein Kleines, gewöhnt man sich leicht, aber kaum hat man sich daran gewöhnt, hört es auf, gut zu sein, und wird zu einem Nichts, alles beginnt bei Null, und man notiert die Verluste. Was soll das, Nostalgie? – fragte ich. Sie protestierte schwach. – Aber du sagst: Verluste... – Ach, sagte sie, verschieben wir das auf morgen, und sie küßte mich auf die Schläfe, aber »morgen« regte sie sich bereits aus dem entgegengesetzten Grund auf: in der Nacht hatten sie die Scheibenwischer von ihrem rosafarbenen Wagen geklaut und in die Motorhaube mit großen Buchstaben FOTZE eingekratzt. Sie schimpfte unflätig, und die Sprache verstand ich. Im Geschäft wurde sie angeschnauzt. Ich stand daneben und empfand eine große Genugtuung. Sie meldete ein Gespräch nach Fontainebleau an und schnatterte lange mit dem Stomatologen. Komische Typen sind das, erzählte sie. Kaum bist du verheiratet, wollen sie ein Kind, wie bei uns in Mittelasien. Schwachsinn. Dann ist er auch noch so eifersüchtig! Bleib hier – schlug ich vor. – Du hast Nerven! – sagte Ksjuscha herausfordernd. Ich sagte nichts, und statt dessen zogen wir durch die Gegend, und in der vierten Nacht tranken wir auf Anton, der, wie Ksjuscha bemerkte, dem jungen Aleksej Tolstoj ähnlich sah. Ist das gut oder was? – fragte ich, weil ich mir, zugegeben, weder den jungen noch den alten vorstellen konnte, sondern nur eine besonders bewachte Straße mit demselben Namen. – Das hängt von der Stimmung ab – sagte Ksjuscha. – Ich habe ihn in Paris kennengelernt. – Was hat er da gemacht? – Mich gevögelt. – Wir ließen Moskau hinter uns. – Ksjuscha! – Ich wurde nervös. – Wir fahren irgendwie nicht in die richtige Richtung! – Es war dunkel, aber es schneite nicht mehr so stark.

Bei der Stadtgrenze hielt uns die Verkehrspolizei an. – Ruhig – sagte Ksjuscha und zog die schwarze Strickmütze bis auf die Augen. Sie drehte die Scheibe herunter und verhandelte reizend mit dem Inspektor. Sie regelte die Sache und gab ihnen ein wenig Futter: Einwegfeuerzeuge, Anhänger, Kugelschreiber, Zigaretten, schwedische Kondome, Kassetten, Kaugummi und Kalender mit nackten Frauen – von den Kalendern sind sie einfach hin und weg – freute sie sich. Ihr Handschuhfach war vollgestopft mit all diesem wertlosen Mist. Der tiefrot gefrorene Inspektor salutierte zackig, legte uns nahe, auf der Strecke Vorsicht walten zu lassen und fraß uns zu guter Letzt mit seinen Blicken. Wir fuhren weiter, und sofort umgab uns der Wald. – Genau das ist in Europa unmöglich! – jubelte Ksjuscha. Sie verstummte, und dann: Wilde...

Sie war inkonsequent an diesem Abend, meine Ksjuscha, und auch danach. Und je länger sie *dort* lebte, desto inkonsequenter wurde sie.

In der Datschasiedlung brannte hier und da eine Laterne, und hier und da bellte ein Hund, aber der Weg war tadellos geräumt. Unterwegs hatten wir noch ein bißchen getrunken, und wir waren völlig erschöpft. Ksjuscha lachte und griff nach meinen Knien. Uns wurde heiß. Ksjuscha hupte so dreist, als ob sie hier zu Hause wäre. Die Hunde begannen plötzlich von allen Seiten gleichzeitig zu kläffen, aber niemand öffnete uns das Tor. Die Uhr im Wagen zeigte nach zwei. Ich sagte nichts, aber um in Stimmung zu bleiben, kippte ich einen Martini. Endlich öffnete sich das Tor, und im Scheinwerferlicht erblickten wir eine bärtige Visage in einem langen schwarzen Pelz. Der Bärtige musterte schläfrig, aber mit unverhohlenem Mißtrauen den Wagen. Später würde dieser Wächter mit dem Kälberblick noch eine gewisse Rolle in meinem Leben spielen müssen, obwohl ich das damals nicht ahnte. Ob der Wächter nun Ksjuscha kannte oder einen Anfall von Respekt gegenüber dem Wagen verspürte, jedenfalls ließ er uns nach kurzem Nachdenken durch, und wir fuhren auf ein Gelände, das mir wie ein großer Park erschien. Ksjuscha steuerte auf das Haus zu, der Eingang war erleuchtet, und wir stiegen aus dem Wagen, aus dem die Musik dröhnte. Ksjuscha machte einige Schritte und stürzte entkräftet in eine Schneewehe. Ich eilte ihr zu Hilfe. Wir lagen im Schnee und schauten in die Kiefern, die hoch oben rauschten. – Irre! – sagte Ksjuscha und fing an zu lachen. Ich war ganz ihrer Meinung, fragte aber doch, weil ich über die Ausmaße des vor uns aufragenden Hauses staunte: Ksjuscha, wo sind wir? – In Rußland! – antwortete Ksjuscha, und sie war vollkommen davon überzeugt. Im Schnee war es schön, und wir warfen unsere Beine in den dünnen Nylons gen Himmel und balgten uns. Auf die Außentreppe trat ein Mann in Hemdsärmeln, und nachdem er uns genau angeschaut hatte, rief er: Ksjuscha! – Antontschik! – rief Ksjuscha. – Wir nehmen ein Schneebad! Komm her zu uns! – Ihr Verrückten, ihr werdet euch erkälten! – sagte Antontschik gutgelaunt und beeilte sich, uns aus der Schneewehe herauszuziehen. – Antontschik! – sagte Ksjuscha, die sich widersetzte und nicht aufstehen wollte. – Wirst du uns vögeln oder nicht? – Aber sicher! – erwiderte Antontschik lebhaft. – Na gut, dann gehen wir! – sagte Ksjuscha und gab ihren Widerstand auf. Anton hakte uns unter und schleppte uns zur Außentreppe. – Überhaupt, das Wort *vögeln* – überlegte Ksjuscha, die von dem Schneebad schon ganz naß war, aber schön in ihrer schwarzen Mütze, die sie verwegen bis auf die Augen gezogen hatte – es mildert das schwere Geschäft des russischen Fickens. Innerlich gab ich ihr recht, aber ich schwieg, leicht verlegen wegen des unbekannten Mannes.

Auf der Außentreppe stellte Anton sich mir vor, und wir gingen schnell ins Haus. Es war gut geheizt, und wir warfen die Pelze ab und gingen ins Eßzimmer, wo irgendwelche Leute am kahlgefressenen Tisch saßen, vielleicht saßen sie aber auch nicht da und aßen auch nicht – vielleicht war überhaupt niemand da, denn vor lauter Hitze und neuen Eindrücken stieg ich schnell aus, genauso wie Ksjuscha, die sich später an absolut nichts erinnerte, bis auf unsere Ankunft und ihre Konversation mit dem Verkehrspolizisten.

Wie soll man diesen Zustand wiedergeben, wenn man aussteigt und sich plötzlich in einer anderen Dimension befindet, wenn man sich selbst total verpfändet und sich einem guten Schutzpatron hingibt, dem man, im übrigen, niemals begegnen wird? Und manchmal taucht man plötzlich auf an die Oberfläche und hält sich kurz über Wasser, und dann taucht man wieder unter und – auf Wiedersehen!

Jedenfalls, in dieser Nacht tauchte ich ein in selbstvergessene Momente, ich fand mich in einem Bett wieder, und neben mir wälzte sich Ksjuscha, ihr verzerrtes Gesicht streckte sich mir entgegen, es reckte sich vor und biß dermaßen zu, daß ich zusammenfuhr und nicht genau wußte, ob ich mich so einer Behandlung widersetzen oder mich darauf einlassen sollte, doch dann wurde ich abgelenkt von einer Erscheinung entschiedenerer Ordnung, die sich mir in die Wange drückte und heiß wurde. Ich ergriff ihn, ich zog ihn weg – er zuckte und krümmte sich – und ich sagte zu ihm: Hallo, Häuptling der Rothäute! – und ich stemmte meine Knie in das weiche Bett, ich war zärtlich mit ihm, doch dann wurde ich von dem Umstand überrascht – der mich offenbar wieder auftauchen ließ –, daß ein gewisser anderer Häuptling von ganz anderer Seite in mich eindrang, und Ksjuscha ging wie der Mond irgendwo rechts von mir auf. Anscheinend war ich umzingelt, und ich war verdutzt, denn vor dem Haus hatte ich nur Anton kennengelernt, er konnte sich doch nicht gespalten haben – doch ich hatte alle Hände voll zu tun und gab nur erstaunt ein paar unklare Laute von mir, und Ksjuscha war schließlich soweit, aber statt von mir wegzurutschen, drückte sie sich nur enger an mich, wir umarmten uns, und wir erhoben uns in die Lüfte. Unsere gestreckten Körper aneinandergepreßt, stiegen wir hoch und höher und – wir hoben ab! wir hoben ab! die Köpfe vorgereckt, um die Wette, lachend und winselnd – hoch und höher! Und wieder steige ich aus, Filmriß – plötzlich ein Schmerz und ein Aufschrei! Ich war auf ein Weinglas getreten, ich hatte mich geschnitten, und ich zog meinen Fuß an. Ksjuscha leckte mir die Wunde, wie ein Doktor, und ich lag auf dem Rücken und stöhnte unter beipflichtendem Stimmengewirr – und wieder Ksjuscha, mit Lippen voller Blut wie von Kirschen, die Dumme, die Liebe – und ich begann zu weinen vor unerträglicher Liebe zu ihr – im Hintergrund der gefallene Gigant, der trostlos und lasch herabhing und wieder zu Kräften kommen wollte. Ein Waschlappen. Aber es war gegen Ksjuschas und meine Prinzipien, aufzugeben! Ich bin mitfühlend wie jedes Weib. Ich vollbringe Wunder und Dummheiten zugleich.

Anton stand da im Morgenrock und spielte mit einem Glas. Da, trink! Ich stützte mich auf einen Ellenbogen, sank aber wieder herab, nicht imstande, mich aufrecht zu halten. Anton setzte sich neben mich. Sein Kinn ist rundlich, klein und fliehend, es gefiel mir nicht, und ich wandte mich ab zum Fenster. Auf der Fensterbank blühten violette und weiße Alpenveilchen, und dort, weiter weg, war der Winter. Das Fenster! Mach das Fenster auf! bat ich und nippte. Es war Champagner. Ich trank ihn aus. Er schenkte nach. Ich trank wieder, legte mich hin und sah an die Decke. Du warst genial, flüsterte Antontschik lächelnd. Der Champagner tat das Seine: ich erwachte zum Leben. Du warst auch nicht übel, sagte ich mit schwacher Stimme, während ich mich angestrengt an irgendwelche Persönlichkeitsspaltungen und den gemeinsamen Flug mit Ksjuscha zu erinnern versuchte. Wo ist Ksjuscha? fragte ich beunruhigt. Sie ist am Morgen nach Moskau gefahren. Sie hatte zu tun, sagte Antontschik, womit er meine Begeisterung für Ksjuscha bestätigte, die es aus eigener Willenskraft fertiggebracht hatte, zu sich zu kommen und den Schritt in die Routine des Alltags zu tun.

Nach einer schlaflosen Nacht war sie meist noch konzentrierter und sprudelnder, und nur die leicht geschwollenen Augen hätten einen erfahrenen Menschen auf Hintergedanken bringen können. In beiden Leben blieb sie sie selbst, sie verzettelte sich nicht, sie verband Erfahrung mit Zärtlichkeit, mit dem gleichen Eifer gab sie sich der Nacht und dem Tag hin und fand in jeder Situation ihren Reiz. Ich konnte mich nur sehr viel langsamer distanzieren, und der folgende Tag war gelaufen, besonders im Winter, wo es zur Mittagszeit schon dunkel wird, und in der Dämmerung möchte man nur im warmen Pullover dasitzen und bewegungslos in den Kamin schauen, den es ebenfalls in dieser wunderbaren Datscha gab, und außerdem Bilder, karelische Birke, eine Bibliothek, Nippes und Teppiche, die wie ein schweres und weiches Gewicht auf den Parkettböden lagen. Du warst prima! sagte ich zu Antoscha, dankbar für den Schluck Champagner, und er beugte sich zu mir herab und küßte mich, und ich nahm ihn ein wenig zögernd auf, trotz seines Kinns: rundlich, klein und fliehend.

In einem ganz hellblau gekachelten Badezimmer mit eingravierten Nymphen brachte ich mich in Ordnung, wusch mich am Waschbecken, im zweiten Stock hatten sie auch noch eine echte finnische Sauna – und ich stieg vorsichtig die Treppe hinunter, denn ich empfand ein leichtes Schwindelgefühl, das alles verschwommen und durchsichtig erscheinen ließ, aber das hatte auch was Verrücktes. Anton bat mich an den Tisch, rückte einen Stuhl für mich zurecht und lächelte ein etwas verkommenes Lächeln. Die reichlich ausgebreiteten kalten Sakuski lockten mich nicht besonders, aber mich rührte ihr gastlicher Überfluß. Die große magere Hausangestellte – die Frau des Wächters – war nett anzusehen, obwohl sie etwas vorstehende Augen hatte, und ihr Mund ähnelte einem Hühnerpopo. Sie wußte offenbar nicht, wie komisch ihr Mund aussah, und sie hatte die Lippen noch grell angemalt. Der Wächter steckte aus der Küche seinen Kopf herein, interessiert an meiner Person, um danach mit seiner Frau über mich zu tratschen, und ich sah ihn mit gerunzelten Brauen an, aber Anton, der sich in jener Gemütsverfassung befand, in die Männer unausweichlich geraten, wenn sie sich bewiesen haben, lud den Wächter, mit dem er auf *du* war, zu hundert Gramm ein. Der Vorschlag versetzte den Wächter in einen bühnenreifen Schrecken: er schlug die Hände zusammen, verdrehte die Augen, und er lehnte ab, lang und umständlich, mit dem Hinweis auf die Kohlen, die in der Garage herumlägen. Nur die größten Freunde eines Gläschens lehnen eine Einladung zum Wodka mit solchem Gebaren ab, und ich konnte nicht anders und brach in Gelächter aus. Die Frau des Wächters trank offenbar auch ganz gern mal einen und ließ sich als erste überreden. Während sie dem Wodka zusprachen, schaute ich mir aus dem Augenwinkel alles genau an. Dies war nicht das Haus eines Neureichen, und ich bedauerte, daß ich Ksjuscha nicht über seine Besitzer ausgefragt hatte, obwohl die kleinen grünen Soldaten mit dem Bannerträger an der Spitze, die in einer Reihe auf dem Kamin aufgebaut waren, mir mehr sagten als der Ehering, den er nicht trug. Borschtsch wurde aufgetragen. Wie ich mich freute über den fetten, heißen Borschtsch, der in einer weißen Suppenterrine atmete und dampfte, ein völlig vergessenes und ungebräuchliches Stück Eßservice, so etwa wie Galoschen. Wie heilsam war dieser Borschtsch! Wie das Blut mir ins Gesicht stieg! Nein, es gibt trotz allem lichte Momente im Leben, nicht nur Schneetreiben und Halbdunkel!

Aber nicht darum geht es: damals, in ausklingender morgendlicher Katerstimmung, als ich froh den heißen Borschtsch aß und Anton mir mit seinem zitronig-grauen Gesicht und einem gummiartigen Reklamelächeln ein Kompliment nach dem anderen machte, was nicht nur für seine Galanz, sondern auch seine Wohlerzogenheit sprach – als ich den heißen Borschtsch aß und Anton sagte, daß er nicht wenig schönen Frauen begegnet ist, aber selten war eine schön im Schlaf, denn im Schlaf entspannt sich das Gesicht der Schönheit und verblödet, es erscheinen die Zeichen einer tief verwurzelten Vulgarität und von Grund auf übler Eigenschaften, aber in meinem Gesicht sah er nur Aufrichtigkeit und Schönheit – damals, in ausklingender morgendlicher Katerstimmung, öffnete sich in meinem Leben eine neue Tür, und herein kam, aus dem leichten Dezemberfrost, mit dem festen Schritt des erfolgreichen und berühmten Mannes – Wladimir Sergejewitsch, mein Leonardik!

4

Er kam herein unter den Variationen meines Lachens. Ich lachte, den Kopf zurückgeworfen, ein erfreutes und zugleich mißtrauisches Lachen darüber, daß ich schön und aufrichtig gewesen sein sollte in diesem benebelten Schlaf nach dem Liebemachen, in den ich gesunken war, ohne überhaupt zu mir gekommen zu sein, das heißt, von einem Aussteigen ins andere geraten, und Antontschik, der sich später als seltenes Arschloch erwies, wandte sich zur Tür und sagte: Ah, grüß dich! – Ich sah mich um und erblickte dich, Leonardik!

Du kamst nicht aus dem Frost und nicht aus dem dämmrigen Flur einer Hütte, als du deine Autohandschuhe aus feinem Leder aufknöpftest – denn ungeachtet deines Alters warst du ein passionierter Autofahrer –, du kamst zu mir vom

Fernsehschirm, du bewegtest dich im bläulichen Schein der flimmernden Kiste, in einer Wolke träger Worte, du strömtest herein aus der Welt der Kunst, mit einem Kranz von Lorbeer und Respekt – nur warst du kleiner, als ich angenommen hatte, und ein bißchen hagerer, als ich gedacht hatte, aber dein Gesicht mit dem silbrigen Haar, den rötlichen Geheimratsecken und dem unerreichbar hohen Scheitel umgab jenes untrügliche Leuchten des lebenslangen Erfolges, obwohl in seiner Tiefe, wie ich später dann erkannte, eine gewisse Irritation hauste.

Oh, hätte ich zu diesem Zeitpunkt nicht Ksjuschas gute Schule durchgemacht, hätte ich nicht Carlos mit seiner Oxfordschen Eleganz gehabt, hätte ich nicht mit drei Botschaftern gleichzeitig an einem Tisch im »National« gesessen, den äthiopischen Geschäftsträger nicht mal mitgezählt, wäre ich nicht mit großen Tieren wie Gawlejew und mit im Vergleich zu dir zweitrangigen Berühmtheiten befreundet gewesen – ich wäre bei unserer Begegnung zu Stein erstarrt! Aber ich war nicht mehr das dreiundzwanzigjährige Dummchen, das in das angebetete Moskau geflüchtet war, aus dem russischen Provinzstädtchen, wo es, ehrlich gesagt, nichts Gescheites gibt, nie gegeben hat und niemals geben wird.

Ich sprang nicht auf wie ein Schulmädchen. Ich erwartete, ohne mich vom Stuhl zu erheben, seinen Blick und seine Begrüßung, und in dieser Begrüßung lag – ich schwöre! – bereits sein Interesse und nicht nur abstrakte Höflichkeit und der Humanismus einer außergewöhnlichen Persönlichkeit. Darf ich vorstellen? strahlte Anton, der das scharf beobachtet und registriert hatte, und er wurde mir persönlich mit Vor- und Vatersnamen und Händeschütteln vorgestellt. Und das ist, sagte Anton, und sie betrachteten mit Entzücken meinen zarten Hals, der aus dem bunten, überwiegend lila Kleid hervorblitzte, das etwas Zigeunerhaftes hatte, jedoch was Eleganz betrifft, absolut tadellos war, ein Geschenk meiner Verräterin, die mich als Frühstück Antontschik zum Fraß vorgeworfen hatte, als Nachschlag zu den Schweinereien der Nacht, als Nachschlag, den Männer weniger aus Gier als aus einem unfreiwilligen Zustand der regenerierten Bedürfnisse ihres Körpers heraus fordern. – Und das ist – sie betrachteten mich mit Entzücken, und das etwas trockene Profil von W. S. wurde weicher, dieses Medaillonsprofil, das durch Siege geprägt war und das er zu oft allem möglichen Gesocks großzügig zum Geschenk machte, obwohl es auf den Fotos mit den Widmungen, die in seinem Arbeitszimmer hingen, von der Hitze ein bißchen verschrumpelt war, doch auf allen konnte man sehen, daß er in seiner Jugend willensstark und stürmisch gewesen war: da blickt Hemingway persönlich W. S. aufmerksam an und drückt ihm die Hand, im Hintergrund eine südliche, nichtrussische Stadt, und W. S. blickt ebenso aufmerksam Hemingway an. – Und der da, was ist das für ein Methusalem? – Das war der seinerzeit legendäre Erzähler Dshambul. – Kenn ich nicht... Und der da, der mit dem freundlichen Gesicht und der Schachtel in der Hand? – Kalinin. Mein erster Orden. Und schau hier. An der Front. Mit Rokossowski. – Und das? – Das ist uninteressant. Irgendein Volkschor... – Und gibt es Fotos mit Stalin? – Ja. – Er beugt sich vor und greift in die Schreibtischschublade, wo er sie aufbewahrt. – Hier. Im Georgssaal. – Und du, wo bist du? – Siehst du, in der linken Ecke, hinter Fadejew und Tscherkassow. – Oh, wie klein er ist! – Große Männer waren immer etwas kleiner – sagt er leicht beleidigt. – Dann bist du auch ein großer, mein großer Mann! – Er tat meine Bemerkung bescheiden scherzhaft ab: Ich denke, in meinem Nachruf wird man »hervorragend« schreiben. Als ob er es geahnt hätte! In seinem Nachruf stand geschrieben: hervorragend. – Und das bin ich mit Schostakowitsch. – Und wieso guckt er so schuldbewußt? – Er hat sich wohl was zuschulden kommen lassen. – Er versank über den Fotos in Nachdenken, lächelte gutmütig bei dem Gedanken an seine stürmische Jugend und fügte hinzu, wobei er mit irgendwas spielte, er liebte es, irgendeinen Gegenstand zwischen den Händen herumzudrehen: Schächtelchen, Bonbonpapier, eine Gabel, meine Brosche oder eine Haarsträhne. Damals war es nicht schwer, sich etwas zuschulden kommen zu lassen – fügte er hinzu, denn er hielt mich immer seiner Hinzufügungen für würdig. – Mich hat es auch einmal getroffen... Er versank erneut in Nachdenken, aber nicht gequält, nicht beunruhigt, nicht trübsinnig, nicht vernagelt, wie all diese *kleinen Nummern* in Nachdenken versinken – so nannte er sie, Gesindel und Hühnerhirne, alle, die rechten und richten, was das Zeug hält, die an loser Zunge und einer Neigung zu unverzeihlicher Verallgemeinerung leiden – aber er ließ sich nicht dazu herab, mit seinem Medaillon in diesem Spiel mitzumischen, na ja, zu pokern eben... – Kunst muß konstruktiv sein – brummte er, eher friedfertig als böse. – Und was verstehen *die* von dem Geschäft? – Er liebte dieses Wörtchen »Geschäft«, er gebrauchte es im offiziellen und alltäglichen Sinn, und sogar einige absolut irdische Dinge nannte er liebevoll »mein Geschäft«. Im Tiefsten meines Herzens war auch ich immer eine Patriotin gewesen, und ich sagte: Stell dir vor, meine Freundin, meine herzallerliebste Ksjuscha, schreibt mir aus Fontainebleau verheulte Briefe! Er hörte mir überaus aufmerksam zu, wobei er an seinem Ohrläppchen zupfte – auch so eine Angewohnheit – überhaupt, schöne Ohren hatte er, Rasseohren: sie standen nicht ab, die Ohrläppchen waren nicht angewachsen, und sie waren nicht spitz – sie waren biegsam, sie fesselten mich und deuteten auf seine musikalische Natur hin. Ich bemerkte diese Ohren sofort, obwohl Ohren bei uns kein Gesprächsthema und nicht in Mode sind – die Leute sind nicht gerade verwöhnt – ein Busen, ja, oder Schenkel, große Busenfans sind sie – ich sage das aus eigener Erfahrung –, ein Busen ist enorm interessant, ganz meine Meinung: so ein Busen ist nicht unwichtig, ich hab ja auch Vergleiche angestellt, um dann objektiv den Sieg für mich zu verbuchen, nehmen wir zum Beispiel die besagten Fotos, und da fragen mich die beiden Iwanowitschs noch:

auf welche Fotos spielen Sie an? – als ob er sich nur mit Hemingways hätte fotografieren lassen! und ich sehe – das hat sie an einem wunden Punkt getroffen, bloß, sage ich, lassen Sie sich nicht einfallen zu suchen, wenn Sie eine Haussuchung vornehmen, werden Sie nichts finden, so blöd bin ich auch wieder nicht, aber schöne Ohren werden zu Unrecht wenig geschätzt und nicht beachtet: ein kompliziertes Organ. Ein nützliches zudem. Und auf dem Medaillon, das möchte ich hinzufügen, ein gut sichtbares. Sichtbarer als Augen und Augenbrauen. Also jedenfalls im Profil. Obwohl ich auch, als es allgemein in Mode war, sofort – ganz stolz auf mich – den BH ablegte, was bei Polina eine süßsaure Grimasse hervorrief, und wie sie böses Blut produziert hat, deswegen und darüber hinaus: literweise! literweise! Kaum hat sie mich erblickt, ist sie auch schon auf Streit aus – in Koktebel habe ich mich bei Ksjuscha beklagt, und Ksjuscha ging ganz vorsichtig mit mir um, mit Samthandschuhen, um mich nicht unabsichtlich zu erschrecken und mit einer ungeduldigen Bewegung zu verletzen, sie sah ja, daß ich mir nichts dabei dachte, daß ich naiv war und mitgekommen, um ein bißchen verrückt zu spielen und im aufreizenden Badeanzug am Strand einherzustolzieren, sie versank wegen mir im Boden vor Scham, meine Ksjuscha, so wichtig war ich ihr! Aber Polina kriegte regelrecht hysterische Anfälle und wollte nichts hören, einmal hat sie Kleiderbügel nach mir geschmissen, das hätte mich fast ein Auge gekostet, dabei habe ich doch schon einen einäugigen Papascha! Das ging so weit, daß sie laut schrie: die muß gehen! – nur war ihr der Meister in Gestalt des allmächtigen Viktor Charitonytsch im Wege, der große Stücke auf mich hielt und mich bewunderte und außerdem bis zu einem bestimmten Punkt schützte, der mir erlaubte, zu spät oder überhaupt nicht zu kommen und ein einigermaßen freies Leben zu führen, aber wie sie frohlockte! wie gehässig sie wurde! als dieser gewisse Punkt erreicht war und der Haß mir wie kochendes Wasser glatt die Füße verbrühte, und ich war noch bemüht, mich aufrecht zu halten, als ob man sich an Haß gewöhnen könnte. Nie im Leben gewöhnt man sich daran! Allerdings kann ich mich bis auf die letzte Geschichte nicht beklagen, Charitonytsch hat mich geschützt, mir Vergünstigungen zugeschustert, dies und das, na ja, es gab Neid im Kollektiv, woher die Privilegien, aber was geht euch das an? Natürlich wurden diverse Vermutungen ausgestreut, nur gaben wir keinen konkreten Anlaß dazu, jedenfalls nicht vor aller Augen! Obwohl es natürlich Fehlleistungen gab, seinerseits, nicht meinerseits! denn er wollte von vernünftigem Maß nichts wissen und ging auf meine Kosten Risiken ein, indem er mich wie beim Kommiß in sein Arbeitszimmer zitierte: wir hätten was zu besprechen. Ich lehnte ab, er schmollte, Polina spie Gift und Galle, aber eigentlich hatten wir folgenden Plan: ich sollte ins Bolschoi wechseln und die Rolle der Königin tanzen – nicht unbedingt tanzen, wichtig ist hier die graziöse Bewegung, Hauptsache, man besitzt die Fähigkeit, majestätisch den Kopf zu neigen und sich mit dem Fächer Luft zuzufächeln – all das ist bei mir schon genetisch angelegt und leicht zu entwickeln, zudem die Versuchung: all diese verdienten und Volks-Künstler tanzen zu deinen Füßen, weshalb der bescheidene Zuschauer von weitem auf die optische Täuschung reinfallen und mich für die Solistin halten könnte, warum ihm also keinen Bären aufbinden? Die Sache war schon zum Teil entschieden, jedenfalls waren erste Schritte eingeleitet und Kontakte geknüpft, Beziehungen in Gang gekommen, und sieh da, mir eröffnete sich die Perspektive, nicht nur Provinzler zum Narren zu halten, sondern auch auf Auslandstournee zu gehen, doch da besann sich Viktor Charitonytsch eines Besseren und bremste ab, weil ihm klar wurde, daß ich, einmal seiner Protektion entzogen, unerreichbar würde wie eben jene Königin, das kapierte er, aber auch diese psychologische Barriere konnte beiseite geräumt werden: er war zwar stur, aber nicht nachtragend, und übrigens ja nicht mehr der Jüngste, und ich würde ihn ja auch nicht kränken, und wenn doch, wäre das auch keine Katastrophe, er würde das schon wegstecken und verdrängen: die Auswahl ist groß, sie warten ja alle nur auf Privilegien, er würde sich trösten, es wäre nichts weiter, und versprochen ist versprochen, ich habe mich ja nicht umsonst in Geduld gefaßt! Und gerade hatte ich begonnen, unmerklich die psychologische Barriere beiseite zu räumen, nach dem Motto, von nichts kommt nichts, als ich mich plötzlich für eine andere, ausschließlich private Seite meines Lebens heftig engagierte, denn gerade hier war der Anfang vom Ende meiner Engelsgeduld gekommen, in ausklingender morgendlicher Katerstimmung, in genau dem Moment, als ich den Kopf zurückwarf und über eine zufällig geistreiche Bemerkung lachte, und da fragte er unauffällig: und wer ist das? – Und das ist – antwortete Anton und zog meine Vorstellung in die Länge, trotz aller Komplimente, eher aus Vergeßlichkeit, aber was Namen angeht, bin ich ja selbst leidenschaftslos, nach dem Prinzip: Hauptsache, einer ist in Ordnung. – Ira – stellte ich mich im rechten Moment und so ganz nebenbei vor, als hätte ich ein Vergißmeinnicht am Sumpfrand gepflückt. – Das ist Ira! – sagte Anton ganz eifrig, dem dieser schlichte Name allerdings hätte einfallen können, den mir Ksjuscha zurückgegeben hatte, nicht ohne Zögern meinerseits, denn nachdem Viktor Charitonytsch den Anfang gemacht hatte, nannten mich alle deprimierend vulgär *Irena*, und mir gefiel das sogar – *Irena*! – bloß Ksjuscha faßte sich an den Kopf: das ist dasselbe wie in Synthetikklamotten rumzulaufen! – Ich war beleidigt und ließ den Kopf hängen, weil ich als erste Intellektuelle in der Familie nicht gleich imstande gewesen war, einen unechten von einem echten Stein zu unterscheiden, und indessen vergingen die Jahre. Alles weitere klang wie eine Lobeshymne. Er sagte, mich Ira zu nennen, das würde bedeuten, mich überhaupt nicht beim Namen zu nennen, denn ich sei – der Genius der Liebe, unübertroffen, göttlich, toll! – Papa! – rief Anton feurig aus. – Du glaubst es nicht! Ich meine, das ist wirklich...! Er rollte die Augen und richtete seinen Morgenrock, der durch die heftige Bewegung aufgegangen war, allem Anschein nach hatte er den in Paris gekauft, wohin er nicht seltener fahren konnte als ich nach Tula, nur hatte ich in Tula nichts verloren.

Wladimir Sergejewitsch sagte überhaupt nichts, sondern ging zum Tisch, goß sich ein Glas Wodka ein und trank es aus. Aus der Küche erschien die mufflige Hausangestellte in weißem Schürzchen mit dem Vorschlag, das Mittagessen aufzutragen. Der Vorschlag wurde enthusiastisch angenommen, als ob er einen Bärenhunger hätte, obwohl er im Verlauf des Abends mit einem Lachen gestand, daß er satt war bis oben hin, weil er geradewegs von einer Einladung kam, aber ich wußte das nicht und war erstaunt, daß er, nachdem er sich an den Tisch gesetzt hatte, alles mit Ausnahme von einem kleinen Stückchen Lachs ablehnte. Ich beobachtete ihn aufmerksam. Er seinerseits trank ein zweites Gläschen, stieß aber nicht mit uns an, sondern nur so: für sich allein.

– Es ist kalt heute – bemerkte er. – Zwanzig Grad. – Ja. – Anton zog die Stirn kraus und trank auch einen. – Ich mag den Winter – sagte ich leicht herausfordernd, obwohl ich den Winter nie gemocht habe und jede andere Jahreszeit lieber mochte als den Winter. Wladimir Sergejewitsch sah mich mit langsam zunehmender Billigung an. – Das ist gut – sagte er gewichtig – daß Sie den Winter mögen. Jeder Russe *sollte* den Winter mögen. – Warum *sollte* er? – fragte Anton. – Puschkin hat den Winter geliebt – erklärte Wladimir Sergejewitsch. – Na und? – sagte Anton. – Was hat Puschkin damit zu tun? Ich liebe ihn jedenfalls nicht! Ich kann ihn nicht ausstehen. – Dann bist du kein Russe – sagte Wladimir Sergejewitsch. – Was denn, kein Russe? – staunte Anton. – Was bin ich dann, Jude, oder was? – Die Juden lieben den Winter auch – sagte Wladimir Sergejewitsch. – Wie kann man so etwas Schönes nicht lieben? – fragte er und sah aus dem Fenster.

Es dämmerte.

Wladimir Sergejewitsch erschien mir ein wenig streng, aber nichtsdestoweniger war ich glücklich, mit ihm an einem Tisch zu sitzen und mich mit ihm zu unterhalten. – Sind Sie vielleicht Ukrainerin? – fragte er mich ein wenig hinterlistig. – Ich bin waschechte Russin – antwortete ich und fuhr fort – schön ist es im Winter. Im Winter kann man Schlittschuh laufen. – Sie laufen gern Schlittschuh? – Ich schwärme dafür! – Und ich dachte, Sie seien Ukrainerin – gestand Wladimir Sergejewitsch. – Nein, ich bin Russin – sagte ich fest. – Hat Jegor die Eisbahn geräumt? – fragte er Anton. – Im Winter gießen wir Wasser auf den Tennisplatz – fügte er für mich hinzu: auch damals hielt er mich schon seiner Hinzufügungen für würdig! – Weiß der Teufel! – sagte Anton. – Ich laufe sowieso nicht. – Hat er – mischte sich die Hausangestellte ein, die die Teller abräumte. – Das ist gut – sagte Wladimir Sergejewitsch beifällig. – Also, dann gehen Sie nach dem Essen ein wenig Schlittschuh laufen! – Wladimir Sergejewitsch befahl es mir geradezu, und ich antwortete mit einem dankbaren Blick, obwohl ich zum Schlittschuhlaufen ein eher leidenschaftsloses Verhältnis hatte, aber er lächelte mir kaum merklich zu, und ich lächelte ihm kaum merklich zu, und er nahm eine Gabel und begann, mit der Gabel auf den Tisch zu klopfen, er wurde nachdenklich, wandte sich Anton zu und begann mit ihm über Geschäftliches zu reden, welche Anrufe es gegeben hätte, aber das Gespräch war kurz, da Anton das Telefon bereits gestern abgestellt hatte.

Ich zündete mir eine an und hielt die Zigarette in der ausgestreckten Hand: damit gab ich zu verstehen, daß ich nicht nur Manieren habe, sondern meine Handgelenke auch besonders zart sind. Im Wettstreit zwischen dem Exklusiven und dem Normalen spreche ich innerlich dem Exklusiven die Siegespalme zu, und auch meine Knöchel sind schlank, aber kaum ein Mann bei uns ist kein Grobian, wahrhaftig: Busen und Schenkel, das ist ihr armseliges Los, und obwohl ich Flegeln niemals Freiheiten erlaubt habe, war ich nie so einsam wie in ihrer aggressiven Gesellschaft, und mit Wehmut schaute ich in die derben Gesichter, in den öffentlichen Verkehrsmitteln, in den Vorortzügen, den Stadien, den knarrenden Kinositzreihen: für sie waren meine Knöchel und Handgelenke wie für einen Toten die Banja! Gekrümmt vor Sorgen wälzten sie sich in Pulks dahin, sie schlichen als graue Schatten um Spirituosengeschäfte herum, und die besten Seiten meines Wesens blieben für sie unbegreiflich, und ich setzte mich in ein Taxi und überholte sie, bisweilen für den letzten Rubel. Ich begann sie so heftig zu hassen, daß ich sogar auf die Idee kam, sie retten zu wollen. Schon immer hatte in mir eine Jeanne d'Arc geschlummert, und endlich war sie erwacht. Der Geduldsfaden war gerissen.

Na, und jetzt? Alles Mist. Doch ich stelle fest, daß ich immer noch warm und lebendig bin, wenn auch schwanger, wenn auch bis oben hin vollgestopft mit einer tödlichen Mischung, schlimmer als eine Atombombe. Ich lebe und verstecke mich bei Ritulja. Mich kennt die ganze zivilisierte Welt. Aber was hat das schon für eine Bedeutung, wenn die Angst hervorkriecht, unter der Tür hindurch, als Rascheln, knarrendes Parkett oder als ratternder Kühlschrank, wenn er sich plötzlich mitten in der Nacht einschaltet und zu toben anfängt? Ihr Scheusale! Ihr Scheusale! Wie weit habt ihr mich gebracht! Und wäre nicht Ritulja, wären nicht ihre braven und zärtlichen Augen, ihre nachdenklichen Berührungen, die, wenn auch nur für einen Moment, meine vergängliche Schande von mir nehmen, mein unverdientes Entsetzen, was würde mir bleiben als eine Wanne voller Blut mit einem darin auftauchenden Körper? Aber ich bin nachsichtig mit ihr, auch wenn ich ihr nicht ganz vertraue. Zu Stanislaw Albertowitsch habe ich auch kein Vertrauen, aber da er sich nun mal vorgenommen hat, mir zu helfen – soll er es gefälligst tun! Und du, Charitonytsch, du bist auch ein unverschämter Kerl, wenn er auch mal bei mir ein Auge zugedrückt hat, und ich schlief, ich schlief mich aus, bis eins, bis zwei, und danach lag ich im Fichtennadelschaum, und es kam ein Siebenrubelmasseur, ein so anstelliger – obwohl Ritulja nicht schlechter massiert als er –, daß ich schließlich unter seinen Händen erschauderte. Ich habe das nie zugegeben, und auch er ließ sich nichts anmerken und überschritt nie die Schwelle üblicher Höflichkeit – er erzählte mir immer die letzten Neuigkeiten von Schauspielerinnen und Ballerinen – nie hat er sich zu meinem unfreiwilligen Schaudern geäußert. Und dann, nach allem, was gewesen ist, fordert mich Charitonytsch auf, meinen Beschützerinnen in New York eine scharfe Antwort zu schreiben! Nein, mein Lieber. Schreib sie doch selber. Dabei fleht er mich an und ist logischerweise empört, daß das, was noch vor kurzem erreichbar war, nun weit entfernt ist – es gehört dir nicht mehr! Und ich habe über dich gelacht, du Mistkerl! Und du hast dich gekrümmt! Und ich habe gelacht!

Man reichte Kaffee. Das Gespräch wurde wieder allgemein und lebhafter, aber plötzlich waren schwere Frauenschritte zu hören, und zu uns ins Eßzimmer, wo die Unterhaltung so zwanglos dahinplätscherte, wobei Wladimir Sergejewitsch mich irgendwie so-so anschaut, obwohl er immer ein zurückhaltender Mensch war, der sich von klassischen Vorbildern leiten ließ, nicht so einer wie Anton – dem tropfte die Soße aus dem Mund, er machte viel zuviel Lärm, um tiefe Empfindungen haben zu können, dafür begnügte sich Wladimir Sergejewitsch, der das Dessert abgelehnt hatte, mit einer freundschaftlichen Unterhaltung, als die Hausherrin das Eßzimmer betrat.

Voll voreiliger Entrüstung und einem durch nichts gerechtfertigten Selbstwertgefühl musterte sie den Tisch und entdeckte mich, und sie schien sich fast übergeben zu wollen, obwohl ich mich in ihre Richtung kurz erhob, wie es sich gehört, ich erwies ihr die Ehre mit meiner demütigen Miene, aber sie sah mich an wie bestenfalls eine Fledermaus! – Anton! Wer ist denn das wieder? – kreischte sie auf. – Das ist Ira – stellte Anton kaltblütig vor, der ihre Mißstimmung wohl nicht wahrzunehmen gedachte. – Möchtest du Kaffee? – Du weißt genau, daß ich Kaffee nicht vertrage. – Die vertrug überhaupt nichts, diese überfütterte Truthenne, diese schlecht erzogene Gans, die in der mondänen Welt die gebildete Frau markierte, die was von Kunst versteht, und nachdem sie mich von Kopf bis Fuß gemessen hatte, als ob ich das Familiensilber mit den Monogrammen klauen wollte, das ich nicht einmal bemerkt hatte, da ich von Natur aus nicht die geringste Neigung zum Materiellen habe, hatte sie sich prompt ein falsches Bild von mir gemacht und verließ den Raum. Wie konnte er mit ihr zusammensein? was hatte er – ein Mann von geistigen Qualitäten, den es heimlich danach verlangte, sich von der Familie zu befreien – mit diesem fauchenden Weib gemein? Zugegeben, nach einigen verblichenen Fotos zu urteilen, war sie in ihrer Jugend zwar keine Schönheit und nicht einmal ein fürs Auge gefälliges Wesen, aber sie konnte doch für sich einnehmen, sagen wir mal, mit ihrer Belesenheit und ihrer Hingabe an die Ideale des Ehemanns, worauf Wladimir Sergejewitsch naiv und wenig weitblickend anbiß, doch das süße Leben, in dem sie dahinvegetierte, hatte sie endgültig verdorben. Nicht jeder ist einer so luxuriösen Existenz gewachsen, obwohl mir andererseits, als ich Wladimir Sergejewitsch näher kennenlernte, auffiel, daß auch er nicht ohne ist, vermutlich hat er seiner Sinaida ordentlich auf den Nerven rumgetrampelt und öfter mal über ihr frisches und rundliches Gesichtchen gespottet, abgesehen davon, daß das Leben auf ihrer Datscha, wo bloß noch zahme Elche fehlten, einem Außenstehenden als fröhliche Symphonie in Dur erscheinen mochte, um einen Terminus aus der Musik zu gebrauchen, denn die Musik ist mein einziger Genuß bei all den Strapazen, doch beklagt habe ich mich nie, ich habe nie die Waffen gestreckt, aber manchmal, wenn ich mich aus einem fremden Fenster lehnte, im Stadtteil der Boulevards, wo ich Modell stand, frisch in Moskau angekommen, um für den begnadeten Maler Agafon die Rolle der Märchenfee für Kinderbücher zu spielen, sehe ich: die Straßenbahnen klingeln, Bäume, Dächer, und weiter entfernt Teiche, Teiche, und von oben sehen die Leute sogar ein wenig glücklich aus – und man braucht nichts weiter, man könnte den ganzen Tag dasitzen und den Sonnenuntergang betrachten, in ein weißes Laken gehüllt. Ich wünschte diesem Luder Witwenstand und Blamage an den Hals, obwohl ich nicht bösartig bin. Sie hat ihr Teil abgekriegt. Inzwischen war der Kaffee getrunken, der Kognak ging ins Blut, der Kater war spurlos verschwunden. Ich will Schlittschuh laufen! Wollen Sie nicht? frage ich ihn direkt. Er lehnte ab, sah mich aber nicht ohne Hintergedanken an. Antontschik verteidigt seine Interessen und lädt mich ein, noch eine Weile oben in den Ledersesseln zu sitzen, aber ich kenne den Preis für dieses Angebot, und er sagt, er würde mich liebend gern zu Gast behalten, nur seine Mutter, die immer die Familieninteressen im Auge behält, könnte das falsch verstehen, obwohl sie mit der Schwiegertochter auf Kriegsfuß steht, woraus ich schließe, daß Anton offenbar verheiratet ist – mit Kind als Draufgabe! – ein Nichtsnutz, ein Passant, und ich will los nach Moskau, ich gebe ihm meine Telefonnummer ohne jedes Engagement, und was für ein Zufall: Wladimir Sergejewitsch muß auch aufbrechen und ist bereit, mich mitzunehmen. Ich bemerke eine gewisse gemeinsame Wellenlänge, aber ich zögere noch, mir zu gratulieren. Antontschik lockte mich trotzdem zu guter Letzt noch verstohlen nach oben, wo einzelne Stücke meiner Toilette verstreut herumlagen, und ich gab nach: wozu ihn mir zum Feind machen? Bloß, Antontschik benahm sich wie ein Sohn, der seines toten Vaters nicht würdig ist! Ja, ja, Antontschik, ich schreibe das und verzeihe dir nicht. Ich habe auch nichts zu lachen! Gegen neun Uhr am Abend verließen Wladimir Sergejewitsch und ich sein gastliches Haus. Der Wächter Jegor, der sich nur den Anschein gab, Wächter zu sein und mit großen Augen das paradiesische Leben verfolgte, zeigte sich dienststeifrig und arschkriecherisch wie in alten Zeiten, gab uns seinen Segen mit auf den Weg, öffnete das Tor und stand stramm, mit vorgestrecktem Bart, allein Sinaida kam zum Glück nicht heraus, sie habe Migräne und lese im Bett – das teilte Antontschik mir mit, während er mir als Zeichen seiner Dankbarkeit die Hand küßte. Er war zufrieden, der Wichser!

5

Ach, Ritulja ... Gott mit dir! Wir fahren weiter. Moskau nähert sich. Zwischen Fichten und Tannen, inmitten der Feldblumen brennt Moskau am Himmel: man wollte mir das Recht entziehen, dort zu leben, aber ich habe es nicht zugelassen, ich bin zur Furie geworden. Aber damals, an jenem Abend, als Wladimir Sergejewitsch, mir in stummem Entzücken zugewandt, sich Moskau näherte, war alles schlaftrunken, Nebel über den Wiesen, der Fluß strömte dahin, alles war romantisch und flimmerte wie im Fernseher. Das einfache Volk legte sich schlafen in seinen Dörfern, die Weiber ächzten, über die Waschbecken gebeugt, das Vieh muhte im Dämmer, ein Bauer betrachtete seine Füße und kratzte sich die Brust. Wir fuhren durch all das hindurch. Fast hätten wir uns zu Bruch gefahren, ohne uns noch über irgendwas verständigt zu haben. Das brachte uns einander nahe.

Wladimir Sergejewitsch konnte sich lange nicht entschließen. Ich sah das, aber ich konnte mich auch nicht entschließen, ihn zu ermutigen, doch Moskau kam näher. Ich begann bereits unruhig zu werden. Ich war in echter Panik, weil ich sah, wie er die Sache quälend in die Länge zog. Endlich fragte er mich streng: Erinnern Sie sich an Puschkins Märchen vom Fischer und dem Fischlein? Ich erinnerte mich an das Märchen, aber nicht gut, ich hatte es schon lange nicht mehr gelesen und erinnerte mich nur noch dunkel. – In groben Zügen – antwortete ich ausweichend. Er hatte so streng gefragt, daß mir ganz mulmig wurde: prüft er etwa meine Bildung? wird er mich das Märchen auswendig hersagen lassen? Was weiß man, was ihm alles in den Sinn kommt! Ich kannte ihn damals noch gar nicht. Und so antwortete ich: Also, in groben Zügen, natürlich... Nein, das ist unerträglich. Ich erwürge sie! Ich ging zu ihr rüber und drehte sie auf die Seite. Im Bauch zieht's, die Brust tut weh. Trübnis. In Ordnung, heute schreibe ich nicht mehr lange. Wir fahren weiter. – Erinnern Sie sich, in diesem Märchen – sagte nach kurzem Schweigen Wladimir Sergejewitsch – bittet der alte Fischer das goldene Fischlein um seine Dienste... – Er wünscht sich einen neuen Trog! – sagte ich, mich erinnernd. – Nicht nur das – erwiderte Wladimir Sergejewitsch, während er unbeirrt in seinen Autohandschuhen das Steuer hielt, und immer duftete er nach gutem Aftershave, das war bestechend – aber manchmal, als er noch lebte, war er so unentschlossen... – Jedenfalls – sagte Wladimir Sergejewitsch – meiner Meinung nach war er einfältig, der Alte. Er hat den Kopf verloren, sich nicht das Richtige gewünscht, und letzten Endes ist das Fischlein davongeschwommen. So daß also, Irina... – Ich fuhr richtig zusammen beim Klang meines Namens. – Spüren Sie in sich die Kraft und den Wunsch, zum Beispiel das goldene Fischlein zu werden? – Er ging aufs Ganze. – Manchmal ja... – antworte ich unbestimmt und denke: ist er drauf und dran, mir Geld anzubieten, mich zu beleidigen, hält er mich vielleicht für eine andere, oder, man kann wohl sagen, für ein Flittchen? – Obwohl ich – füge ich hinzu – nicht im geringsten aus Gold bin und auch nichts übrig habe für niedrigen Materialismus. – Wo denken Sie hin! – ruft er erschrocken aus. – Ich meinte das in einem hehren Sinne! – Na dann – sage ich beruhigt – dann ja. – Dann – sagt er – wissen Sie, *was* ich mir von Ihnen wie von dem goldenen Fischlein wünschen würde? – Ich fürchte – antworte ich – ich kann es erraten... – Sein Gesichtsausdruck änderte sich scharf. – Warum – sagt er – fürchten Sie das? – Er sieht mich schräg von der Seite an. – Ich bin kein Ungeheuer.

Ich habe – fügt er bitter hinzu – ganz aufgehört, ein Ungeheuer zu sein... – Ich verstehe – nicke ich – ich verstehe alles, aber trotzdem sind Sie mir nicht geheuer. Sie sind eine Berühmtheit, jeder kennt Sie, ich fürchte mich geradezu, Ihre Hand zu berühren. – Er freute sich und wurde heiter: Irina! – sagt er. – Ich bin bezaubert von Ihrer Aufrichtigkeit. – Und hier legt er seine Hand auf mein Knie und drückt es kameradschaftlich. Der Druck seiner Finger hinterläßt eine unauslöschliche Spur: ich fühle ihn auch jetzt noch, trotz der Repressalien, denen ich ausgesetzt bin.

Das waren nicht die Finger eines alten Lustmolchs, obwohl er natürlich ein alter Lustmolch war, ganz krank vom häufigen Mißbrauch, denn im Unterschied zu den Russen, wie er sagte, obwohl er selbst Russe war, liebte er die Frauen mehr als den Wodka, und den hat er auch nicht verachtet.

Ein echter Lustmolch, einer *mit Klasse*, versteht es, seine Lüsternheit zu verbergen, er markiert den Kumpel, den Freund, eine unbeteiligte Person, jedenfalls einen, der nicht das eine im Sinn hat, und diese Sorte Schürzenjäger ist gefährlich und aufregend für eine Frau, dagegen sind die Offenherzigen, die ganz Demonstrativen, die ein verwegenes und entschlossenes Gesicht aufsetzen – einfach Kletten, und ich finde es geradezu komisch, die Bewegungen ihres Körpers zu beobachten. Wladimir Sergejewitsch hatte, nicht nur was Ruhm und Ehre betraf, eine hohe Stufe erklommen. Er war auf der ganzen Linie erfolgreich! Aber das Alter gewann die Oberhand – was soll das heißen, gewann die Oberhand? Natürlich, er verstand es, für sich verschiedene Ventile zu finden, jedoch war er hilflos, was das Wesentliche anging, und entsprechend verdrossen. Man brauchte über keinen besonderen Scharfblick zu verfügen, um das zu erraten. Er war dermaßen verdrossen, daß sich dieser Verdruß sogar darüber mitteilte, wie er mein Knie drückte. Er drückte es mit Verdruß. Dabei aber mit Würde. Ich sagte daraufhin einfach so zu ihm: Wissen Sie was, Wladimir Sergejewitsch. Das goldene Fischlein kann auch seine Launen haben. – Er reagierte auf meine Worte mit der Beteuerung, daß er nicht in meiner Schuld stehen wird, in dieser Hinsicht seien Sie ganz beruhigt. – Nein – sagte ich. – Sie verstehen mich nicht. So bin ich geschnitzt. Ich kann nur, wenn da Liebe ist.

In seinen Augen las ich leises Mißtrauen, und ich war ernsthaft unangenehm berührt, denn immer habe ich die Liebe gesucht, ich wollte lieben und geliebt werden, aber mich umgaben selten Menschen, die es wert waren, denn so welche gibt es überhaupt wenig. Wo sind sie? Wo? Seit einiger Zeit habe ich zu zweifeln begonnen, ob es das Edle und Herzliche im Menschen überhaupt gibt. Für mich registrierte ich: achtzig Prozent meiner wahrhaftig nicht zahlreichen Männer schliefen, nachdem sie die Waffen gestreckt hatten, unverschämterweise ein, sie vergaßen mich einfach, und ich ging ins Bad, um mich zu waschen und zu weinen. Andererseits, die übrigen zwanzig Prozent schliefen nicht ein, sie warteten, daß ich zurückkam, aber sie verlangten verschiedenartige Fortsetzungen, um ihren Egoismus zu befriedigen, wie zum Beispiel: sie rauchten im Bett, waren stolz auf sich, demonstrierten ihren Bizeps, erzählten Witze, diskutierten die Mängel anderer Frauen, klagten über diverse negative Aspekte von Familie und Alltag, verlangten aufheiternde Magazine, tranken, sahen sich im Fernsehen Sportsendungen an, aßen belegte Brote, boten mir ihren Rücken zum Streicheln und schnurrten, und dann suchten sie mit frischer Kraft meine Umarmungen, mit rein egoistischen Absichten, um danach schließlich einzuschlafen wie die ersten achtzig Prozent, und ich ging ins Bad, um mich zu waschen und zu weinen.

Ich verberge es nicht: es gab Ausnahmen. Es gab den Botschafter Carlos mit seinen schicken Manieren, die einer Frau Glück verhießen. Es gab Arkascha, der mich hingebungsvoll liebte, ungeachtet dessen, daß er ein gewöhnlicher Doktor der Naturwissenschaften mit einem klapprigen Schiguli war, aber seine Frau kriegte wie aus böser Absicht Zwillinge, und er war gezwungen, sich von mir zu trennen. Es gab Dato, den georgischen Geiger und Cellisten. Er liebt mich auch jetzt noch, er würde auch heute noch an meine Wohnungstür klopfen, vermutlich tut er das auch, aber ich bin nicht mehr da, und das Licht ist gelöscht, und auf dem Fußboden liegen die nicht weggeräumten Scherben: ich wohne bei Ritulja. Sie schnarcht wieder. Sobald sie was getrunken hat, schnarcht sie. Aber Dato war ein Sklave georgischer Sitten, und seine Eltern liebten mich wie eine Tochter, aber für die Heirat mußte eine unberührte Unschuld her! Dato weinte, es weinte sein Vater, der Staatsanwalt Wissarion, alle weinten wir: ich war *keine* unberührte Unschuld. Und dann? Nach der Hochzeit kommt er zu mir, faltet die Hände, wie nur sie es können, und sagt in seinem kaukasischen Jargon: Gib's mir! – Nein – antworte ich. – Nichts kriegst du von mir! Schlaf ruhig mit deiner geflickten *Taschkenter* Unschuld! – Nein, es gab natürlich nicht wenige Männer, die es wert waren – mein Toilettentischchen bricht unter ihren Trophäen zusammen, und sie erregten mich, ich hatte immer was übrig für mein eigenes Vergnügen, obwohl Ksjuscha, weise wie eine Katze, mich gelehrt hat, die Männer auf Distanz zu halten und von ihnen nur meinen eigenen Launen entsprechend abhängig zu sein, aber meine Laune war an diesem schwülen Abend voller Phantasie und Feldblumen, als Wladimir Sergejewitsch und ich uns Moskau näherten, das sich im Himmel widerspiegelte, grenzenlos. – Wladimir Sergejewitsch – sagte ich. – Ich werde ein Wunder vollbringen. Ich verberge es nicht: ich bin der Genius der Liebe... ABER DAFÜR MÜSSEN SIE MICH HEIRATEN!

Was da mit ihm passierte! Nein, was mit ihm passierte! Ksjuscha, du wirst es nicht glauben! Er brach in ein dermaßenes Gelächter aus, daß wir buchstäblich vom Weg abkamen und direkt vor die Scheinwerfer eines uns entgegenkommenden Wagens rasten. Beinahe wären wir draufgegangen wegen seines Gelächters, in dem Begeisterung mitklang und totales

Befremden. Wir schafften es gerade mal so eben. Ein wütender Autofahrer rannte auf uns zu, der sich vor lauter Schiß um sein Autofahrerleben erst mal prügeln wollte. Aber Wladimir Sergejewitsch fand die gebührenden Worte. Der andere verlor auf der Stelle den Mut und beruhigte sich. Wladimir Sergejewitsch war eben eine starke Persönlichkeit. Das Auto stand mit verstummtem Motor am Straßenrand. Wladimir Sergejewitsch legte mir wieder die Hand aufs Knie und drückte es wieder, und er sagte lakonisch: Das paßt.

Am Himmel brannte Moskau. Wir küßten uns lange. Gefühlvoll und unschuldig war dieser Kuß, der unser Abkommen besiegelte und bei dem das Miststück Sinaida Wassiljewna in ihrem breiten Bett zusammenzuckte.

6

Vater Weniamin, ein Pope von aufrichtiger und reiner Seele, taufte mich gestern nachmittag in der stillen Abgeschiedenheit der ihm anvertrauten Kirche. Dezent wandte er sich von der Sünde ab und übergoß mich mit Weihwasser, und die alte Meßdienerin, ein liebes Muttchen mit Metallkronen, zog am Gummi meines Slips, damit das Weihwasser meine Scham und Schande abkühlte. Trotz meiner Schwangerschaft sah ich aus wie ein junges Mädchen, nur die Brüste sind schwer geworden und hängen, als wären es nicht meine.

Im weißen Kleid mit eng anliegender Taille, in weißen Strümpfen und blauem Schal flatterte ich beflügelt, luftig und zart aus der Kirche hinaus, ich grüßte die Sonne, den Ahorn und die Bettler, ich grüßte die Friedhofskreuze und die Kränze, auch die schwarzen Zäune, den Hauch der ausgezehrten herbstlichen Erde, das Rattern der Züge. Als Tochter der orthodoxen Kirche und als demütige Novizin erkläre ich hiermit den Waffenstillstand, was meine engherzigen und unfrommen Kämpfe angeht, ich bitte meine Feinde um Vergebung, und beim geringsten Anlaß suche ich Rat bei Vater Weniamin, den eine Aura von unzeitgemäßer, geradezu quälender Heiligkeit umgibt. Niemandem wünsche ich etwas Böses, noch mache ich jemandem Vorwürfe – ich werde ja selbst niemals Reinheit erlangen –, und sollte ich sündigen, so bin ich jetzt doch näher an Gott, bezüglich dessen meine Zweifel sich rasch verflüchtigen. Heute glaube ich stärker als gestern! Morgen stärker als heute!

Ritulja läuft herum und ist neidisch. Sie hatte auch daran gedacht, sich taufen zu lassen, aber ich habe keine Lust, sie mit Vater Weniamin bekannt zu machen, denn sie ist noch nicht reif. – Nun können die Versuchungen besonders verlockend werden – eröffnete mir seufzend Vater Weniamin. – Bekämpfe sie! Sei wachsam! – Ich verstehe! – antwortete ich.

Aber Ritulja ist zu Unrecht böse auf mich.

Herr! Ich verstehe es nicht, zu Dir zu beten, vergib mir, das ist nicht meine Schuld, niemand hat es mich gelehrt, mein Leben floß weit von Dir entfernt dahin, und nicht in die richtige Richtung, aber es geschah ein Unglück, und ich begriff, daß es außer Dir niemanden gibt, an den ich mich wenden könnte. Ich weiß nicht, gibt es Dich oder gibt es Dich nicht, obwohl es Dich wohl eher gibt, unmöglich, daß es Dich nicht gibt, denn ich wünsche mir ganz schrecklich, daß es Dich unbedingt gibt. Wenn es Dich aber nicht gibt und ich in die Leere bete, warum haben dann so viele verschiedene Menschen, Russen und Ausländer, Invaliden und Akademiemitglieder, alte Frauen und jüngere Menschen immer schon, seit ältesten Zeiten, Kirchen gebaut, Kinder getauft, Ikonen gemalt und Kirchenlieder gesungen? Kann das denn alles umsonst gewesen sein? Unmöglich. Niemals werde ich glauben, daß all das reiner Schwindel war und kollektive Kurzsichtigkeit, über die die Menschen plötzlich lachen und spotten!

Natürlich kannst Du mir erwidern, daß ich, solange es nicht dringend war, fern von Dir lebte und mich Vergnügungen hingab, Lieder sang und tanzte. Aber ist das etwa schlecht? Darf man etwa keine Lieder singen und nicht tanzen? Darf man etwa nicht ein kleines bißchen sündigen? Du sagst vielleicht: Nein! Du sagst vielleicht, daß ich nicht nach den Regeln gelebt habe, die im Evangelium stehen, die habe ich halt nicht gekannt. Und nun? Muß ich nun nach dem Tod in die Hölle eingehen und mich ewig quälen? Wenn ja, wie ist das doch grausam und ungerecht! Wenn ich in die Hölle muß, so heißt das, es gibt Dich nicht!

Du *drohst* uns nur mit der Hölle. Sag, daß ich es erraten habe! Aber wenn ich mich irre und es sie doch gibt, dann schaff sie ab durch Deinen göttlichen Willen, begnadige die Sünder, viele von ihnen sitzen schon lange, und laß es uns wissen – und überhaupt, verbirg Dich nicht, warum verbirgst Du Dich schon so viele Jahrzehnte und Jahrhunderte, deswegen zweifeln doch alle und hassen einander! Gib uns ein Zeichen!

Du willst nicht? Du meinst, wir sind unwürdig? Aber dann erkläre, zu welchem Zweck wir hier sind, weshalb Du uns als derartige Mieslinge erschaffen hast? Nein, da Du uns als derartige Mieslinge erschaffen hast, weshalb dann, fragt es sich, auf uns böse sein? Wir haben keine Schuld. Wir wollen leben.

Schaff die Hölle ab, Herr, tu es heute, jetzt! Sonst höre ich womöglich auf, an Dich zu glauben! Und ich bitte nicht nur darum, weil ich um mich selbst besorgt bin, sondern weil wir alle des Paradieses unwürdig sind, und eben weil wir alle unwürdig sind, laß uns ein!

Oder meinst Du, daß ich mich vor Leonardik fürchte? Vor seinen Besuchen? – Natürlich fürchte ich mich! Deshalb wohne ich ja bei Ritulja, die sich auch taufen lassen will, aber das ist heute aus der Mode, und außerdem ist sie noch nicht reif, glaub mir! Aber auch wenn ich ihn fürchte, dann nicht, weil er schrecklich ist: ich habe einfach nicht erwartet, ihn wiederzusehen, und er war im Gegenteil nicht *sehr* schrecklich – bloß die Sache mit diesen Fingernägeln, aber im großen und ganzen zärtlicher als früher, und ich habe den Kopf verloren und Dummheiten gemacht, und ich fürchte mich vor ihm, weil ich es vielleicht nicht aushalten und – das gestehe ich nur Dir – auf seinen Vorschlag eingehen könnte. Aber das Kind, falls ich es behalte – wer ist das? Antworte! Soll ich mich von ihm trennen oder nicht? Aber ist es denn nicht das einzige Zeugnis, das mein Leben bestätigt, außerhalb jeden Lebens, abgesehen vom Leben, das bestätigt, daß ich lebe?

Warte, ich habe noch nichts entschieden, und ich beschwöre Dich, wenn es in Deiner Macht steht, und alles steht in Deiner Macht, er soll noch nicht kommen, verbiete es ihm, ich beschwöre Dich, laß es mich selbst entscheiden und nimm mir die Angst!

Mein Gebet war etwas unzusammenhängend geraten, obwohl ich niemals eine Intrigantin war und kein einziges Mal einen verheirateten Mann in Verlegenheit gebracht habe, nur soll man mich nicht beleidigen, ich beleidige selber, wen ich will, ich habe sogar Dato eine runtergehauen, als er sich mit einer Nutte in jeder Beziehung eingelassen hat, allein um mich zu ärgern, obwohl er das heftig abstritt, als ob sie nicht in den kompromittierenden Posen geschlechtlicher Beziehungen auf dem Diwan gelegen hätten, als ob ich nicht alles mit eigenen Augen gesehen hätte und nicht bereit gewesen wäre, alles zu verzeihen und die ganze Verantwortung auf dieses Miststück mit fettigen Haaren abzuwälzen, das schon seit langem sich zu ihm hinter die Bühne schlich, ihm in die Augen blickte und dummes Zeug plapperte, das unmißverständlich in eine bestimmte Richtung zielte, und ich habe Dato gewarnt – paß auf, ich bin eifersüchtig! das lasse ich nicht zu! das halte ich nicht aus! – aber er setzte ein verständnisloses Gesicht auf, und mit demselben verständnislosen Gesicht sah er mich vom Ort seines Verbrechens aus an, wie damals, als uns Papa Wissarion dabei erwischte, wie ich ihm, dem Idioten, das Hemd bügelte – so weit waren unsere Beziehungen bereits gediehen! Ich bügelte ihm das Hemd, und er fiel mich von hinten an wie ein wildgewordener Kater, und – er kriegte es tatsächlich hin! Er steht da und trällert mit seiner geschmeidigen Stimme kleine Liedchen, zudem auf englisch, er liebte es, Liedchen ins Englische umzudichten, und wir lachten – nur, das war gar nicht Dato: das war dieser Knabe, Wolodjetschka, der ging mir bis zur Schulter, war aber ein sehr geschickter Knabe, der aus dienstlicher Verpflichtung kommerzielle Beziehungen mit dem Ausland knüpfte, und wir machten zusammen Ferien in Jalta, in einem absolut luxuriösen Hotel, wo ein Engländer, Vater von zwei englischen Kindern, an die Tür meines Zimmers Nr. 537 klopfte und mir seine Liebe erklärte, während seine Gattin beunruhigt unten in der Valuta-Bar saß, aber ich würdigte ihn keines Blickes, und Wolodja wollte gerade in dem Moment abreisen und lud mich ein mitzukommen, aber ich winkte ab: Pah! Als Stewardess habe ich viele Flughäfen der Welt abgeklappert, ich war in Somali und auf Madagaskar, in Dakar und auf Feuerland, und ich wollte auf seine Einladung pfeifen, worüber er sich kaum gewundert hat, er glaubte und respektierte das, er ist *auch* auf der Durchreise in Dakar gewesen, und nun wollte er mich nach Tunis mitnehmen: mach dir keine Sorgen, da geht's nicht zu wie bei den Wilden – ich überlegte, ob ich die Einladung annehmen sollte, obwohl er mir nur bis zur Schulter ging und sechs Jahre jünger war als ich, dafür aber sehr geschickt, fast wie Dato, nur liebte der es mehr, ausgelassen zu sein, rumzumachen und zu beißen – also damals, als sich am Ort des Verbrechens sein gutmütiger Arsch erhob und im Takt glänzte, leugnete er mit der Starrköpfigkeit eines Militärs, obwohl ich bereits die Erklärung gefunden und das kleine Luder gebeten hatte zu verduften! – Also, Fräuleinchen, Sie sollten sich schämen! schämen Sie sich wirklich nicht? – aber sie, nicht die Bohne verlegen, geht zum Spiegel, um sich die fettigen Haare zu kämmen, Schminke aufzulegen, und dabei kicherte sie, wie Dato und ich, als plötzlich der Bezirksstaatsanwalt von Georgien, Papascha Wissarion, hereinkam und mit Baßstimme sagt: oho! – und ich bügle beim Klang der Musik, denn mein Dato ist ein Organist von internationalem Rang, ständig auf Tournee, und dieses Foto von mir hat er mitgenommen, da bin ich fotografiert worden, nach einem Restaurantbesuch in Archangelskoje, mit einem Fotoapparat, der die Fotos sofort ausspuckt, ziemlich angesäuselt, und ich zeige es ihm, ich weiß nicht warum, und er sagt: wer ist denn das? – und tippt mit dem Finger auf den ihm unbekannten Mann, und in der Visage des ihm unbekannten Mannes spiegelt sich wonnige Schlaffheit, wie das bei den Typen bei solcher Gelegenheit immer so ist. Was geht dich das an, verdammt nochmal? Ich will es an mich nehmen, aber er rückt es nicht raus: gib es mir, ich hebe es auf, und er steckt es in die Brieftasche, wenn deine Mutter kommt und es womöglich sieht, und er steckt es in die Brieftasche, ich konnte es ihm nicht entreißen, und so ist das Foto in Flugzeugen und Hubschraubern herumgeflogen, hat die halbe Welt bereist, es war in Somali und auf Madagaskar, in Dakar und auf Feuerland, es war Zeuge der Flugzeugkatastrophe des Jahrhunderts in Las Palmas, und ich sage cool – Stewardess. Sehen Sie, wie ich mich bewege? – Er sieht es. So bin ich mit ihm durch ganz Jalta gelaufen, und dann Papascha Wissarion in der Tür: oho! – aber Dato schwieg, ein zurückhaltender Mensch, wenn auch Georgier, aber die Sorte gibt es im übrigen auch, das habe ich selbst beobachtet, und trotzdem – beim kleinsten Anlaß wird zum Messer gegriffen! – obwohl nicht alle so sind, und als das kleine Luder die Tür hinter sich zugemacht und zum Abschied »auf Wiedersehen« gesagt hatte, als wäre nichts gewesen, Frechheit siegt, da war ich geradezu verblüfft: Klasse, denke ich, die hat Niveau! ungewaschen, aber dermaßen frech, beim Konzert hatte ich Dato so plaziert, daß er ihr den Rücken zuwandte, und er hatte sie anscheinend nicht bemerkt, aber als wir uns ins Auto setzten und über den Rustaveli fuhren, wo es so schön ist und die Geschäfte bis Mitternacht geöffnet haben, da sehe ich: sie sitzt bei uns im

Wagen, und Dato hat sich in unserer Mitte zurückgelehnt, zwischen zwei Mädchen, wie der Hahn im Korb. Nein, sage ich, Dato, so geht's nicht, aber sie küssen sich bereits: sie küßt ihn auf den Mund und krabbelt ihm über die Hosen wie eine Filzlaus. Mein Lieber, dreh dich mal um zu mir! Er war beschäftigt, aber er wandte sich um. Und ich – zack! – knallte ihm eine, er griff nach meinen Händen, er hält sie fest: was ist denn mit dir los? Ich sage: mit wem stellst du mich da auf eine Stufe? – und – ich biß zu! Er vergoß sogar ein paar Tränen, so gekränkt war er, nervös wie viele Musiker, aber immer lustvoll und einfallsreich: nicht, daß er das Foto zerreißen würde oder gar aufheulen vor Eifersucht, er steckte es, im Gegenteil, in die Brieftasche und schleppte es durch die Weltgeschichte, und kaum hat sie die Tür hinter sich zugemacht, da leugnet er alles ab, es wäre ja überhaupt nichts gewesen. Was heißt hier nix gewesen? Ich erstarrte geradezu. Und er begann zu singen:

Come, Marusja, with a duck.
We shall eat and we shall fuck!

Stop! sage ich, Wolodjetschka, das Recht auf Abgeschmacktheiten mußt du dir erst mal verdienen! Dasselbe gilt für Schimpfworte, früher habe ich sie überhaupt nicht gebraucht, ich hielt das für schlechte Erziehung, aber Ksjuscha erklärte mir die Vorzüge, wenn einem Wort, sagt sie, sein ursprünglicher Sinn zurückgegeben wird: das ist geil! Bloß die Lehrerzunft gebraucht sie nicht, die haben ohnehin keinen Dunst, was geil ist. Genau, auch hier hat sich meine Ksjuscha nicht geirrt, aber warum sie immer auf die Franzosen schimpft, ist ein großes Geheimnis, und vor kurzem war sie in den USA, und sie berichtet: dort ist es NOCH schlimmer, ein ganz und gar kulturloses Volk, ungefähr wie unseres, nur ein bißchen reicher, und sie sind sehr stolz auf ihre Aufrichtigkeit. Wir, sagen sie, sind aufrichtig wie sonst keiner, und das ohne alle Komplexe, aber bei denen, berichtet sie, gibt es zu viele aufrichtige Idioten, das hat den Charakter einer Epidemie. Wenn man ihr glauben will, dann hat sie geradezu aufgeatmet, als sie nach Paris zurückflog, ein fürchterliches Völkchen, sagt sie, die Amerikaner. Und einen Geschmack haben die...! In Paris, sagt sie, kannst du sie auf tausend Meter Entfernung erkennen. In den Museen laufen sie wie die Affen mit Kopfhörern rum. Mit was für Kopfhörern denn? Mir paßt nicht, wie sie redet, und je mehr sie redet, desto weniger paßt es mir! Du solltest mal wieder ein bißchen Schlange stehen, sage ich, die Apotheken nach Watte abklappern, und Stiefel für zwei Hunderter, findest du das normal? Sie wird böse. Ich habe niemals Schlange gestanden, sagt sie, ich kann auch ohne Apfelsinen leben: mit billigem Schmelz- oder sonstigem Plastikkäse! Jetzt ist bei mir der Punkt erreicht, ich platze fast vor Wut: Ksjuscha, laß die Amerikaner zufrieden! Ein Volk von aufrichtigen Idioten fliegt nicht zum Mond. Obwohl, andererseits, was denn für Kopfhörer? Das ist so eine Sitte, sagt sie: wenn du ins Museum kommst, nimmst du dir einen Kassettenrecorder als Führer, der quatscht, und du läufst mit Kopfhörer rum. Und so, erklärt sie, latschen die Amerikaner im Gänsemarsch von Bild zu Bild, wie aufgezogen, mit Kopfhörern. Die Stirn in Falten gelegt, die Visagen verblödet. Der mechanische Führer befiehlt ihnen: einen Schritt zurück! Sie tun es. Treten Sie näher an das Bild heran! Sie tun es... Zurück! Zwei Schritte zurück! Sie tun es... Nun in einen anderen Saal. Nummer drei. Sie gehen in Saal Nummer drei, wobei sie Saal Nummer zwei auslassen, wo sie gar nichts angucken, weil ihnen ja befohlen wurde, geradewegs in Saal Nummer drei zu gehen. Na, sind das nicht Idioten? Ich fühlte mich an ihrer Stelle beleidigt: ich finde nichts Schlimmes dabei, nur technischen Fortschritt, und ich würde selber mit Kopfhörer rumlaufen, ein Glück, daß ich mich noch an mein Englisch aus Schulzeiten erinnere, ich kann sogar kleine Liedchen auf englisch singen:

Come, Marusja, with a duck...

Also, er möchte, daß sie mit der Gans zu ihm kommt, die

Gans, verstehen Sie, die Gans! *We shall eat* – also, diese Gans, *eat* – essen, und dann – der Engländer macht Glotzaugen, er strengt sich an, er versteht keinen Humor, er blinzelt, er lächelt höflich, nicht ein Fünkchen Humor, allerdings, sage ich, hängt viel von der jeweiligen Gesellschaft ab: sind es lustige Leutchen, die gleich drauf anspringen, kann das Liedchen sogar zu einem hochkünstlerischen Werk werden, das tief im Leben des einfachen Volkes seine Wurzeln hat, denn das Leben des einfachen Volkes ist, wie ich am eigenen Leibe erfahren habe, eine widersprüchliche und noch nicht ganz überlebte Erscheinung. Es gibt gute Seiten daran, die meinen Patriotismus bestärken (ich bin Patriotin), aber das kann natürlich auch der totale Reinfall werden. Die Juden zum Beispiel sagen, daß wir eine lange Leitung haben, daß es so ein lahmes Volk nicht nochmal gibt. Schon gut! Unser Volk ist nicht besonders fix, besonders auf dem Land, wo sie sogar schlechter leben als eigentlich nötig, obwohl, andererseits, wenn sie besser leben, wenn sie Mandarinen, Walnüsse und Fleisch essen würden – was käme dabei raus? Wie mir die beiden Brüder Iwanowitsch (die sind Journalisten) erklärt haben, trägt das Volk ein unerschöpfliches Reservoir naturgegebener Weisheit in sich, sogar wenn es dumm ist, aber sobald es aufhört zu trinken und schlechter als nötig zu leben, dann büßt es diese naturgegebene Weisheit ein und auch alle übrigen Tugenden, denn die Seele ist rein nur in der Enthaltsamkeit! Richtig, erwidere ich ihnen, mir zum Beispiel ist niedriger Materialismus fremd, und nun, nachdem ich getauft bin, würde ich mit gutem Gewissen unterschreiben: ein Volk mit Seele! Und den Amerikanern tut Ksjuscha unrecht, die sind auch ein gutes Volk, nur sind wir etwas besser! Ich war schon eine echte Tochter der orthodoxen Kirche, nicht irgendeine Abtrünnige, als ich mich zum Gebet auf die Knie warf, auf diese *Bretter* guckte und nicht wußte, was ich sagen sollte. Mersljakow flüstert mir zu: bete! bete! Ich sage: ich bete. Dabei störe ich in der Kirche doch nur die Atmosphäre. Aber als der Geistliche Wenedikt meinen Weg kreuzte, da begann ich allmählich, Schönheit zu erkennen und die Gerüche der ausgezehrten herbstlichen Erde wahrzunehmen, auf die die verwehten Blätter herabflattern, und du wirst einen gelben Teppich unter den Füßen haben, du gehst so für dich dahin, ganz außer dir, mit froher Seele, ein Lied klingt in deinen Ohren, und wenn sie für die Provinzler die Hauptstadt dicht machen, eine permanente Olympiade veranstalten, dann wird es noch besser, denn sonst, das sage ich mit dem Recht auf ein eigenes Leben, verdirbt ihr Charakter und sie wollen gar nicht mehr nach Hause, sie kaufen alles, was sie in die Finger kriegen, besonders wenn es Leute mit gewissen Ansprüchen sind und nicht die letzten Mißgeburten, die Hauptstadt bringt sie ganz aus dem Tritt und demoralisiert sie. Hast du ein Visum für Moskau bekommen, dann fahr nur, wenn nicht, dann bleib gefälligst zu Hause, laß die krampfhaften Bemühungen, sonst hast du des Nachts schlimme Träume, du schreist manchmal im Schlaf, auf der Reise, die eine ganze Nacht dauert, und hier möchte ich eine Tatsache anführen: hin fuhr der Zug immer überfüllt, keine freien Plätze, wie in der Metro, die Leute schlafen in den Gepäckablagen, dafür bin ich zurück manchmal in der vierten Klasse mutterseelenallein gefahren. Zugleich hat sich die Bevölkerung des Städtchens nicht verringert. Ich war zweimal verheiratet, das heißt, noch bevor ich dreiundzwanzig wurde, beide Male aus purer Blödheit, aber darum geht es jetzt nicht: ich fuhr nach Moskau, um in Theater und Restaurants zu gehen, um Luft zu holen, ich fuhr immer öfter, gewisse Bekanntschaften bahnten sich an, aber die Hauptsache war, mein eigener Großpapa lebte in Moskau – eine einzigartige Gelegenheit! – in einer Zweizimmerwohnung! – allein! Also, seine Frau war gestorben, meine Großmutter, und derweil sollte ich mein Leben in der absoluten provinziellen Erbärmlichkeit fristen! Natürlich, nicht jeder hat einen echten Großvater in Moskau, ein alter Stachanowarbeiter mit schwacher Gesundheit, um den sich jemand kümmern mußte. Doch sein Sohn, mein liederlicher Papascha, war so deppert, sich aus Moskau abzumelden, in unserem Nest für alle Ewigkeit klebenzubleiben und sich zum örtlichen Abschaum zu gesellen, in jeder Hinsicht. Ich ahne etwas von seiner kriminellen Vergangenheit, über die sich auszulassen in der Familie nach ungeschriebenem Gesetz nicht üblich war, nicht zufällig war Papascha einäugig, also, er hatte buchstäblich *ein* Auge, und das andere, ein künstliches Auge, war klein und ziemlich mißlungen, wofür ich in der Schule von der ersten Klasse an gehänselt wurde, aber Großpapa hüllte sich vorsichtigerweise in Schweigen, und nun schreibt Mutter: er liegt mit einem schweren Infarkt im Krankenhaus, vielleicht ist er schon tot, was weiß ich? Ich wohne bei Ritulja, obwohl ich die Nase voll davon habe, zum Kukkuck mit ihr! Mutter war ja auch ein Filou, aber als die väterliche Vergangenheit unmittelbar über mir zusammenschwappte, was ich aus jugendlicher Torheit nicht ahnte, während ich mit einem roten Halstuch rumlief, da glaubte ich, so erzieht er mich, so bestraft er mich für meine Vergehen und die schlechten Noten, das muß so sein, ich begriff nicht sofort, ich hätte noch lange nichts begriffen, ich hatte keine Ahnung, und Mutter ging arbeiten und wußte von nichts, aber wie sich ihr alles durch die wehenden Gardinen hindurch offenbarte, als sie mal früher nach Hause kam, da rannte sie unverzüglich zur Miliz, um ihn anzuzeigen, und ich dachte: jetzt gehen sie sich an die Gurgel – so haben sie sich gestritten! –, und Vater, wird behauptet, ist irgendwann mal Kunsttischler gewesen, es geht in der Familie so eine Mär um, doch ich kann mich nicht erinnern, daß er auch nur einmal in seinem Leben ein Stück Rotholz in der Hand gehalten hätte.

Doch sie gingen sich nicht an die Gurgel, sie leben bis zum heutigen Tag, und Großpapa – was ist mit Großpapa? – der bleibt ein lichter Fleck. Ein schwerer Infarkt übrigens. Als Mutter herkam, weil sie aus meinem Unglück Kapital schlagen und nach Israel ausreisen wollte, sagte sie, daß unser Vater vollkommen am Ende ist, daß er das künstliche Auge zum x-tenmal verloren hat und kein neues bestellen will. Jedenfalls ist es nicht ausgeschlossen, daß Papascha gesessen hat, wofür, weiß ich nicht, aber vielleicht wollten sie ihn auch nur einbuchten, und da ist er verduftet, in die Pampa, wo sie mich wegen ihm, diesem einäugigen Schwein, von der ersten Klasse an gehänselt und zum Heulen gebracht haben, und ich war eine für mein Alter selten groß geratene Minderjährige, mit einer reichlich dummen Fratze, zwei Zöpfen und einem ängstlichen, schiefen Grinsen. Ich war ziemlich schüchtern, blödsinnig schüchtern, in der Frauenbanja war es mir peinlich, mich auszuziehen, und in meinem Innersten bin ich so geblieben, erst Moskau hat mir den Schliff der Metropole gegeben – was hab ich mich in Moskau verliebt!

Ich konnte nicht sein ohne Moskau, ich war wie vergiftet. Ich sage es: nachts habe ich wie im Fieber geredet, meinen Mann geängstigt, besonders den zweiten, der war ja praktisch eine stadtbekannte Berühmtheit: ein Fußballer. Ich habe ihn, wie man so sagt, betrogen, als er mit einer Lungenentzündung im Krankenhaus lag, ich wäre froh gewesen, ihn nicht betrügen zu müssen, aber er hat ja selbst in mir dieses Feuer entfacht, was habe ich mich zusammengenommen, ich habe mich zusammengenommen und konnte doch nicht ruhig sitzen: statt von Moskau träumte ich nur noch von Schwänzen, massenhaft, wie die Pilze, ich wachte von oben bis unten schweißgebadet auf, grauenhaft! Also, schlimm war nicht, daß ich ihn betrog, sondern daß mein Betrug aufflog, mit einem aus dem anderen Sportverein. Der gab natürlich an und plapperte alles aus. Die Stadt war klein, noch mit vielen Holzhäusern, und auf dem alten Emblem waren Flügelchen abgebildet. Der Stadtklatsch kam meinem Heimspieler bald zu Ohren. Ich wurde auf die scheußlichste Weise geprügelt, und wenn ich heute nicht verkrüppelt bin, dann wie durch ein Wunder! einfach ein Wunder! Obwohl ich die kleine Narbe an der Nasenwurzel trage wie den Kuß eines Fußballs.

Eine kleine Narbe – na schön, die verleiht einem was Pikantes, aber die Verhöhnung habe ich nicht ertragen, ich bin nach Moskau geflüchtet, dem Großvater zu Füßen: nimm mich unter deine Fittiche! Der Großvater, ein Mann mit strengen Ansichten, hatte Bedenken, ich könnte mich rumtreiben. Ich schwor beim Leben meiner Eltern, und wenn ich den Alten reingelegt habe, dann wirklich nicht vorsätzlich. Und jetzt weiß man sowieso nicht mehr: wer hat wen reingelegt? Denn Großpapa hätte natürlich nicht auf der Versammlung reden müssen, als alter Mann hätte er Wehwehchen vorschützen können, man hätte ihn nicht an den Haaren herbeigeschleift, aber daß er mich angeblich verteidigt hat, das kann er der Großmutter selig erzählen. Na ja, Gott mit ihm – und als Ksjuscha und ich uns kaum in den Armen liegen, da frage ich schon, wie aus heiterem Himmel: Na, und wie ist New York? Drücken die Wolkenkratzer nicht auf die Psyche? Nein, antwortet sie, kein bißchen. Im Gegenteil, sie sehen sehr schön aus. Na also, das heißt, denke ich, es war alles mal wieder gelogen, nur kriege ich es nicht auf die Reihe – warum lügst du? Und Großpapa trottet barfuß über den Finnischen Meerbusen. – Hast du noch nicht genug rumgelungert? Deine Liebhaber lassen die Drähte heißlaufen! – Er war mein Sekretär, ging ans Telefon, und wie es sich in alten Zeiten gehörte, sagte er: Am Apparat! Carlos rief an, der lateinamerikanische Botschafter. Und Großpapa zu ihm: Am Apparat! – Und manchmal wählte Leonardik meine Nummer, er erwartete meine Stimme, brannte vor Liebe und verzehrte sich, aber Großpapa: Am Apparat! Er führte meine Telefonbuchhaltung, nörgelte immer ein wenig – er verstand nichts von Pluralismus –, und nun stirbt er also, oder vielleicht ist er schon tot.

Wir liegen, wir sprechen miteinander, Erinnerungen an Koktebel überfielen uns wie eine Meereswelle. Nächtliches Baden in den Lichtkegeln der Grenzer, aber wir schwammen, wir kraulten auf dem Rücken, wir klatschten die Arme ins

Meer, und als wir herauskamen, wurden wir festgehalten wie türkische Spioninnen, nur Ksjuscha, die was von Spionage verstand, wies die Soldaten in ihre Schranken und erklärte: keine Mohammedanerinnen! sieht man das nicht, oder was? Die Soldaten leuchteten uns mit ihren Taschenlampen an und wieherten: ihr seid nicht zufällig Schauspielerinnen? So groß, ihr beide! Keine Berühmtheiten? Ksjuscha, die wußte, was sie wollte, sagt: Berühmtheiten, na klar! Die Soldaten wieherten, und wir aßen eine Wassermelone, eine schöne rote, wir saßen unter einem Sonnendach, und sie las den französischen Roman, seit ihrer Kindheit lernte sie Sprachen, und immer lief eine Horde Männer hinter uns her: wir verachteten sie, wir liebten einander. Und Jurotschka Fjodorow behauptet zu Unrecht, ich sei eine Kulturbanausin, sehr zu Unrecht, das behauptet er, weil bei ihm ein Nichts ist an der Stelle, wo bei mir die Bergamottbäume rauschen, wo ein Bächlein murmelt und Fische sind mit roten Flossen – dort ist bei ihm überhaupt nichts, null, verbrannte Erde, und was die Kultur angeht – da hat er unrecht. Ich bin belesen und verstehe alles, sogar Ksjuscha wunderte sich: woher hast du das? Geschenkt natürlich nicht, denn lange konnte ich den Geruch des alten Städtchens mit dem Flügelchenemblem nicht abwaschen, so sehr ich auch wusch, welche Shampoos und Parfüms ich auch versuchte, ich schnuppere an mir – ein unheilvoller Dunst: Kernseife und Schimmel. Nein, Jurotschka, das kannst du nicht verstehen! – Weißt du noch, Ksjuscha, sage ich, wie wir beide das große Gesetz entwickelt haben, aufgrund unserer Beobachtungen? Weißt du noch? Wie sollte ich das vergessen haben, mein Kleines, sagt sie, das große und gerechte Gesetz, nur ist es nicht allgemeinverständlich. Wir weinten ein wenig und umarmten uns, und wir brauchten niemanden. Und dann erzähle ich von Leonardik, von unserem Abkommen, sie kannte Leonardik seit ihrer Kindheit, sie nannte ihn Onkel Wolodja, denn die Eltern waren mit ihm befreundet, mit Antontschik hat sie sozusagen, seit sie vier war, Vater-Mutter-

Kind gespielt, und ihn – ihn nannte sie einfach so Onkel Wolodja. Und ich wäre zu der Zeit beinahe draufgegangen, sage ich, als in unserer Straße ein Kipper im Dreck versank. Traktoren kamen angefahren, um ihn rauszuziehen, sie zogen und zogen, und wir Kinder guckten zu, wie sie ziehen, und da riß plötzlich das Seil wie eine Gitarrensaite, pfiff durch die Luft und schlug gegen einen kleinen Jungen neben mir, es knallte ihm gegen die Schläfe, er fiel hin, und ich stand gleich daneben, also, kaum einen Schritt entfernt von ihm hatte ich mich hingehockt, ich war auch neugierig zu sehen, wie sie den Kipper rausziehen, denn wie sollte das gehen, wo er doch bis zur Kabine im Dreck steckte. Und ich sehe: da liegt der Junge und stirbt, und ihr, sage ich, ihr habt derweil in den Himbeersträuchern Unsinn getrieben, während eure Väter mit wichtigem Gesichtsausdruck unter Fichten promenierten, an einem heißen Tag, über den Lauf der Welt schwadronierend, in Segeltuchhüten und Sommeranzügen, historische Augenblicke oder einen Zeitungsartikel und die Zukunftsaussichten wiederkäuend, bedeutsam die Köpfe schüttelnd, und die schönen Ehefrauen trippeln in einiger Entfernung hinterher und schwatzen über Klamotten, bloß drehte sich das Gespräch weiter vorn nicht um Zeitungen, sondern wohl eher um Weiber. Um alles mögliche, sagt Ksjuscha, nicht unbedingt nur um Weiber, obwohl natürlich auch um Weiber, denn Onkel Wolodja war immer schon ein Sammler gewesen, und auch mein Papa war kein Heiliger, obwohl er Talent hatte. Na, und der kleine Junge? – Der ist an Ort und Stelle gestorben, sage ich. Man hat ihn beerdigt. Danach hat seine Mamascha gesagt: Macht nichts. Ich krieg einen neuen. – Und das tat sie auch, aber zuerst weinte sie, sie grämte sich zu Tode, sie nahm ihn in die Arme, sie will ihn nicht hergeben, sie zerrte ihn aus dem Sarg, sie läßt ihn nicht los, sie schreit fürchterlich, aber später bekam sie ein Kind, wieder einen Jungen, sie glichen einander wie ein Ei dem anderen, genauso ein kurzgeschorener Kopf mit graublauem Nacken wie bei einer Taube, und ich daneben: in der Hocke. – Haben sie den Kipper denn rausgezogen, oder steht er immer noch da? – Wir lachen, als ob wir uns nie getrennt hätten, als ob sie keine Französin wäre und nicht in einem rosafarbenen Automobil umherreiste, mit dem sie die Leute erschreckt. Und was ist, sagt sie, mit dir und Onkel Wolodja? Wird er dich heiraten, oder macht er nur einen Scherz? Das soll er bloß versuchen! Doch dann klage ich: er zieht die ganze Sache in die Länge und schützt seine Reputation vor. Er und dieser Professor, sagt sie, dieser Kinderchirurg, ich erinnere mich, sie trugen sich mit dem Plan, siamesische Zwillingsschwestern auszuprobieren. Zwei Köpfe, zwei Hälse, Tüchlein um die Hälse, zwei Herzen, vier Brustwarzen, und weiter – ein Bauchnabel und ein komplettes Ganzes: sie liefen die ganze Zeit umher und leckten sich die Lippen, neun Jahre alt waren die Mädchen, sie wurden von anderen Kindern getrennt gehalten, eine Njanja wurde engagiert, die sich um sie kümmerte. Wenn sie bloß überleben, jammerte der Professor, das wird interessant, aber sie überleben ja nicht, und richtig: die Mädchen starben, ohne das entsprechende Alter erreicht zu haben. Ich behielt die Geschichte natürlich in Erinnerung, auch wenn sie nur ein Scherz gewesen sein sollte, und ich frage Leonardik: warum schreibst du eigentlich nicht mal über so was? Ich habe ihn gelesen, sage ich, noch in der Schule haben wir ihn durchgenommen, und Filme habe ich gesehen, von denen ist mir ganz schwindlig geworden! Das war, als wir anfingen, uns zu streiten... Na, und? – fragt Ksjuscha. – Hast du seinen Lazarus auferstehen lassen? oder hängt er immer noch bis zu den Knien in grauem Flaum? – O Ksjuscha, sage ich, was bist du bösartig! – Ach, der kann mich mal! – sagt sie. – Er ist ekelhaft! – Er ist ekelhaft, René ist ekelhaft, für dich, Ksjuscha, sind alle ekelhaft, aber ich finde, jeder hat irgendwas Schönes an sich! Zum Beispiel mein Carlos, während seine langnasige Frau sich in der Heimat herumtrieb, amüsierte er sich, wir haben uns auf dem Tisch geliebt, inmitten seiner Schreibgeräte – Sie sind eine einzigartige Dame, Irina, sagte er, Sie können die Beine in Form des Buchstaben Y halten! – Nur wird er plötzlich abberufen. Was war los? Die Junta war an die Macht gekommen! – Ich weiß – sagt Ksjuscha. – Unmenschliche Banditen! Sogar Geistliche haben sie eingebuchtet! – Wer? – Na, die Junta! Zerbrich dir nicht den Kopf, mein Kleines, heirate Arkascha! – Arkascha heiraten! Natürlich, er ist mir ergeben wie ein Pferd, und seine Frau erträgt das, ich wundere mich direkt über diese Frau, bloß, was bringt mir so eine Ehe? Trübsinn. – Ach, mein Kleines, Trübsinn gibt's überall...! – Und René? Ist der immer noch Sozialist? – Wieso? – sagt sie. – Ich bin ja auch Sozialistin! – Ksjuscha, ich bitte dich – sage ich – du, du und Sozialistin? – Aber sie lacht nicht, sie bleibt ernst, und auch bei Geld versteht sie keinen Spaß, die Francs spießt sie wie Käfer mit einer Nadel auf, ich sehe: es ist alles nicht so einfach, wir liegen umschlungen, vielleicht, denke ich, zum letzten Mal, vielleicht hat sie sich, wenn sie wiederkommt, ganz verändert und weist mich zurück, aber wer hat mir beigebracht, was Idylle ist? wer? Alles hat in eben diesem Koktebel, an eben diesem Schwarzen Meer begonnen, im Osten der Krim, und ich werde nie vergessen, wie sie vor mir kniete, wie sie mich nach dem nächtlichen Bad fürsorglich mit einem Handtuch trocken rieb, die Erinnerung daran werde ich mir bewahren und niemals preisgeben, und wenn irgendeine Nina Tschisch, die nicht mal weiß, aus welcher Stelle genau die Frauen pinkeln, denn sie hat mich selber danach gefragt, obwohl sie schon über dreißig ist! – also, wie kann die es überhaupt wagen, mich zu beschimpfen! – doch ich unterdrücke meinen Haß: ich bin Christin, schon lange fühlte ich mich zur Religion hingezogen, ich trug mein Kreuz und dachte, zum Vergnügen, aber es stellte sich heraus: ich hatte mich geirrt. Man weihte dieses Kreuz mit Weihwasser, und der Geistliche Walerian erklärte mich zur Märtyrerin.

Was meinen ersten Mann angeht, sage ich folgendes: begegnete er mir auf der Straße, ich würde ihn nicht wiedererkennen, er ist mir total entfallen, und wenn man mich fragt: wie lange hast du mit ihm gelebt? – dann antworte ich: na, einen Monat, na ja, maximal zwei, nach meinem Paß sind es aber zwei Jahre! Aber heute würde ich ihn auf der Straße nicht mehr erkennen. Und nicht etwa aus Stolz oder weil ich nur so tue – ich habe ihn einfach vergessen, zwei Jahre habe ich mit ihm gelebt, gelebt – und alles vergessen, glattweg, sogar wo er gearbeitet hat – vergessen... Dafür erinnere ich mich an den zweiten: Fußballer war er! Der hat mich bestialisch geprügelt für meine Untreue in der Not, denn als er mit gebrochenem Bein im Krankenhaus war, hatte ich ein so unanständiges Stadium erreicht, daß ich sogar beim Anblick von zwei Kötern, die sich die Ohren leckten, den Nächstbesten auf der Straße hätte anspringen können, und ich beschloß, jetzt reicht's! Nun ist nichts mehr, wie es sein sollte! Der Wind des Alters bläst mir ins Gesicht, und die Brüste stehen in verschiedene Richtungen wie bei einer Ziege. Also, wohin sollte ich blöde Mama denn schon gehen? Wer braucht mich? Nein, das ist das Ende. Der Wind des Alters bläst mir direkt in die Fresse.

Und warum, sage ich, Großpapa, warum trottest du so frech durch den Finnischen Meerbusen, barfuß übers Wasser? Sei so gut und sag mir, wo wolltest du denn hin? Du wolltest doch nicht nach Helsinki, Klamotten einkaufen, du hattest doch nicht vor zu verduften? Denn diese Finnen da drüben, das sind, wie man hört, rätselhafte Leute! Geh nicht über den Finnischen Meerbusen, Großvater, mach mir keine Angst zur Nacht! Nein, antwortet Großpapa, und da geht er schon stolz für sich hin über den Finnischen Meerbusen, ohne auf mich zu achten, nein, ich wollte ja gar nicht nach Helsinki-Helsingfors und nicht zum Trödelmarkt, ich bin zu alt für Schwindel und Hinterlist, ich brauche nichts, ich atme nur die frische Luft! – Paß auf, sage ich, sie werden dich abknallen, den alten Stachanowarbeiter, du wirst untergehen! – Es ist Zeit für mich, antwortet er, ein wenig über den Finnischen Meerbusen zu spazieren und umherzuwandern, und wenn sie mich abknallen, keine Katastrophe, dann gehe ich eben unter. – Also, Ksjuscha, sage ich, das ist vielleicht ein Zirkus: Großvater spaziert über den Finnischen Meerbusen, aber sie schmiegte sich an mich, und sie flennt leise. Das Haar nach der letzten Mode, ich denke, so muß ich mich auch einrichten, ich konnte nicht anders: ich war neidisch, obwohl, andererseits, denke ich, was gibt es da zu beneiden, ob der Mensch unglücklich ist, weil er es so dicke hat oder weil er am Hungertuch nagt – völlig egal!

Dafür ist sie dann wieder so rettungslos ausgelassen! Schaut her, sagt sie, ich bin keine Mohammedanerin, obwohl in mir auch Tatarenblut fließt, wie in uns allen, uns Sündern! – Und ich stehe mit ihr im Mondlicht, bis zu den Knien im Schwarzen Meer, wir halten uns an den Händen, Moskauer Berühmtheiten, weltbekannte Filmstars, heiße Bräute, und die Grenzsoldaten betrachten uns, und ihre Hosen regen sich angesichts dieser Schaumgeburten. Kaum hatte Ksjuscha das bemerkt, da rief sie auch schon übermütig aus: Na, Jungs, sagt sie, werft eure Maschinenpistolen weg, knöpft eure Uniformen auf, gehen wir zusammen baden, aber sie antworten im Chor, mit ukrainischem Akzent: Wir sind hier im Dienst! – Laßt doch den Dienst Dienst sein, sagt Ksjuscha, für einen Augenblick, gehen wir lieber baden, ganz freundschaftlich! Die Grenzer schüttelten die Köpfe. – Wir haben kein Recht, baden zu gehen, aber ein bißchen am Ufer sitzen, eine rauchen – das wohl. Na ja, wir kamen aus dem Wasser. Eine Nacht voller Sterne, ringsherum Felsen, und die Wellen rauschen. So viel Natur ist eben anregend. Die Burschen hielten es nicht aus, warfen die schweren Maschinenpistolen ab, sie führen uns auf die Felsen, um uns dort auszubreiten, vergessen waren die Spione, die aus der Türkei herüberschwimmen. Wir knackten das Schloß der Staatsgrenze, will ich mal sagen. Danach saßen wir herum und rauchten. Die Soldaten richteten ihre Uniformen und pflanzten die Waffen über der Schulter auf. Wir trennen uns als Freunde. Sie gingen ihres

Weges, die Grenze schützen, und wir wieder ins Meer, daß es platscht! Und dann gleiten wir durchs Mondlicht. – Was meinst du – sage ich, – ob die nicht infiziert waren? – Wo denkst du hin! Sauber sind die! – sagt sie und planscht. – Onanisten!

Und am Morgen bekomme ich einen Rüffel: mein Kleines, du hast einen scheußlichen Badeanzug, reichlich vulgär! Leg dir einen anderen zu! Sie hat leicht reden: einen anderen zulegen. Ich habe für diesen Badeanzug mit einem Träger ... und sie: leg dir einen anderen zu! Sie konnte Vulgäres nicht leiden und gab mir ihren eigenen: da, probier ihn an! Vieles habe ich von ihr gelernt, obwohl Ksjuscha nicht immer recht hatte, Leonardik hat sie zu Unrecht beleidigt. Na los, sagt sie, erzähl, was hast du mit ihm? Nein, sie runzelt die Stirn, erzähl es lieber nicht! Aber warum denn, sage ich befremdet, ein alter Knacker? Er ist absolut kein alter Knacker, sondern überaus liebenswürdig, er versteht es, mir den Hof zu machen, mir im rechten Moment in den Mantel zu helfen und einen Stuhl anzubieten, natürlich hat er Angst um seine Reputation, aber er ist verknallt wie ein Schuljunge: er schickt mir Rosen ins Haus, und Großpapa schnuppert daran. – Und ist es dir nicht eklig mit ihm? – Ich antworte aufrichtig: Kein bißchen! – Sie sieht mich an wie eine Französin. – Seltsame Leute, sagt sie, seid ihr. – Wer, *wir*? – Sie antwortet nicht, sie schweigt, sie verändert sich vor meinen Augen, und kaum ist sie angekommen und ein wenig zu Besuch gewesen, kaum hat sie sich ein wenig in Freiheit amüsiert, weit weg von ihrem Stomatologen, da trifft sie schon wieder Reisevorbereitungen. Sie besorgt gepreßten Kaviar als Geschenk und schimpft auf die faschistische Junta. Sicher, umsonst haben sie Carlos umgebracht, umsonst die diplomatischen Beziehungen abgebrochen und seinen Tanzkeller abgeschafft – obwohl die bei uns natürlich erleichtert aufgeatmet haben, als sie die Tür mit Brettern vernagelten: er hat sich wirklich merkwürdig benommen! er hat sich wirklich einiges rausgenommen! Nur hatte er sich gelobt, niemals in amerikanischen Jeans herumzulaufen, und er tat es auch nicht. Amerika mochte er nicht, genau wie Ksjuscha, er sagte, das sei eine lumpige Nation, na ja, mir ist das egal: lumpig hin oder her, Junta hin oder her!

Ich antworte ihr offen, aus tiefster Seele, ohne etwas zu verbergen: nein, meine liebe Ksjuscha, kein bißchen! Ein großer Mann, sage ich! Ein Dinosaurier! Und *was* er schreibt, sage ich, uns steht es nicht zu, das zu beurteilen, was die Interessen des Staates angeht, ist er weitblickender als wir, und du und ich – wir sind kleine Nummern. Ja, sage ich, ihm stehen ganz andere Horizonte offen. Und sie sieht mich an, sie schüttelt den Kopf: Seltsame Leute seid ihr! Seltsam! Seltsam!

7

Offene Schubläden. Nylons mit gelben, durchgelaufenen Füßen hängen heraus. Ich kehre in mein ödes Haus zurück.

Da stehen die Parfümflakons, kleine Stöpsel aus geschliffenem Glas, in einer Reihe, diorissima, sie stehen dicht gedrängt, die Perlmuttvase mit vertrockneten Vergißmeinnicht, verschiedenfarbige Wattebäusche, Lotions, Schildpattkämmchen, goldene Lippenstifthülsen. Die Scherben habe ich seitdem nicht zusammengefügt, sollen sie doch herumliegen, ich schrieb mit dem Finger IRA auf den Trumeau, ich kurbelte mein knisterndes Koffergrammophon an, zog die Stirn in Falten, und ich schreibe weiter, der Spiegel reflektiert das Geschriebene: Da stehen die Parfümflakons, kleine Stöpsel aus geschliffenem Glas, in einer Reihe, diorissima...

Da ist der Bauch. Bald ist alles nicht mehr rückgängig zu machen. Ich werde ihn anschreien, sowie er es wagt einzudringen: da ist er, mein Bauch, da! Der Briefkasten ist voller Zeitungen – die sind von Großpapa. An die Wand genagelt, ohne Rahmen, ist mit großen Nägeln eine Leinwand: meine

Urgroßmutter. Ein altertümliches Portrait, eine unbekannte, talentierte Arbeit. Meine Kavaliere waren des Staunens und Lobes voll: wer ist das?

Das ruhmreiche Bett. Die Atlasdecke, schwere Quasten. Mersljakow, der mal mit einer Touristengruppe in Polen war, hat erzählt: dort, in ihren katholischen Kirchen, hängen kleine silberne und goldene Tafeln, mit Danksagungen. Danke, Jesus Christus, daß du meine kleine Tochter von der Meningitis geheilt hast *oder* daß ich dank Dir ein Mensch geworden bin, danke! Solche kleinen Tafeln, sagt er, hängen in den katholischen Kirchen, an die Wände geschraubt, an die Ikonenbeschläge, die Säulen, und wie viele solcher Dankestafeln könnte man an dein Bett schrauben? Ich werde, sagte Mersljakow, eine aus purem Gold daranschrauben: *dziękuję, pani Irena*! – Er hat es nicht getan... Zwischen uns beiden lief damals eine sechstägige Liebesgeschichte, stundenlang betrachteten wir uns unermüdlich in diesem Trumeau, er, der Ärmste, kann sich schon nicht mehr auf den Beinen halten, er kommt mit allerletzter Kraft und genießt immer noch, aber was hat das für einen Sinn? Er ist bei seiner Frau geblieben, einer Simultandolmetscherin, er hat sich vorgenommen, sich fortzupflanzen, das mit der kleinen Tafel hat er vergessen, er macht auf alte Freundschaft, jedes halbe Jahr kommt er auf eine Tasse Tee vorbei, und nichts mehr ist, wie es sein sollte, nichts mehr, alles ohne besondere Inspiration, als hätte man den Menschen ausgetauscht.

Wenn Großpapa stirbt, wird man mir diese Wohnung nicht überlassen, zu viele Quadratmeter, Großvater hat nach bestem Wissen und Gewissen gedient, aber ich? Ich habe, wie üblich, auf eigenen Wunsch unterschrieben, so daß Viktor Charitonytsch seine miese Epistel verfassen, eine Briefmarke draufkleben und an meine Beschützerinnen in New York schicken konnte, wir haben ihr keinen besonderen Schaden zugefügt, sagt er darin, sie hat von allein entschieden, sich dem Privatleben zu widmen, wie es in Ihrem Land ja gang und gäbe ist, obwohl es bei uns prozentual sechsmal mehr arbeitende Frauen gibt als bei Ihnen und bei uns das schwache Geschlecht keine Straßen asphaltieren muß, das ist alles nicht wahr, du hättest auch selbst, sagt er, schnell ein paar Zeilen schreiben können: danke für Ihre Fürsorge, für Ihre Güte, aber es lohnte die Aufregung nicht... – Du wirst es überleben! – antwortete ich und dachte: vielleicht ist er zu Recht ungerührt, nach ihrem Artikel, denn da sie alles auf die Liebe geschoben haben, ergibt sich daraus für mich ein Alibi. Ich schwieg und hüllte mich in tödliches Beleidigtsein, ich schicke Ksjuscha eine dringende Einladung in die Siedlung Fontainebleau an der französischen Eisenbahnlinie, und heimlich, still und leise versucht man, mich in meine Heimatstadt abzuschieben, man schmeißt mich raus. Ich hänge mich ans Telefon und rufe tausend Nummern an! Ich hatte zum Beispiel Schochrat im Auge, ein wichtiger Mann in ganz Mittelasien, ich hatte plötzlich Lust, bei ihm in Sicherheit abzuwarten und zu mir zu kommen. – Ich bin's, Schochrat! – sage ich mit geheuchelter Heiterkeit, dabei bin ich mit ihm nach Samarkand und sonstwohin geflogen, wir haben mohammedanische Heiligtümer besucht, nur sehr viel weiter als bis ins Hotel sind wir nicht gekommen, wir wohnten in Luxussuiten: Flügel, Klimaanlagen, erlesene Melonen. Sie zergingen auf der Zunge.

Ich trenne mich von Ritulja etwas kühl, aber zweifellos freundschaftlich, und sie hält mich auch nicht zurück, sie hat sich irgend jemanden angeschafft: egal, denke ich, du gehst schon nicht verloren, du krepierst nicht, weil es dir an Gewissen fehlt, als ob ich nicht noch wüßte, wie du deinen kleinen Japaner, den Firmentypen, infiziert hast und er völlig erledigt nach Japan zurückflog, obwohl du wußtest, daß du infiziert warst, und gleich darauf will sie mit mir in die Banja gehen, als wäre sie gesund, ich fand keine Worte, Ritulja, so geht das wirklich nicht, das ist nicht schön, aber sie hat andere Vorstellungen, ich bin doch in Ordnung: sie ließ sich ein bißchen behandeln und streckte wieder die Hand nach meiner Freundschaft aus, wir waren wieder befreundet, aber Zärtlichkeiten mochte sie eher aus Neugier, sie hatte keine Abgründe, nicht wie Ksjuscha, bei der reichte es für alle, manchmal raste sie über den Leninski-Prospekt: kanariengelber Schiguli, schwarze Sitze, spitze Brüste, aber mit einem Merkmal: eine Brustwarze ist zu sehen, und die andere zeichnet sich irgendwie nicht ab, unsymmetrisch, aber geradezu originell, allerdings nicht tagsüber, sondern so gegen Mitternacht, die Taxifahrer und die anderen Nachtschwärmer verloren völlig den Verstand und rieben sich die Augen.

Aber Veronika sagte zu mir: du gehst weiter. Wie man sieht, ich bin weiter gegangen, was heißt hier gegangen – gestürmt bin ich! Und ich weiß: das ist Ksjuscha nicht gegeben, alles ist ihr gegeben, aber das ist ihr nicht gegeben, solche Sachen. Veronika erklärte mir: das ist nicht Ksjuschas Terrain, für Ksjuscha sind Theater und Freude vorgesehen, aber für dich, Ira, der Tod! – Schwatz nicht! – sage ich, aber ich sehe ihr nicht in die Augen, ein schwerer Blick, dem ich nicht standhalte. Veronika ist immer noch die alte Hexe, eine unebene Stirn, eine Menge verborgener Gedanken dahinter, und merkwürdig der Anblick, wie sie in der Metro fährt, ins Labor: unschön, ungekämmt, von den anderen nicht zu unterscheiden, dicke Beine, von der Kleidung gar nicht zu reden, kein einziger Mann würde sich nach ihr umdrehen, und täte es einer – er würde einen Schreck kriegen! Als Ksjuscha abreiste – und sie liebte Ksjuscha, an Ksjuscha fand sie eine Freude, wie wir sie fast vergessen haben, wo, fragt sie, gibt es so eine Freude noch einmal, wo? Wir schauten uns um: totale Finsternis, wie mit dem Hammer geschlagen, und auch Ksjuscha hielt es nicht aus, die Libelle, und ich blieb mit Veronika zurück, nur sollte man mit ihr nicht befreundet sein, das ist aus einem anderen Leben, und in der Metro: ein stinknormales Weib, mit einem Doktortitel, sie fährt zu ihren Reagenzgläsern. Stellvertretende Leiterin des Labors. So ist das.

Aber meiner Großmutter, meiner Urgroßmutter sehe ich ähnlich, sag doch, Großmutter! Da hängt sie, stolz. Also gehöre ich nicht zum Pöbel, o nein! Und alle lobten sie: welche Knöchel! welche Handgelenke! – aber erst nachdem ich sie darauf gebracht hatte, nur Leonardik bemerkte es von allein. Ksjuscha fragt: Hast du seinen Lazarus auferstehen lassen? Nun, ich will mich nicht loben, ja, ich habe ihn auferstehen lassen, obwohl die Lage verzweifelt war und er zu keinerlei Hoffnungen Anlaß gab, deshalb hatte er sich wohl auch mit dem Abkommen einverstanden erklärt und es mit einem aufrichtigen Kuß bekräftigt, doch der Trick kam sehr bald ans Licht, denn er traute seinen Kräften nicht, er lag in den letzten Zügen, und dann war er noch maßlos verwöhnt, er zählte gern seine Ballerinen auf und brüstete sich mit Namen, er wollte mich betäuben wie einen Fisch. Aber ich kannte mein Geschäft, und als Ksjuscha Einzelheiten wissen wollte, antwortete ich: du selbst wolltest keine Einzelheiten über *Onkel Wolodja* hören, ich sage nichts, aber ich sagte, weil ich natürlich Lust hatte, ein bißchen anzugeben, ja, ich habe ihn auferstehen lassen, Kleinigkeit! Also, und wie ich ihn auferstehen ließ, sage ich zu ihm, wie im Scherz, aber nicht gleich natürlich, mochte er erstmal genießen, und er kam bei mir wie ein lieber kleiner Junge, als ob er nicht der internationale Genius wäre, sondern einfach wie unseresgleichen, und als er tot war, da kommt Großpapa mit der Zeitung angelaufen, freudig erregt über die Neuigkeit: guck mal, wer gestorben ist! Als ob ich das nicht wüßte, der dumme alte Mann, da hatte er was gefunden, um mich in Erstaunen zu versetzen, ich kam doch gerade *von dort*, mit Ach und Krach hatten sie mich laufen lassen, sie wollten mir kaum vom Leib bleiben, aber bin ich denn schuld, daß ich nicht wußte, wie man die Tür aufschließt? Das ist keine Tür dort, sondern eine ganze Barrikade, hatte denn nicht ich die Erste Hilfe gerufen? Wann? – fragen sie. – Da war er anscheinend noch nicht tot – sage ich, aber sie sagen: du warst das! du! du! du! – Nein! Die Liebe, antworte ich, die war es! Ich bin ja selber, sage ich, grau geworden, wie gräßlich: vor meinen Augen ist er verschieden, um es milde auszudrücken. Und warum weist der Körper Schrammen und Blutergüsse auf? Welcher Körper denn? Stellen Sie sich, sagen sie, nicht blöd! Danke, sage ich, man muß es mir nicht zeigen, ich bin so schon ganz grau, und was die Launen betrifft, so, entschuldigen Sie, *so* hat er geliebt! kapiert? nein? – Sie kapieren, glauben es aber nicht, doch ich bemerke: sie sind zum *Sie* übergegangen. Sie sind nervös. Ich sage: rufen Sie Anton! Anton ist Zeuge, hoffte ich, aber dazu kam es nicht, und sie ließen mich dann trotzdem laufen, und statt einer direkten Antwort auf meinen Scherz – WANN GEHEN WIR ZUM STANDESAMT? – versuchte er lieber, sich mit belanglosem Kleinkram freizukaufen, und so zog es sich hin, ich wartete, daß er sich an mich gewöhnte, daß er nicht mehr wußte, wohin, der Süße, nicht einmal zu Sinaida Wassiljewna! Und für Sinaida Wassiljewna, denke ich, wäre eine Klärung der Verhältnisse auch wünschenswert gewesen, denn sie ist eine Hysterikerin, aber hier hatte ich mich verrechnet, Ksjuscha war mir keine Freundin, das heißt nicht, daß sie mich verurteilte, sie verfolgte die Dinge interessiert aus der Ferne, ich schrieb ihr, sie beschwerte sich über meine Handschrift, meine Handschrift, ich weiß nicht warum, gefiel ihr nicht, sie sagte: deine Handschrift ist viel zu schräg, etwas weniger! etwas weniger! wieso denn? eine normale Handschrift... Bloß war sie mir keine Freundin, denn wahrscheinlich wollte sie nicht, daß ich mit dem guten Freund von ihrem Papascha, aber was tun, wenn er mich doch anbetete, das ist, sage ich zu ihnen, eine Tatsache. Sie hat das nie geglaubt, sie schloß eine solche Möglichkeit aus, aber es lief nach meinem Kopf, nur Sinaida überraschte mich: als sie es um drei Ecken erfuhr, sagte sie müde: soll er doch ficken, mit wem er will... Ich dachte: sie wird ein Geschrei veranstalten! Doch sie: bitte sehr. Ich hatte soviel Weisheit von ihr nicht erwartet, ich war einigermaßen baff, aber ich denke: warte nur! Und ich lasse ihn zappeln. Er leidet. Großpapa ruft: Am Apparat! Ich sehe: er ruft an. Ich sage: Bin nicht zu Hause! – Wann kommt sie? – Gar nicht! – Ich hatte eine besondere Liste, da trug ich zur Information meines Großpapas ein: Einem gewissen Wladimir Sergejewitsch gegenüber abweisend reagieren, und er bemüht sich gern, er würde auf alle abweisend reagieren, das hätte noch gefehlt, ich bin ja noch nicht tot, sie riefen an, sie kamen in himbeerfarbenen Jeans, Gesindel natürlich, und Großpapa, was tat er? – er war im anderen Zimmer, das Murmeltier, nach zehn ließ er sich nicht mehr blicken, er sieht fern und legt sich schlafen, natürlich waren wir leiser, wenn er da war, und im Sommer fuhr er überhaupt weg, in seinen Hühnerstall an der Pawelezker Linie, den hatten sie ihm zugewiesen, er liebte es, in der Erde herumzuwühlen. Plötzlich überrascht er mich mit roten Johannisbeeren. Magst du die roten Johannisbeeren kosten? Sie sind gut geraten, massenhaft Vitamine! Ich dankte ergebenst. Ich hatte alle möglichen Dankesworte studiert, in dem Punkt hatte Ksjuscha mir alles Unfeine ausgetrieben, während sie mich wie Ophelia an ihre unsymmetrische Brust drückte, und als sie erfuhr, daß ich ihn Leonardik nenne, brach sie in schallendes Gelächter aus.

Ich lasse ihn zappeln, und wenn ich ihn treffe: führ mich aus in ein Restaurant oder in die Philharmonie oder ins Theater, ich will Kultur! Und gleich schrumpft er zusammen, druckst herum, lieber kaufe ich dir, sagt er, ein schickes Auto. Tu das! Nein danke! Nicht nötig! Ich will ins Theater! Wir gehen ins Theater. Offiziell waren wir per Sie, bis zum bitteren Ende, ich wahrte die Distanz, aus Achtung vor Reputation und Verdiensten, und als Ksjuscha zu Hilfe kam – Woran – das war die erste Frage in der Tür – ist er gestorben? – Was meinst du, woran? – da antworte ich ohne zu zögern: An Entzücken! Auch jetzt halte ich daran fest, wobei ich Großmutter – deren Portrait ich nicht verkaufen werde – als Zeugin anrufe, eher hänge ich mich im Badezimmer auf, aber ist dies

Badezimmer etwa ein Badezimmer! – mit dem Gasboiler, ein Hohn auf die moderne Technik, dafür gibt es immer heißes Wasser – auch jetzt halte ich daran fest, denn wir entstammen einem Fürstengeschlecht, wenn auch vom Wege abgekommen und verloren unter den Gegebenheiten: Mein Leonardik starb an Entzücken!

Hand aufs Herz, ich habe ihn nicht umgebracht. Ich habe ihn nur bis zum Entzücken gebracht. Den Rest hat er sich selbst gegeben... Aber hier fielen sie über mich her, diese Filzläuse, Blutsauger, total wild sind sie geworden! Was habe ich euch getan? Was belästigt ihr mich? Ihr seid meinen gebrochenen kleinen Finger nicht wert! Hier, schaut her, meine Urgroßmutter ist eine alte Adlige aus Kalinin! Hier ist ihr Portrait, in Öl gemalt! Eine Frau von vollkommener Eleganz, der Inbegriff an Anmut, das Dekolleté, der hochmütige Blick, die Juwelen. Ich verkaufe alles, ich ziehe bettelnd durch die Welt, aber das Portrait verkaufe ich nicht, obwohl ich, das will ich nicht verbergen, nicht mehr weiß, wovon ich leben soll, und wenn ich Kaviar esse, dann ist der auch ein Beutestück, die Vorräte gehen zur Neige, der Kaviar und auch der Kognak – das ist alles, womit ihr mich bedacht habt, doch verkauft habe ich mich nicht, ich habe ihn zappeln lassen, und Liebhaber, wenn das der Punkt ist, hatte ich nicht mehr als zehn! Aber Urgroßmutter verkaufe ich nicht! Das ist ein Erinnerungsstück. Ritulja sagt: wir ähneln uns. Mag sie reden, was sie will, ich vergleiche selbst: ich befestige das Portrait am Trumeau, ich stelle mich davor, ich sehe hin: eine unzweifelhafte Ähnlichkeit, der gleiche hochmütige Blick, wir sind eben anders, und ähnlich der Hals. Nur zeigt ihr Gesicht weniger Unruhe...

Und du, Leonardik, bist gut, da kann man nichts sagen! Da siehst du, wie häßlich es gekommen ist. Und jetzt pöbeln sie mich an: woher die Blutergüsse kämen? Und ich, was soll ich antworten? Warum sollte ich für deine Phantasien büßen? Wie komme ich dazu? Natürlich freue ich mich, deiner Reputation die Unschuld zu bewahren, nur, auch mir gefällt nicht, wenn man mich anbrüllt! Ich bin einen solchen Umgangston nicht gewohnt, ich bin anders, nicht zum Flegel erzogen, und was die Geschenke betrifft, falls Sie sich demnächst dafür interessieren werden, als ob sie den Preis unserer Liebe bestimmten, so sage ich: ein Geizkragen! mehr leere Versprechungen als sonstwas. Arkascha hat mir, vor den Zwillingen, weitaus schönere Geschenke gemacht, sich von der Familie losgeeist, und was brauche ich einen Wagen, wenn ich auch so, mit dem Taxi überall hinkommen kann, aber sie vermuteten Nötigung hinter diesen Schrammen, und Sinaida Wassiljewna sagt: mein Name ist Hase, ich höre davon, sozusagen, zum ersten Mal. Faustdick gelogen! Wie konnte sie es nicht wissen, alle wußten es, ich war heiß auf Leute, aber beim kleinsten Anlaß ließ ich sie zappeln, sie ist nicht zu Hause – und Schluß! –, und er hielt es nicht aus, höchstens eine Woche, und dann – Irischenka, mach dich fertig! Ich habe Karten gekauft. – Er hing an mir... Also, ich putze mich dermaßen heraus, daß alle oh und ah rufen, aber er – Etwas bescheidener wäre besser gewesen, und wenn du dich vorbeugst, sieht man wer weiß wohin! – Na und? Sollen sie doch gucken und grün werden vor Neid! – Das paßte ihm nicht, obwohl er sich selber herausputzte und wie ein General und Pfau in einer Person rumstolzierte, und wenn man Bekannten begegnete – Das ist Ira – stellte er vor, obwohl es ihm unangenehm war, er war froh, wenn er sich drücken konnte, aber ich falle auf, alle guckten mich an – solche Kleider hatte Ksjuscha mir geschenkt, natürlich nicht von ihrem eigenen Geld. So verging ein Jahr und das zweite brach an, und ich wurde ein wenig mißmutig, die Sache bewegte sich nicht von der Stelle, allerdings bemühte er sich irgendwie, für Abwechslung zu sorgen: mal schickt er Sinaida in den Süden ins Sanatorium, mal irgendwo anders hin. Er lädt mich auf die Datscha ein. Jegor lächelt und freut sich für den Hausherrn, aber der war auch nicht harmlos, dieser Jegor, wie mir bei näherem Kennenlernen klar wurde: es stellte sich heraus, er verfaßt Stückchen, und Wladimir Sergejewitsch zahlte ihm hundertfünfzig Rubel und spielte den Mäzen, aber Jegor flüsterte mir zu: Er meint sich auf meine Kosten retten zu können, weil er mich aushält. – Und seine Frau, die magere Hausangestellte, die liebte Portwein und war maßlos blöd, denn, erklärte Jegor, er habe voreilig geheiratet, als er noch nicht an sich glaubte, und Wladimir Sergejewitsch ruft Jegor zu sich, wenn er einen getrunken hat, und sagt: Jegor, sieh mich an! Schreib nichts, was man nicht schreiben sollte! – Und Jegor markiert sogleich den Narren in Christo und beginnt herumzuscharwenzeln – Wo denken Sie hin! aber nein, Wladimir Sergejewitsch! Das werde ich nie vergessen, Wladimir Sergejewitsch…

Und als der Hausherr tot war, begegne ich ihm: er führt das große Wort: er habe seine Sitten beobachtet – er war, das muß ich Ihnen sagen, ein absoluter Schuft. Ich weise Jegor zurecht, vor den neuen Freunden, schweig, sage ich, und trage nicht deine Undankbarkeit vor dir her, allein ich sehe: für sie ist Wladimir Sergejewitsch kein Mensch, sondern eine Art Pest, das heißt, mit ihm kann man's ja machen, immer drauf, aber ich begann nicht zu streiten, ich bin noch bei Verstand, natürlich hat Jegor ihn zu Unrecht angegriffen, denn Leonardik besaß grandiosen Schwung, und daß er schrieb, bedeutet, er mußte es tun. Aber er, Jegor, stellte Vergleiche an: er habe Heldentaten gepriesen, während die Leute wegen ein bißchen Kolchosstroh bei lebendigem Leibe verbrannten, aber hätte er sich etwa selbst in die Flammen gestürzt? Ach was, sage ich, die Menschen sind verschieden: die einen müssen sterben und die anderen Lieder auf sie dichten, das scheint klar zu sein, und da beginnt dieser Jurotschka Fjodorow, der mich von Anfang für eine Kundschafterin von Wladimir Sergejewitschs Datscha gehalten hat, mich zu verdächtigen, ob ich nicht eine Denunziantin sei, dabei mag ich überhaupt Leute, die etwas seltsam sind, und wenn so primitive Fragen kommen, wird mir sofort langweilig.

Er hat auch meine Ksjuscha bloßgestellt, als ob er ihr nicht nachgelaufen wäre wie ein Hund, ein Dossier hat er zusammengetragen, alle möglichen Geschichten, und als dann Ksjuscha den Raum betrat und in die Runde lächelte, hatte er ein übles Ding ausgebrütet, er inszenierte einen Skandal, obwohl, mit welchem Recht eigentlich? Du bist, schrie er, eine dreckige Hure! Erschießen sollte man sie, solche dreckigen Huren! Ksjuscha lächelt, ohne zu begreifen, hört aber mit Interesse zu, sie beginnt sogar zu lachen, ohne jeden Anflug von Hysterie, ich habe sie hysterisch nur beim Lieben erlebt: das hielt sie nicht aus, es kam vor, daß sie winselte und wimmerte, und plötzlich schreit sie los! sie knallt durch! Also, Krämpfe geradezu, eine Krankheit, und dann legt man ihr die Hände aufs Gesicht: und sie liegt da, beruhigt sich, und später erinnert sie sich bereits an nichts mehr, und man sollte sie auch nicht daran erinnern, aber ich war beeindruckt, welche Kraft ihre Befriedigung hatte, nichts blieb von der Ksjuscha, die alles im Griff hatte, sie war haltlos – obwohl ich auch selbst manchmal schrie, und wenn einer nicht im rechten Moment kam, hätte ich zur Mörderin werden können, aber Ksjuscha – die konnte blau anlaufen, wie ein Turgenjewsches Fräulein, so weit kam sie! Und nun steht sie da, lächelt, und sieht Jurotschka Fjodorow lächelnd an: Armer Junge. Jetzt hat er sich übernommen! – Aber er schimpft, er ist ganz rot angelaufen, er haßt die ganze Welt und sagt seinerseits: Und wo ist deine Schwester, wo ist Lena-Aljona, warum erzählst du nie was von ihr? – Ksjuscha zuckte die Achseln: wozu an sie erinnern, es geht ihr auch so schlecht, sie liegt auf der Datscha. Und da fällt mir ein, daß Ksjuschas Eltern auch eine Datscha besitzen, nur fährt sie dort nicht hin, verkehrt dort überhaupt nicht, manchmal, wenn die Eltern sie einladen, fährt sie auf ein Stündchen hin und kommt gleich wieder zurück, sie bleibt nie über Nacht. Und mir hat sie von Lena-Aljona nie was erzählt, auch ich horchte auf, wenn plötzlich was passiert war? Konnte das sein? Ksjuscha war alles mögliche zuzutrauen, aber daß sie kriminell wurde? Und Jura Fjodorow war mein künftiger Begleiter, obwohl ich Einspruch erhob, allerdings unvernünftigerweise: Mersljakow weigerte sich, weil er Angst hatte, und die übrigen Freunde, die etwas älteren, zweifelten an meinem Vorhaben, es war geradezu beschämend mitanzusehen, doch ich glaubte an mich als Jeanne d'Arc!

Nein, sagt Jura Fjodorow, erzähl uns mal, du dreckige Hure, warum deine Schwester ihr ganzes Leben auf der Datscha schmort, zusammen mit Omas und Kostgängerinnen, warum räumen sie im Sommer und im Winter Nachttöpfe mit Kot hinter ihr her? – Ich sehe, Ksjuscha ist nachdenklich geworden, sie antwortet nicht, na, denke ich, das wird ein Riesenskandal, und Ksjuscha ist immer stolz gewesen, bei der geringsten Kleinigkeit braust sie auf, sie war voller Verachtung, und hier schweigt sie, die Typen sind betrunken, auch Jurka, und wenn er betrunken war, konnte er grob und ebenfalls aufbrausend sein, obwohl ich mit ihm, offen gesagt, niemals – er gefiel mir nicht: seine ganzen Theorien, seine Entblößungsaktionen, ich, sagt er, kann nur *eine* Frau lieben, aber wenn er trinkt, wird er absolut ekelhaft, alle wußten das und luden ihn trotzdem ein, auch ich bestelle ihn ja manchmal zu mir: im voraus weiß ich, er wird die Lippen verziehen und schnauben und seine Gelehrsamkeit demonstrieren, aber so hat es sich eingespielt, wohin er kommt, es ist irgendwie ein gewisses Ereignis, obwohl ich keine Ahnung hatte, wie und was er machte, und es auch nicht wissen wollte: na ja, weithin bekannt im engeren Kreis – na was soll's! – und sowie man, unter anderem, sich für Juris Person zu interessieren begann, antwortete ich: Weiß der Teufel, wer er ist! Aber mit Sicherheit ein Psychopath... Und man war mit dieser Antwort zufrieden, ich war ja auch ehrlich, denn meine Ksjuscha darf niemand beleidigen, aber trotzdem war ich neugierig, menschlicherweise, zu erfahren, was sich meine Ksjuscha hat zuschulden kommen lassen. Na gut – sagt

Ksjuscha, wobei sie die Gesellschaft mit einem Blick streift, damals war sie noch nicht die Französin, sie kannte sich gut mit Menschen aus. Gut, sagt sie, ich werde es euch sagen: ich habe eine gelähmte Schwester, sie liegt ihr ganzes Leben im Krankenbett, darum auch die Nachttöpfe und die Kostgängerinnen, und die geistige Zurückgebliebenheit. Sie wimmert und liegt einfach da, daher kommt auch, daß sie sich durchgelegen hat, und alle weiteren Sorgen: sie wäre besser gestorben, aber sterben, versteht ihr, kann sie irgendwie nicht... Du kannst uns nicht, antwortet Jura Fjodorow stellvertretend für alle, bei unserem Verständnis packen, hier sitzen gebildete Leute, die sehen, wie das Leben ist, aber die Gesellschaft war wie immer: der eine kam, der andere ging, und die ganze Sache spielt sich bei mir ab: ohne Großpapa, der wühlt in der Erde, es ist übrigens Sommer, und Ksjuscha und ich sind zu zweit, idyllisch. – Wie kann man so leben, wenn gleich nebenan die Schwester ihre Zeit im Krankenbett zubringt und ihr ganzes Leben nicht sprechen gelernt hat? Sag, wie kann man vor Glück an die Decke springen, wenn die Tränen nur so fließen? Was bist du für eine dreckige Hure! – Ksjuscha lächelt immer noch und sagt: Vielleicht, sagt sie, lebe ich für mich und für sie, da ihr ein solches Unglück gegeben ist, besser, sagt sie, ein lebender Leichnam als zwei, besser, sagt sie, ein Ausgleich als diese ägyptische Finsternis, die doch auf jeden Fall Finsternis bleibt. Ja, sagt Jura, das habe ich von dir, ehrlich gesagt, nicht erwartet oder besser, doch, gerade von dir habe ich das erwartet! Er steht auf und verläßt demonstrativ den Raum, ich halte ihn nicht zurück, und die Gesellschaft ist ganz zufällig zusammengewürfelt, man sitzt da, schweigt ein wenig, und dann geht das Trinken und Essen wieder los. Eine Stunde später sehe ich, Jurotschka kommt von allein zurück, mit Entschuldigungen für sein Eindringen in fremde Geheimnisse. Und Ksjuscha ist schon angesäuselt, hat sich ablenken lassen, sich mit irgend jemandem hingesetzt und unterhält sich. Er drängte ihr Versöhnung auf – sie versöhnte sich, sie war nicht nachtragend, aber als man aufbrach und Jurotschka in Erwartung eines Geschenks sein Gehen verzögerte, irrte er nicht: sie lief auf seine Seite über, womit sie ich weiß nicht mehr wen sitzen ließ, aber das ist auch unwichtig – ich nahm mir einen Schauspieler und sie sich Jurotschka, und sie war so lieb mit ihm, sie war gehorsam und führte seine Kommandos aus, ach nein! Ich war mit einem Hauptmann zusammen, interessant, dieser Hauptmann, er sagte leise zu mir, er werde bald Kosmonaut. Mir war das, offen gestanden, ziemlich wurscht, und wir machten uns ans Vögeln, und Jurotschka peinigte Ksjuscha bis zum Morgen. Und als gegen Morgen mein Hauptmann und Jurotschka aufbrachen – mir ganz unverständlich als grimmige Feinde –, als sie in tiefem Schweigen aufbrachen, schräge Blicke werfend, da sage ich zu Ksjuscha: Das Schwesterchen Aljonuschka – ist das ein Märchen, oder leidet sie tatsächlich? – Tatsächlich, sagt sie, sie nagt an den Wänden, gibt seltsame Laute von sich, mal miaut sie, mal wird sie von Gelächter geschüttelt, und dann fängt sie plötzlich zu heulen an, das kann ich nicht hören, ich fahre weg, aber sterben kann sie nicht, meine Mutter wird total verrückt, so, sagt sie, ist die Lage. Ich war neugierig, einen Blick auf ihre Schwester zu werfen, die Gesichter zu vergleichen, und überhaupt ist das eine interessante Geschichte: die eine springt herum, und die andere nagt an der Bettdecke, nimm mich irgendwann mal auf die Datscha mit, sage ich, wenn du hinfährst. – Unbedingt, mein Kleines! Ich habe, sagt sie, keine Geheimnisse vor dir, und daß ich von meiner Schwester Lena nicht gesprochen habe, mußt du verstehen: das ist alles sehr schwer für mich, schau, sie lächelte, ich lebe für zwei, und daß es Sünde ist, sich zu amüsieren, wenn man so etwas vor Augen hat, vielleicht stimmt es, daß es Sünde ist...

Sie lächelte, sie zündete sich eine Zigarette an, aber sie hat mich dann doch nie mitgenommen, ob es Zufall war, oder weil ich sie nicht daran erinnert habe, jedenfalls hat sie mich nicht mitgenommen, um mir ihre Familienschande vorzuführen, wie die Nachttöpfe rausgetragen werden und rund um die Uhr die Tränen fließen. Sie war stolz. Dafür macht mir Ritulja sehr viel Kummer, ich sage es offen, Ritulja macht mir Sorgen: auf einmal klettert sie nach draußen – keine Haut mehr, alle Adern und Muskeln hervorgequollen – und auf die Fensterbank, um an der Regenrinne nach unten zu rutschen, und ich weiß: wenn sie es tut – kommt sie nicht wieder zurück, ich packte sie am Bein, ich fühle: Schleim. Das Bein ist schleimig. Sie reißt sich los, aber schließlich wurde ich mit ihr fertig, ich klammerte mich an ihr fest, ich zog sie zurück, womit ich sie gerettet habe, sie hätte sich zu Tode stürzen können, die dumme Gans! Aber ich habe nichts mit ihr zu teilen außer Liebe, du meine herzallerliebste Stieftochter! Ach, Ritulja, du hättest auch umkommen können... liebe Freundin! Aber noch war keine Minute verstrichen: es läutet!

Ich schleppe mich zum Telefon, total aufgeregt, die Hände zittern, als ob ich Hühner geklaut hätte, es läutet das Telefon in der totenstillen Wohnung, irgendwer ruft meine Seele an, ich stehe unentschlossen da, ich habe Angst, ans Telefon zu gehen, aber die Neugierde ist stärker, ich nehme den Hörer ab: ich schweige, ich lausche, mag der andere sich als erster melden, und ich fühle: *er,* obwohl, warum eigentlich per Telefon? aber das dachte ich, und ich schweige. Allein, dann vernehme ich Rituljas Stimme, ich atme auf, ich komm vorbei – sagt sie – ich hab einen Vorschlag – die Stimme ist zärtlich, als lägen die Kränkungen lange zurück. – Ja, natürlich – freute ich mich. – Natürlich, meine Liebste!

Wer begreift die Bedürfnisse einer schwangeren Frau? Plötzlich wollte ich keine Heringe mehr, keine eingelegten Gurken; ganz und gar nicht angemessene Bedürfnisse meldeten sich bei mir: vielleicht hatte der Trumeau auf mich gewirkt, indem er vertraute Bilder hervorrief, vielleicht suchte die Angst einen Ausweg?

Ich öffnete das Büfett, eine halb geleerte Flasche, Kognak,

den Dato und ich getrunken haben, übriggeblieben von lange zurückliegenden Auseinandersetzungen, ich goß mir ein Glas ein und setzte mich, mir wurde warm vom Trinken, von allen verlassen auf meine alten Tage, ich aß Pralinen dazu, Marke Abendglocken mit Nüssen, aber noch bin ich lebendig und warm, ich betrachte mich: weiße Haut, ungebräunt, ich müßte in den Süden, ein bißchen reiten, da rückten sie die Pferde nur aufgrund von dicken Beziehungen raus, und Wolodjetschka, der mit Ausländern einen flotten Handel unterhielt, nur ist er kein Geschäftemacher, sondern im Dienste des Vaterlandes tätig, er besorgte ein Rennpferd, ich bin ein Fan, alles hat er beschafft, nur war er etwas klein geraten, aber er hat mich nach Tunis eingeladen, und von meinem Gang war er begeistert, und dann fuhr er weg, na ja, ich werde auch so die ganze Welt bereisen, als Stewardess oder einfach so, auf Rezept des Arztes – ich schaue in Fontainebleau vorbei, Ksjuscha besuchen: Grüß dich, Ksjuscha! Sie freut sich sehr, wir setzen uns mit ihrem Stomatologen an den Tisch und diskutieren, was dort Sache ist, dann – nach Amerika, zu meinen Retterinnen: fünf Weiße, eine Schokoladenbraune, und wir treffen uns auf dem Dach eines Luxushotels, nicht windgeschützt, lauter Zobel und Nerze, und ich in meinem abgewetzten Fuchs, aber unter dem Pelz nur gähnende Leere und meine Abwesenheit, denn, sage ich, liebe Freundinnen, ich bin betrunken, bringt mich zu Bett, rührt mich nicht an, sonst muß ich kotzen, entschuldigt... denn, entschuldigt... ich hab mich betrunken... hab noch eine Pulle entdeckt!... Likör getrunken... und ich erkläre allen... hört zu!

Ich werde euch ein solches Ungeheuer gebären das mich rächen wird wie Hitler oder sonst irgendeiner das waren auch so welche das weiß ich die Weiber schwiegen nur damit man sie nicht verbrannte das hab ich begriffen! ich bin nicht die erste das sagt mir die Stimme sie flüstert mir zu ich bin nicht die erste nicht die letzte das ist die Rache ihr werdet keinen Putzlappen aus mir machen! ich will nicht für euch leiden leidet allein und leidet doch mit all euren Ideen und ihr Arschkriecher und du mein geliebtes Volk aber darum geht es nicht das ist unser Gesetz Ksjuscha und ich haben ein Gesetz erfunden und Ksjuscha sagte so ein Gesetz hat die Menschheit noch nicht erfunden und wir nannten es das Motschulskaja-Tarakanowa-Gesetz das ist ein sehr wichtiges Gesetz es vereinigt alle ich erkläre es euch später ihr werdet verstehen was ich sage aber ich werde bestimmt gebären wartet mit Freuden ihr kriegt ein tolles Geschenk der Liebe für euch für alle ein tolles nur jetzt muß ich schlafen gehen... in die Heia... ich nenne meine Feinde beim Namen... merkt euch das... kapiert?... na dann Feierabend... ihr Akademiemitglieder...

8

Und die Natur wurde rein, als hätte sie weiße Spitzenhöschen angezogen.

Beim ersten Schnee kam ich von Stanislaw Albertowitsch zurück. Er hatte mich begrüßt wie eine alte Freundin, er war nicht aufdringlich geworden, da er die Verantwortung dieses Moments spürte, er war streng, küßte mir nur die Hand und war sachlich wie ich auch. Er war zufrieden. Wir beschlossen zu gebären. Er versprach Unterstützung. Letzten Endes träume ich schon lange davon, ein Kindchen zu haben. Ich werde es pflegen. Es wird so kleine Ärmchen und Beinchen haben. Ich werde ihm die Nägelchen schneiden. Ich spüre: es erwachen Muttergefühle. Er regte sich auf, daß ich nach Schnaps roch. Ich gab ihm mein Wort, nicht zu trinken, denn überhaupt trinke ich nicht gern, das ist gegen meine Prinzipien, ich hatte mich zufällig betrunken, und was ich bis jetzt geschrieben habe – nehme ich zurück, weil es vollkommener Blödsinn ist! Diesen ganzen Blödsinn nehme ich zurück und streiche ich durch!

——————— Das Vorhergehende nicht lesen! ———————

Doch dann kam ich nach Hause und trank trotzdem einen, denn dies war eine wichtige Entscheidung, mit Ritulja spreche ich nicht darüber, aber als Ritulja mich gestern auszog, hat sie sich über meine Rundlichkeit und den kaputten Trumeau gewundert, aber mir wurde schlecht, und ich kam nicht dazu zu antworten, und am Morgen, als sie noch einmal fragte, antwortete ich ausweichend, sie aber war mißtrauisch, wie denn, was denn, und ich begann sie zu kitzeln – sie ließ sich ablenken und fing an zu lachen, und als sie zu sich kam, war es zu spät, obwohl die Wahrheit natürlich doch an den Tag kommt. Notabene: Für die nächste Zukunft sind Erdstöße angekündigt, falls er noch am Leben und nicht tot ist...

Ich werde eine alleinstehende Mutter, und ich werde das genauestens beobachten, aber falls etwas passiert, werde ich mich der Wissenschaft offenbaren – weiß der Teufel, was alles sein kann! Ich werde also gebären, da mir nichts anderes übrigbleibt, das Trinken lehne ich kategorisch ab, Saufereien verachte ich zutiefst, doch meine Entscheidung verstehe ich nicht als Kapitulation vor Leonardik, der für mich immer noch ein Verräter ist und ein Mann, der sich häßlich benommen hat, denn da er versprochen hat, unser Abkommen zu erfüllen – soll er es auch tun! also, daß so ein angesehener Mann, unter dessen Nekrolog ein schwarzer Wald von Unterschriften war, leere Versprechungen macht – ich riß Großpapa die Zeitung weg und schloß mich ein, setzte mich ins warme Wasser, ich heule und lese. Ich liebte ihn noch mehr nach seinem Nekrolog, der in allen Zeitungen abgedruckt war, auch im Fernsehen wurde er mit düsterer Stimme verlesen, und die Unterschriften! die Unterschriften! Ich war einfach platt.

Ich wußte auch früher, Leonardik, daß du berühmt bist, daß du schon zu Lebzeiten eine Legende warst, aber als ich den Nekrolog gelesen hatte, begriff ich, daß wir einen großen Mann verloren hatten, der sein Talent in allen möglichen Bereichen und Sphären erprobt hat, seit der Kindheit kannte ich deinen Namen, und als die neuen Freunde mit Jegor, dem Knecht Judas an der Spitze, kaum war der Herr tot, dich verkaufen gingen, ein Scheißdreck seist du – aber du bist kein Scheißdreck, du bist in die Geschichte eingegangen, mit allen möglichen Leuten bist du fotografiert worden, sogar mit mir, in der Schule haben wir dich durchgenommen, wegen dir haben sie mich sogar nach dem Unterricht dabehalten, zum Lernen, als alle, um noch vor dem Gewitter ein Bad zu nehmen, schnell zum Teich liefen, in dem zu Beginn des Jahrhunderts die Tochter des Gutsbesitzers Gluchow ertrunken war, ein Fräulein von zweiundzwanzig Jahren, und danach hat darin, wie Augenzeugen erzählt haben, aus Aberglauben niemand mehr gebadet, und wo das Gutshaus gestanden hat, ist ein leerer Fleck, sorgfältig eingefaßt von uralten Ulmen, dafür ist in der Stadt selbst von Gluchow ein dreistöckiges, verschnörkeltes Gebäude mit viel Stuck geblieben – dort befindet sich jetzt unsere Schule, in der ich gelernt habe.

Die Zeit vergeht. Deine Datscha wird sich in eine Gedenkstätte verwandeln, die Besucher werden in Filzpantoffeln hindurchhuschen, die Hände auf dem Rücken verschränkt, wie auf dem Eis übers Parkett gleitend, und vor aller Augen erhebt sich abgetrennt durch eine seidene Schnur das Bett aus karelischer Birke, wo wir beide den welkenden Lazarus wiederbelebt haben. Das war keine leichte Aufgabe, aber du weißt: deine Irotschka ist damit fertig geworden, denn da ich mein Wort gegeben habe, habe ich mich nicht verweigert, aber du wolltest die andere nicht verlassen, was ich wirklich nicht verstehen kann: du hast es selbst zugegeben: eine alte Krake... Und weißt du, was wäre ich dir für eine Frau gewesen! Oh, wie Gott in Frankreich hättest du mit mir gelebt: bis heute wärst du nicht gestorben, mir wäre gleich klar gewesen, wer dein Feind ist und wer ein heimlicher Mißgönner, solche wie Jegor, den du beherbergt hast, und er hat dich von vorne bis hinten beschissen, um sich damit billig Kapital zu verdienen, und zu allem Überfluß hat er noch versprochen, über dich zu schreiben, dabei werden nur Verleumdungen herauskommen, genau das habe ich ihm auch gesagt – Jegor! Dein Herr ist noch nicht erkaltet, da verleumdest du ihn auch schon... Fürchte Gott, Jegor! Aber er schwört bei Gott und sagt, er sei gläubig. Solche Gläubigen müßte man erschießen! Das sage ich euch, und sollte sich jemand die Zeit nehmen, Jegors Verleumdungen zu lesen, den bitte ich, sie nicht zu glauben, denn all das ist nicht wahr. Wladimir Sergejewitsch war ein vielseitiger Mensch, was sein Nekrolog besser beschreibt, als ich es je könnte, und den Nekrolog kann jeder in den Zeitungen nachlesen, sogar in der für Landwirtschaft, ich habe ihn ausgeschnitten.

Ich saß in der Badewanne und weinte, die Tränen flossen nur so, ungeachtet des Spotts, den ich gerade erst wie die letzte Märtyrerin hatte über mich ergehen lassen. Veronika hatte nicht umsonst prophezeit: Ksjuschas Element ist die Freude, und du, Ira, bist zur Qual verdammt! Doch während ich in der Badewanne saß, erinnerte ich mich nicht nur an das Schlechte, nicht nur an deine Schliche, nicht nur an Betrug und die endgültige Zurückweisung, und ich verstellte mich, als würde ich die Zurückweisung akzeptieren, vielmehr, ich akzeptierte sie nicht wirklich, sondern ich war bereit zu jeder Bedingung, auch zweite Wahl zu sein, denn ich kann nicht ohne dich leben, obwohl deine Argumente, die du vorgebracht hast, wie Kindergestammel klangen, und solltest du Angst gehabt haben, Hörner aufgesetzt zu bekommen, Herrgott!, für ein Leben mit dir hätte ich sie alle zum Teufel gejagt, und Ksjuscha zum Beispiel zählt nicht, das ist was ganz anderes, das ist dasselbe wie wenn ich mit mir selber, nur viel besser, denn ich weiß: einmal auf dem Tennisplatz, im Moment eines starken Aufschlags ihrerseits, hast du plötzlich entdeckt, daß sie erwachsen war – und du hast den Ball durchgehen lassen, womit du ihren Vater in einige Verwirrung gestürzt hast, ungeachtet eurer ganzen Freundschaft, und Ksjuscha sagte: Na gut. Wenn du nicht willst, fahre ich nicht mehr dorthin... Ich erinnerte mich nicht nur an das Schlechte, es gab auch glückliche Tage, wenn du wie ein General und Pfau aufgetreten bist, stolz auf deine Leistungen, deine Phantasien, die bei deiner Generation selten anzutreffen waren, wie du selbst immer wieder betont hast, ja und du warst auch wirklich einzigartig, wenn auch ein Geizhals, aber wer hat keine Schwächen?

Indessen, ich meinerseits habe dich nicht betrogen, und daß ich mich schön anzog, ist noch keine Sünde, aber du hast trotzdem gezweifelt, womit du an andere, überhaupt nicht große Männer erinnert hast, obwohl es unter ihnen auch welche gab, die meiner würdig waren, jener Carlos, der lateinamerikanische Botschafter, der war bei weitem großzügiger als du, Ausländer zudem, und ich hätte ihn längst geheiratet, wenn ich gewollt hätte, denn er war verrückt nach mir und fuhr mit seinem Mercedes vor meinem Fenster herum und sogar – oh! die Tür hat geknarrt!... hab ich mich erschreckt... nein, ich sage die Wahrheit: du warst grundlos eifersüchtig und voller Zweifel!

Nur jetzt ist es zu spät. Du hättest mich nicht unüberlegt küssen und mir Hoffnungen machen dürfen an diesem ersten Abend, weil, obwohl dein Alter und deine Hilflosigkeit in mir keinen Ekel hervorriefen, denn ich wußte selbst, worauf ich mich einlasse, und dann – diese unverkennbare Aureole, allein, als deine Hand auf meine Brust fiel, zog sich mir, um die Wahrheit zu sagen, alles zusammen, ich spüre trotz allem den Altersunterschied, wie mit Großpapa, doch nein, das ist unwichtig für mich, ich erkannte den Menschen in dir, und dein Schwung gefiel mir sehr, ich ekelte mich nicht, für dich war ich vom ersten Moment an zu allem bereit, ich war zärtlich, das hat dich aufleben lassen, aber statt dankbar zu sein, hattest du plötzlich Angst um deine Reputation, obwohl alle großen Leute auf ihre alten Tage loslegen und einen draufmachen. Reputation! Reputation! Wer hätte denn gewagt, an deiner Reputation zu kratzen! Wer hätte denn was davon?

Genau das hat mich aus dem Gleichgewicht gebracht, das ließ mich vor den finsteren Gedanken Trost suchen in den Armen, zum Beispiel, von Dato, der nur für mich auf dem Klavier spielen konnte, obwohl er auf seinen Tourneen vor mehreren Tausend Zuhörern spielte und mir Rezensionen und Programmhefte zeigte, wo er als neues Phänomen beschrieben wurde, doch du hast immer nach deiner Familie geschielt und gekatzbuckelt, aber ich erinnerte mich nicht nur an das Schlechte, Ksjuscha ist Zeugin: als sie nach deinem Tod hierher kam, war ich untröstlich, nicht nur, weil diese Schweine mich bis zum Äußersten getrieben hatten, ist ja klar, sondern auch, weil du mir fehltest, um mich zu verteidigen. Aber ich erinnerte mich nicht nur an das Schlechte: ich erinnere mich an glückliche Tage, als wir auf die Datscha fuhren, zu Mittag aßen, trockenen Wein tranken, du hörtest mir zu, meinen Gedanken, die ich aussprach, und deine Phantasien begannen mich ja auch anzuziehen, aber als ein Jahr vergangen war und das zweite auch seinem Ende zuging, hatte ich schon ordentlich die Nase voll, denn die Zeit raste, und das Gerede wuchs, ich sei sozusagen auf dich abonniert. Auch Dato roch Lunte, aber ich brach zur Antwort in Gelächter aus: das sei reine Freundschaft! Dato konnte ich überzeugen: durch Ksjuscha habe ich das Vergnügen, das zu wissen, und übrigens redet Dato bis heute von dir mit Respekt, obwohl irgendwie alles um dich herum nach deinem Tod verwelkt ist und dein Name mißbraucht wird, worüber die Feinde triumphieren und ich weine.

Doch erinnerte ich mich nicht nur an das Schlechte, Leonardik! Ich war in dich verliebt, ich sage die Wahrheit, und sie haben dann auch die Wahrheit geschrieben, obwohl so verschlüsselt, daß niemand draufkam, wenn auch die Iwanowitschs sagten, es sei notwendig, so zu schreiben, damit niemand etwas Genaues verstünde, es aber wie ein Dokument geschrieben sei. Und Sinaida Wassiljewna spulte sich damals auf, in billigster Weise spulte sie sich auf, ganz elend von dem Artikel mit der Überschrift »Liebe«! Aber sie wird nicht über mich spotten! Ich triumphierte. Das will ich nicht verbergen. Aber trotzdem bin ich untergegangen, und der Gasboiler summte, und Großpapa, der alte Stachanowarbeiter, sprach über dich wie über ein Genie und einen Helden. Doch ich erkannte leicht die Schwächen dieses hochdekorierten Genies mit seinem kostbaren Stück, mit dem man nicht nur spielen konnte, mit seiner Erlaubnis probierte ich es sogar an, ich heftete es mir ans Hemdchen, und in diesem Aufzug fand ich mich in seiner Umarmung, und er lachte und spürte den Ansturm neuer Kräfte, denn immer mußte für ihn etwas Ungewöhnliches erdacht werden, oder ich klemme es zwischen die Knie: such, mein Geliebter! Oder er machte sich daran, eine Aufgabe zum Sommer, mich zu rasieren: er seifte den Rasierpinsel ein, setzte die Brille auf, zog gewichtig die Stirn kraus und rasierte wie ein Barbier oder wie eine Kinderfrau, nur gründlicher natürlich, denn Kinderfrauen kratzen einen grausam, mit stumpfer Klinge, und dabei schreien sie zickig – Na, ihr Jungfern, wer ist die Nächste? – und ich beeilte mich, ihnen zuvorzukommen und erfreute mich an meinem Anblick im Trumeau, wo ich zwischen den Parfümtrophäen als kleines Mädchen auftrat, Büstenhalter trug ich auch nicht, weshalb Polina Nikanorowna einen Pik auf mich hatte, man mußte ihr nur einen Grund geben! Dank an Charitonytsch: er hat mich gerettet, aber von Leonardik habe ich ihm kein Wort gesagt, obwohl er für Geschichten schwärmte: erzähl doch, erzähl, immer fragte er mich aus. Aber Leonardik stellte ich mich von einer ganz anderen Seite dar, obwohl er im nachhinein darauf verfiel, sogar auf Antontschik eifersüchtig zu werden, nur ließ ich es nicht so weit kommen, ich ging zum Angriff über, und Ritulja, die mit dem Vorschlag von gestern zu mir kam, antworte ich, daß ich darüber nachdenken muß, denn das Geld ist mir schon längst ausgegangen. Das Beispiel meiner unvergleichlichen Ksjuscha ersteht vor meinen Augen, aber sie tat es natürlich nicht wegen der paar Kopeken! sie stammt aus einer reichen Familie, die Motschulskis sind bekannt, ihr Papa war unter anderem mit Wladimir Sergejewitsch befreundet, sie machten Spaziergänge unter Fichten und spielten Schach nach dem Mittagessen, wobei sie gähnten und Couplets anstimmten, denn dabei denkt es sich besser – und es bringt viel mehr Spaß, und den hat sie bekommen: es ergaben sich solche Gelegenheiten, wenn sie auf den Manegenplatz hinausging, ohne bestimmte Absichten, einfach so, mit ihrem Spaniel mit den schönen Ohren, ich konnte es gar nicht glauben, und sie lud mich dazu ein, weil es lustig sei, doch ich konnte mich nicht dazu durchringen. Und warum? Bei anderen Geschichten habe ich gern mitgemacht, und es gibt Dinge, an die sich Ksjuscha und ich als zwei propere Großmütter erinnern werden, nicht, daß ich mich geniert hätte, es kam mir nur nicht solide vor, und Ksjuscha bestand auch nicht darauf: wenn du nicht willst, dann eben nicht, dann gehe ich eben mit meinem Spaniel, aber Veronika, die konnte Männer einfach aus Prinzip nicht ausstehen, sie hielt sie als unästhetische Wesen nicht für Menschen, ihr gefiel zum Beispiel nicht, daß da bei ihnen, na ja, Eier herumbaumeln – bäh! widerlich! Wir stritten darüber. Aber mit ihr kann man nicht streiten, wenn sie böse wurde, sagte sie immer wie zum Scherz: Deine Scham, Irischa, ist stärker als dein Schädel – was beleidigend war, aber Hexe bleibt Hexe!

Und als Ksjuscha in der Nähe meiner geliebten Architektur ihre Runden drehte, zwischen endlosen Tulpen, gestand ich meine Verblüffung: das konnte ich nicht! ob ich meine Polina Nikanorowna fürchtete oder einfach den gewöhnlichen Milizionär, der mir streng auf die Beine schaute und nur darauf wartete, daß ich ausrutschte – immer hatte ich Angst, dorthin verbannt zu werden, wo mein Fußballer immer noch spielt und die Zeit stillsteht, ungeachtet des Ehebruchs mit dem Gegenspieler in der hellblauen, nagelneuen Nylonjacke, die hatte es mir angetan! ich hatte Lust, sie anzufassen, woraus sich eine verrückte Provinzromanze ergab, als er mir in der abendlichen Kühle die Jacke über die Schultern warf, unten floß unser seichtes braunes Flüßchen, und die Kinder stromerten dort umher und fingen Krebse mit einem Netz, die Sonne ging unter, als mein zweiter Mann ins Krankenhaus kam, mit einer vorübergehenden Verletzung dessen, womit er mich fürs ganze Leben und sich selbst zum Unglück aufgereizt hatte, ich wurde bestialisch mit der Fahrradpumpe geschlagen, aber daß mein erster Mann ganz unter den Tisch gefallen ist, darin liegt auch ein Quentchen Ungerechtigkeit: hätte er Irotschka, deren Eltern sie abgeschrieben hatten, nicht Obdach gewährt, was wäre aus ihr geworden, und ob sie Ksjuscha irgendwann begegnet wäre, ist die Frage, obwohl Leonardik mich mit Gesellschaft nicht gerade verwöhnte, ich ärgerte mich: was an mir ist schlechter als an Sinaida, die er in Foyers und auf Banketts spazierenführt, mit Brillanten in den alten Ohren, als hätte man nicht Verständnis für ihn gehabt – man war doch ihm gegenüber in jeder Hinsicht entgegenkommend! –, dabei strahlte er von oben bis unten, und nur ich durfte mit ihm spaßen, und wenn dann Blutergüsse und Schrammen dabei herauskamen, so war er darauf auch nur unter meiner Anleitung gekommen, ich witterte und fühlte seine allerletzten Launen, und Lazarus erhob sich!

Wir fielen uns Hals über Kopf in die Arme, um den Triumph eilends zu feiern, ich feuchtete meinen Finger an und half, damit er sich nicht quälte, und so ist er auch gekommen, und danach sagte er, während er sich das strahlende Gesicht abwischte – Du Genius der Liebe! Du Göttin!

Und nun liege ich auf dem Rücken, als sei nichts geschehen, und er bemüht sich rührend um meine Befriedigung, wie vielleicht keiner seiner strengen Generation es tun würde, da er Aufstieg und Fall hinter sich hatte, war er ein Opfer von

Dimensionen, und als alles vorbei war, wollte er wenigstens ein bißchen Stroh besingen, oder auch nur eine unbedeutende Begebenheit oder einen ganz anderen Kontinent wie das blühende Afrika, denn seine schöpferische Seele war vergrößert wie eine Leber, auch große Titten mochte er (wie alle dieser strengen Generation). Aber ich saß in der Badewanne und weinte, während ich mich an so viel Schönes erinnerte! Er mühte sich mit Enthusiasmus, selbstvergessen, und ich markierte: ich atmete, atmete, stöhnte, doch nach und nach staute sich Bitterkeit an, und ich brauchte kein Auto, das ich, hätte er mir eins geschenkt, sofort kaputtgemacht hätte wie ein Hühnerei! Ich wollte kein Auto, sondern Glück, und die Freundschaft mit Charitonytsch unterhielt ich nur, weil ich mir in den Kopf gesetzt hatte, die Königin zu tanzen, vielmehr, nicht zu tanzen, sondern als Königin herumzuspazieren, aber dann kam ein zeitweise noch wichtigerer, von Ksjuscha geschätzter Traum auf: über den Orchestergraben hinweg als Königin in den Saal zu schreiten! das heißt, alle mit meiner Gnade, Freigebigkeit und Güte überschütten, das könnte ich, ich würde einfach meine böse Vorgängerin nachahmen, nur ein Gelage soll ein Gelage bleiben, und wenn es um vornehmere Zwecke geht, dann blühe, meine Heimat! ich bin Patriotin! – Ksjuscha zerfloß, sie schwärmte für wuchernde Träume, sie sagte: Ich glaube! Ich glaube! – und ich dachte: bei Leonardik begann dieser Weg, ich brauchte ihn, um zu schweben, aber beim geringsten Anlaß ließ ich ihn zappeln, schnaubte und ergriff die Flucht. Alles ist zusammengebrochen, denn die Natur meines Kavaliers hat sich als nicht sehr großzügig erwiesen, er war ameisenhaft mit dringenden Dingen beschäftigt und trug sein Profil vor sich her. Ich kannte ihn in- und auswendig, aber der Traum überwältigte mich: ich gehe mit ihm die Stufen hinauf, weißer Marmor und die Gesichter der besseren Gesellschaft, es traut uns der niedliche Pope Wenedikt und wünscht uns Glück und der Heimat Erblühen, und auch ich! auch ich möchte mein bescheidenes

Glück der allgemeinen Harmonie zum Geschenk machen, nur die Volkslieder und Volkstänze beabsichtigte ich etwas abzukürzen, denn die sind einfach anödend, dafür wäre alles wunderbar inszeniert, die bessere Gesellschaft würde als einheitlicher Pulk mit Fackeln über die festlichen Plätze der Hauptstadt marschieren, und ich – die Bescheidenheit selbst – stehe umringt von meinen mir ergebenen Vertreterinnen, schaue und frohlocke mit Ksjuscha, der Schamlosen, der alles paßte, in ihre unvergeßliche Möse, die ich anbete! ich werde verrückt! solche wie sie gibt es nur einmal! ich sterbe und weine... Ja, meine Freude war maßlos, manchmal vergoß ich im Schlaf Tränen, vor Entzücken, und wieder heule ich, solche Phantasien! Bloß Leonardik war ängstlich, mein artiges Kind, er streckte die Hände aus, aber zu unserem Abkommen keinen Mucks, und ich sagte zu ihm: vorsichtig! das Herzchen wird unartig werden! – und er antwortet mir: halt mich nicht für einen alten Mann! Ich gebe mich noch nicht geschlagen!

Ich merkte mir das, doch die Zeit drängte, Betrug kam auf, und die Träume verblaßten, aber er schickt mir eilig die Einladung, die ich gleich verlangte zu besorgen, nachdem ich erfahren hatte, daß ein englisches Orchester kommt und Britten angekündigt ist. Na ja, Britten oder nicht Britten, jedenfalls ein wichtiges Ereignis, da will ich hin! Zum wiederholten Mal wird er von Zweifeln befallen, zieht sich auf seine Unentschlossenheit zurück, dort seien viele Bekannte, die das falsch verstehen könnten, und man würde zu hören kriegen: mach's lieber mit deinem Opa! Mit dem Opa! Ha-ha! Nein, denke ich, ich habe genug davon, Beleidigungen einzustecken, bin ich das goldene Fischlein oder nicht? – Aber ja doch! – antwortet er. – Mein goldenes Fischlein! meine Herzallerliebste! nur das nicht! – Wieso sträubt er sich denn, denke ich, mein Preisträger! Nein, denke ich, wenn du nicht mit mir zu Britten gehst, werde ich gnadenlos. Er gab nach, den totalen Reinfall voraussehend, ich war unerbittlich, aber er hatte ganz verlernt, ohne mich auszukommen. Er reißt sich zusammen: in Ordnung, gehen wir! Ich zog mich an. Mein Kleid zog ich an wie eine Flamme, und – ich trat vor die Tür, ich stehe da wie die Unnahbarkeit selbst, wir fahren, er in Angst und Schrecken wegen dem Kleid, murmelt etwas von Reputation, die Reputation, weißt du, das geht nicht, ich habe den Ruf eines ernsten Mannes, der große Taten und die Arbeit besingt, aber du in großer Toilette und mit entblößter Brust, wenn du wenigstens irgendein Tüchlein, aber ich sage: sei so gut und sag mir, wovor du Angst hast! Du bist stärker als alle zusammen, die fürchten sich, und du hast Angst vor ihnen, und wenn ich auch splitternackt dort hineingehen würde, aber mit dir, sie würden uns salutieren und in jede Botschaft einlassen! Nein, nein, sagt er, nur nicht dorthin! Er war ein Herr, aber trotzdem war er vorsichtig, das war seine Erziehung, jetzt sterben sie aus, einer nach dem anderen, gehen in Pension, alles war zu haben, aber bloß keinen Lärm, vor dem ungebetenen Gast versteckten sie den Kognak in der Anrichte, und sie reisten hinter zugezogenen Vorhängen, womit sie die Begrenztheit ihrer Gefühle bewiesen, und Ksjuscha wurde, als sie Studentin war, von ihrem Vater, ebenfalls Funktionär, mit den Worten geschulmeistert: Fick nur – bloß leise!

So also war die Lage. Es paßte mir nicht, aber was hatte ich für eine Wahl?

Wir fahren auf den Eingang zu. Strahlende Lichter, wie eine Wiederbelebung meines Traums, und wir gehen hinein: der ganze Zuschauersaal erwartet das englische Orchester, an den Seiten Fahnen, Aufregung, phantastisch, wir nehmen unsere Plätze in der Direktorenloge ein, mein Liebster ganz galant, nickt auf Begrüßungen in die Runde, ich sehe: das Interesse ist erwacht, ich fange Blicke auf und halte das Kinn, ohne es zu senken, wie eine Lady, das englische Orchester stimmt sich ein, gleich werden sie spielen, plötzlich kommt ein Dirigent von japanischem Aussehen und Äußeren herein, alle empfangen ihn stürmisch und – es geht los! Ich schloß leicht die Augen. Göttlich! – teile ich ihm mit, mich herüberbeugend – welche Wonne! – Ich freue mich! – antwortet er, jedoch, das fühle ich, ein wenig trocken. Er ist unruhig – er kann sich überhaupt nicht entspannen, er ist bedrückt und sehnt das Ende herbei, er seufzt verstohlen: er gehört auf die Datscha, hinter den Zaun, dort ist er sein eigener Herr, und hier ist dieser Japaner ohne Dirigentenstab. Ich denke: sie essen Reis mit Stäbchen, darum dirigiert er das Orchester ohne, ich flüstere ihm das zu – er kriegt den Witz mit, aber die Nachbarn zischen leise, und als Pause ist, sage ich, führ mich zum Büfett, Eis essen, aber er: bleiben wir lieber hier sitzen, ich bin müde von diesem Tag, habe keine Kraft, und die Musik läßt mich die Hektik im Büfett vergessen, aber ich sage: ach, bitte, gehen wir doch! Er nervös: geh allein, es starren ja auch so schon alle! – Ach, du kannst mich mal! – Ich drehte mich um und ging, er hatte mir mit Freuden einen Fünfundzwanzigrubelschein gegeben, damit ich endlich gehe. Ich ging weg, wie bespuckt. Ich stehe in der Schlange, finsterer als eine Regenwolke, ringsum tauschen die Leute ihre Meinungen aus, sie schätzen den Japaner sehr hoch ein, ich bin auch der Ansicht, bloß schweige ich, die ich fremd und überflüssig in dieser Schlange bin, endlich bin ich dran, ich sage: entkorken Sie eine Flasche Champagner und wiegen Sie bitte fünf Kilo Apfelsinen ab! Man antwortet mir: den Champagner entkorken wir Ihnen, aber so viele Apfelsinen geben wir nicht raus, wir sind hier nicht auf dem Markt, und ich spüre: man erniedrigt mich. Die Leute lachen, als wäre ich ins englische Konzert gekommen, um mir Vorräte anzuschaffen, wie aus irgendeinem Feuilleton entsprungen, dabei treibt mich ein anderer Gedanke, ich pfeife auf die Apfelsinen. – Sie haben mich nicht richtig verstanden – sage ich – ich brauche sie nicht für mich, ich will sie in die Direktorenloge bringen. – Man überlegte einen Moment, beriet sich und rückte sie raus. An dieser Stelle hatte Ksjuscha, laut lachend, die Angewohnheit, mich zu unterbrechen, weshalb ich denn so viele gekauft hätte? – Aus Bosheit, antworte ich, aus reiner und unverhüllter Bosheit. Laß mich, denke ich, laß mich mit fünf Kilo Apfelsinen in die Direktorenloge gehen, wie der letzte Raffzahn, wenn er dermaßen gemein ist in seiner Angst um seine Reputation, mag er ächzen und stöhnen, und der Champagner – ich nehme ein Glas, wie es sich gehört, und ich trinke bis zum dritten Klingelzeichen die ganze Flasche aus, vor den Augen des verblüfften Publikums, das Schnittchen ißt und Bier trinkt und die Qualitäten des fiesen Japaners diskutiert. Und als ich zum dritten Klingelzeichen die ganze Flasche ausgetrunken habe, ohne auch nur ein Tröpfchen übrigzulassen, gehe ich in die Direktorenloge zurück, die überfüllt ist von ehrbarem, mir persönlich aber unbekanntem Publikum, jedoch, wie ich bemerke, meinem feigen Kavalier bekanntem, ich platze in die Loge hinein mit fünf Kilogramm Zitrusfrüchten und erziele, versteht sich, den gewünschten Effekt. Wladimir Sergejewitsch wechselt den Gesichtsausdruck und flüstert mir in maßloser Wut zu: Bist du noch bei Verstand, Irina? – Ich antworte: Aber ja doch. – und hauche ihn mit meinem Champagneratem an. – Wozu, sagt er, brauchst du diesen Berg Apfelsinen? – Ich mag Apfelsinen – antworte ich. – Hast du das etwa nie bemerkt? – Er sah mich an, und er sagt mit einigem Befremden: Was denn, hast du getrunken? – Na und, ist das verboten? – Natürlich nicht – sagt er – aber wir fahren besser nach Hause, hier haben wir nichts mehr verloren. – Er spricht äußerlich ruhig, er konnte sich kontrollieren, Ausbrüche vermeiden, gute Schule, bemerke ich, aber innerlich, das sehe ich, totale Fassungslosigkeit, eine Art Wackelpudding, er begann mir sogar ein winziges bißchen leid zu tun, aber ich blieb stur – Nein! – sage ich mit lauter Stimme. – Ich will schließlich Britten hören, mach bloß keinen Aufstand, Süßer, alles ist in bester Ordnung! – Er wurde blaß und sah mich so ausdrucksvoll an, daß ich begriff: SCHLUSS, und Britten wird uns die Beerdigungsmelodie sein, ein Abgesang auf unsere Liebe, so ein Gefühl hatte ich, obwohl ich einiges intus hatte und ganz lustig gerötet war. Auch Leonardik schweigt, ein wenig blaß, aber ganz der edle alte Mann, wenn man ihn von der Seite betrachtet. Und ich mit den Apfelsinen. Ich sitze, der Dirigent kommt wieder herein, wilde Begeisterung, auch ich applaudiere natürlich, aber was ist eigentlich Sache? Meine Liebe ist hin, Ende der Träume, niemals werde ich meine Vorgängerin sein, und kaum hatten sie zu spielen begonnen, da legte sich endgültig ein ungutes Gefühl auf meine Seele, der Wind des Alters blies mir um die Ohren, der Champagner hatte mir den Rest gegeben, ich wollte zu weinen anfangen vor lauter Moll und Gemeinheit, wegen all dieser verheirateten Männer, die mich zum Narren hielten, die mit den Bedürfnissen der Seele nicht klarkamen und nur die Bergamottluft schnupperten, sie schnupperten und waren hin und weg, und sie stopften einen voll mit Kaviar, Kaviar und nochmal Kaviar, und sie verführten einen mit den Zimmerfluchten ihrer Wohnungen und mit ihren Autos, sie verschenkten Parfüms, Parfüms und nochmal Parfüms, und sie sahen verstohlen auf die Uhr, und sie prahlten, prahlten und prahlten, der eine hiermit, der andere damit, ohne Unterschied: der eine mit seinem Ruf, der andere mit seinem Geld, der dritte mit seinem Talent, der vierte damit, daß er mit allem unzufrieden ist, und daß man darum, bitte sehr, auch Rücksicht auf ihn nehmen und ihn respektieren soll, da nun mal so eine doppelte Rechnungsführung eröffnet ist, so scherzte die Spötterin Ksjuscha, die diese Typen verachtete, auch im nicht existenten Paris, denn es existiert nicht, und Ksjuscha setzte sich in ihr rosafarbenes Automobil und verschwand ins Nichts, aber hier, auf hartem, heimatlichem Boden, meinte sie, ist jede Karriere voller Abenteuer, Zickzacks und Gemeinheiten, darum sind die einen soviel wert wie die anderen, sie haßte sie, konnte aber nicht ohne sie leben: sie kam zurück, um darüber zu lachen, und sie fuhr weg, und sie kam zurück, und ich durfte dableiben und die Klappe halten! darauf Ksjuscha: Fahren wir zusammen! – Entschuldige, ich habe eine Liebesgeschichte. – Mit wem? Mit Antoschka? Dann schlag ihn dir aus dem Kopf! Nicht ernst zu nehmen! – Nein! – antworte ich. – Setz höher an! Mit Wladimir Sergejewitsch, mit deinem Patenonkel und Preisträger! – Ich gratuliere nicht – sagt Ksjuscha finster. – Warum nicht? Er ist doch ein angesehener Mann. Er wird mich nicht beleidigen. – So dachte ich, aber ich sehe: da sitzt er, blaß, bereit, mich zu zerfetzen, es mir heimzuzahlen und mich nie mehr anzurufen, ungeachtet dessen, daß er an mir hängt und es ihm schwerfällt – er seufzt – ohne mich. Aber auch ich spiele meine Machtposition aus, entschuldige, sage ich, was ist mit unserem Abkommen? – Und die Apfelsinen? – fragt er zornig. – Was haben die Apfelsinen damit zu tun! – So stritten wir uns bei diesem verhängnisvollen Rendezvous, doch so weit war die Sache noch nicht gediehen: ich sitze dort und höre Britten, es gefällt mir sehr, ich bin entzückt, ganz gerötet, ich höre: sehr! sehr schön! – nur mein Nebenmann, Wladimir Sergejewitsch, hat sich in sich selbst zurückgezogen und macht mir das Leben sauer.

Darum war ich auch immer einem schüchternen Schulmädchen mit dicken Zöpfen ähnlich, ich konnte mich Leuten gegenüber nicht flegelhaft benehmen, nicht einmal, wenn sie schwach und wehrlos waren, aber ich hatte es nicht gern, wenn man mich wie ein Flittchen behandelte, wenn man mich aushielt und Schönheit verlangte, denn ich besitze Selbstachtung, und meine Schönheit entzieht sich eurer Macht, denn nur eine Frau, die schöner ist als ich, kann mich beurteilen, und Männer haben überhaupt kein Recht, mich zu beurteilen, sondern lediglich entzückt zu sein, aber was ist mir die Schönheit, da ich Schönere als mich nie gesehen habe. Man fragt: und Ksjuscha? – Das wollen wir mal klarstellen. Ksjuscha ist natürlich hübsch, da kann ich nichts sagen, nehmen wir an, sie hat keine Mängel, aber es kommt auch vor: das Gesicht einer Schönheit, und der Rücken voller Pickel, ich habe viele solche Frauen gesehen und sie bedauert, und Ksjuscha ist unbestreitbar hübsch, doch ich bin eine Schönheit, ich bin der Genius der reinen Schönheit, so nannten mich alle, und auch Wladimir Sergejewitsch sagte: Du bist der Genius der reinen Schönheit! – das heißt, ohne Beimischung, denn deine Schönheit ist nicht boulevardmäßig, nicht von der Straße, deine Schönheit ist edel, die Kraft reicht nicht aus, sich davon loszureißen! – Das sagte auch Carlos, der Botschafter, und der Mittelasiate Schochrat, aber als ich ihn anrief, und als ich frage: Erkennst du mich, Schochrat? – da antwortet er ohne jeden Humor und schnalzt mit der Zunge in den Hörer. Ich begriff sofort alles: Na dann, auf bessere Zeiten, Schochratik! – dabei bin ich drauf und dran zu weinen. – Auf bessere Zeiten! – antwortet Schochrat, in Mittelasien ein großer Mann, ich habe mit ihm per Flugzeug eine Republik nach der anderen abgeklappert, wir haben Forelle gegessen, und er hat mir Achmatowa und Omar Hayyam vorgelesen, stolz auf meine nicht boulevardmäßige Schönheit. – Auf bessere Zeiten! – wiederholt Schochrat und schnalzt mit der Zunge wie alle Asiaten, die sich in ihren tiefsten Empfindungen betrogen fühlen. Und Flawizki, Stanislaw Albertowitsch, erwies sich letzten Endes doch als ein anderer: also, was hat er davon, fragt sich, ob ich gebäre oder nicht? was hat das für einen Sinn? – aber er sorgt sich, ruft an, bittet mich in seine Sprechstunde, und als Ritulja mir ihren nicht fürs Telefon bestimmten Vorschlag unterbreitet, wende ich mich an ihn: wird das nicht schaden? denn ich hatte Bedenken, ob das nicht ein Anschlag auf das ungeborene Leben wäre, ob ihm der wildgewordene Armenier nicht den Schädel zertrümmern würde? – Ausgeschlossen! – antwortet mir Doktor Flawizki. – Ausgeschlossen, nur seien Sie ein bißchen vorsichtig, Kindchen, dies ist doch eine einmalige Gelegenheit, obwohl er früher gesagt hat: niemals werde ich Kinder kriegen, und ich lächelte ihn zur Antwort mehr als zufrieden an, nur nachts war ich ein wenig betrübt, Ksjuscha sagte ja auch: Ich will nicht! – und der Stomatologe zwingt sie schon das soundsovielte Jahr, und Ksjuscha müht sich ab im Schweiße ihres Angesichts und wundert sich – Also wirklich, wie in Mittelasien! – Und da hält es mein Herz nicht mehr aus, es explodiert: ich greife mir die Apfelsinen aus der Tüte und werfe! – die zweite! – und immer drauf! immer drauf! – flogen die orangenen Früchte auf den japanischen Schuft und seine englischen Konsorten, auf die Geiger und Cellisten in Fracks – da habt ihr! das ist für euch! –, und ich fing an, sie durch die Gegend zu schleudern, und mein berühmter und heroischer Kavalier, endgültig weiß im Gesicht, stürzte sich auf mich, aber ich stieß sein altes Gerippe zurück, so heftig, daß klar war, mit mir war nicht zu spaßen, und – weiter! auf Britten und seine scheußliche Symphonie! bis die Musik erstarb und Totenstille herrschte und die Platzanweiserinnen, die Programmhefte im Ausschnitt tragen, um sie schwarz zu verkaufen, wie drei fette Hunde in die Loge stürmten. Ich knallte ihnen eine Apfelsine rein und fand das komisch, und im Saal Stille und ehrbares Publikum, und in der Loge fuhren alle vor mir zurück, und ich zettelte mit den Platzanweiserinnen eine Rangelei an, reißt nicht an meinem Kleid rum mit euren dreckigen Händen, schreie ich! wie könnt ihr es wagen! Und ich schlage mich in der Direktorenloge wie ein rotes Tuch, und der Japaner hatte sich interessiert in meine Richtung umgedreht, und alle Engländer taten es ihm gleich, und da kamen noch irgendwelche starken, fürchterlichen Männer zu uns in die Loge gerannt, sie strecken die Hände nach mir aus, damit ich aufhörte, doch vor den Augen der Engländer wollen sie keine Gewalt anwenden, vielmehr machen sie Andeutungen, sich gütlich einigen zu wollen, jedenfalls an diesem Ort, nicht umsonst hat man zu Beginn die Nationalhymnen gespielt, und ich denke: soll doch alles den Bach runter gehen, ich werde mich prügeln! Aber trotzdem gehen sie gentleman-like mit mir um, sie sehen, ich sitze neben keinem geringeren als Wladimir Sergejewitsch, sie denken: und wenn das plötzlich seine Richtigkeit hat? und es eine Anweisung gab, die englische Musik mit Apfelsinen zu bewerfen? – das waren Ksjuschas Überlegungen, als sie sich die Geschichte anhörte, sehr zufrieden über dieses Durcheinander. – Siehst du, sagte sie, du bist doch mutiger als ich, mein Kleines! Das hätte ich nicht riskiert – gegen die Engländer. Schön!

Vielleicht lohnt es sich doch hinzuzufügen, daß Jura Fjodorow, als er von der Geschichte hörte, die Bekanntschaft mit mir abbrach, wegen Banausentums, denn er beschloß, das sei Kulturterrorismus und eine Ignoranz, die tief in der Seele verwurzelt sei, und ich erwidere euch darauf: schickt ihn zum Teufel! Und dann, stellt euch vor, treffe ich diesen Jura in Gesellschaft meiner neuen Freunde, und er fängt an, über mich zu lästern, obwohl schon zu dieser Zeit der Widerschein allgemeiner Berühmtheit auf mir liegt, und er? – Wer bist du denn? – sage ich zu ihm. – Du Drecksack, wer bist du schon? – Und da schämte er sich, denn ich als Märtyrerin der Idee hatte das letzte Wort behalten – aber in dem Moment sah Wladimir Sergejewitsch, daß sie mir die Arme umdrehen und sich unhöflich benehmen – sie schleifen mich in den Korridor, und auch da eine Menschenmenge, um mich zu sehen und zu zerfetzen, einige in Fracks, aber wie die wilden Tiere! Und da sagt Wladimir Sergejewitsch als mein Kavalier zum versammelten Verwaltungspersonal – Aussssseinander! – Und alle, das muß gleich bemerkt werden, traten auseinander, und Sinaida Wassiljewna behauptet, sie hätte, denkt mal an, von mir nichts gewußt! Alle wußten von mir und sie nicht! Dabei kam diese Episode allen möglichen Leuten zu Ohren, selbst solchen, die niemals einen Frack getragen haben, und Wladimir Sergejewitsch, mein Leonardik, machte eine Bewegung mit seiner nicht sehr großen Hand, und er sagt: Auseinander!

Sie traten auseinander, ungeachtet der Miliz und des Getümmels in der Tür hatte ich die Apfelsinen mitnehmen wollen, aber man riß mir die Tüte aus der Hand, und sie rollten dahin und wurden auf der Stelle von ungeschickten Männerfüßen zertrampelt, und Wladimir Sergejewitsch packte mich grob am Handgelenk und – auf die Treppe, auch dort hingen verschiedene Neugierige über den Geländern, und im Saal schwieg die Musik, und er sagte zum Verwaltungschef, der ihn für seine Begleiterin tadeln wollte: Sie sollten lieber das Konzert fortsetzen! – Der Verwaltungschef, wohl ahnend, daß Wladimir Sergejewitsch recht hatte, rannte los, den Japaner beruhigen, und der Japaner beruhigte sich rasch, jedenfalls schwebte Britten bereits wieder durch die Hallen, als wir durch den Bühneneingang das Haus verließen, Britten war wiederhergestellt, und mir tat von dem Lärm der Kopf weh, ich konnte kaum sehen: so sehr tat mir der Kopf weh!

9

Wir fahren langsam dahin. Wir schweigen lange. Wir sind ein Katafalk.

Jetzt, denke ich, wird er mich umbringen. Das Recht hat er.

Er hält sein weißes Profil in einiger Entfernung, er leidet. Na, hast du erreicht, was du wolltest? – Nein! – antworte ich, ich fürchte seinen Zorn und bin entzückt, immerhin ist er mein Retter, dabei hätte er mich ihnen zum Fraß vorwerfen können, doch wie man sieht, wir fahren. Und weiter? – fragt Ksjuscha. – Was weiter? Weiter sagt er: ich hoffe, du begreifst, daß dies das Ende ist, und zwar endgültig, und doch fährt er mich, er setzt mich nicht auf die Straße. Ich schweige, ich höre zu, Migräne, vor meinem geistigen Auge fliegen die Apfelsinen vorbei, der merkwürdige Blick des Japaners, er schielt zu meinem Auftritt herüber, beeindruckt von den Sitten des fremden Staates, oder ahnte er Schlimmes, einen Anschlag auf die Menschenrechte, aber wieder schwebt Britten durch die Hallen, und alle meine Rechte gehören wieder mir. Begreifst du, sagt er, daß dies das Ende unseres Abkommens bedeutet! Ich öffnete den Mund. Oho! Das ist ja reizend! Diese Bestie! Das hatte ich nicht erwartet. Weder Ksjuscha noch ich. Ein sensibler Denker, er konnte eines vom anderen schichtweise trennen, und ich stehe nun also vor einem Scherbenhaufen und tippe mit dem Finger auf den staubigen Trumeau: Ende des Abkommens! Aber für alles übrige der Anfang! Ich nehme eine andere Qualität an, ich bin nicht mehr das goldene Fischlein, sondern schlicht und einfach – ein Flittchen. Ich reiße den Mund auf: ich bewundere Vornehmheit und Profil, wir fahren weiter, und er ist geradezu froh, als sei ihm ein Stein vom Herzen gefallen, und Sinaida Wassiljewna wird frohlocken, wenn sie die Neuigkeit erfährt. Frohlocke, Marodeurin, frohlocke! Nur später wirst du ein paar Tränen vergießen, wenn du hinter dem Sarg des großen Mannes einen noch nicht gegangenen Weg gehen wirst, und in der kalten Datscha wirst du wegen der Aufteilung mit Antontschik aneinandergeraten, der sich schrecklich beeilt, um zur Beerdigung zu kommen, vielleicht aus Oslo, vielleicht aus Madrid, denn der Kleine hat sich gut eingerichtet, mein falscher Verehrer, ich habe ja gleich gewußt: ein lausiger Typ. Doch vor Wladimir Sergejewitsch verneige ich mich – wahrlich, ein Großer! Aber es irritierte mich, Erleichterung auf dem blassen Gesicht zu erkennen. Er hat sich herausgewunden! Das hat er sich billig erkauft, und er fährt mich nach Hause, die Hände riechen nach Autoleder, wo Großpapa, der sich den Abend mit Fernsehen verkürzt hatte, den Schlaf des gerechten Stachanowarbeiters und treuen Veteranen schläft, er schläft, und es kümmert ihn einen feuchten Kehricht, daß man seine geliebte Enkelin aufs Trottoir hinaussetzt, gleich vor dem Haus, und ihr zu guter Letzt eine angenehme Nacht wünscht! Na ja, ich heulte mich aus und regte mich ab, ich komme nach Hause, die Apfelsinen rollen vor meinen Füßen durchs Zimmer, befrackte Leute gestikulieren und schreien wie irre mit Schaum vor dem Mund, und der japanische Dirigent ißt mit Dirigentenstäben kalten, verklebten Reis, nein, keinen Reis, sondern Reisbrei, als wäre gestern erst der Krieg zu Ende gegangen, er liegt im Bett, schielend, mit listigem Blick, und die Apfelsinen rollen vor den Füßen herum, und Timofej macht zwischen meinen Knien rum und schnuppert am Rock, er wittert eine verwandte Seele, und ich sage zu Veronika: Weine nicht über mich! Weine nicht! – Und sie fing an zu heulen, sie heulte, obwohl sie eine Hexe und ein Aas war, und sie war nicht blöd, denn sie ließ Männer nicht an sich heran, nur Timofej hatte einen Stein im Brett, und Timofej sagt: Na ja ... Was soll's ... – Immerhin eine verwandte Seele, er macht an mir rum, er hatte am Rock geschnuppert, ich sehe: er war hin und weg! – Also, sage ich zu Veronika, kein Kostverächter, den du da hast! – Sie zupfte ihn am Ohr und zauste ihn, und Timofej fletscht die Zähne, er lacht. Nur war ich nicht ohne Grund zu ihr gekommen – ich wollte mich mit ihr beraten, sie sollte mir ihren Segen geben, und sie sagte mit schwacher Stimme: Warum nicht mal ausprobieren ...? Nur Timofej, Ira, rühr mir nicht an ... – Und Ksjuscha? – forsche ich sie aus. – Und Ksjuscha? – Sie schweigt. Pause, sie ließ sich nicht ausforschen, sie rückt nicht heraus, und Ksjuscha sagte auch keinen Ton, nie hat sie sich verplappert, ungeachtet unserer Freundschaft, und Timofej sah sie gebieterisch an wie sein Eigentum, in diesem Punkt haben mich meine lieben Freundinnen also angeschmiert, das registriere ich für mich, obwohl es keine Beweise gibt, allerdings wurde mir eine knallharte Absage erteilt, bedauerlich für mich und Timofej. Sehr bedauerlich. Und ich war mit leeren Händen gekommen, und womit ich gekommen war, damit ging ich auch, und Leonardik ist noch stolz auf unsere Auseinandersetzung, die er zu seinen Gunsten auslegt, er wünscht mir eine angenehme Nacht mit meinem Trumeau, und ich hängte mich ans Telefon, um die ganze rechtschaffene Gesellschaft auf die Beine zu bringen, aber es ist spät, spät, und ich vernehme nur das Tuten aus dem Telefonhörer oder auch erboste, aus dem Schlaf gerissene Stimmen, die sich entschuldigen, es sei schon spät, in Ordnung, und ich blieb allein mit meinem Trumeau, übrigens auch nicht übel, denn ich lag da als kleines Mädchen und stöhnte und malte mit dem Finger Monogramme und Muster und kehrte mutterseelenallein in meine Stadt zurück, bloß, ich betete Moskau an, obwohl es mich auffraß, und ich stöhnte, auf der Suche nach Trost in kleinen, aber dafür teuren und einzigartigen Dingen, aber ich konnte mich nicht vergessen, und wie ich wieder zu mir kam und zu singen aufhörte, sehe ich: es ist Nacht, und in der Luft ein beängstigender Wind, die Wolken haben sich dunkel zusammengeballt, die Schatten des Mondes liegen auf der Decke, und im Trumeau ragen meine Beine hervor, meine Beine und Arme, und zwischen ihnen schwebt ein verlassenes Gesicht, und damals entschloß ich mich, in jener Nacht, ich zog mich in mich selbst zurück und begriff alles: denn er verläßt mich nicht, er quetscht mich nur aus und will mich unterwerfen, damit es weiter nach seinem Willen geht, auf der Datscha und hier, in dieser wundervollen Wohnung, als deren Besitzerin ich mich plötzlich sah, die Wange an die karelische Birke gelehnt. Frohlocke, Sinaida Wassiljewna! Heute nacht kannst du ruhig schlafen, aber die Kunde hat sich verbreitet, und am Morgen – ja tatsächlich? Die Apfelsinen sind durch die Gegend gerollt, gerollt und ans Ziel gerollt, doch ich mußte nicht sehr lange warten, und während sie noch in alle Richtungen verlogene Dementis verbreitete, bemüht, das öffentliche Geheimnis zu wahren, klingelt es, und Großpapa stürzt wie ein dressierter Papagei zum Telefon und ruft: am Apparat! – und zu mir, während er mit der Handfläche den Hörer zuhält – Bist du zu Hause oder nicht? – Zu Hause! zu Hause! – Ich komme aus dem Badezimmer angerannt, vergesse, den Morgenrock zuzuschlagen, und Großpapa sieht aus wie Vater Wenedikt, verlegen die Augen schließend, während mir die alte Njanka eine Flut von Weihwasser in den Slip schüttet, nur, geschont habe ich mich nicht in jenen zwei Wochen, die sich hinzogen und ausdehnten auf ein halbes Jahr, nur habe ich mich nicht allzusehr geschützt, ich habe ein Nymphenleben geführt, bin von einer Badewanne in die nächste geschwommen und habe die Lemuren mit den Rassefratzen verwirrt, die Erinnerung daran ist furchtbar, der Chef eines Autoservice machte morgens vom Bett aus am Telefon seine Untergebenen fertig, und Ksjuscha war weit, und Ritulja kurierte ihr Leiden, da sie begriff, daß der Firmentyp Schlimmes argwöhnte, Eiter in den Unterhosen, Schmier auf den Lippen – er war in sein Heimatland geflogen, und die ganze Welt war von Japanern in Beschlag genommen, so daß Ksjuscha tierisch fluchte, und sie lebt in Paris und bezeichnet Paris als japanische Stadt, und ich gehe demütig ans Telefon – Wer ist da? Hallo! – Ich höre: Leonardik gibt einen unsicheren Laut von sich, er mochte das Telefon nicht, der Verstorbene, er hatte immer was daran auszusetzen, er vergrub es unter Kissen, und ich sage spitz und vorwurfsvoll zu ihm: na, sag schon, daß du mich liebst! daß du glühst vor Leidenschaft! Erzähl, wie du mich auf Händen tragen und turteln und mich hätscheln wirst! Wie er gleich wieder lächerlich hektisch wurde: warte, nicht jetzt, nenn mich nicht beim Vornamen, ich kann nichts hören, ich rufe aus der Telefonzelle an, man trommelt mit einer Kopeke an die Scheibe – als ob ich ganz umsonst vor den Augen des verblüfften Publikums mit Apfelsinen rumgeschmissen und die Absperrung der Miliz überwunden hätte, diese Ketten, die Ketten – Schluß! – unser Untergrund hat ein Ende gefunden. Ein Verbrechen gegen das Heiligenbild. Gott sei Dank hat er sich im Leben die Hakken abgerannt, er hat wertvolle Erfahrungen gesammelt im Gehen auf Zehenspitzen durch die hintersten Winkel und über Marmortreppen, und in der Tiefe des Gesichts saß die Irritation: der Herr ließ andere nicht Herren sein, die Herren ließen andere nicht kleine Herren sein, die kleinen Herren prügelten die Dienstboten. Der Herr hat sich die Decke über den Kopf gezogen – die anderen dürfen erfrieren und krepieren, und die Irritation hat sich in den Falten der Gesichter niedergelassen, und still und friedlich vergeht sein ruhmreiches Leben, aber für heute hatte er seine Abneigung gegen das Telefon überwunden, und nicht nur, daß ich mich sehnte – ich verzehrte mich, während ich die Träume ertrug und mich wunderte, daß er sich herausgewunden und mit einer mickrigen Rettungsaktion für mein erniedrigendes Flehen bezahlt hatte, für meine unwiederholbare Kunst, nur diesmal beeilte ich mich nicht, ihn zappeln zu lassen, ich hatte es nicht eilig, mich in Schweigen zu hüllen: ich stehe da, ich höre zu, das Wasser läuft mir nur so runter, Großpapa verschwand unrasiert und befremdet in sein Zimmer. Er teilt mir mit, daß er gern würde und daß Sinaida Wassiljewna sich entfernt habe, um ihre Blase behandeln zu lassen, daß er sich nach mir sehne, und in welcher Versenkung ich verschwunden sei? Ich antworte: In keiner, ich friste mein Leben in Einsamkeit, mit einem Buch, habe mich in Blok verliebt... – In wen? – Na, in Blok! Den Dichter. Ich habe einige Verse auswendig gelernt. Er schweigt und verflucht sich innerlich bereits, daß er meine Nummer gewählt und begonnen hat, sich zu versöhnen, aber ich hab ja gewußt, daß es so kommen wird, und Ksjuscha hat es nicht geglaubt – Hat er tatsächlich selbst angerufen? – Auch sie konnte nicht ohne mich sein, sie kam immer ungeduldig angereist, und ich hielt es ja auch nicht aus, wenn ich auch mit Ritulja befreundet war, aber Ritulja irritierte mich mit ihrer praktischen Natur, sie liebte Gegenstände, besonders teure, besonders wertvolle, Edelsteine betete sie an, Hochkarätiges, und wenn ihr Japaner morgen wieder auf der Matte stehen würde, dann hätte ich sie das letzte Mal gesehen, und wo sollte ich dann hin, begnügen wir uns also mit den bescheidenen Früchten dieser Freundschaft, aber Ksjuscha bleibt Ksjuscha bleibt Ksjuscha!

Sie ließ sich nicht erschrecken von den Nuancen eines gescheiten Gesprächs, aber denkenden Frauen gegenüber verhielt sie sich nicht gerade positiv, und ich erinnere mich, wie schnell Natascha von der Bildfläche verschwand, die angeblich der guten gemeinsamen Sache nachjagte, aber sich unweigerlich demaskierte. Sie ist kalt, Ksjuscha meinte die denkende Frau, wie die Beine eines Dystrophiekranken aus Taimyr, wahrscheinlich war das eine Anspielung auf ihre Schwester, doch Natascha verschwand alsbald zusammen mit ihrer riesigen Klitoris, dem Gegenstand des Spotts aufrechter Damen, da sie gescheite Gespräche uns vorzog, und als ich sie unter erlesenem Publikum beim Ballett von Béjart traf, ein Labsal für ihr Hirn, da grüßte ich gleichmütig und ging vorbei, ich blieb kühl. Aber Ksjuscha war anders, nicht denkend – undenkbar! und ich vertraute ihr und ahmte sie nach, aber nun breitete sie selber die Arme aus – Ach, du bist toll! Wirklich toll. Wer hätte gedacht, daß er selbst anrufen würde! Nach all den Apfelsinen... – Du verstehst nicht! – Hier lächelte ich schüchtern. – Er mußte mich anrufen. Denn damals war er zu dem Schluß gekommen, daß ich kapituliert hatte, daß ich mich grämte. – Gut – willigte ich zögernd ein, und er sagte: Also ist alles in bester Ordnung!

Wir vereinbarten, uns bei ihm zu treffen, nein, ich war weit von einer Entscheidung entfernt, ich wollte sehen, was wird, und als wir uns in seiner Wohnung trafen, von Nieren und Blasen befreit, erschien er mir etwas verstört und rastlos, was sonst nicht sein Stil war, er klagte über seine labile Gesundheit, obwohl er das früher nie getan hatte, er ächzte: vor mir saß ein alter Mann mit den Spuren vergangener Herrlichkeit – und weiter nichts! – Ira! – sagte er und führte mich in den Schoß der karelischen Birke, deren Fenster auf eine Grünanlage hinausgingen, an den Türen blitzten bronzene Klinken, und die Eingangstür war wie eine Barrikade. – Ira! – sagte er traurig, über Unwohlsein klagend. – Warum hast du mich nicht angerufen? – Er trug denselben Ausgehanzug, in dem sie ihn auch begraben haben, das war sein Lieblingsanzug, das war sein Liebesbeweis: zu Hause im Anzug, für mich! ganz allein für mich! Ich gestand ihm, daß ich an eine Fortsetzung nicht glaubte, daß ich unsere Auseinandersetzung für das absolute Ende hielt, daß ich mich mit dieser Entscheidung abgefunden hatte. Er saß angespannt im Sessel, als wäre es ein fremder Sessel, ich wußte, es paßt ihm nicht, daß ich mich damit abgefunden habe. Ira, sagte er, ich kann nicht. Ich antwortete so was wie, ich auch nicht, und er lächelte schwach, sein Gesichtsausdruck änderte sich sogar, es ließ ihn aufleben, daß ich sagte, ich auch nicht, und er strahlte! Nur hatte ich es nicht eilig, mich zu freuen, ich begriff, welcher Plan hinter seinem Vorschlag steckte, wir beide sollten kapitulieren, und alles lustig von vorn, aber wie kam ich dazu zu kapitulieren? Was hatte ich bei ihm verloren? Brauchte ich seine krampfhaften Umarmungen? Seine Pigmentflecken von Erbsengröße? Na, du bist mir vielleicht ein Gentleman! Ich schwieg. Ich sagte nur, ich auch nicht, weil ich eben Lust hatte zu sagen, ich auch nicht, und ich sagte, ich auch nicht, und er strahlte! Danach erzählte Wladimir Sergejewitsch verschmitzt lächelnd die Fortsetzung der Apfelsinengeschichte, wie er dieses Feuer gelöscht hatte, indem er hineinpinkelte, und wie alles wieder in Ordnung gekommen war, bloß, ich wollte gar nicht, daß irgendwas wieder in Ordnung kam! Bloß, ich wollte nicht! Und ich sagte: Heirate mich. So habe ich es gesagt, alles Überflüssige weglassend, keine langen Vorreden, keine Andeutungen, heirate mich und Schluß. Ich bin es müde, sagte ich, sitzengeblieben zu sein, versteh das, aber er hat immer gefürchtet, daß ich ihm Schande mache, mit Fingern würden sie auf ihn zeigen, woraufhin ich sagte, wenn ich liebe, dann liebe ich rückhaltlos – du liebst mich? – fragte er, und er klammerte sich am Sessel fest wie eine Wanze, er war der Zweifel selbst, er quälte sich, er litt und hatte Angst, er war mir widerlich in jener Stunde, ich antwortete, ja, natürlich, wie er es wagen könne, mir diese Frage zu stellen, oder ob ich noch nicht verzweifelt genug sei, er brauche ja bloß an eben jene Apfelsinen zu denken? Das war also die sich in die Länge ziehende Erklärung der Gefühle, seiner letzten Gefühle, unter den Zuckungen seines Fleisches, ich antwortete: ja, ich liebe dich. Ich trieb kein falsches Spiel, ich antwortete: ja! – und er zu mir: ja! – ich sagte: heirate mich! ich bin lange genug sitzengeblieben!

10

Sogar denkende Frauen mit unsensibler Pferdeklitoris weinen, wenn sie in alternde Gesichter schauen, trockene Haut erschreckt ihre eifrige Phantasie, sogar sie suchen die starke Hand und den Kommandoton, und auch wenn sie sich auf Orgien einlassen, hören sie trotzdem nur das Klicken des Zählers, darum haben sie so fiebrige Augen, und sobald sie sich einen angetrunken haben, klingen ihre Worte wie eine Totenklage, als ob im Nebenzimmer ein Toter eingezogen wäre, als ob es der Seele zu eng geworden wäre, und sie fliegt als Eule in die Nacht hinaus, weil sie die Klagen nicht ausgehalten hat. Sogar denkende Frauen mit fingerdicker Pferdeklitoris befällt die Verzweiflung, und in fremden Betten schreien sie sich heiser und werden schwermütig.

Ich lebe. Ich suche regelmäßig Stanislaw Albertowitsch auf und rauche kaum noch, ich meide die Männer, und in meinem Bauch trommelt mein künftiger Rächer, natürlich konnte ich die Kränkungen nicht verzeihen – ich habe sie nicht verziehen, obwohl ich christlich lebe, weil ich mich fürchte. Aber nicht vor dir, Leonardik! Ich weiß, du kommst wieder, falls du dich nicht auflöst und nicht, deiner selbst beraubt, post mortem im Nebel verduftest, ich bin bereit, und daß Viktor Charitonytsch mich gestern besucht hat, das ist doch wohl meine Sache, das kommt vor, ich mag das nicht mal erwähnen, allerdings hat er nicht vergessen, sich das Seine zu nehmen, und danach fing er an, mich auszufragen, nach meinen Absichten, er kam mit Kognak und Parfüm, und wieder reflektierte der Trumeau seine Häßlichkeit, ich guckte und dachte: was ist ein Mann? was ist das Wesentliche an ihm?

Meine Freundinnen geizten nicht mit Beschimpfungen. Wenn wir zusammen waren, gab es immer Diskussionen. Besonders Veronika versprühte ihr Gift. Sie entlarvte Ksjuscha und mich: ihr schimpft, aber ihr gebt! – Was tun, wenn man Lust hat? – lächelte Ksjuscha und nahm eine versöhnlerische Haltung an. Veronika mag Männer als Rasse nicht: weder ihre behaarten Körper, noch ihre Seele, die von der Pest männlicher Großkotzigkeit zerfressen ist. Was die Seele betrifft, bin ich derselben Meinung, aber mir gefiel es, wenn sie behaart waren wie kleine Bären. Auch Natascha war da, voller Ideen und Theorien. Natascha erklärte uns kompetenterweise, daß der Mann uns weniger braucht, als wir ihn, daß aber die Natur es so eingerichtet hat, daß wir so tun, als ob wir ihn nicht besonders bräuchten, und er so tut, als ob er uns sehr bräuchte. Auf dieser Lüge blüht die Liebe. Quatsch, Veronika wies das kühl zurück. Und Timofej – der ist auch ein Mann, bemerkte Ksjuscha wie nebenbei. Timofej ist Gott sei Dank aus anderem Holz geschnitzt, entgegnete Veronika bissig. Mädchen, sagte ich, dem Mann fehlt es an Wärme! Er ist wie ein Haus mit lauwarmer Heizung, man wird nicht warm. Kommt drauf an, sagte Natascha. Bei meinem Mann wird dermaßen eingeheizt, daß einem übel wird. Obwohl man zugeben muß, überlegte sie, daß heutzutage, wo die Frauen ganz offen auf Männerjagd gehen, die männliche Wärmeabgabe alles in allem merklich nachgelassen hat. Ksjuscha fing an, sie zu kitzeln, damit ihre Theorien unter Gelächter aus ihr hervorsprudelten. Wir untersuchten Natascha: struppige Wolle, der Busen spirrig wie ein Campingstuhl – wir untersuchten sie und zogen sie wieder an: vielen Dank!

Und als der Spiegel Viktor Charitonytsch reflektierte, erinnerte ich ihn an seine Niedertracht und an die Untersuchung, an seinen Spott und an sein ungehobeltes Benehmen, wir hatten einige nette gemeinsame Erinnerungen mit Kognak runterzuspülen, aber dabei blieb ich wie unberührt, mir gefiel das alles ganz und gar nicht, dem Spiegel nach zu schließen, und der reflektierte so manches: Carlos, den lateinamerikanischen Botschafter, den Präsidentensohn, und meinen alten Freund und Ex-Liebhaber Witassik Mersljakow, der sich verdrückt und wie der Strauß den Kopf in den Sand gesteckt hatte, und sogar diesen Trottel Stepan, der mich auf einer Kreuzung um ein Haar über den Haufen gefahren hätte und mich noch am Oberschenkel erwischt hat: ich knalle aufs Trottoir, zu Tode erschrocken, ich gucke: er steht über mir, ebenfalls tödlich erschrocken, und er schwankt auch noch, ein Verstoß gegen sämtliche Regeln der Straßenverkehrsordnung, so daß die neuen Freunde versicherten, daß Stepan mich vorsätzlich angefahren und den Betrunkenen markiert hat. Er wollte mich nicht umbringen, er wollte mich zum Krüppel machen. Denn meine Macht liegt in meiner Schönheit – das schrieben die Zeitungen, und das fand auch Leonardik, der mich in dieser Hinsicht einen Genius nannte, was ich nicht bestritt, aber ich war sauer: ich hatte eine leichte Gehirnerschütterung, er flehte mich um Vergebung an, er kam von einem Geburtstag, aber an meinem Oberschenkel zeichnete sich ein blauer Fleck ab von der Größe des Schwarzen Meeres und mit ähnlichen Konturen – so ein Schlag war das! Er flennte und bot mir Geld und verliebte sich sogar in mich, obwohl es stockdunkel war, als er mich angestarrt hatte. Vielleicht markierte er den Verliebten, oder er hatte sich in seinen Auftrag verliebt, was weiß ich? Obwohl die neuen Freunde ganz sicher waren, es fielen ihnen dazu verschiedene Geschichten ein. Boris Davidowitsch führte den klassischen Fall mit dem jüdischen Schauspieler und dem Lastwagen an und dann noch den Fall, wie sie einem Funktionär eine Flasche auf den Kopf gehauen hatten, immer schwante ihnen, daß man ihnen was Böses will, und Ksjuscha sagte dazu: Alle Mühe umsonst. Sowieso kommt man ohne Wunder nicht über die Runden.

Ich merkte mir das. Und als ich mich entschieden hatte, sagte ich zu ihnen, daß ich anscheinend die Fähigkeit besitze, das Unreine in mich aufzusaugen. Ich spüre undeutlich in mir so eine Macht. Und Veronika stellt ihrerseits die Frage nach dem Vergewaltiger und bekommt zur Antwort, daß sich buchstäblich jeden Monat diese Flucht die Straße entlang wiederholt, dieses schmutzige Treppenhaus, die Schritte die Treppe hinauf, ich verkrieche mich in einer dunklen Nische, und schließlich holt er mich ein: unheimlich und herrlich! – Na, dann versuch's doch mal! – sagt Veronika, übrigens ohne jeden Enthusiasmus. Gesellschaftliche Probleme ließen sie kalt, obwohl, die ist mir eine komische Tante! – als ob Timofej das Größte wäre! Als ob der die Kerle ersetzen könnte, so ein Stinker und Miststück, was man nicht alles finden kann in Moskau! Ich billigte das nicht, und wenn ich ihr half und Leute einlud, damit es lustiger war, dann tat ich das uneigennützig, obwohl Veronika sozusagen als Freundin galt, sie kochte gut, besonders gern denke ich an ihren Zitronenkuchen, und Timofej bekam natürlich immer das beste Stück, und er knurrte unter dem Tisch, null Rücksicht, als ob er nicht eine halbe Stunde zuvor an einer Séance teilgenommen hätte. Auf jeden Fall war ich baff über seine Geschicklichkeit, und auch die Gäste gerieten in eine seltsame Gemütsverfassung: sie waren erregt und stachelten sich gegenseitig an. Die Gastgeberin demonstrierte ebenfalls ihr Können, und statt eines Spiegels, mit dem ihr nicht gedient war, waren wir ihr Spiegel, sie nahm von jedem fünundzwanzig Rubel, das heißt, von jedem Paar, und morgens frühstückte sie zwischen Tür und Angel mit Timofej und drohte ihm: heul nicht! – und fuhr zur Arbeit, ins Labor, und Timofej, der Parasit, schritt wie der Hausherr die Wohnung ab, nahm eine Dusche, hing am Telefon, und er schätzte uns alle nicht besonders, mit Ausnahme von mir, denn er hatte sich an mich gewöhnt und fraß mir aus der Hand: ich streichle ihn, klopfe ihm auf die Schulter: kluges Kerlchen! – und Veronika, sehe ich, sieht mich mit unendlichem Mißtrauen an, sie ist eifersüchtig – soll sie nur: immer ist sie mit heiler Haut davongekommen, es hat sie nicht mal jemand verpfiffen, und ich leide, kann man sagen, umsonst wegen meiner unschuldigen Liebe zu Leonardik.

Leonardik wurde am Tage unserer Versöhnung reichlich belohnt, aber ich bereute es nicht, denn ich sehnte mich nach ihm und erwartete einen Heiratsantrag, aber als W. S. genug hatte und der Meinung war, mich endgültig unter der Fuchtel zu haben, warf er sich wieder mal in Positur und verglich sich nebenbei sogar mehrmals mit Tjutschew. Er allein kann es unternehmen, so er, eine verhängnisvolle Liebe nicht in Trochäen, sondern als Allegorie in Prosa zu beschreiben. Die Angelegenheit spielt sich wie üblich an der Front ab, und ich bin selbstverständlich die Krankenpflegerin. Überhaupt, erklärt W. S., bereitet er sich darauf vor, mich zu verewigen, er sammelt Material, und er schaut mich sogar lange mit einem zusammengekniffenen Auge an, um sich die geliebten Gesichtszüge einzuprägen: Augen von der Farbe einer Meereswoge, irgendwo zwischen grün und grau, unergründlich, die Krankenpflegerin ist keck, sie verliebt sich leicht, und er, ein bejahrter Oberst mit inneren Verletzungen, beobachtet sie und verliebt sich auch, als er sieht, wie sie sich mit irgendwelchen Leutnants amüsiert, eine Frau voller Lebenskraft. Als belesene Frau mit einer Neigung zur Lyrik wußte ich, daß Tjutschew, ungeachtet seiner Verse, sich nicht von seiner Frau getrennt hat, und Leonardik spielt auf Parallelen an: ich schreibe, so er, vor dem Hintergrund der Ereignisse des letzten Weltkriegs – dies teilte er als Schwanengesang in einem Interview einer Literaturzeitung mit –, und der Krankenpflegerin verleihe ich deine Mandelaugen. Ich gab mich hocherfreut, dabei wurde ich innerlich ganz still, denn ich sah darin die endgültige Zurückweisung, und ich sagte zu ihm, daß ich mich nicht mehr mit ihm treffen kann, wo er mich nun mal betrogen hat, und das mit den Apfelsinen, das war Hysterie, es gibt da so eine weibliche Angelegenheit: Hysterie! – und, bitte, mein Süßer, versuch erst gar nicht, mich zu überreden und mir die Hand zu küssen, ich will heiraten, Kinder kriegen, und da antwortet er unerwartet: na schön, wie du willst, wir werden uns nie mehr sehen, aber ich werde dich beschreiben, und ich werde leiden, als ob du gestorben wärst, ich werde reisen, zum Kongreß nach Genf und weiter, auf den Mont Blanc, und mich erinnern und deprimiert sein, und nun, meine Teure, leb wohl, doch vor unserer herannahenden Trennung geben wir uns zum Abschied noch einmal der Liebe hin, wie jener einsame Oberst, der aus dem Lazarett entlassen wird, aber dann hagelt es vielleicht Bomben oder sonst irgendwas passiert, und die Krankenschwester, die sich leicht verliebt, kommt ums Leben, er selbst erschießt sie mit einem rauchenden Revolver, denn sonst würde sie wieder mit diesen Leutnants anfangen, und ihm ist das unerträglich, also erschießt er sie eben, und er schiebt das alles auf die Kriegsereignisse, das ist, so er, die Idee des Buches, über das das ganze Land Tränen vergießen wird, ich fürchte nur, er machte eine lustvolle Pause, daß sie es verbieten werden – manchmal, nach dem Abendessen, träumte er davon, irgend etwas Verbotenes zu schreiben –, ein Opernlibretto ist bereits in Auftrag gegeben, und beim Film hat die Rangelei angefangen, wer das Drehbuch schreiben soll: er steht über ihr, die Beine gespreizt, mit dem rauchenden Revolver, unweit steht ein Güterzug in Flammen, und am Himmel fliegen leichtbeschwingt die Jagdflugzeuge gen Westen: eine Mischung aus Tjutschew und dem zerzausten Oberst, und dann haut er ab, um Warschau oder Prag zu erobern, oder Kopenhagen, doch in moralischer Hinsicht unbefleckt, und eine Frau hat er auch, Sinaida Wassiljewna wie aus dem Gesicht geschnitten, die ist nun tatsächlich eine Hysterikerin, sein häusliches Kreuz, vor dem Krieg hat sie traurig und trist vier Jahre verbracht, aber warum – das bleibt ein Geheimnis.

Sinaida Wassiljewna Syrzowa-Lominadse.

Du bist meine letzte Muse! Deinetwegen zieht es mich wieder zur Feder, dabei zieht es ihn gar nicht zur Feder, sondern zu mir, und er regt sich auf, und er bittet mich, mit ihm ganz offen zu sein, auf dem Fußboden kriechen und vor mir auf den Knien rutschen zu dürfen, aber ich stieß ihn mit dem Fuß zurück und gab nicht nach, bis es fast zu einer Prügelei kam, und er selbst drückt mir den Riemen in die Hand, und er verriegelte die Eingangstür so fest wie möglich, für alle Fälle. Kurzum, ich sehe: ein Abschiedsdrama. Ich habe ihm auch früher schon, das will ich nicht verbergen, die Flanken gepeitscht und darin sogar Trost gefunden, denn er ist ein großer Mann, eine Reliquie. Ich bin, brüllt er, ein seltenes Stück Dreck, sowas wie mich kann man am hellichten Tag mit der Laterne suchen! Ich verlor keineswegs die Fassung von seinem Gebrüll, und wie ich ihm mit großem Vergnügen eine in die Fresse schlage, schreie ich: mir ist es scheißegal, daß du ein Schwein und ein Stück Dreck bist, daß du irgendwen gequält und geschändet hast, daß du dich in der Scheiße wälzt, das ist mir egal! MICH hast du betrogen, UNSER Abkommen hast du mit Füßen getreten, du hast dich nicht getraut, mich zu heiraten, du Scheißkriecher! Er winselt und ist begeistert über meine unverfälschten Worte, das gefällt ihm sehr, und ich denke: du wirst dich noch umgucken. Glaubst du, ich will mit dir Versteck spielen, du bist mir vielleicht ein Tjutschew! Nackt und alt kriecht er am Boden und besingt meine Schönheit, du bist schön, Irina, du bist die Vollendung, ich bin deiner unwürdig! Ich bin ein alter heuchlerischer Feigling!

Ich antworte: halt den Mund, du Schwuchtel!

Er rutscht vor mir auf den Knien, er bibbert, du meine Göttin und so weiter, und ich ihm – auf den Rücken! immer drauf! Nicht, daß ich ihm glaube: früher habe ich ihn ja selbst manchmal ermuntert, wild zu schreien. Schrei es raus, hab ich zu ihm gesagt, kotz deine ganze Größe aus dir raus, und Lazarus wird auferstehen, was er denn auch tat, und auch jetzt sehe ich, langsam aber sicher lebt er auf, und an dem Scheißding zittert ein mattes Tröpfchen. Ich habe dich verraten, schreit er gellend, ich bin deiner unwürdig, aber tu mir zum Abschied den Gefallen: laß mich dich ablecken von den Fußnägeln bis zu den Haarwurzeln, mit meiner bösen und verlogenen Zunge, Irina, laß mich dich ablecken! – und er verschluckt sich an seinem Speichel, er formt die Lippen zu einem Rüssel, Schaum auf den Lippen, wart nur, denke ich, ich besorg's dir! Du Lügner, jetzt kannst du dich nicht mehr drücken! Und schon wird er gekratzt, gebissen, geprügelt, gepeitscht, gedroschen – während er leckt, hochrot, nach Luft schnappt und flüstert: ein letztes Mal, verzeih, Ira!

Das war irgendwann einmal unsere Gemeinsamkeit: er erlaubte sich so einiges und ich mir auch, das heißt, gelangweilt hab ich mich nicht, und wenn man es nüchtern betrachtet, wohin sollte er sich denn vor mir retten? – auf dem Bauch würde er angekrochen kommen oder mich umbringen, denn er hatte sich mit mir ganz und gar gehenlassen.

Er hat mir das später auch gesagt, denn wie ich, sagte er, zu dir kam und dir einen Schreck einjagte, fühlte ich gleich die verwandte Seele in dir, du und ich, wir sind wie Braut und Bräutigam. Du bist meine nichtirdische Braut! Auf der Erde habe ich mein Glück verschlafen. Mit Talent reichlich begabt, habe ich es ganz in den Dienst von Prinzipien und des persönlichen Friedens gestellt, ich dachte, so werde ich mein Leben leben, ich kaufe mich los, aber an der Neige des Lebens begegnete ich dir, meiner Braut, ich zog hastig die Handschuhe aus, spuckte auf alles und brüllte los, daß ich ein Schuft bin! Und andere, Irischa, halten sich für tolle Kerle bis ins Mark – und das ist, sagt er, zu meiner Rechtfertigung der kleine Unterschied, denn mit eben diesen Augen – hierbei stach er sich mit seinem häßlichen Nagel so ins Auge, daß es auszulaufen drohte –, mit eben diesen Augen habe ich vieles gesehen, zu viel, doch ich rührte die Geschwüre nicht an, denn ich liebe mein Volk, das ist die Wahrheit, das Volk neigt nicht zu Zorn und Rachsucht, und man soll das nicht tun! man soll nicht an ihm zerren und seine Ruhe stören!

Ich erinnerte mich nicht an alles, und ich fragte nicht nach: ich bin keine Spionin und nicht auf Bekenntnisse aus, da müßte man Natascha ranlassen, die würde ihm auf den Zahn fühlen, bloß würde er vor ihr nicht auspacken, sie gar nicht erst über die Schwelle lassen, als er einmal Ritulja kennenlernen wollte, hat er auch in letzter Sekunde abgesagt, und ich habe ihm immer wieder beschrieben, was für eine Vorstellung wir für ihn geben würden, er war hin und weg, er verlangte danach, er schrie und – sagte ab: ich brauche keine Ritulja, und Ritulja blieb zu Hause mit ihrer gepuderten Nase.

Er brüllt und leckt, er leckt und furzt, hochrot ist er, und er atmet ungleichmäßig, ich sage zu ihm: na los, gib schon her, ich auch... Und schon lutsche ich ihn! Er fing an zu zittern, und ich denke: zittere nur! zittere, Verräter! – und er zittert von oben bis unten, und er windet sich, und er fleht mich an, ihn auf die altmodische Tour ranzulassen, die Fresse blutig und Schrammen auf dem Rücken, ich hatte ihn ordentlich durchgeprügelt, und total erschöpft ließ ich ihn ran. Er begann, wie ein junger Mann in mich einzudringen, ich war geradezu verwundert. Na los, schreie ich, schneller! Nicht so lahm, du alte Ratte! Und er – schneller! – und ich schreie: vorwärts! hurra! na los! ich kann nicht meeeeehr! – sein Kinn klappte herunter, die Augen traten aus den Höhlen, als ob ihn ein Lastwagen überfahren hätte, die Wangen flatterten, und er hopst! und hopst! – und es macht irgendein undefinierbares Geräusch, und wie er dann seinen heißen, bitteren Altmännersamen in mich hineinspritzt! wie er zusammenbricht! wie er aufheult vor Entzücken! und ich – komme mit ihm zusammen, was nicht oft passierte, um ehrlich zu sein, es passierte das erste Mal, sonst habe ich immer eher markiert, und wenn er leckte, war es manchmal an der Grenze – gerade so! – aber die Welle flaute ab, ich hatte das Nachsehen und war sauer: ach, du kannst mich mal! Idiot! wenn du keine Ahnung hast, laß es bleiben! – aber er machte sich ran, er hatte Ahnung, bloß ich verpaßte den Punkt, weil ich eher um ihn bemüht war, damit er an seine Potenz glaubte, die sowieso die Katze auf dem Schwanz wegträgt, und er brach zusammen, er röchelte, und Bläschen kamen aus Mund und Nase, nur begriff ich nicht gleich: ich war ein bißchen daneben, aber Ksjuscha hört zu und sieht mich mit ihrem rötlichen, scharfen Auge an, sie sieht mich an und schweigt, und ich antworte ebenfalls mit Schweigen: keine Beweise, also, reine Hirngespinste. Als ich wieder zur Besinnung komme, sage ich – Leonardik! Was ist los mit dir? – aber er röchelt ein grausiges Röcheln, als ob es sein Innerstes zerrissen hätte, es wird Zeit, einen Arzt zu rufen, ich will mich befreien, doch er, fühle ich, ist ganz schwer geworden, aber trotzdem lebt er weiter, wie mechanisch, ich will mich befreien, und zufällig begegnet mein Blick dem seinen. Er sieht mich an wie eine Fremde, und da erst begriff ich: er hat keine Lust, mit mir zu sterben, denn, ob es mir paßt oder nicht, er hat nicht mit mir gelebt, so kam es mir vor, das heißt, ich weiß nicht, ob er Sinaida Wassiljewna hätte sehen wollen, das ja vielleicht auch nicht, oder Antontschik? bloß sieht er mich an, sogar mit einem gewissen Haß, und er stirbt, ich sehe: es geht zu Ende mit ihm. Ich fing an, ihn ganz leicht auf die Wangen zu schlagen, wo, schreie ich, sind deine Herztabletten, dieses Nitroglyzerin oder wie die Dinger heißen, er will nicht antworten, ich sprang auf, wo soll ich hin, antworte, du Mistkerl! – Er bewegte die Hand, nicht nötig, das heißt: zu spät! Ich zum Telefon, er hatte so ein originelles Telefon, man mußte Tasten drücken statt eine Wählscheibe drehen, er brachte mir bei, sie zu drücken, und auf 100 hörte ich, wie spät es war, und es war ziemlich spät, gegen ein Uhr nachts, und draußen der Frühling, eine Mondnacht, wie ich mich erinnnere, seine Hand bewegte sich, er röchelt, nicht anrufen, so er, und mir ging ein Licht auf: er will nicht, daß ich den Notarzt rufe, bis zum letzten Atemzug sorgt er sich um seine Reputation. Da liegt er nackt und bloß mit zerschundenem Gesicht. Ich sage: wo sind die Tabletten? und daß ich anrufen muß. Aber er sieht mich mit einem nicht gerade liebevollen Blick an und antwortet nicht, keinerlei letzte Worte, nachdem er gekommen war, und das war er wie ein junger

Bursche: herrisch und heiß, bloß hatte er sich übernommen, und alles in seinem Innern war explodiert, und ich sehe: die Augen werden trüb wie bei einem kleinen Spatz, ja genau, ein Spatz, der krepiert.

Ich rufe 03 an, meine Erklärungen sind unzusammenhängend, ich kann nichts vernünftig erklären: ich weiß die Adresse nicht, Briefe hab ich ihm nie geschrieben, wie, sage ich zu ihm, ist deine Adresse, aber er hat anderes im Kopf als Adressen, er hat bereits keine Adresse mehr, er ist schon wie der kleine Spatz, trübe Äuglein... Sowas wünscht man keinem, und sie schleiften mich noch mit, um rauszukriegen: was war da los? Ein Haufen Leute war plötzlich da! Aber die Verwandten: Sinaida Wassiljewna ist in Truskawez mit ihrer Blase in Behandlung, Antoschka auf Dienstreise. Kaum habe ich am Telefon meine Erklärungen abgegeben, stürze ich zu ihm hin, ich sehe: er ist tot! Schnell anziehen, bevor die Ärzte kommen, die Kleidung ist zerrissen, er zerschunden. Es läutet. Ich zur Tür, ein neues Problem – sie läßt sich nicht aufschließen, das Mistding! Ich kann nicht öffnen, das Schloß ist ausgeklügelt, lang wie ein Schlagbaum, fünfmal umdrehen, sowas hab ich im Leben noch nicht gesehen, ich schreie durch die Tür: ich kann nicht aufmachen! – auf der anderen Seite fluchen sie, sie rennen irgendwohin, begreifen, daß die Lage ernst ist, sie fingen an, die Tür einzuschlagen, aber die ist auch kein Serienprodukt, kurzum, während sie die Tür einschlugen, brachte ich mich irgendwie in Ordnung, aber ihn rühre ich nicht mehr an, er liegt da und beobachtet meine Hektik.

Kaum hatten sie sich Zutritt verschafft, stürzten sie zu ihm hin, sie tun und machen, und aus irgendeinem Grund fangen sie an, ihn von oben bis unten mit Jod einzupinseln, und mir kamen sie gleich mit Vorwürfen: hätten Sie bloß rechtzeitig aufgemacht...! Was kann ich denn dafür, wenn ich mich mit Schlössern nicht auskenne, da, sage ich, sehen Sie, was für ein Schloß, und sie sagen: wieso sehen Sie beide so zerfetzt aus, wie die Katzen, was war hier los, haben Sie sich geprügelt?

Ich: was wollen Sie damit sagen, erlauben Sie mal – geprügelt! was reden Sie da? Herrgott, ich schreibe und bin schon wieder furchtbar aufgeregt! Heute geht draußen ein kalter, stürmischer Wind. Wie wenig Lust hab ich, mich rauszuquälen, um irgendeinen Fraß einzukaufen...

Ich sagte zu den Ärzten: geben Sie mir besser auch irgendwas zur Beruhigung, eine Spritze oder so, und wer, fragen die Ärzte, sind Sie denn eigentlich? das heißt, das waren nicht mehr Ärzte, die das fragten. Als ob ich Familiensilber geklaut hätte, und wie sollte man denen alles erklären? Ich liebe ihn! Ich liebte ihn! Aber die kannten bloß ihren Job: woher die Blutergüsse? Also schön, ich geniere mich, wir haben uns ein bißchen amüsiert... solche Spielchen... Interessant, sagen sie, Ihre Spielchen, und sie blättern aufmerksam meinen Paß durch, und sie sitzen da in Ihren Regenmänteln bis zum Morgengrauen, sie glauben mir nicht, aber am Morgen lassen sie mich doch laufen, wir werden Sie vorladen, sagen sie, denn Sinaida Wassiljewna befindet sich im Anflug auf Moskau, sie wird mit einem Dienstbomber eingeflogen, bald wird sie auftauchen, die Expertise wird vorliegen, in meinem Kopf ein einziger Brei, doch sie ließen mich laufen, ich dachte: sie werden mich nicht laufen lassen. Und kaum hatte ich mich nach Hause geschleppt, mit dem von meinem Leonardik zerkratzten Gesicht, da wollen sie schon wieder was von mir: waren Sie das vielleicht, die da mit Apfelsinen rumgeschmissen hat? Ich freute mich: ja, ich! ich! Das ganze musikalische Moskau ist im Bilde, und sie sagen: was für ein Ansinnen hatten Sie an ihn? Hohe Dienstgrade, man erkennt das an ihrem gewichtigen Auftreten, sie sehen mich herzzerreißend an, ich habe ihn geliebt, bekräftige ich, lassen Sie mich zufrieden, dies ist eine Tragödie für mich, ich habe geliebt, er hat versprochen, mich zu heiraten, gehaßt hat er diese alte blöde Gans Sinaida Wassiljewna, er hat mich zwei Jahre geliebt, er wollte einen Film über mich machen, ich habe folgende Geschenke von ihm: zwei goldene Ringe mit Saphiren, nicht gerade vom Feinsten, das Zeichen der Jungfrau an einem goldenen Kettchen, massenhaft Parfüms, leere Pralinenschachteln, zwei Paar Schuhe, rühren Sie mich nicht an, keine Beleidigungen gegenüber einer Frau, möge Ihnen dasselbe zuteil werden: daß in Ihrem Beisein, vor Ihren Augen und noch dazu im unpassendsten Moment jemand stirbt! Ich mußte die ihn diskreditierenden Details erzählen, aber was blieb mir übrig? Sollte ich mich für seine Phantasien einbuchten lassen? Und auch Anton, der Schuft, verleugnete mich, er kennt mich nicht, so er, und ich sage: was soll das, er kennt mich nicht! Ich bin in seiner Anwesenheit auf der Datscha gewesen. Und da fällt mir zum Glück der Wächter Jegor ein, und so nahmen sie auch Jegor in die Mangel, sie dachten vielleicht, wir stecken unter einer Decke, und seine Frau Ljusja, den Portweinfan, und weil sie zugaben, mich zu kennen, wurden sie von Sinaida Wassiljewna kurzerhand von der Datscha entfernt, und schließlich kam das mit den Apfelsinen raus, sie spielten mir in die Hand, es fanden sich Zeugen, wenn die auch nicht unsere Liebe bestätigten, so doch zumindest, daß ich mit ihm bei Britten in der Direktorenloge gesessen hatte – und sie schienen von mir abzulassen, und Großpapa kommt mit seinem Spaten zurück, nachdem er seinen Gemüsegarten umgegraben hat, und – gleich auf der Schwelle: weißt du schon, wer tot ist?

11

Und er reicht mir die Zeitung. In der Zeitung bereits ein schwarzer Wald von Unterschriften und ein Portrait in schwarzem Rahmen, elegant und streng, als hätte er sich extra dafür fotografieren lassen, doch tief in seinem Gesicht scheint er ein wenig irritiert und sich entschuldigend, und ich setzte mich mit ihm ins warme Wasser, um die Aufregung zu unterdrücken, und über mir summte der Gasboiler, der jeden Augenblick zu explodieren versprach, und ich las, ich las noch einmal, und ich sage es ohne Umschweife: ich war entzückt!

Nein, natürlich habe ich das auch früher schon gewußt, aber daß du so berühmt bist, so in jeder Hinsicht, das hatte ich nicht geglaubt, das konnte ich mir nicht vorstellen, ich liebte dich noch mehr für diesen Nekrolog, dafür, daß du ein Kämpfer warst und ein Sämann und ein Pflüger und ein Bannerträger wie es nie wieder einen geben wird, und all das haben wir verloren, aber dein Erbe wird auf ewig ein stählernes Bajonett aus dem Arsenal der zuverlässigsten Waffen mit größter Reichweite bleiben, ich saß da und weinte, und mir kamen deine Aussprüche in den Kopf, derer du mich für würdig befunden hattest, wobei du mich das goldene Fischlein nanntest, die Gespräche über Kunst, die unterhaltsamen Fahrten auf die Datscha, deine Zärtlichkeiten und deine Liebe kamen mir in den Kopf. Du warst ein Gigant, nicht umsonst nannte ich dich meinen Leonardik, und wie dir das gefiel! wie richtig ich geraten hatte! denn ich besitze Intuition, und ich freute mich an dem Gedanken, daß du ausgestreckt über mir gestorben warst, daß du mit deinem letzten Schrei unsere Liebe gegrüßt hattest, und daß ich als erste hinter dem Sarg einherschreiten werde, zumindest in Gedanken, und als erste werde ich auf den Sarg eine Handvoll Erde von diesem exklusiven Friedhof werfen, wo jedes Grab widerhallt vom Getön des irdischen Weges und zwecks besserer Kommunikation Gräben ausgehoben und die Verstorbenen verkabelt sind, nur schade, daß es keine Zypressen gibt und ein auf ewig verschlossenes Tor ihre Unterhaltung bewacht.

Aber man wird mir keinen Einlaß gewähren in dieses Jammertal, man wird mir das Recht verweigern, dich, meinen Teuren, zu besuchen, der du von abrechnungspflichtigen Nelken und amtlichen Kränzen überhäuft bist, man wird mich nicht einlassen in jenen Saal, wo du, zwischen Medaillen und Ehrenwachen in deinem Ausgehanzug, der die Schrammen und die Stürme der Liebe verhüllt, für die Allgemeinheit, für Horden von Schülern und Soldaten – es gab viele, viele Soldaten – ausgestellt sein wirst, wo namhafte Veteranen und Kultursekretäre mit Trauermiene sich schneuzen, wo sich einem von den frischen Blumen und den Ansprachen der Kopf zu drehen beginnt, nein, da läßt man mich nicht hinein...

In einem armseligen schwarzen Kleid, ohne Kopfbedeckung, ohne Make-up, wie eine dir ganz Unbekannte, werde ich kommen, um neben den anderen von dir Abschied zu nehmen. In der Hand einen Strauß weißer Kallas. Ich lege den Strauß unter empörtem Raunen nieder, unmerklich bekreuzige ich dich, der du dir selbst nicht ähnlich siehst, mit einem schlimm aufgedunsenen, gestorbenen Gesicht, das arme Opfer einer nicht geglückten Reanimation, und irgendein mieser Spaßvogel zischt mir hinterher, daß ich dir keine Kallas, sondern besser fünf Kilo Apfelsinen hätte bringen sollen, und mit seinem scharfen, gar nicht verweinten Blick fixiert mich der aus Madrid angereiste Antontschik, der mich immer in großen Tönen als Genius der reinen Liebe gepriesen und vor meinen müden Lidern seine Eier rumgeschwenkt hatte, mit der zaghaften Hoffnung auf Gegenseitigkeit – ein erbärmlicher Mensch! – und irgendwelche Typen kommen lautlos auf mich zu und halten mich fest, und ihre Gesichter sind grimmig, als ob ich dir, dem mir nahestehenden Menschen, nicht das letzte Geleit geben würde, sondern es aufs Familiensilber abgesehen hätte, und sie haken mich unter wie die Witwe, und wieder befördern sie mich mit Schimpf und Schande hinaus, und Antoschka, der Spion, meldet das seiner Pique-Mama, und sie schwört, es mir heimzuzahlen, als ob nicht ich, sondern sie seine letzten Stöhner gehört hätte, als ob er nicht mich, sondern sie geliebt, in Konzerte geführt und in abgelegene Kneipen bei Moskau eingeladen hätte, als ob ich kein Recht darauf hätte, und allmählich werde ich sauer auf die behaarten Pranken der Wachen, aber sie führen mich untergehakt hinaus und schicken mich nach Hause, bis all diese fremden Leute ihm die letzte Ehre erwiesen haben.

Dabei hatte ich gedacht: sie müßte genug Großmut besitzen, daß wir zusammen am Grab des gemeinsamen Mannes weinen können, denn ich wollte ja nicht Gut und Geld teilen, sondern einzig das Gefühl, denn ich liebte ihn und er mich, und er wollte mich heiraten, bloß war ihm sein Familienglück hoch und heilig, Sinaida tat ihm leid, er war eben nicht nur ein genialer, sondern auch ein mitfühlender Mensch, er verschenkte sich ganz und gar, wie er aus dem violetten Flimmern des Fernsehers zu mir kam, und er trug sich mit Schwermut und Angst vor der Zukunft, darum verbarg er auch seine Gefühle, darum schrieb er auch und hielt Reden und erklärte, daß man Wunden nicht anrühren darf, weil das Eiterherde sind, und darum hat auch das Gesindel, haben die kleinen Nummern unrecht, daß sie immer unzufrieden sind: die Macht der Geschichte ist stärker als ihr junger, unentwickelter Verstand. Und als Jegor, längst aus der Datscha rausgeschmissen, vom vielen Wein etwas über die Stränge schlug und über ihn Geschichtchen zu erzählen anfing, daß er auch gern mal unverschämt wurde, wenn jemand von ihm abhängig war, und auf Leuten rumtrampelte, und daß er vor Ljusja in unerwartetem, um nicht zu sagen kokettem Aufzug erschien, womit er das junge Mädchen bis an die Schamgrenze durcheinanderbrachte – dabei kann man Ljusja schwerlich durcheinanderbringen! – die kann sich bloß mit Portwein vollaufen lassen und Glotzaugen machen, da begriff ich, daß niemand, kein einziger Mensch, seine Mißgeburten von Verwandten eingeschlossen, das Wesentliche an ihm begreifen konnte, nur mir hat er dieses Wesentliche offenbart: dieses maßlose Leiden für die Menschen, er wünschte sich so sehr, daß sie ein wenig reicher leben! Und Jegor sagte, als er tot war: gar nichts, sagt er, hat er sich gewünscht, der Scheißschlaumeier! Man wird ihn, so er, morgen schon vergessen haben, zum vierzigsten Tag nach seinem Ableben wird kein Schwein kommen, und wenn doch, dann nur, um sich kostenlos vollzufressen, denn der Verstorbene hat selber gern reingehauen.

Das stimmt. Wir haben gern reingehauen, und die Kellner waren hingerissen von unseren Bestellungen, denn sie verstanden, daß sie keinen armen Schlucker vor sich hatten, keinen Hungerleider, sondern Wladimir Sergejewitsch höchstselbst, der keinen Spaß verstand, was das Essen anging, wir fraßen viel und gut, wer hätte sich schon mit ihm in der Kunst des Fressens vergleichen können? und von diesem ausgiebigen und reichlichen Essen konnte man so wunderbar scheißen, geradezu ein Gedicht!

Keiner verstand ihn und verzieh ihm, alle waren nur bestrebt, auf das frisch ausgehobene Grab zu spucken, denn es ist nicht wahr, daß man bei uns die Verstorbenen liebt, bei uns liebt man nur die Verstorbenen, die zu Lebzeiten nicht geliebt wurden, aber die zu Lebzeiten geliebt wurden, sind nach ihrem Tode wie ein abgerissener Knopf. Und hätte mich Sinaida Wassiljewna zum Leichenschmaus eingeladen, ich hätte ihr alles verziehen! alles! – ich wäre ihr die erste Fürsprecherin gewesen, die erste Freundin, wir hätten uns gemeinsam an den Ausdruck seiner Augen erinnert, an seine Gedanken und seine Hände, die nach teurem ausländischem Leder rochen, und seine Verleumder, die seinen Fingernagel nicht wert waren, wären öffentlich blamiert gewesen, doch es geschah genau das Gegenteil: ich sah mich gezwungen, in deren Lager überzulaufen, denn meine ewige Langmut war am Ende – ich wußte, sie würden mich ohne Entschuldigungen aus dem Trauersaal hinausstoßen, sie würden mich nicht zu ihm lassen, um meine weißköpfigen Kallas niederzulegen, nein, die miese kleine Seele Sinaidas kannte keine Versöhnung! Und ich blieb mit meinen Erinnerungen allein, mit seinen Schreien, als er niemanden mehr hatte, nur noch mich, um sich die Seele aus dem Leib zu schreien – das Telefon, das er immer mit Mißtrauen betrachtet hatte, unter einem Kissen vergraben – und wie er sich freute, als ich für ihn das passende Wort gefunden hatte: Dreckstück! Ja, ich bin ein Dreckstück! freute er sich. Ein Dreckstück! Ein Dreckstück! Wer sonst würde es noch wagen, so über sich zu reden, ist das etwa christlich? Und nun bezeuge ich als Tochter der orthodoxen Kirche, am Abgrund meiner Entscheidung stehend, meinen schicksalhaften Cherubim auf die Welt zu bringen: so hat sich noch keiner beschimpft! Ja, ich habe alle möglichen Funktionäre gesehen, die sich die Haare rauften und sich kurz mal einer trüben Buße hingaben, doch was sind ihre Worte im Vergleich zu der Knute und der Peitsche meines Leonardik, der nicht im richtigen Jahrhundert geboren wurde, als noch rund um die vollen Renaissance-Beine einer Mona Lisa die Künste blühten? Und sein letzter Einfall mit dem Oberst, der sein ungesetzliches Verhältnis, wie Tjutschew, einfach abknallt, ist das etwa nicht ein dumpfer Widerhall seiner Katastrophe? gärt da etwa nicht seine Schwermut?

Ja, er hat mich geliebt, und wenn die schwachsinnig gewordene Sinaida Wassiljewna ihm mit Selbstmord gedroht hat, zu dem ihr verfetteter Körper gar nicht fähig war, so glich er einfach einem Heiligen, wer sonst hätte dieses knarrende Schiff von einer Datscha ertragen können, all diese Parasiten und Kostgängerinnen, diese abgrundtief falschen Menschen, unter denen zu sein mir widerlich war, und nicht umsonst entfernte man mich aus diesem stickigen Trauersaal, obwohl ich nichts gesagt und absolut keine Ansprüche erhoben hatte, ich wollte unbemerkt hineingehen, wie die reine Liebe es tun würde, aber sie packten mich am Arm und schleiften mich hinaus, und obendrein nannten sie mich eine Skandalnudel – und Großpapa, der in ihre Verschwörung hineingezogen wurde, sagte mir davon nichts. Warum sollte ich also traurig sein, wenn er, vor mir zu Tode erschrocken, gestorben und dorthin geflüchtet ist, wo mein Fußballer spielt und die Zeit stillsteht? Krepier nur in deinem Krankenbett, Tichon Makarowitsch, obwohl ich christlicherweise nichts dagegen habe, daß du wieder gesund wirst und dein mickriges Tattergreisleben weiterführst, denn ich bin kein kleines Mädchen, und mein Leben ist kein Zuckerschlecken! Ich zog ein armseliges, billiges Kleid an, ich schminkte mich nicht, frisierte mich nicht, ich war schöner als alle anderen an diesem schmerzlichen Tag meiner Erniedrigung! Aber sie ließen meine Überlegenheit nicht zu. Die Welt ist klein. Und schon legte Viktor Charitonytsch, mein langjähriger und ergebener Gönner, sein Ziegengesichtchen in Falten, er heckte eine üble Abrechnungsaktion aus, und auch Polina Nikanorowna, die Vernichterin meiner Illusionen, sie zappelte vor Ungeduld, mir die Decke wegzureißen, ihre Nase unter das Laken zu stecken und die Luft meiner unglücklichen Liebe zu atmen. Die wird sich schon alle Mühe geben, mich mit falschen Beschuldigungen zu überschütten! die wird sich schon an meinen Tränen laben, wo sie diese ganze Blamage angezettelt hat, aber Charitonytsch? Na, Charitonytsch, was ist? Niedergeschlagen wendet er den Blick ab und eröffnet die Versammlung, und ich, unvorbereitet wie ich bin, in einem bunten Sommerfummel, erfahre plötzlich viel Neues über mich, plötzlich kommen die schleichenden Gerüchte über mich ans Tageslicht, es tritt erniedrigende Stille ein, und die Versammlung wird mich aus der Welt der Lebenden ausschließen und dorthin jagen, wo die leeren Züge hinfahren, in die Höhle meines einäugigen Papotschka, der inzwischen ganz die Gabe der vernünftigen Rede verloren hat, in die Höhle meines ungehobelten Erzeugers, der das Leben eingetauscht hat gegen den Stillstand, der ist wie der lebenslängliche Tod.

Aber aus Fontainebleau wird der Vogel Ksjuscha angeflogen kommen, der was übrig hat für richtigen Spaß und echte Verrücktheiten, und sie schlägt mir als Ausweg eine dreiste Aktion vor, und ich bin einverstanden, und sie ruft Ch. an, der nur ihretwegen von seiner edlen Vorliebe für die Rasse der Männer eine Ausnahme gemacht hat, er soll seine ganze Ausrüstung einpacken und auf dem schnellsten Wege zu uns kommen, und dabei sagte sie: Die besondere Sensibilität von Ch. sichert dir den Erfolg. Er wird alles so aufnehmen, daß allein kunstvolle Spitzen bleiben, mit Vulgaritäten würdest du nur auf die Nase fallen! – Und sie hatte recht, meine weise Ksjuscha, und ich habe nichts zu bedauern, obwohl ich ahne, jene Schwelle überschritten zu haben, wo die Menschen Menschen noch verstehen, und warum das alles? Weil mein Garten schöner war als viele andere und viele ihn besuchten, um darin zu wandeln. Und so mancher hatte den Verdacht, daß ihn noch zu viele andere niedertreten würden, und sie mißtrauten einander, und sie mißtrauten mir, der Garten war viel zu schön, viel zu süß waren darin die Früchte, und ich blieb mit meinen angebissenen Früchten zurück, und sie begannen mal an der einen, mal an der anderen Stelle zu faulen, denn das Leben einer Schönheit unter Mißgeburten, ja wirklich, das ist auch keine reine Freude! Und dann kam Ch., ein sensibler Meister der Fotografie und Freund der Petersburger Elite, nur Frauen gegenüber unempfindlich, was allerdings mein Interesse weckte, denn außer Andrjuschka, auf den ich mich ruhig drauflegen und mit dem ich sogar in einem Bett schlafen konnte, wie man mit einem Neugeborenen schläft, traute ich diesen unempfindlichen Männern nicht, weil ich mich durch sie vage beleidigt fühle, denn wie kann das angehen – ich glaubte ihnen einfach nicht und dachte, sie können eben nicht, doch sie konnten, wie sich herausstellte, wollten aber überhaupt nicht, und wir waren für sie wie ein offenes Buch ... Ch. kam also mit seiner neumodischen Apparatur, mit einer seltsamen Ausrüstung, wie für eine Unterwasserjagd, er ganz in Samt, ovale Fingernägel, ganz der altmodische Kavalier gegenüber unserer Ksjuscha, ungeachtet seiner Kapricen, und Ksjuscha mochte das, sie gefiel sich als Siegerin und verbarg es nicht, und Ksjuscha sagt zu ihm: Also, so und so. Kannst du das machen? – Ch. überlegte, und er antwortet: Ich will's versuchen!

12

Aber der Geliebte ist nicht der, mit dem man schläft, sondern der, mit dem man morgens süß erwacht, und Viktor Charitonytsch wußte das und konnte es mir nicht verzeihen, und als Sinaida Wassiljewna sich die fette Rente unter den Nagel riß, wobei sie ein paar Witwentränchen fallen ließ, und sich über mich beschwerte, um ihren diskreditierten Gatten reinzuwaschen, der immerhin fast zwei Jahre mit mir zusammengewesen war und dabei glücklich wie ein Grünschnabel und gestorben mit einem würdevollen Schrei, als Sinaida Wassiljewna ihre finsteren Machenschaften in die Tat umsetzte, befand ich mich in völliger Ahnungslosigkeit, ich beweinte den Verlust und las zu meinem Trost immer wieder den Nekrolog, und Großpapa, Tichon Makarowitsch, lebte noch an meiner Seite das unauffällige Leben des Stachanowarbeiters und schwieg, als wäre er nicht längst in die ganze Sache verwickelt, und als Viktor Charitonytsch mich herzlich, mit vertraulich vibrierender Stimme einlud, bei ihm auf der Arbeit vorbeizuschauen, da kam bei mir nicht der leiseste Verdacht auf, sondern ich dachte, daß er sich einfach nicht beruhigen kann und daß offenbar die Stunde gekommen war, für das hemmungslose Leben abzurechnen, bloß hängt er überflüssigerweise unser Verhältnis an die große Glocke, dachte ich, und gibt mit mir an vor den Augen des Kollektivs samt Polina Nikanorowna, die immer der Meinung war, daß eine Frau ohne Büstenhalter jedenfalls keine Frau ist, sondern das letzte Luder, denn Polina Nikanorownas Busen war längst aus dem Leim gegangen, und wir werden uns niemals verstehen, auch wenn wir am gemeinsamen Tisch ein ganzes Pud Salz aufessen, bei unseren Touren durch die Jahrmärkte und Schaubuden, wo der Bus, zu dem man uns zum Umziehen bringt, gestürmt wird, wie auf der Jagd nach Fleisch, und Natascha, eine Käsefresserin vor dem Herrn, spann mit flinken Fingern das Garn abstrakter Wörter und sagte, daß die Fleischphilosophie die Welt regiert und daß durch dieses Fleisch hindurch Gott und die Fragen der Ewigkeit schlecht zu erkennen sind, und wenn sie das Fleischessen verweigerte, sah sie die Zusammensetzung der Luft und lächelte ihr zu, und sogar Mikroben sah sie, und Veronika lobte sie und fütterte ihren Timofej mit Fleisch, damit er groß und böse würde, und als Viktor Charitonytsch, das Ziegengesicht, mich zum Rendezvous einlud, witterte ich natürlich was Ungutes, meine Nase funktioniert Gott sei Dank noch! – und ich beschloß, die Einladung abzulehnen, doch er bestand darauf, zudem so eifrig und zärtlich, daß ich zu dem Schluß kam, daß er es einfach nicht mehr aushielt, oder daß er was läuten gehört hatte und mir auf den Zahn fühlen wollte, er hat das immer gemocht, wenn ich ihm ein bißchen was erzählte, die Qualitäten verglich, wer was und wie vorzuweisen hatte, er wußte, was er hören wollte, erzähl doch von ihren Qualitäten und Abweichungen, und ich zerstreute ihn damit, daß ich erzählte, und ihm gefiel sehr, daß ein Minister, zwar nicht der für Schwer-, aber auch nicht der für Leichtindustrie, ein Mensch mit erstaunlichen Eigenschaften, auf mich böse war, weil ich bei einem festlichen Picknick an der Moskwa auf türkische Art Platz genommen hatte – nachdem ich den nassen Lappen von Badeanzug abgestreift hatte, ein Geschenk von derselben Ksjuscha Motschulskaja, die auch die Fleischphilosophie kritisierte und auch, wie die besagte Käsefresserin, über unsere gewalttätige Zeit nur Gift versprühte – ich aber kannte diese Ewigkeit, in der es weder Tiefe noch Wohlstand gibt, das heißt, ein einziger undurchdringlicher Morast, in dem Lastwagen und kleine, neugierige Nachbarsjungen neben einem hocken und draufgehen, und mir hat es eins übergebraten, dieses Seil, und die Wange zerschunden, und diese Tiefe kann mir gestohlen bleiben, vielen Dank, aber Ksjuscha, die mit Filetstücken und Jungmädchenstreichen aufgewachsen ist, tauschte mit ihrer Freundin Küsse aus, als sie noch nicht die neunte Klasse abgeschlossen hatte, und mein einäugiger Papascha prügelte mich derweil durch und hielt mich kurz, nicht ganz uneigennützig, und bei mir ging das zum einen Ohr rein und zum anderen raus: von wegen Gott, den man durch das Fleisch hindurch angeblich schlecht erkennen kann, besten Dank! und Viktor, das heißt, Viktor Charitonytsch amüsierte sich über die Verlegenheit des Ministers und wunderte sich über dessen Leichtgläubigkeit, denn der glaubte, daß ich Vorschulkinder erziehe, daß das meine Arbeit ist, und er lachte herzlich mit heiserer Baßstimme, und wie ich mich gesetzt hatte, mitten hinein in die Picknickrunde, auf türkische Art, das Gesicht der Moskwa zugewandt, spürte er ein Unbehagen und die Verletzung der Etikette, denn er war ja nicht allein, sondern in Gesellschaft, der das Schaschlik im Hals stecken blieb, um mich nicht drastischer auszudrücken, aber mir war das wurscht: ich sitze da und bin bester Laune, und der Minister ist ziemlich bald an Krebs gestorben, doch zuvor versöhnte er sich mit mir und stellte mich sogar seiner hochbetagten Mama vor, das ist Ira, so er, von der ich dir erzählt habe, er war Witwer, was bezeichnend ist, und seiner Mama gefiel ich sehr, bloß ist er gestorben, die Krankheit fraß ihn auf, ich habe ihm noch Fernsehsendungen nacherzählt, er hatte in seinem Krankenzimmer einen Farbfernseher stehen. Und der Doktor sagte zu mir: auch wenn er wieder auf die Beine kommen sollte, ein Mann jedenfalls wird er nicht mehr sein, aber ich sage: keine Tragödie! und der Doktor darauf zu mir: Sie sind eine sehr noble Frau!

Das hat dieser Doktor zu mir gesagt, und da starb der Minister auch schon, er ist nicht wieder gesund geworden, auch nicht im Krankenhaus, innerhalb eines Monats hatte es ihn aufgefressen, wirklich Pech, wäre er gesund geworden, Alexander Prokofjewitsch hätte bestimmt wieder geheiratet, ein bemerkenswerter Mensch, eine lichte Erscheinung, bloß streng, und er konnte mir nie verzeihen, daß ich auf türkische Art dagesessen hatte, und er fragte immer wieder gequält:

also wirklich, warum hast du auf türkische Art dagesessen? wozu? Dabei war ich schon – die Hauptsache! – seiner hochbetagten Mama vorgestellt worden, wie es sich gehört, wir aßen sogar zu dritt von einem gestärkten weißen Tischtuch zu Mittag, und die Kristallvasen, und ich gefiel ihr sehr, der alten Dame, und Viktor Charitonytsch, der was übrig hatte für Amtspersonen, freute sich für mich und war ganz Feuer und Flamme, und er versprach, mich unbedingt zu einer Königin auf der Bühne zu machen, doch statt dessen passierte überhaupt nichts, er schrieb meinen Beschützerinnen diesen Wisch, in dem er sich rechtfertigte, daß ich, so er, auf eigenen Wunsch, obwohl ein großer Verlust – und Sinaida Wassiljewna wischte sich ein Tränchen ab und blieb mit nichts zurück, denn man hatte meine Liebe verherrlicht, sich öffentlich in nebulösen Äußerungen darüber verbreitet – aber wer will, versteht, was gemeint ist –, doch einstweilen bestellt er mich mit einschmeichelnder Stimme zu sich, ohne mich vorzuwarnen, für elf Uhr, so daß ich noch ganz bettwarm losfahre, erstaunt über seinen Wunsch, und dann bin ich da. Ich sehe: Aufregung, und alle gucken zu mir herüber, ich dachte, auf die Halskette, ich hatte die lateinamerikanische Halskette angelegt, aus Amethysten, von Carlos, um dieser Kanaille zu gefallen, aber ich sehe: alle gucken mich an, und seine Sekretärin bringt mich in den Saal, wo wir Vorführungen haben und das grüne Tuch auf dem Tisch liegt, nur nicht für ein Bankett, und daran sitzen schon Viktor Charitonytsch und andere Vertreter, und auch Nina Tschisch. Ich kannte Nina Tschisch gut. Die liebte Hörnchen mit Buttercreme und wußte nicht, aus welcher Stelle genau wir pinkeln – als sie sich eine Blasenentzündung geholt hatte, fragte sie mich, und ich verriet es ihr, ansonsten waren wir nicht sehr dicke –, und Polina sitzt auch da und sieht mich mit unerschöpflichem Triumph an, auch Sema Epstein ist da, und Viktor Charitonytsch wendet den Blick ab und sagt, daß dieses Gespräch überfällig ist, so er, und nun ist der Zeitpunkt gekommen, und er erteilt Polina Nikanorowna, dem Aas, das Wort, die in ihrer Eigenschaft als meine direkte Vorgesetzte die Meinung aller, so er, zum Ausdruck bringen soll, und Polina Nikanorowna springt von ihrem Platz auf und eilt auf die selbstgebastelte Tribüne zum Mikrophon, als wolle sie meine Aufmachung kommentieren, und alle werden mich anglotzen und tuscheln, aber ich begreife immer noch nichts, ich denke: wozu sind die alle hergekommen, sogar die Zuschneider in den Lammfellwesten stecken ihre Köpfe zur Tür herein, mit Stecknadeln zwischen den Zähnen, und Näherinnen unterschiedlichsten Alters in leichten, halbdurchsichtigen Blusen – wozu sind die bloß alle aus ihren Löchern gekrochen? – so einen Aufstand hatte es in unserem Büro seit dem Brand im Archiv der Kaderabteilung nicht gegeben, und ich schlug die Beine übereinander, aber wie Polina mich anschreit, daß sich das nicht gehört, und weshalb ich mir die Kette umgehängt habe, und ein mir unbekannter Mann, den Viktor Charitonytsch, wie ich sehe, angestrengt beobachtet und imitiert, sagt auch, das ist unmöglich, setzen Sie sich endlich anständig hin! also, ich setzte mich anders, und Polina Nikanorowna beginnt mit diesem und jenem, redet von Disziplin und Erscheinung: äußerer und innerer, daß wir die äußere ja vor Augen haben, Halskette und so, daß aber die innere genauso aussieht, wenn nicht schlimmer, und wahrscheinlich ist es interessant, so sie, zu fragen, was denn die Tarakanowa denkt, was sie eigentlich bezweckt, bloß ist es irgendwie schon zu spät für Fragen, denn, so sie, wir haben ja wiederholt gefragt, wiederholt dazu aufgerufen und diskutiert, sie selbst, Polina Nikanorowna, und auch Viktor Charitonytsch, solche Diskussionen über die Erscheinung, so sie, hat es gegeben, aber es ist nur schlimmer geworden, und die Disziplin bleibt auf der Strecke, und das hat verderbliche Auswirkungen gehabt, dabei ist dies eine spezifische Arbeit, da muß man aufpassen, und wenn sich Freizeitgestaltung durch Anstößigkeit hervortut, dann beeinflußt das alle anderen, das ist nicht einfach Privatsache, und nun stellt sich heraus, daß sie sich hervortut, aus allen Ecken bekommt man das zu hören, und ich selbst, so sie, habe ja auch wiederholt gesehen, daß auf unseren Touren mit schwierigen Aufgaben unzulässige Dinge passiert sind, in Form von Männern, aber auch von Alkoholika, um nicht zu sagen Sprit, und das in aller Offenheit, besonders das mit den Männern, die buchstäblich festklebten wie die Bienen, dabei ist dieser Honig, entschuldigen Sie den Ausdruck, bitter! und uns fremd! und der Mangel an Disziplin, von dem allerorten die Rede ist, und auch wir sind darauf aufmerksam geworden, das ist doch nur verschleierte Drückebergerei, sagen wir es direkt, und der Unbekannte, vor dem Viktor Charitonytsch Männchen macht, stößt ins gleiche Horn, und der ganze Saal, das heißt meine lieben Kolleginnen, lauscht, und Polina verkündet, daß das, was man Geduld nennt, am Ende ist, und es ist Zeit, so sie, Entscheidungen zu treffen, die Halskette wird mir auch nicht helfen, zwecklos, damit herumzuklimpern, und die Kleiderordnung ist bekannt, aber daß ihr Busen ein Eigenleben führt und beim Baden raushängt, erwähnte sie nicht, obwohl sie mir das auch noch in die Schuhe schob, und ich sitze da und klappere mit den Augenlidern, noch immer nicht ganz aufgewacht, weil ich wie Ksjuscha das Schlafen nicht vernachlässigte und es nicht mochte, unausgeschlafen zu sein, aber da errötete vor Aufregung Nina Tschisch, die mit den Hörnchen mit Buttercreme, weil sie was sagen will und stammelt, das wär ja noch in Ordnung, wenn's nur das Rauchen und die Männer wären, die wie die Bienen, bloß, da ist auch noch was anderes, und das ist uns von Grund auf fremd und unverständlich, wo so welche bloß herkommen, und Sema Epstein, der vorher geredet hatte, erklärt, daß er immer schon seine Zweifel hatte, sie war immer, umgeben von einem geradezu ungesunden Klima, wie soll man sagen? der Ehrfurcht, was aber, so er, wen eigentlich haben wir bestaunt, doch nicht eine optische Täuschung, denn dieses Klima ist so ungesund, und damit schießt er irgendwie gegen Viktor Charitonytsch, bloß den kümmert das einen feuchten Kehricht, er sitzt da, empört sich und leitet die Versammlung, und die Zuschneider mit den Stecknadeln zwischen den Zähnen schauen zur Tür herein, und ich fühle: die Sache nimmt irgendwie eine andere Wendung! in dem Moment, aus heiterem Himmel, rennt Nina Tschisch nach vorne, die ist mir vielleicht eine Vertreterin, na ja, gut, Epstein, der hat's gerade nötig, treibt sich im Ausland rum und ist der hiesige Gesetzgeber, aber diese Nina Tschisch, Vertreterin eines mißratenen Schicksals, die ich aus Mitleid in ein Restaurant ausgeführt habe, ein Tanzorchester angucken, wo sie keiner aufgefordert hat, als wir im Nichtschwarzerdegebiet unterwegs waren, und die verkündet aus heiterem Himmel, wenn plötzlich ein Krieg mit den Chinesen ausbricht, ob sich wohl Irina Tarakanowa als Freiwillige melden und die Halskette ablegen würde? Eine ernste Frage, so sie, besonders im Lichte der Ereignisse, und Polina beeilt sich hinzuzufügen, daß die Tarakanowa, ehe man sich's versieht, sich nicht etwa als Freiwillige, sondern als Geliebte für den berüchtigten General Wlassow melden würde, ein Schuß in den Ofen wär das, und wir halten sie noch, und ist das nicht eine einzige Schande, daß sie Reklame macht für unser Vor- und Ebenbild, unsere Haltung und sogar, wenn Sie wollen, unsere Frisur, aber an wem soll man sich eigentlich ein Beispiel nehmen? Epstein ruft: jedenfalls nicht an Polen! Und ich schreie: also, jetzt reicht's aber! Und dabei denke ich, worauf spielen sie eigentlich an, auf welchen Wlassow, das heißt, ich wußte natürlich, ich bin ja nicht blöd, aber was hat der damit zu tun? Mein Patriotismus war gefordert, und ich schreie: Das ist nicht wahr! Jetzt reicht's! – Aber sie antworten mir, daß es noch lange nicht reicht, sondern daß alles stimmt, und daß es für mich an der Zeit ist, so sie, den Mund zu halten und nicht mit Halsketten herumzuklimpern, aber ich klimpere damit herum und rufe bei den Leuten verständliches Befremden hervor, und dafür kriegen Sie nun die Antwort vor den hier versammelten Männern und Frauen, und daß ich gar nichts zu sagen habe, weil die Sache ja sowieso klar ist, und Nina Tschisch verkündet, das wäre ja noch in Ordnung, wenn's nur die Männer und der Alkohol wären und zerwühlte Hotelbetten, aber wenn dann auch noch Frauen darin verwickelt sind, und zudem, unverblümt gesagt, nicht von der feinsten Sorte, dann schlägt da eine ganz üble und bedrohliche Erscheinung durch, und Sema Epstein sagt, daß es keine Gnade geben wird, und der unbekannte Mann namens Dugarin lief puterrot an und betrachtete mich so ausdrucksvoll, daß ich ganz still wurde, ich traue mich nicht mal, die Verleumdungen zurückzuweisen, und sie sagen mir, daß es auch in meinem Interesse ist zuzuhören, als ob mein Verhalten nicht sowieso ziemlich bescheiden und schön gewesen wäre, aber können die das überhaupt beurteilen? ich schwieg also, und ich höre still zu.

Und die Redner wurden immer mehr, einer redete schöner als der andere, alle verkuppeln mich mit dem berüchtigten General und entdecken immer neue Mängel an mir, und sie kritteln an mir rum, und sogar die Zuschneider mit ihren halbfertigen Klamotten halten Reden, sie loben ihre Erzeugnisse und bitten darum, daß ich diese Erzeugnisse mit meinen Schlichen nicht in Verruf bringe und nicht anziehe, dabei war ich gar nicht besonders scharf auf das Zeug, das war mir wirklich scheißegal, aber trotzdem ist es seltsam, sich sowas anhören zu müssen, und Viktor Charitonytsch ist immer noch empört und wendet den Blick ab, und Polina Nikanorowna konnte nicht mehr und brach vor lauter angestautem Haß in Tränen aus, sie konnte nicht mehr, und da begann Nina Tschisch sie zu trösten und ihr Hörnchen mit Buttercreme anzubieten, und vor aller Augen machten sie sich gefräßig darüber her, als ob sie beim Konditor säßen, und mich lassen sie nicht mal mit einer Halskette rumspielen, sie fielen über mich her, diese Filzläuse, ich sitze da und wehre mich nicht, ich höre zu, und Sema Epstein hat sich bereits ausgetobt, und der unbändige Zorn des Unbekannten namens Dugarin ist bereits erloschen – auch er hatte schließlich einige Beispiele für meinen gefährlichen Einfluß auf das Kollektiv angeführt, und daß man mir nicht auf die Finger geklopft und mich vielleicht sogar gehätschelt hat, weil man nur Äußerlichkeiten gesehen und dabei die inneren Qualitäten vernachlässigt hat, und ich dachte, daß sich die Sache dem Ende zuneigt, es hat sich ausgewittert, aber keine Rede: in die Arena geflattert kommt mein Schutzengel, der Verteidiger meiner Privatinteressen, Stanislaw Albertowitsch Flawizki, und er spricht, mit süßer Stimme und rollendem R.

STANISLAW ALBERTOWITSCH: Ich bin nur scheinbar ein Außenstehender, aber meine Haltung ist sehr definitiv, ich habe, meine lieben Patienten, bei Irina Wladimirowna mehrfach Abtreibungen durchgeführt und den Überblick verloren. Ich versuche gar nicht erst nachzuzählen, denn ich habe den Überblick verloren und kann keine genauen Zahlen nennen, wobei die ärztliche Schweigepflicht vor Ihnen keine große Rolle spielt, denn Sie drücken den Willen der Trade-Union aus, die Sie abgeordnet hat.

VIKTOR CHARITONYTSCH: Zweifellos.

POLINA NIKANOROWNA (weint): Hu-hu-hu-u-u-u!

NINA TSCHISCH: Bim-bam-bim-bam!

DUGARIN: Weiter.

STANISLAW ALBERTOWITSCH (enthusiastisch): Und jedesmal war ich verblüfft!

VIKTOR CHARITONYTSCH: Ganz richtig!

STANISLAW ALBERTOWITSCH: Ich habe mit Irina Wladimirowna Tarakanowa nicht das geringste gemein, aber ich erinnere mich gut an ihre Worte, keine Sklavenkinder zu wollen, obwohl ich als Arzt ihr nichts Böses wünsche, sondern ich wünsche ihr, daß sie sich eines Besseren besinnt.

POLINA NIKANOROWNA: Das wird sie nicht tun!

GENERAL WLASSOW: Sie war meine Liebesgefährtin.

SEMA EPSTEIN: Verbrecherin! Ein Brandmal müßtest du tragen!

STANISLAW ALBERTOWITSCH:
>   Wir sind die Männer in den weißen Kitteln,
>   Wir verurteilen zornig die Veteranin
>   der russischen Abtreibung!
>   Wir sind die Männer in den weißen Kitteln,
>   Der Veteranin der russischen Abtreibung
>   verbieten wir unser Haus!

POLINA NIKANOROWNA: Ich bin Polina Nikanorowna.

STANISLAW ALBERTOWITSCH: Ich bin unsäglich erfreut!

DER SAAL: Freundschaft! Freundschaaaaaft!!!!!

DIE ZUSCHNEIDER: Guckt mal, Leute, der General!

GENERAL WLASSOW (gefesselt, knöcheltief im Wasser, Mäuse klettern auf ihm rum): Mit all meinem verbrecherischen Sinnen und Trachten bin ich Irina Wladimirowna Tarakanowa verbunden, der italienischen Hochstaplerin, der Konkubine Mussolinis.

DIE ZUSCHNEIDER (weinen und singen):
>   Kakerlaken und Spinnen,
>   Die leben in unserm Haus.
>   Doktoren sind drinnen,
>   Kakerlaken und Spinnen
>   Kinderschänder!

NINA TSCHISCH: Bim-bam-bim-bam!

POLINA NIKANOROWNA und STANISLAW ALBERTOWITSCH küssen sich vor aller Augen.

VIKTOR CHARITONYTSCH (applaudiert grimmig): Das ist doch was!

ICH (mit einem Aufschrei): Und auch du, Großpapa!

(GROSSPAPA geht ohne stehenzubleiben an mir vorbei, Medaillen und Brille blitzen. Er schrubbte die Medaillen immer mit Zahnpulver. Er lehnte Zahnpasta als schädliche und gefährliche Neuerung, die das Volk in die Irre führt, ab. GROSSPAPA steigt auf die Tribüne.)

GROSSPAPAS REDE

Liebe Genossen!
Meine Enkelin, Irina Wladimirowna Tarakanowa ⸺

⸺⸺⸺⸺⸺⸺⸺⸺⸺⸺⸺⸺⸺⸺ (schweigt).

VIKTOR CHARITONYTSCH: Wieso hat er aufgehört?
GROSSPAPA (schweigt)
VIKTOR CHARITONYTSCH: Sie haben einen Text.
GROSSPAPA: Er ist mir entfallen.
VIKTOR CHARITONYTSCH (berät sich mit den anderen): Er ist ihm entfallen.
GROSSPAPA: Darf ich es einfach so sagen? Ohne Vorgabe?
DUGARIN: Sprich, alter Stachanowarbeiter!
GROSSPAPA: Also, beginnen wir damit, daß sie nie, wenn sie aus dem Haus geht, das Licht ausmacht und auch die Gasflamme im Badezimmer brennen läßt, aber dadurch kann ein Brand entstehen und alles verbrennen und zum Teufel gehen, und ich habe keine Lust abzubrennen, ich habe nicht gelebt, will ich mal sagen, damit ich dann auf meine alten Tage abbrenne, und daß sie in diesem japanischen Kimonomantel durch die Wohnung spaziert, meinetwegen, soll sie nur, wenn sie kein Gewissen hat, aber wie sie auf einmal aus dem Bett springt oder aus irgendeiner anderen Ecke und ans Telefon rennt, das (an DUGARIN), mein Sohn, ist was anderes, das wirkt auf mich kranken Mann traumatisch, und dann bleiben sie über Nacht bei ihr im Zimmer, lachen und spritzen im Bad mit Wasser rum, als ob es keinen anderen Ort gäbe, und das Wasser läuft sogar in den Flur, und dabei raucht sie im Bett, und ich rege mich auf und kann nicht schlafen, das wäre doch wirklich eine Schande, abgebrannt auf meine alten Tage, oder noch was: einmal habe ich, ohne Übertreibung, in ihrem Bett eine ganze Blutlache gesehen, eigentlich wollte ich sie fragen, aber, ehrlich gesagt, ich hatte Angst, wer weiß, was alles sein kann, aber da war die Lache, und daß sie im japanischen Ki-

monomantel rumläuft – da habe ich keine Einwände, denn der Mantel ist hübsch, obwohl, natürlich ein Mist...

VIKTOR CHARITONYTSCH: Welche Schlußfolgerungen ziehst du daraus, Tichon Makarowitsch?

GROSSPAPA (seufzt): Was denn für Schlußfolgerungen ...

VIKTOR CHARITONYTSCH: Nun, die Frage betreffend, ob man mit ihr zusammenleben kann?

GROSSPAPA: Ach das! Also, beginnen wir damit, daß ein Zusammenleben angesichts eines drohenden Brandes mir als ehrbarem Menschen irgendwie überhaupt nicht entspricht. Und ihre Bevormundung brauche ich ebenfalls nicht! Zum Teufel! (Stampft mit dem Fuß auf.)

DER SAAL: Hu-hu-hu-u-u-u-u-u-u!

Ein Schuß fällt. Was ist das? GENERAL WLASSOW hat sich erschossen.

DIE ZUSCHNEIDER (skandieren): Och, ein Held mit Loch! Och, ein Held mit Loch! Och, ein Held mit Loch!

EINE NÄHERIN IN WEISSER BLUSE: Mädels! Los, reißen wir ihr die Haare aus! Stechen wir ihr mit unseren Nadeln die Augen aus!

DIE MÄDELS: Los!

VIKTOR CHARITONYTSCH (streng): Na, na! Keinen Krawall!

NINA TSCHISCH (jubelt): Bim-bam-bim-bam!

SEMA EPSTEIN: Warum hat sich die Leiche General Wlassows erschossen?

POLINA NIKANOROWNA (sanft): Weiß der Kuckuck.

DIE LEICHE GENERAL WLASSOWS (mit südrussischem Akzent): Ich habe mich nicht erschossen. Mit all meinem inneren Unrat bin ich Irina Tarakanowa verbunden!

VIKTOR CHARITONYTSCH (an mich): Na, was hast du dazu zu sagen? (Sieht mich haßerfüllt an.)

ICH (auf der Tribüne stehend): Ich habe diesen Mann nie geliebt (an die LEICHE GENERAL WLASSOWS). Ich liebte einen anderen. Sehr! Das ist alles wegen ihm! Ich... ich... ich... (Ich falle in Ohnmacht.)

Es wird Abend. Ich liege immer noch bewußtlos da. Zwei bekannte Gesichter beugen sich über mich. VIKTOR CHARITONYTSCH und seine Freundin POLINA NIKANOROWNA. Es wird Abend desselben Tages.

VIKTOR CHARITONYTSCH (an POLINA NIKANOROWNA, milder): Ach, du Aas!

POLINA NIKANOROWNA: Entschuldige.

VIKTOR CHARITONYTSCH: Ziege.

POLINA NIKANOROWNA: Na und?

VIKTOR CHARITONYTSCH: Nichts und! Alte Nutte!

POLINA NIKANOROWNA: Wer? Ich?

VIKTOR CHARITONYTSCH: Ja, du.

POLINA NIKANOROWNA: Schwein!

VIKTOR CHARITONYTSCH: Entschuldige.

POLINA NIKANOROWNA: Mistkerl!

VIKTOR CHARITONYTSCH: Entschuldige.

POLINA NIKANOROWNA: Scheusal!

VIKTOR CHARITONYTSCH: Entschuldige.

POLINA NIKANOROWNA: Tu ich nicht.

VIKTOR CHARITONYTSCH: Tust du doch!

POLINA NIKANOROWNA: Nein.

VIKTOR CHARITONYTSCH: Aas!

POLINA NIKANOROWNA: Tu ich nicht.

VIKTOR CHARITONYTSCH: Ziege!

POLINA NIKANOROWNA: Halt die Klappe. Ich mach dich... Ich mach dich fertig mit meinen spitzen Titten!

VIKTOR CHARITONYTSCH: Das gibt's nicht.

POLINA NIKANOROWNA: Doch!

VIKTOR CHARITONYTSCH (unsicher): Nein.

POLINA NIKANOROWNA (macht eine drohende Geste): Doch!

VIKTOR CHARITONYTSCH: Hau ab! Ich bring dich um!

POLINA NIKANOROWNA: Entschuldige.

VIKTOR CHARITONYTSCH: Tu ich nicht!

POLINA NIKANOROWNA: Vitja!

VIKTOR CHARITONYTSCH: Was heißt hier Vitja?
POLINA NIKANOROWNA: Vitja...
VIKTOR CHARITONYTSCH (milder): Ach, du Aas!
Und als sie wieder die Hand nacheinander ausstreckten und sich näherkamen, rührte ich mich auf dem Direktorensofa und gab zu verstehen, daß ich wieder da bin und bei vollem Bewußtsein ihrem psychischen Stuhlgang beiwohne, und sie starren mich an, und sie sehen, daß ich wieder Farbe kriege, und Polina Nikanorowna, die ihre Gründe hatte, meine Genesung gut zu finden, erklärt Viktor Charitonytsch, daß er sich ganz umsonst aufgeregt hat, und daß sie überhaupt nicht zu dick aufgetragen haben, sondern fahrplanmäßig gehandelt, und nun riß sich auch Viktor Charitonytsch zusammen und sah wieder ganz prima aus, und ich sage mit schwacher Stimme, daß ich heim will, und sie haben nichts dagegen und sehen mich freudig an, wie eine vollendete Tatsache, und Viktor Charitonytsch beruhigt sich endgültig und zankt sich nicht weiter mit Polina Nikanorowna herum, sondern unterhält sich sehr galant mit ihr und ist überhaupt sehr mit sich zufrieden, denn alles läuft fahrplanmäßig, keine Abweichungen, keine Übertreibungen, ich lecke meine ausgetrockneten Lippen und werfe Polina einen finsteren Blick zu und sage, daß sie uns vielleicht allein läßt, und daß ich gern ein Tête-à-tête mit Viktor Charitonytsch hätte, aber Viktor Charitonytsch ist irritiert von meiner Bitte und, die späte Stunde vorschützend, bietet er an, ein Taxi für mich zu finden und mich an meinen Wohnort zu befördern, und dabei versteckt er sich hinter Polina, aber Polina betrachtet mich wie ein zerquetschtes Tier, mit einem gewissen Ekel. Ich liege da, geschwächt von dem Ohnmachtsanfall, und ich kriege die Dinge schlecht auf die Reihe, ich weiß aber, daß Viktor Charitonytsch im Grunde kein schlechter Mensch ist und daß er gezwungen war, aber sie – sie hätte von sich aus, und mehr noch als das! das heißt, sie hätte mich am liebsten eigenhändig erwürgt, aber auch er ist zufrieden – alles ist wie geschmiert gelaufen.

Na ja, ich stand auf, brachte mich in Ordnung, verließ ohne ein böses Wort den Raum und versuchte, mir ein Taxi zu schnappen, draußen ein warmer Regen, Abend, die Leute gehen beinahe glücklich spazieren, und, nachdem er sich nach allen Seiten umgeschaut hat, kommt unbemerkten Schrittes Stanislaw Albertowitsch auf mich zu, der sich irgendwo in einem Geschäft versteckt hatte oder unter dem Torbogen, wo die Zwischenhändler von Briefmarken ihr Nest hatten, er kommt auf mich zu, hinter einem schwarzen Schirm verborgen, und schlägt ein klärendes Gespräch über unsere Beziehung vor, aber mein Gedächtnis sagt mir, daß er kompromittierende Reden über mich losgelassen und sogar mit der Faust gedroht hat, was ihm als Mann von ärztlicher Profession nicht sehr zu Gesicht stand, doch er bittet immer wieder, ihm doch wenigstens zuzuhören, und er deutet an, daß er auf mich gewartet hat, denn das ist doch immerhin kein Zeichen von Feigheit, auf mich zu warten und mir seinen Arm anzubieten und mich nach Hause zu bringen, wo doch ein Schatten auf mir liegt und es mir schlecht geht, und er schwankt sogar ein wenig, und er erklärt, daß er in eine Ausnahmesituation geraten sei und bittet um Verständnis, und wenn ich ihn nicht verstehen könnte, so doch zumindest seine Sorge registrieren, aber ich erwidere nichts, ich habe nicht nur anderes im Kopf als ihn, ich fühle, daß entscheidende Veränderungen im Gange sind, wie Viktor Charitonytsch sagte, schicksalsträchtige Tage, und wohin soll ich jetzt fahren, doch nicht zu Großpapa, der ja in diesem Regen verschwunden ist, und wo soll ich denn hin, und ich höre dem Gerede von Stanislaw Albertowitsch nicht weiter zu, sondern setze mich in ein Taxi und nenne meine Adresse und lasse Flawizki unter dem schwarzen Schirm auf dem glatten Kopfsteinpflaster stehen, mitten in seinem Bekenntnis, aber was soll ich damit, ich hab ja nichts dagegen, bloß hilft er mir nicht weiter – aber wer wird sich nun für mich einsetzen? Das war es, was mich beschäftigte, als ich durch die Stadt fuhr, schwach und dann wieder lebhafter werdend, mal schweißgebadet, mal von Kälteschauern geschüttelt, denn wie lange meine Ohnmacht gedauert hat, weiß ich nicht mehr, und wo sie angefangen hat, ich tue mich schwer, das zu sagen, und ist sie denn überstanden? Denn bei dem Gedanken, daß man mich haßt, überkam mich wieder ein Gefühl von Ohnmacht, denn mit Haß zu leben – das war etwas Neues, nein, natürlich, das hat es früher auch gegeben, aber daß alle einträchtig applaudierten, als ich in Ohnmacht fiel, und Nina Tschisch verteilte an alle Vanillehörnchen und gab mir keins. Nur, wohin fahre ich? Ich fuhr trotz allem nach Hause, denn mit Großpapa, Tichon Makarowitsch, wollte ich zuallererst klären, was Sache war, und verstehen, worauf das alles hinausläuft, und dann konnte ich immer noch Türen knallen. Aber jetzt wollte ich erstmal nicht nachdenken, denn ich war sehr müde von dem unverhofften Ereignis, und meine Hände wollten mir nicht gehorchen, und im Hirn ein Läuten und seltsame Schreie, und warum sie mich zu diesem Treffen haben kommen lassen, verstehe ich, aber sie hätten mich trotzdem fairerweise warnen können, denn so ist es peinlich geworden, so ganz unvorbereitet, also, hätte mich Viktor Charitonytsch kommen lassen und mir gesagt, wir werden dir eine Rüge erteilen und dich entlassen, und du heul ein bißchen und leide vor aller Augen, wie es sich gehört – bitte sehr, ich bin bereit, ich hätte ein bißchen geheult und auf der Stelle alles zugegeben, aber sie wollten nicht mal zuhören, sondern haben gleich von allen Seiten losgeschrien, und dann haben sich auch noch unbekannte Leute eingemischt, und sogar dieser General da, als ob ich mit dem was gehabt hätte, dabei war doch überhaupt nichts, und er schwärmte für die Pose hündischer Ergebenheit, es wäre an mir gewesen, ihm die Situation zu erklären. Wenn ich es nur bis nach Hause schaffe, und da merke ich, zum ersten Mal ist alles irgendwie unsicher und schwankend, und es ist mir unmöglich, das Taxi von der Beleidigung zu unterscheiden, und das Flüstern der Zuschneider von den eigenen Händen und

Haaren, und ich weigerte mich, diese Angelegenheit zu klären, diese Erfindungen von der Sorte des Generals. Ich komme bei Großpapa an, schließe die Tür auf und denke: jetzt kriegt er eins drauf, aber er steht in der Küche, am Herd, in der Schürze mit den roten Tupfen und brät einen Kabeljau, und als er mich sieht, freut er sich schrecklich und kommt auf mich zu, aber ich antworte ihm trocken, daß ich diese Zärtlichkeiten nicht verstehe, daß er sich besser nicht so freuen soll, denn er ist doch immerhin mit mir verwandt, und er antwortet mir darauf, daß er sich nicht umsonst freut, sondern froh ist, mich lebendig und gesund zu sehen, das bedeutet, seine Prognosen haben sich also bestätigt, und es ist so gekommen, wie er befohlen hat, dabei war er schon dabei, ein bißchen die Nase hängen zu lassen, denn es ist ja schon spät, und ich kam und kam nicht, und ich sage zu ihm: warum hast du mich allein gelassen? und was denn für Prognosen? und er antwortet mir, komm, wir trinken lieber einen, Irunja, auf diese Freude, und er greift in den Kühlschrank und holt einen halben Liter Kubanskaja mit Schraubverschluß heraus und stellt ihn auf den Tisch, und auf dem Tisch die Sakuski: Gurken und Tomaten, Sprotten, Cervelat, und auf dem Herd bruzzelt der Kabeljau, ich sage zu ihm, bist du noch ganz bei Trost, du alter Knacker? was gibt's da zu freuen? man haut mich hier ganz fürchterlich raus, und ich fliege kopfüber zurück in mein Kaff und darf in die Röhre gucken, aber er darauf: lohnt sich das, Trübsal blasen? ist das vielleicht das Glück? es ist doch alles nochmal gut gegangen! – Du hast Nerven! – Meine Liebe, antwortet er, ich kenne das Leben. Und ich kenne es auch! Bloß kennen wir es von verschiedenen Seiten, und er verbreitet allerlei Pessimismus und betrachtet mich mal mit Schaudern, mal mit Respekt, und er deutet an, daß er über die letzten Ereignisse auf dem laufenden und der Anlaß für den Nekrolog ihm klar geworden ist, und im Lichte dieser Klärung findet er es seltsam, mich traurig zu sehen, und ich sage: wie sollte ich mich freuen, wo mein Großpapa mich so ausgezeichnet verkauft, aber er wundert sich: ich soll dich verkauft haben, wo ich dich doch mit jedem meiner Worte in Schutz genommen habe! – und ich zu ihm: wieso hast du mir nicht vorher was gesagt, du alter Dreckskerl? wenigstens am Morgen, damit ich mich vorbereitet hätte und in etwas anderer Aufmachung erschienen wäre, zumindest ohne die Halskette und nicht in dem Ksjuscha-Kleid, sondern irgendwie eher wie eine Nonne, aber er sagt: Das mußte sein! – Für wen? – Wieso, für wen? – Ich verstehe ihn nicht, ich forsche ihn weiter aus: warum hast du diese Gemeinheit begangen? Er versteht nicht, er sagt, daß er sofort verlangt hat, mich vor Übergriffen zu schützen, darüber hat man sich auch geeinigt, darum ist er auch hingegangen, darum ist auch alles so wunderbar gelaufen, obwohl, sagt er, ich hab doch gemerkt, daß ich heutzutage nicht mehr mitkomme – und ich kann nicht begreifen, was die so viel Nachsicht hatten mit dir, und alles hab ich auch nicht verstanden, obwohl ich mich angestrengt habe... Und ich sage: warum hast du nur diese Rede gehalten? – Und er: wieso denn nicht, wo ich doch ein pflichtbewußter Mensch bin und noch ein bißchen in Ruhe leben will, ohne dir was Böses zu wünschen, und meinen kleinen Vortrag, sagt er, den hab ich ins Klo geschmissen, wie gefällt dir das? Gar nicht, sage ich. Das sollte es aber, antwortet er, da waren einige ziemlich treffende und beleidigende Formulierungen, und das gefiel mir nicht, ich überlegte also hin und her, und ich versenke ihn heute früh in der Kanalisation, und ich mach auf doof, na ja, sozusagen auf senil, und um Eindruck zu schinden, habe ich die Medaillen und Abzeichen angesteckt, die sollten wissen, daß ich auch ein Mensch bin! Denen sind deine rostigen Medaillen vollkommen wurscht! sage ich. Erklär mir lieber, warum hast du dich da eingemischt mit deiner Rede und mir das nicht rechtzeitig mitgeteilt? Also wirklich, sagt er, du verstehst überhaupt nichts, komm, wir trinken lieber einen. Na ja, denke ich, hat er erstmal einen getrunken, dann kommt er auch ins Plaudern

– und dabei denke ich: er sagt, er hat mich nicht verkauft, dabei hat er Sachen erzählt! von wegen Blutlache! na? und das soll heißen, nicht verkauft? Und er sagt: das mit der Lache habe ich aus Angst dazugedichtet, wo sie mich doch alle angucken und warten, und ich erzähle nur so harmlose Kinkerlitzchen, sonst sind die nachher noch sauer auf mich wegen Vertragsbruch, und darunter haben wir dann beide zu leiden, und jetzt, sagt er, bitte schön, du kannst herkommen, wann du willst, die werden dich noch das eine oder andere Jahr beobachten, und dann haben sie die Nase voll, deine Anwesenheit wird zur Gewohnheit werden, und daß sie dich entlassen haben... – Was denn, entlassen? – Was denn sonst? – Nein, sage ich, ich bin nicht auf dem laufenden, ich habe mit Schwäche und Übelkeit gekämpft. – Na siehst du, sagt er, du bist nicht gut dabei, und dann läßt du dich noch auf alle möglichen Abenteuer ein, nicht umsonst wollte ich dich nicht bei mir aufnehmen, aber du hast beim Leben deiner Eltern geschworen, dabei wußte ich, das nimmt kein gutes Ende, und nun ist das Ende da, obwohl du es natürlich weit gebracht hast, wenn das alles stimmt mit Wladimir Sergejewitsch, der mir, zu deiner Information, mal die Hand gedrückt hat bei einem Aktivistentreffen, als ich noch ein ungebildeter Mensch war und nicht gewußt hab, wie man mit dem Thermometer die Körpertemperatur mißt, und ich es im Krankenbett kaputtgemacht habe, das war, als ich wegen Planübererfüllung ins Krankenhaus gekommen bin, und als ich wieder gesund war, da erfahre ich, daß ich die Norm von hundertfünfzig Negern ganz alleine erfüllt habe, und daran habe ich mich eben übernommen, aber man macht ein begeistertes Geschrei, redet auf Versammlungen, man billigt das Abkommen zwischen Molotow und Ribbentrop, und wie man mir dann gratuliert hat, da hat mir auch Wladimir Sergejewitsch als Ehrengast die Hand gedrückt, und den hast du also auch gekannt...

Ich trank ein halbes Glas Wodka zum Aufwärmen, aber ich

hatte keine Lust mehr zu erzählen, und er bestand auch nicht darauf, im Gegenteil, er war nun angesäuselt und vertiefte sich seinerseits in die Geschichte, aber er sagte, daß er sich vor einer Fortsetzung der Karriere gehütet hat, weshalb er auch am Leben geblieben ist, denn er hat sich immer mit kleinen Dingen zufriedengegeben, und so hat er Gott sei Dank sein Leben gelebt, nicht wie so einige andere, die hoch aufgestiegen und schmerzhaft gefallen sind, er hat gleichmäßig gelebt und gleichmäßig geatmet, und er ist nie ein empfindlicher Mensch gewesen, und daß ich, solange diese Gerichtssache läuft, gern noch ein paar Tage bei ihm bleiben darf, bloß später dann muß ich natürlich Leine ziehen, so einen Pakt haben sie geschlossen, aber jetzt bleib erstmal und iß, da, nimm dir von den eingelegten Pilzen, hab ich extra aufgemacht, er goß nach – trinken wir einen! –, er trank aus und kriegte endgültig den schrägen Blick. Und trotzdem bist du ein Schwein – sagte ich zu ihm mit müder Stimme. – Ein Schwein, ich? – Großpapa lebte auf nach dem Wodka. – Die sind Schweine, die da, die ganze Bagage, die Scheißkerle, obwohl es uns nicht ansteht, uns Sündern, zu richten, aber trotzdem sind das Scheißkerle, oh, was für Scheißkerle, obwohl, nicht ganz... Na ja, rausgeschmissen haben sie dich, also wirklich, pah, aus der Arbeit rausgeschmissen! Meine Liebe, ich habe sie gleich gefragt: was habt ihr mit ihr vor? – So und so, antworten sie, wir werden sie entlassen. – Richtig, sage ich, und dann? – Und sie sagen: andere Absichten haben wir nicht. Wie denn, ich habe meine Zweifel, ihr schmeißt sie nur raus? Ja, antworten sie, aber Sie müssen uns helfen, daß sie sich in Moskau nicht mehr blicken läßt! Also dann, sage ich, helfe ich gern, schickt sie in die Wüste, der schönen Erinnerung an Wladimir Sergejewitsch zuliebe, der mir mal im Säulensaal die Hand gedrückt hat und den ich seitdem verehre, und schmeißt sie raus, aus der Arbeit und aus Moskau, sie hat in Moskau nichts zu suchen, schmeißt sie nur raus! Und dabei denke ich: so weit haben wir's gebracht! Das schädliche Element wird schlicht entlassen! – Großpapa fing leicht betrunken zu lachen an. – Man wird entlassen und nicht angerührt, wie unter Nikolaj! So ist das, denke ich, aber ich habe es trotzdem nicht geglaubt, ich mache die Pilze auf, und dabei denke ich: es ist schon spät... Was heißt hier nicht anrühren! – schrie ich mit schwacher, aber irrer Stimme. – Nicht anrühren! Sie verbannen mich aus Moskau! – Dummchen! – lacht Großpapa, und fröhlich blitzt seine Brille. – Kann man das denn anrühren nennen? Irun, das meinst du nicht im Ernst! – er fuchtelt vor meiner Nase mit der Gabel rum, auf die er einen fetten Pilz gespießt hat. – Das mußt du mir nicht erzählen!

Wir tranken noch einen und waren beide schon recht aufgewärmt, Großpapa mit seiner blitzenden, vorsintflutlichen Hornbrille und ich, ein bißchen müde von dieser ganzen Geschichte, doch – Warte mal! – sagte ich zu Großpapa. – Diesem Viktor Charitonytsch werd ich's noch zeigen! – Aber Großpapa hörte nicht zu, weil er selbst reden und in Erinnerungen schwelgen wollte, aber er erinnerte sich immer nur an ein und dasselbe, wie er in einer Schicht die Norm von hundertfünfzig Negern erfüllt hat, wie er danach ins Krankenhaus gekommen ist und nicht wußte wohin mit dem Thermometer, und wie er es vor lauter Verlegenheit unter der Decke kaputtgemacht und versucht hat, die Quecksilberkügelchen einzusammeln, und wie er einmal ein Eis in die Tasche seiner Segeltuchhosen gesteckt hat, als er und Großmutter in den Zoo gegangen sind, und wie das »Eskimo« in seiner Tasche vor sich hin schmolz und er es gar nicht merkte. – Wie hast du das nicht bemerken können? – wunderte ich mich jedesmal. – Einfach so, ich war so begeistert von den verschiedenen Tieren... und Großmutter hat dann sehr mit mir geschimpft. – War die zickig, ja? – fragte ich immer, denn ich habe zickige und hysterische Frauen, die es lieben, auf Ordnung zu halten und immerzu inbrünstig waschen und bügeln, nie gemocht. – Je nachdem – gab Großpapa ausweichend zu und kam auf das Ereignis im Säulensaal zurück. – Ich will dir mal folgendes sagen, sagte Großpapa, mir hat dein Wladimir Sergejewitsch, ehrlich gesagt, nicht gefallen, wie er mir als Ehrengast die Hand gedrückt hat. Er hat mir nicht gefallen und basta! – fuhr Großpapa fort. Und ich habe ihm die Hand ohne jedes Vergnügen gedrückt, obwohl er natürlich ein außergewöhnlicher Mensch war und mir als allererster die Hand gedrückt hat. – Na ja, er hat dir nicht gefallen, muß ja auch nicht sein! – sagte ich friedfertig, ein bißchen schlapp vom Wodka, denn wir hatten die Flasche geschafft, und ich hatte immerhin gerade eine Ohnmacht hinter mir, und mir war etwas blümerant, und wir tranken darauf, daß Wladimir Sergejewitsch die Erde leicht sein möge, und ich sah Männer, unter anderem Viktor Charitonytsch, in wehrlosestem Zustand, denn ich war hintenrum in die Geschichte reingeraten, und ich habe es immer interessant gefunden, was wohl passiert wäre, wenn ich plötzlich die Zähne zusammengebissen hätte. Aber Großpapa fand, daß alle diese Berühmtheiten üble Säufer und Lustmolche sind, und die Unzucht fing für ihn mit einem Restaurantbesuch an, und er suchte eine Bestätigung dafür in dem, was ich sagte, aber ich war ein bißchen angesäuselt und wollte mich nicht mit ihm streiten. Trotzdem, sagte er, ich komme heutzutage nicht mehr mit, und obwohl ich eigentlich alles verstanden habe, als sie dich entlarvt haben, eins habe ich nicht verstanden: Lesbe. Was ist denn das nun wieder für ein neues Etikett, das sie den Leuten umhängen?

Ich versuchte nicht, es ihm zu erklären und winkte ab: das ist auch wieder so ein Humbug. Ich ging lieber in mein Zimmer. Großpapa hatte mich nicht überzeugt. Ich wollte Moskau nicht verlassen! Ich bete Moskau an! Ich plumpste ins Bett und schlief ein.

13

Mein kleiner Junge klopft unter meinem Herzen. Er pulsiert. Ich gewöhne mich an ihn. Notabene: ich muß an hydroskopische Windeln denken, an Schnuller, englisches Talkum und nicht zuletzt an einen Kinderwagen! Kürzlich habe ich auf dem Twerskoj-Boulevard einen Kinderwagen aus Jeansstoff gesehen. So einen will ich! Irgendwann macht er euch alle zur Schnecke. Habe überhaupt keine Zeit zu schreiben. Stricke eine Kinderdecke.

Die Welt ist trotz allem nicht so eng, wie sie immer gemacht wird. Manchmal reckt man sich, breitet die Arme aus – und es läßt sich leben. Aber damals, nach der Versammlung, ging bei mir alles, aber auch wirklich alles, zu Bruch. Sogar Ritulja fürchtete sich ein bißchen. Übrigens, wo war sie während der Versammlung? Ritulja sagte, daß man ihr wegen mir gründlich den Kopf gewaschen hat. Sie wurde zu Viktor Charitonytsch bestellt, und der jagte ihr einen Schreck ein. Da kommt die Ziege mit den Hörnern... Hu-u-u! Ritulja schrie und verkroch sich in eine Ecke. Polina fing auch an, nach ihr zu schnappen, aber Ritulja sagte zu mir, daß sie bald heiratet und die Arbeit hinschmeißt, weil für eine Frau das Arbeiten schädlich ist.

Ritulja wird schon nicht umkommen. Sie hat ihre schändlichen Wunden geleckt und ist drauf und dran, einen Armenier namens Hamlet zu ruinieren. Das ist traurig, denn wenn all die sich schon Hamlet nennen, wo bleibt dann Hamlet? Ritulja wird ihn ruinieren, das steht fest, sie hat bereits begonnen, ihn zu ruinieren, ich habe den Ring mit dem Rubin gesehen, sie lobte sich selbst und sagte, Hamlet hat nichts gegen meine Schwangerschaft (Ritulja platzte fast vor Neugier), das heißt, ihm war alles egal.

Großpapa, das Schlitzohr, hat sich in der Nacht einen Rettungsplan ausgedacht. Er geht ins Krankenhaus. Aber dann hängte ich mich auch ans Telefon, für alle Fälle, denn Viktor

Charitonytsch hatte sich ja vor einem Tête-à-tête gedrückt (du mieses Aas, Vitenka, zum Blasen brauchst du mich, und wenn ich einmal im Leben von Mensch zu Mensch mit dir reden will – läßt du bloß einen fahren!), und ich hängte mich ans Telefon, aber sie taten den Mund nicht auf und saßen still und fanden nicht die nötigen Worte, und bei mir ging alles zu Bruch, und sogar Schochrat, mit dem ich in einer JaK-40 mohammedanische Minarette abgeklappert habe, ein sehr hübscher kleiner Flieger, und angefangen hatte alles damit, daß Schochrat in dem Hotelzimmer neben mir wohnte, in Sotschi, wo wir auf Tournee waren, Ritulka war auch dabei, und ich hatte mir angewöhnt, auf dem geräumigen Balkon Gymnastik zu machen, und Schochrat beobachtete das aus seiner Luxussuite und rannte mir die Tür ein, er war überwältigt vor Glück, mich kennenlernen zu dürfen, Moslem bleibt Moslem, der will alles sofort und auf einmal, er wirft mit Geld um sich und knallt den Kognak auf den Tisch, süße Melonen, denn er ist ein Bey, und er ist ungeduldig, und unsere Typen – was sind die schon dagegen?

Und damals dachte ich: weshalb sind sie so, wie verhext? weshalb laufen sie mit hängenden Köpfen rum, wie angepinkelt, trotz ihrer moralischen Überlegenheit? Wer hat sie verhext? Veronika sagt: hast du nie Vergewaltigungsträume? Ich sage: Meine Liebe! Ich habe jede Nacht solche Träume, und sie sagt: Na, dann hör mir mal zu... Aber Schochrat reagiert mit einer Stimme wie aus dem Jenseits, auf bessere Zeiten, sagt er, er hatte den Braten gerochen, der großohrige, dicklippige, langnasige, glubschäugige und sogar auf dem Rücken behaarte Schochrat, ich mag das nicht, aber manchmal ergab es sich eben so: ein kleines Wildschwein, und dann rief ich Gawlejew an, und der sagte, daß er mich bestimmt anruft, sobald er von einer Dienstreise zurück ist, aber er kam nicht zurück von der Dienstreise, und wie der die Pose hündischer Ergebenheit liebte! Und ich fing an, sie alle aus dem Trumeau zu ziehen und zu mischen, der reflektierte sie alle, wie eingemottet, einzeln und zusammen, verschiedene Menschen, gezinkte Karten, ein Spiel Buben, Asse, Könige, aber sie verschwanden von der Bildfläche und dachten, daß ich ihnen drohe, dabei wollte ich bloß einen Rat von ihnen, nichts weiter, und ich hatte keine Lust auf Papascha, den Kunsttischler, und Viktor Charitonytsch hüllte sich in Schweigen, mit schwitzender Visage, und Ritulja schulmeisterte er: laß die Freundschaft mit ihr sausen! Aber geschlafen hat er angeblich nicht mit Ritulja, oder sie lügen beide, ich weiß nicht, bei Ritulja blickt man nicht durch, die ist gerissen, aber trotzdem hat sie mich damals nicht ganz verlassen, abends kam sie immer zu mir, vergoß sogar ein paar Tränen, aber auf die Frage: was tun? – breitete sie ratlos ihre jungen Arme aus. Wenn ich auf sie hören würde, müßte ich in mein Dorf zurückgehen und dort sowas wie das erste Weib am Platze werden, das heißt, mit meinen erlauchten Reizen glänzen, ich war ja knackig, also wirklich knackig, meine Formen waren natürlich etwas abgeschlafft, obwohl ich immer noch ohne die überflüssige Last eines Büstenhalters rumlaufe, und ich hasse ihn, weil er unvermeidlich ist! Doch ich mußte schließlich einen tragen. Wie einen Maulkorb. Ich bin eine schwangere Frau, und wenn euch nicht paßt, von wem, dann, bitte schön, bildet euch bloß nicht ein, daß ich eure Drohungen ernst nehme. Ich werde euch so einen Balg gebären, so ein Ei brüte ich aus – daß euch die Zähne ausfallen werden!

Oh, es bewegt sich! Beweg dich! Beweg dich nur!

(Ich stricke eine Kinderdecke.)

Am nächsten Tag ging Großpapa in den Vorgarten, und ich sah aus der zweiten Etage durch den Vorhang, wie er sich mit den Tattergreisen aus der Nachbarschaft unterhielt und sich wunderte, was für Veränderungen er vorfand. – Sowas aber auch, wie sich die Zeiten ändern! – schwadronierte er, während er den Dominospielern zuschaute. – Sowas aber auch! – Und er ereiferte sich und regte sich auf wie ein wahrer Patriot: Wenn das so weitergeht, ehe man sich's versieht, bei der nächsten Katastrophe gehen wir drauf! Was sind das bloß für Sachen!

Er regte sich sehr auf und rannte ganz bestürzt um die Dominospieler herum, und nach dem Essen rief er den Notarzt, das Herz, er packte seinen Schlafanzug, die schiefgetretenen Pantoffeln, den Rasierapparat, sein »Am Apparat« und ein Päckchen seiner Lieblingskekse, Marke »Jubiläum«, in den Soldatenrucksack, er hatte plötzlich ein ganz eingefallenes Gesicht, und er ächzte, als in der Tür die weißen Kittel erschienen, er trug ein wenig dick auf, und ganz plötzlich hatten sie ihn weggebracht, mit heulender Sirene, er hatte mir nicht einmal mehr zugeblinzelt, und ich blieb allein mit dem Trumeau, und das Telefon blieb stumm, als ob sie es wegen nicht bezahlter Rechnungen abgestellt hätten, und nur Ritulja besuchte mich noch, aber das brachte auch wenig, und auf Zärtlichkeiten hatte ich keine Lust, und ihr zuhören wollte ich auch nicht, wie Viktor Charitonytsch aufgrund meiner Geschichte im Begriff war, eine steile Karriere zu machen, weil er alles so großartig gemanagt hatte, und dafür stand ihm eine Auszeichnung zu, und Polina wäre wohl auf die Idee gekommen, Charitonytsch zu vergraulen und sich seinen Sessel unter den Nagel zu reißen, um sich dann als Direktrice mit den jungen Zuschneidern rumzustreiten, bloß hatte sie auch genug Dreck am Stecken, und Viktor Charitonytsch trickste sie ganz einfach aus, und sie – Ritulja verschluckte sich vor Lachen – kroch vor ihm auf dem Bauch, aber mir war das vollkommen wurscht, ich hatte nicht mal mehr Lust, in ihrer beschissenen Klitsche wieder eingestellt zu werden, obwohl sie mir ja gar nichts gesagt und nicht mal irgendeinen Wisch geschickt hatten, daß ich entlassen bin.

Sie entließen mich – und damit war die Sache erledigt, und ich darf dasitzen und nachdenken, wie es weitergehen soll, aber das Telefon schweigt, und als ich Lust bekam, mich ein bißchen von den letzten Ereignissen zu erholen, da berief sich Schochrat auf bessere Zeiten, Carlos haben sie in der Folterkammer erschossen, und Dato – ach der, der ist acht Monate im Jahr auf Tournee, und wenn er zurückkommt, ist er immer beschäftigt, er übt auf dem Klavier, kein zärtliches Wort kriegt er raus, das ist mir vielleicht ein Gatte! und ich war froh, diesen unzuverlässigen Typen nicht geheiratet zu haben, weil er nie in der Nähe ist, und als sie Großpapa weggebracht hatten, da beschloß ich, Ksjuscha mein Leid zu klagen, ihr meine erbärmliche Lage zu schildern, und ich schrieb ihr einen Brief, in dem ich ihr all das schilderte und klagte, daß sie mir fehlt, und ich hatte noch nicht einmal begonnen, die Antwort abzuwarten, da ruft die treue Freundin auch schon an, aus einer internationalen Telefonzelle vom Bahnhof Fontainebleau, wo der Birnengarten ist und Napoleon, und sie sagt, ich soll durchhalten, denn sie kommt bald, und sie liebt mich, und ich soll nicht traurig sein, soweit das möglich ist, und ich sehe: wirklich, sie kommt, mit lauter Beschwerden über das Leben im Ausland, über die Auslandsrussen, mit allen streitet sie, sogar mit ihrem Spanier, dem Buchhalter, hat sie sich gestritten, obwohl sie zu Spaniern an sich ein gutes, sogar besseres Verhältnis als zu anderen hat, und mit allem ist sie unzufrieden, aber, sie unterbricht sich, genug davon, sprechen wir von dir, und ich begann ihr zu erklären, wie Großpapa von einer legendären Blutlache erzählt hatte, die es nie in meinem Bett gegeben hat, und sie hörte sich alles mit der äußersten Aufmerksamkeit einer zärtlichen Freundin an, wobei sie mein gescholtenes Haupt an ihre Schulter lehnte, und ich trank Martini und heulte ihr was vor, wie eine beleidigte Minderjährige, aber sie tröstete mich, und wir erinnerten uns wieder an Koktebel, an die prachtvollen Nächte und die hellen Tage, und wir seufzten wie zwei klimakterische Tanten mit Haarausfall, aber plötzlich sah sie mich an mit ihren klugen Augen, wie man selten welche findet, wenn man durch die Straßen geht, sie sah mich so aufmerksam und fröhlich an (ich schreibe, und im Radio spielen sie Gershwins »Rhapsody in Blue«!), daß ich begriff: sie hatte irgendeine

Idee, und sie hatte tatsächlich eine Idee, nur wußte sie nicht, ob ich damit einverstanden sein würde, denn eigentlich hatte ich nichts zu verlieren, natürlich nicht, aber trotzdem gab es doch noch das eine oder andere zu verlieren, aber ich sagte: ich habe rein gar nichts zu verlieren, bloß in mein Provinznest will ich nicht zurück, weil da nur der eingelegte Kohl in schummrigen Hütten gedeiht, und sie freute sich: los, wir hängen uns gemeinsam auf, möglichst schnell, du in deiner Heimatstadt und ich in dem dir unbekannten Scheißfontainebleau an der französischen Bahnlinie, denn die Franzosen sind hochnäsig und beschissen, sie meinen, es gibt nichts Besseres als sie, dabei sind beispielsweise die Spanier besser, ohne Frage, obwohl ich mich mit meinem Buchhalter drei Stunden vor unserer Reise nach Grenada verzankt habe – sie kriegt wirklich alles fertig! aber darum geht's gar nicht. Los, sagt sie, wir hängen uns auf, mein Kleines, es kotzt mich an, meinen Stomatologen René ertragen zu müssen, jede Geduld hat ein Ende, sonst vergifte ich ihn noch, ich bin Madame Bovary! Aber wenn wir uns nicht mit Arsen vergiften und uns nicht aufhängen, dann habe ich eine andere Idee, die dir vielleicht, sagt sie, extrem vorkommt, und sie erinnert mich an dieses Foto, das meine Mutter im Bücherschrank entdeckte, in Jack Londons gesammelten Werken, als ich nach dem Restaurant in Archangelskoje, wo es wie immer ein bißchen laut und anstrengend war und es zähen Lachs gab und nach lüsternen Offizieren roch, in eine fremde Wohnung mitgefahren war, und da hatte mich eine Polaroid in interessanter Gesellschaft erwischt, und als Mama das Foto sah, dachte ich, sie fängt zu kreischen an: was ist denn das? – denn aussehen tut sie wie eine typische Putzfrau, mit tiefliegenden Augen und einer Sechsmonatsdauerwelle und mit Dreirubelohrringen, die sie in einer Tabakbude erstanden hat, aber sie kreischte gar nicht, sondern sah es sich an, zwar nicht gerade billigend, aber keineswegs entsetzt, und sie sagt: Sehr interessant... – und sie sah es sich nochmals an, und ich wurde natürlich ein bißchen verlegen, und dann hat Dato es mit sich rumgeschleppt, durch alle Länder, so daß ich, man kann sagen, die halbe Welt in seiner Brieftasche bereist habe. Ksjuscha fragt: und was, wenn...? Und sie unterbreitet mir einen komplizierten Plan, weil es ja sowieso schlimm und übel aussieht, und ich sage: das will gut überlegt sein, weil der Volkszorn, sage ich, ohnehin groß ist, ich durfte mich am eigenen Leib davon überzeugen, und auf mehr hab ich keine Lust, und Ksjuscha sagt: möchtest du gern zu deinem erstaunlichen Papotschka zurück? Na siehst du, ich denke auch, daß du das nicht willst. Ich sage: wen interessiert das schon? obwohl ich, daran halte ich fest, immer noch eine Schönheit bin, aber meine Nerven sind ramponiert, von Kaffee kriege ich Schüttelfrost, ich bin müde, und die Seele verlangt nach einem ausgeglichenen Familienleben, bloß, wo ist es, dieses Leben? Und Ksjuscha sagt: wie du willst, das ist deine Sache, aber so kommt dabei raus, daß du verwitweter bist als die richtige Witwe, Sinaida Wassiljewna, weil die eine Datscha hat und Antoschka, diesen Arsch, und du guckst in die Röhre, und die Jahre sind umsonst verflossen, und obendrein beleidigt und beschuldigt man dich noch, mein Kleines, das ist doch wirklich ausgesprochen unschön, und ich sehe: sie ist eine perfekte Französin geworden, übrigens war dies ihre letzte Reise hierher, denn danach wurde sie unverdientermaßen als Spionin bezeichnet, und die Journalisten Sergej und Nikolaj Iwanowitsch haben mich über sie sehr detailliert ausgefragt: wer ist diese Xenia Motschulskaja, sagen sie, Ihre beste Freundin? Und ich sage: sie war irgendwann mal eine Freundin, ich drücke mich eher vage aus, denn Ksjuscha ist das natürlich ganz egal, sie ist weit weg, sie geht in einer anderen Welt in einem Birnengarten spazieren, und die Vögel singen über ihr, und ich sitze hier mit den angeblichen Brüdern Iwanowitsch: der eine semmelblond, keine glatte Haut, und der andere ist irgendwie ernst und versteht alles. Nein, sage ich, früher – das war was anderes, das heißt, ich distanziere mich nicht von der

Freundschaft, vielmehr biete ich ihnen was zu trinken an, und plötzlich geht der ernste darauf ein, der ernste Iwanowitsch, und der semmelblonde – sie waren es übrigens, die später was ziemlich Nebulöses von wegen Liebe geschrieben haben –, also der zweite sagt, nein danke, mit kühler Stimme, und sie sahen einander mißbilligend an, weil sie auf einmal nicht derselben Meinung waren, und ich sage: Jungs, laßt doch diesen Unsinn! Kommt, wir trinken einen, und dabei gucke ich ihnen über die Schulter in das verpönte Magazin und freue mich an mir selbst, durch ihre Verlegenheit hindurch betrachte ich das, was sie mitgebracht haben, und ich sage es ganz offen: gut gelungen! ich bin selbst ganz angetan!

Und dann fingen wir an zu überlegen.

Und Ksjuscha hatte einen Freund, einen Profi, noch zu Moskauer Zeiten war er ein Verehrer von ihr gewesen, ich glaube, nicht ohne Erfolg, aber er interessierte sich eher für eine andere Art von Beziehungen, na ja, ich habe Verständnis dafür, wie etwa für eine Kollegin, und Ksjuscha: weißt du was? Es gibt keinen Grund, daß du allein bleibst, wo es dich nun mal getroffen hat, werden sich welche finden, die dich bemitleiden, aber ich sage: die sind alle wie die Ratten, sie sind weggerannt und haben sich still in ihre Ecken verzogen, es gibt nicht mal mehr einen, mit dem man schlafen könnte, und übriggeblieben ist bloß Kroppzeug, nicht ernst zu nehmen, aber es gibt doch noch andere, sagt sie, und sie fragt, ob ich Mersljakow lange nicht mehr getroffen habe, Mersljakow, mit dem seinerzeit diese ziemlich stürmische, sechstägige Liebesgeschichte gelaufen war, bloß endete die leider in einer schlappen Freundschaft, und wir bumsten nur noch zweimal im Jahr, wie die altväterlichen Gutsbesitzer, na also, sagt Ksjuscha, das ist gut, und ich hatte auch daran gedacht, daß man ihn anrufen könnte, und ich rief bei ihm an, aber da war nur seine Frau, und ich bringe die Leute nicht gern in Verlegenheit, nicht wie Ritulja, die diesen japanischen Geschäftsmann infiziert hat, und der Japaner war Hals über

Kopf nach Japan abgehauen, und bis dahin alle möglichen Klamotten, so eine Beziehung war das, aber ich bringe die Leute nicht gern in Verlegenheit, Ksjuscha weiß das, und auch Ksjuscha habe ich nicht in Verlegenheit gebracht, denn die Iwanowitschs haben Ksjuscha selber rausgepickt, sie haben ein bißchen das Hirn angestrengt und sie rausgepickt, und sie fragen mich: hat sie vielleicht? Aber ich sage: jedenfalls habe ich damit nichts zu tun, und ich sage zu ihnen, um was geht es eigentlich? Was denn, sage ich, habe ich etwa was Fremdes zum Beschauen freigegeben, und nicht mein eigenes Fleisch? Nein, sagen sie, es läßt sich nicht bestreiten, daß das Foto schön ist, man sieht gleich, daß da ein Meister am Werk war. Ich sage: das habe ich selbst gemacht. Sie glauben es nicht. Mir ist das egal. Und dann kommt Ksjuschas Freund, der gute Ch., mit flatternden samtenen Rockschößen, und sie mit ihm, und Witassik hatte ich tags zuvor angerufen, und er hatte andeutungsweise versprochen, auch irgendwie vorbeizuschauen, denn er war nicht allein, und Ksjuscha sagt zu mir: sag ihm nicht gleich alles, wärm die Freundschaft einfach ein bißchen auf, sie liebte es, alle möglichen Kombinationen zu konstruieren. Und Veronika? – fragt sie – wie stehst du zu der? – Ganz gut, bloß ist sie eine Hexe, die wird mir nicht helfen. – Wieso? – wundert sich Ksjuscha – man kann nie wissen, vielleicht später, aber jetzt soll erstmal Ch. kommen, und Ch. kommt, mit seiner tollen ausländischen Apparatur, und Ksjuscha sagt zu mir: es ist wichtig, einen Stil zu halten, eine Stimmung. In was für einer Stimmung, sagt sie, bist du jetzt? – Das weißt du doch. – Und sie sagt: also irgendwas mit Trauer, das ist immer interessant. Und ich erzähle ihr bei der Gelegenheit, wie ich meinen alten schwarzen Fetzen angezogen habe, um Leonardik das letzte Geleit zu geben, bloß, ich bin unsicher, ob er mich nicht sehr alt macht? Also weißt du, sagt Ksjuscha, mein Kleines, sei nicht albern, du bist doch immer noch oh-la-la! Ich sage: gut, und ich krame die Trauerbekleidung raus, und Ch. läuft durchs Zimmer, als ob nichts wär und schwatzt, was das Zeug hält, wie ein Chirurg vor einer Operation, na ja, er ist von derselben Firma, und ich bin ja auch nicht verklemmt, außerdem kenne ich mich aus mit diesen Dingen, ich habe kapiert: es soll eine gewisse Traurigkeit haben, etwas Lyrisches, ohne diesen herausgekehrten Optimismus, fügt Ksjuscha hinzu, der in Amerika Triumphe feiert, wo man über gescheite Leute lacht und gescheiten Leuten folgenden Spruch ins Gesicht sagt: wenn du so gescheit bist, warum bist du dann nicht reich? Ch. lachte laut auf. Siehst du, sagte Ksjuscha fröhlich, was es in Amerika für Sprüche gibt! Und wenn sie sich mal ein Buch kaufen und es auch noch lesen, dann sind sie gleich stolz wie Oskar, wie in dem Witz mit den Milizionären, aber abgesehen davon sind sie sehr, sehr lieb und offenherzig, sagt Ksjuscha, sogar großzügig, allerdings nicht alle, dafür aber sehr offenherzig: dumme großartige Leute. – Großartig! – stimmt Ch. zu, der mich mit sanftem Blick betrachtet – ein bißchen tiefer! tiefer! groß-ar-tig! – Denn im Unterschied zu Leuten mit Komplexen verbergen sie ihre Dummheit nicht. – Und nochmal! – bittet Ch. – Na ja, sage ich, bei uns gibt man sich auch nicht gerade Mühe, sie zu verbergen, und wie steht's mit der Liebe? – In dem Punkt, gibt Ksjuscha zu, hilft ihnen ihre Offenherzigkeit. – Stimmt es, erkundigt sich Ch., daß es bei ihnen da Männerstriptease gibt? – Ksjuscha bricht in Gelächter aus. Hören Sie doch auf, ärgert sich Ch. Sie machen die ganze Stimmung kaputt. Ksjuscha reißt sich zusammen, aber daß Offenherzigkeit eine Tugend sein soll – das bezweifelt sie, denn auch im besten Fall – sobald einer den Mund aufmacht... so ist das... – Ksjuscha, sprich über irgendwas Trauriges, wie schädlich das Rauchen ist oder über Brustkrebs. – Denn bestenfalls gibt sie sich als Tugend und ist doch nur Dekoration. Mir scheint, daß Ksjuscha schon ganz französisiert ist: lang und breit läßt sie sich über Details aus, und es war ihr angenehm, mit einer Maschine der Air France zurückzufliegen, als ob sie da schon zu Hause wäre, und René reiste zu Vorträgen in die Staaten, und auch er verachtete die Leute dort, aber sie sagten zu ihm: weißt du was? Wenn du uns weiter so mit Verachtung behandelst, du Hornochse, dann werden wir beim nächsten Mal, wenn es so weit ist, euer nettes kleines Frankreich nicht befreien, dann könnt ihr in der Scheiße sitzenbleiben, und er war beleidigt, und er sagt: das sind hier die letzten Flegel, pack die Koffer, *ma chat*, fahren wir nach Hause, aber zu den Russen, schreibt sie in einem Brief, haben sie im großen und ganzen ein gutes Verhältnis, obwohl sie keinen blassen Schimmer haben, denn sie sind wirklich ziemlich dumme Leute, aber ansonsten nicht übel, von Liebe verstehen sie was, nur beim Flirten benehmen sie sich blöd: bei Rendezvous erzählen sie Science-fiction-Bücher nach und schlagen einem vor, Filme über fliegende Untertassen anzugucken, und dabei sind sie von jedem Scheiß restlos begeistert, ich frage mich: kann so eine Nation unter den Bedingungen der Demokratie nicht wenigstens ein bißchen klüger werden, nein, denn ihre idiotische Demokratie, mein Kleines, Irina Wladimirowna, hat zahlreiche Mängel, die ich dir später mal beschreiben werde oder auch nicht, denn dir ist ihre Demokratie ganz bestimmt schnurzegal. Ich antworte: in diesem Punkt, liebe Ksjuscha, bist du nicht weit von der Wahrheit entfernt, denn ich stecke meine Nase nicht in die Politik, und das nicht nur, weil ich nichts davon verstehe, sondern auch, weil ich keinen Sinn darin sehe, bloß Unannehmlichkeiten, mein Leben ist auch so schon reich an Ereignissen, aber was die Amerikaner betrifft, bin ich nicht deiner Meinung, denn eine Nation von Idioten kann wohl kaum einen Menschen auf den Mond schießen und so ein schönes Magazin wie *Amerika* produzieren, das auch ich abonniert habe, aufgrund der Bemühungen meines Viktor Charitonytsch, der ein großes Sortiment von lebensnotwendigen Bekanntschaften hat, vom Bademeister bis zum Juwelier, und in dieser Beziehung nimmt er sehr für sich ein, aber das war noch, bevor er sich so empörend aufgeführt hat, und was deine Überlegungen zu Amerika angeht, jetzt, wo die tollsten Frauen dieses Landes für mich eingetreten sind ... – Bloß haben sie dich schon wieder vergessen, weil sie jeden Tag um irgendwen so einen Zirkus machen, sagt Ksjuscha ironisch. – Das ist nicht wahr, sage ich finster, sie erinnern sich sehr gut daran! Nicht umsonst sind Millionen Amerikaner beim Anblick meiner Schönheit in echte Begeisterung geraten, und sie wichsen sich einen, den Kopf in den Nacken geworfen, und meinetwegen lesen sie keine Bücher, im Unterschied zu dir oder mir, Ksjuscha, mag das Bücherlesen unsere Sache bleiben, die Sache der Russen, von der man bloß Kopfschmerzen kriegt, und die Jahre gehen dahin, nein, Ksjuscha, solange sich Amerika auf mich einen wichst, auf meine Beerdigungsausrüstung, denke ich nicht daran, mein Verhältnis zu Amerika zu ändern, und du leb weiter wie eine Französin mit deinen Idealen! Und da sagt Ch., der Fotograf, daß ihm unsere Idee gefällt und daß er Abgeschmacktheiten nicht ausstehen kann und alles so machen wird, wie es sich gehört, auf hohem künstlerischen Niveau, das beispielsweise einem Renoir würdig wäre. Nein wirklich, besten Dank, erwiderte ich, die hatten so fette Ärsche und dicke Titten wie zerlaufenes Speiseeis, die sollen lieber Vergangenheit bleiben, Sie sollten einen anderen Schlüssel finden, und überhaupt berücksichtigen Sie: meine Schönheit ist sehr russisch! Und Ksjuscha Motschulskaja, meine Ksjuscha, sagt: deine Schönheit, mein Kleines, ist volkstümlich! Aber die Amerikaner sind trotzdem dumm, einmal habe ich in Chicago eine Sendung im Regionalprogramm gesehen, wie sie einen Eisbären in den Zoo gebracht haben, immer wieder haben sie die Eisbärfrage diskutiert, in einer Tour wurde darüber diskutiert, aber ohne Ergebnis. Ch., der Fotograf aus der Theaterstadt Leningrad, sagt: also, dann weiß ich, wie wir's machen! Du darfst dich nur nicht genieren, sagt Ksjuscha. Weshalb sollte ich mich genieren, ich bin doch kein Ladenhüter, und Ksjuscha sagt: und danach trinken wir was und amüsieren uns, und Ch. sagt: unbedingt.

Er krempelte die Ärmel auf, warf das Samtjäckchen ab, stellte die Scheinwerfer auf, Jupiterlampen, und grelles Licht strahlte meine reife Schönheit und Herrlichkeit an, Ksjuscha brach in Ohs und Ahs aus und bewunderte die verborgene Pracht, auch der leidenschaftslose Profi staunte, während er von der Einsamkeit der wahren Witwe erzählte, von ihrem Kummer und ihren zaghaften Versuchen, sich vor dem Trumeau zu beruhigen, auf dem die Parfümtrophäen und die Nagellackfläschchen kunterbunt durcheinander stehen, und ich spiegelte mich vor dem Hintergrund des summenden Gasboilers, eine Art Importmasturbator von erstaunlich radikaler Konstruktion, und ich öffne mich, und die dünnen schwarzen Strümpfe erheben sich in die Luft, und ich blicke mich im Halbdunkel um und grüße den erfreuten Leser, und ich weine, und ich schaue schmerzerfüllt, beim Gedanken an den zu früh dahingegangenen Gatten, aber schon haben sich die Wangen von der einsamen Qual gerötet, der ungleichmäßige Atem hat sich beschleunigt, und die entzündeten, von Tränen und Erinnerungen verschleierten Augen sind halb geschlossen, und in einer wahnsinnigen Farbe lodert mein roter Fuchs auf, und die klaffende Wunde verkündete, daß ich, die verletzte Witwe, mich an die Zärtlichkeit des Gatten erinnerte und ihr treu bleiben werde, das Leben aber weitergeht, trotz der Trauerausrüstung, des Sammelsuriums an Gewändern und des Ekels in den grünen Augen, die plötzlich grau werden, einsam, grau, und wieder staunt der amerikanische Kunde, der die russischen Metamorphosen nicht versteht, und so weiter, bis der summende Gasboiler mich unter seine explosive Obhut nimmt und der Wasserstrahl die Schönheiten des Waldes besprengt: dort reift die Erdbeere gleich neben dem Wachtelweizen, dort duftet es nach Tannennadeln, dort ist drückende Stille, die Krümmung der Hand und der Abhang, von Kiefern bewachsen, deren kräftige Wurzeln der Hand eines Pianisten gleichen, oh, mein Dato! aber der summende Gasboiler summt und verströmt eine Wärme, die mir niemals die Zärtlichkeit des Gatten ersetzen wird, der am Zucken unseres romantischen Alltags zugrunde gegangen ist, gepackt vom Spasmus der Waldaihöhe, die er nicht begriffen hatte, so sehr er sich auch bemühte, der fahrende Marquis nach dem Vorbild von achtzehnhundertneununddreißig, aber das Leben geht weiter, das Wasser rinnt, und die Seife rutscht zwischen den Fingern, und der wacklige Schemel tanzt, und wenn auch die Schwermut nicht vorübergeht und nicht verschwindet, der Schmerz läßt doch nach, er verstummt, das geschluckte Streptozid verwandelt sich aus bitterer Medizin in ein süßes Flimmern, wenn ich es nicht hinunterspüle, und das muß nicht sein, ich muß die Tränen nicht verbergen, sollen sie gleichmäßig und leuchtend strömen! und die dünnen schwarzen Strümpfe ohne jede Spitze stehen wie der Rahmen um den Nekrolog, und durch den Stoff des Trauerfetzens leuchtet in der Farbe des Sonnenuntergangs die Biegung, die Krümmung, der staubige Weg, in den weißen Laken versunken, schwarz-weiß, weiß-schwarz, und nur mein Haar verträgt sich mit dem Rotfuchs, und ich hebe es mit den Fingerspitzen ein wenig an und schaue schmerzerfüllt.

Ch. wand sich auf der Suche nach den flüchtigen Momenten der Schönheit. Ksjuscha sah mich in so einem Überschwang von Liebe an, daß sie als körperloser Lichtreflex einfach festgehalten werden mußte und auf einem der Fotos sogar als eine Art tröstender Engel erschien, auf die Erde herabgestiegen, um zu verkünden, daß der Gatte heil und unversehrt eingegangen ist, und wir umarmten uns, und sie verbarg ihr Engelsgesicht in meinem Haar, und nur die Brüste atmeten mit ihrem rührenden Fehler, und die angeblichen Brüder tippten auf diese Brüste und stellten die Frage: ist das nicht Xenia, die Motschulskaja, die ihre Staatsbürgerschaft gewechselt hat? Irina Wladimirowna! Entschuldigen Sie, das paßt aber gar nicht zu Ihnen, obwohl – formale Beanstandungen haben wir eigentlich nicht. Na dann, sagte ich, trinken wir lieber einen, Jungs, und die Zwillinge tranken einen Ko-

gnak, und im großen und ganzen gefielen sie mir, die waren schon in Ordnung, sie waren geneigt, mir sehr aufmerksam zuzuhören, nur auf Ksjuscha waren sie endgültig böse, und Ch., der Fotograf, war sehr zufrieden, und wir warteten auf die Ergebnisse, wie die Schulmädchen, und ich sang Ksjuscha neue Couplets über Zigeuner vor:
Zigeuner lieben Riesen
in harten Devisen...
Wir fuhren in dem rosafarbenen Auto durch die Gegend und erschreckten die Passanten, und dann waren die Aufnahmen fertig, sie waren erstklassig, und wir schrien auf vor Glück, so schön waren diese einmaligen Bilder, und Ksjuscha verlangte, daß Ch. die Negative rausrückt, er trennte sich mit Bedauern von ihnen und forderte eine unverschämte Summe, obwohl es eigentlich ein Freundschaftsdienst war, aber er berief sich auf seine Schulden und seine ungeregelten Lebensumstände, denn er hatte sich kürzlich aus prinzipiellen Gründen von seiner Frau getrennt, aber plötzlich verspürt er wieder Liebe zur Familie und zu den kleinen Kindern, doch es war zu spät, und er fuhr bekümmert in seine Stadt zurück, und das Geheimnis nahm er mit, er flehte uns an, es nicht auszuplaudern – und von uns wird es niemand erfahren.

Auch Ksjuscha hatte ich verabschiedet, und auf die Frage, wie denn meine Schönheit dorthin geraten sei, antwortete ich immer ehrlich: ich habe keine Ahnung, ich kann mir das gar nicht erklären, aber ich bin immer dagegen gewesen, denn eine schöne Frau, Jungs, das ist Nationaleigentum und nicht bloß Billigware, die für den Export bestimmt ist, bloß hat sie eine riesige Menge Verehrer, einschließlich Viktor Charitonytsch, der sie ja auch nach drüben weitergereicht hat. Und sie sagen: wir brauchen russische Schönheiten! Und ich darauf spöttisch: und ob! welche Erkenntnis! Und sie sehen mich interessiert an, und ich schlage ihnen vor: kommt, seien wir Freunde! Und sie: warum nicht? Und wer ist das? Und mit dem Finger auf Ksjuscha, deren liebes, kluges Gesicht in meinem Haar liegt, ich sage: und wenn schon, ist das nicht egal? Na ja, eine Bekannte... – Aber sie: Das ist Xenia Motschulskaja, eine undurchsichtige Frau. – Was? Wenn Sie Ksjuscha Motschulskaja für eine undurchsichtige Frau halten, dann zeigen Sie mir eine durchsichtige! Und ich sage noch: wenn Sie schon einen Schuldigen suchen, der diese Konfusion verursacht hat, ist Ihnen Viktor Charitonytsch bekannt? – Ich beeilte mich, ihnen Charitonytsch unterzuschieben, aber nicht etwa aus Rache, sondern weil es mies war, auf mir rumzuspringen und sich über mich lustig zu machen, als ich das Bewußtsein verloren hatte, und danach nicht mal eine Erklärung abzugeben! Weil er Schiß gekriegt und sich gefürchtet hat, daß Polina – kennen Sie Polina? – ihn als meinen Geliebten entlarvt, bloß ist nicht jeder, mit dem man schläft, der wahre Geliebte, und das hat mich doppelt geärgert, Jungs, denn so kann man mit Menschen nicht umgehen, aber die tun es.

Ksjuscha entwickelte umgehend wilde Aktivitäten – werde ich dich wiedersehen, meine Einzige? –, aber Freundschaft hin, Freundschaft her, die Iwanowitschs meinen es ja doch gut, wenn sie sagen: wäre es nicht besser für mich, ein bißchen zu verschnaufen und in vertrauter Umgebung von der ganzen Aufregung Abstand zu gewinnen, weit weg von dieser schädlichen Gesellschaft und der Witwenmacht Sinaida Wassiljewnas (diese Dame, gestehen sie mir, ist kein Zuckerschlecken), aber ich sage: auch das noch! wie komme ich denn dazu! Ich habe Wladimir Sergejewitsch geliebt, und ich habe keineswegs vor, wegen dieser Liebe zu leiden. Sie runzelten die Stirn. Lie-be, sagen Sie? – Was haben Sie denn gedacht! Und ich sage noch: wenn Sie mich beleidigen, kann ich nicht für mich garantieren – und ich deute an, daß an einem zuverlässigen Ort weitere Fotos aufbewahrt sind, diesmal welche mit ihm, denn, wissen Sie, er war ein großer Erfinder, wie die pathologisch-anatomische Untersuchung gezeigt hat, ja, wir wissen das, sagten die Brüder, nur, Irina Wladimirowna, Sie sollten uns nicht mit Dingen vor der Nase herumfuchteln, die es für uns überhaupt nicht gibt, kommt drauf an, sagte ich mit eisiger Stimme, die können sich schnell wieder einfinden, und Kognak biete ich keinen mehr an, aber sie sagen teilnahmsvoll: so müssen Sie uns nicht kommen, Irina Wladimirowna, sonst fahren Sie in der Tat sich ein wenig erholen, Ihr Städtchen ist nicht schlechter als jedes andere, und wenn Wladimir Sergejewitsch auch ein großer Mann gewesen ist, derartige Insinuationen fügen seinem Andenken endgültigen Schaden zu, und er gerät schnell in Vergessenheit, was haben Sie davon, dazu beizutragen, wollen WIR ALLE uns lieber im Guten an ihn erinnern und seine hervorragenden Meisterwerke ehren... Ich sehe: die sind nicht dumm, die Jungs, die ich vor mir habe, und ich goß jedem noch ein Gläschen ein.

Inzwischen macht mich Witassik mit neuen Freunden bekannt, beinahe durchweg Juden, was einigermaßen verblüffend war, die mich allerdings für meinen Mut heiß verehrten, und ich habe mich niemals gefürchtet, nur Jura Fjodorow legte es immer darauf an, mich zu beleidigen, trotz des Magazins, und Ksjuscha traf damals sehr schnell eine Vereinbarung, und dann erscheint das bei ihnen weitverbreitete Magazin, ein Genuß für die zahlreichen männlichen Leser, die Titelseite und eine Doppelseite sind mir zugeteilt, mit all meinen Fotos, so betrübt bin ich da, eine Trauerkomposition, und es gibt sogar ein paar Daten:

NAME: Tarakanowa, Irina Wladimirowna
BRUSTUMFANG: 36 (aus irgendeinem Grund
TAILLE: 24   alles in Zoll,
HÜFTEN: 36   von Ksjuscha erfunden)
GRÖSSE: 172 (cm)
GEWICHT: 55 (kg) (jetzt bin ich dicker)
STERNZEICHEN: Jungfrau
GEBURTSORT: UdSSR
MÄNNERIDEAL: reiche, schöpferische Persönlichkeit
HOBBY: Erziehung von Vorschulkindern (das Miststück!)

Also, darf man vorstellen: Irina Tarakanowa, die von Freunden zärtlich Irotschka genannt wird. Sie grämt sich und trauert. Und in der Tat: nicht jedem jungen Mädchen ist beschieden, den vor Leidenschaft zuckenden Körper eines großen (in den Dimensionen ihres despotischen Landes) Mannes in seinen Armen zu halten, den Irotschka liebevoll Leonardik nannte, nach dem italienischen Maler, Architekten, Bildhauer, Ingenieur und Theoretiker der Renaissance (1452–1519), Schöpfer des weltberühmten Meisterwerkes »Gioconda« (Paris, Louvre, zweite Etage, Eingang vom Hof), aber ob er ein Genie war oder kein Genie und weshalb ein Genie – das ist eine Frage der Liebe, jedenfalls geriet Irotschka in weitgehende Unannehmlichkeiten (wörtlich übersetzt: in eine peinliche Lage) nach seinem Ableben – das ist eine Tatsache, die von ihren nächsten Freunden zugegeben wurde und die uns im besonderen mitgeteilt haben, daß sie ihren gut bezahlten Job verloren hat (einen Hunderter im Monat bekam ich!). Aber wir wollen unsere Vorstellung nicht in die Länge ziehen. Sie werden nun die Gelegenheit haben, sich selbst zu überzeugen, daß SCHÖNHEIT DEN TOD BESIEGT! (schön gesagt!)

Was den Hunderter betrifft, gab es eine Fortsetzung. Das Magazin war noch nicht erschienen, da kamen, auch zu zweit, ein Amerikaner und ein Holländer zu mir. Der Amerikaner war an die Vierzig, ein schöner Mann. Graumeliert, gepflegter Bart, umflorter Blick. Er nickte immerzu, was ich auch sagte, und manchmal rang er machtlos die Hände und zeigte sich betrübt, wobei er sich mit der Faust aufs Knie schlug. Er kam in Hosen aus kariertem Wollstoff: blau-grün. Der Holländer dagegen erinnerte durch seine äußere Erscheinung an einen Gauner, und er hatte sich den Schnurrbart schwarz gefärbt. Zerzaustes, lockiges Haar, seine Brille blitzte in alle Richtungen, und er quasselte ein flottes Russisch, denn er war bei Irkutsk geboren, und er verschwand mindestens dreimal lange und zu unbekanntem Zweck aufs

Klo (wo gerade, wie zum Trotz, die Lampe durchgebrannt war). Der Amerikaner gefiel mir, nur verstand er schlecht, aber der Gauner half ihm. Sie kramten lange, schmale Notizblocks heraus und starrten mich an. Und ich im Kimono. Sie äußerten ihr Entzücken über meine Mannhaftigkeit. Ich lachte laut und vergnügt auf: Sie sollten eher über meine Frauhaftigkeit entzückt sein! Sie lächelten irritiert: das war sichtlich nicht angekommen. Fünf Minuten lang versuchten wir im Gespräch rauszukriegen, was ich damit eigentlich hatte sagen wollen: der Holländer begriff als erster und strahlte, und er erklärte es, soweit er konnte, dem Kollegen, der sich endlich mitfühlend aufs Knie schlug und sein Gebiß zeigte, womit er zu verstehen gab, daß auch er begriffen hatte. Ich sagte, daß das mit dem Hunderter in dem Magazin gelogen war, und ich verriet ihnen treuherzig die Summe, woraufhin sie sagen: das heißt, also, nicht pro Stunde, sondern pro Woche? – Auch nicht pro Woche! – ärgerte ich mich. – Sie sind doch, sage ich, bei Irkutsk geboren! – Wie gewonnen, so zerronnen. Der seltsame sibirische Holländer breitete die Arme aus. – Und Sie, leben Sie schon lange hier? – fragte ich den Amerikaner. – O ja! – nickte er. – Zwei und ein Halbjahr. – Au weia! – denke ich, doch ich antworte höflich auf die gestellten Fragen, und als ein Gespräch um Freiheit der Sitten losging, bemerkte ich, daß ich all diese westlichen Kunststückchen eindeutig mißbillige, besonders diese berüchtigte Revolution, weil die, sage ich, bloß alles verdirbt, denn Wert bleibt Wert, aber bei Massenware – verstehen Sie? – da kehrt es sich gegen die Liebe – verstehen Sie? denn die ist eine Seltenheit, und sie ist teuer, natürlich nicht in materiellem, sondern in gefühlsmäßigem Sinne – verstehen Sie? (sie verstehen) – na also, gut, wollen Sie Kaffee? (sie wollen keinen) na, wie Sie wollen, und sie fragen: dann sind Sie also – eine Russophile, oder vielleicht doch eine Liberale? Ich antworte direkt: ich bin niemand, aber ich bin für die Liebe, weil das – ich unterstreiche dies in meinem Interview – eine göttliche Betätigung ist (haben Sie Familie? – o ja!), na also, das dachte ich mir, aber was Entwertung, was Inflation der Liebe ist, das verstehen Sie? – sie fügt der gesamten Menschheit einen irreparablen Schaden zu, möglicherweise sogar bis hin zur Gefahr eines Krieges (Erstaunen), nun ja, weil nichts da ist, wofür die Kräfte verausgabt werden können (der Amerikaner erfreut: Sublimierung! – und mit der Faust aufs Knie), ja! und eure Revolution und auch all diese anderen Obszönitäten da bei euch gehören abgeschafft, schreiben Sie das so (ich werfe einen Blick auf ihre Notizblocks), Obszönitäten, zugänglich für jeden Neger, und Sie, haben Sie dieses Magazin abonniert? – meine Frau ist nicht gerade ein Fan von diese Magazin! – sagte der Schöne (mein Gott, wie er mir gefiel: eine Mischung aus Redford und Newman!), und der Holländer sagte, und er lächelte verschmitzt, daß er, wenn er schon sowas kauft, dann eher was Stärkeres, wie Machorka! na ja, und überhaupt: die Liebe gehört in ein früheres Jahrhundert, um nicht zu sagen, ins neunzehnte, denn nur da tobten noch echte Leidenschaften, und man liebte schöne Frauen, das heißt, Schönheiten standen noch hoch im Kurs, und niemand hätte gewagt, sie zu beleidigen. Einmal, auf einem der vielen Moskauer Bälle, war der Imperator vollkommen bezaubert von den feurigen Augen des jungen Mädchens Anna Lopuchina. Bald darauf wurde sie zum Hoffräulein befördert und eingeladen, in Pawlowsk zu leben. Für sie wurden besondere Räumlichkeiten geschaffen, in der Art einer Datscha. Der Imperator tauchte jeden Abend dort auf, voller Entzücken, aber mit rein platonischen Gefühlen. Aber der Barbier des Zaren und der alte Lopuchin kannten die menschliche Natur besser und blickten zuversichtlich in die Zukunft. Eines Abends, als der Imperator einen unternehmungslustigeren Eindruck als gewöhnlich machte, fing die Lopuchina überraschend zu heulen an, bat ihn, entlassen zu werden und gestand dem Herrscher ihre Liebe zum Fürsten Gagarin. Der Imperator war verblüfft, aber sein ritterlicher Charakter und sein angeborener Edelmut kamen sogleich zum Vorschein. Umgehend wurde Suworow angewiesen, den Fürsten Gagarin nach Rußland zurückzubeordern, einen sehr schönen, obwohl nicht besonders groß geratenen Mann. Der Imperator verlieh ihm einen Orden, führte ihn höchstpersönlich zu seiner Liebsten und war den ganzen Tag ehrlich zufrieden mit sich selbst und voller Stolz im Bewußtsein seiner heroischen Selbstaufopferung. Seine Großzügigkeit kannte keine Grenzen: er befahl, drei Häuser am Ufer der Newa zu kaufen und sie zu einem Palais zu verbinden, das er dem Fürsten Gagarin schenkte. Der alte Lopuchin wurde in den durchlauchtigsten Fürstenstand erhoben und zum Generalstaatsanwalt des Senats ernannt – ein außerordentlich wichtiges Amt, teilweise vergleichbar mit dem Amt des Ersten Lords der englischen Schatzkammer. Der Barbier wurde zum Grafen befördert und zum Stallmeister des Malteser-Ordens gemacht. Er kaufte sich ein Haus in der Nachbarschaft des Palais der schwarzäugigen Fürstin Gagarina und quartierte dort seine Geliebte ein, die französische Schauspielerin Chevalier. Die Offiziere der Reitergarde in ihren knallroten Uniformen konnten mehrmals beobachten, wie ihn der Herrscher selbst dorthin geleitete und danach, wenn er von seiner Geliebten zurückkam, wieder abholte. Als seine Majestät mit seiner kaiserlichen Familie das alte Palais verließ und in das Michajlowski-Palais übersiedelte, verließ auch die Fürstin Gagarina, Anna Petrowna, das Haus ihres Mannes und wurde im neuen Palais untergebracht, direkt unter dem Kabinett des Imperators, das durch eine besondere Geheimtreppe mit ihren Räumen in Verbindung stand, sowie auch mit den Räumlichkeiten des obenerwähnten Barbiers, der seinerzeit als kleiner Türke in Kutaissi in Gefangenschaft geraten war. Eine Anspielung auf diese bedauerlichen Umstände finden wir in einem zu Unrecht in Vergessenheit geratenen Gedicht von Tjutschew, von wem? na, Tjutschew, ein russischer Dichter! Tju-tschew! Nein, nicht so, der erste Buchstabe ist T, T wie

Tolja, na, egal, Fjodor Iwanowitsch Tjutschew. – Fjodor Iwanowitsch – nickte der Schöne. – Wie schade, daß man in der Sowjetunion Vor- und Vatersnamen abgeschafft hat! – Wieso denn abgeschafft? Wann? – fragte ich entsetzt, niedergeschmettert von dieser Neuigkeit. – Ich höre schon eine Woche kein Radio mehr. Die Batterien sind leer! – Der Holländer machte zu dem Schönen eine Bemerkung in der mir unverständlichen holländischen Sprache. – Na ja, sie werden so selten benutzt – der Amerikaner gab nicht nach. – Ich war überzeugt, daß man sie abgeschafft hat! – Kurzum – ich kam nun zum Schluß – die Männer waren hin und weg vom Rascheln der Kleider und beim Anblick eines entblößten Beins (ich lüpfe ein kleines bißchen meinen Kimono), oder eines Fußgelenks (ich zeige mein Fußgelenk: es interessiert nicht), als ob sie alle höchstens dreizehn Jahre alt gewesen wären! Und heute? (das interessiert nicht) Heute, sage ich, und wenn man auch im Adamskostüm durch die Gegend läuft, wie das bei Ihnen, beispielsweise am Strand, in Mode ist, wo Frauen und Männer gemischt durcheinanderliegen, und was beobachten wir? Wie meine teure französische Freundin erzählt – null Reaktion! Als ob ringsum lauter ungenießbare Fleischklumpen lägen! Und das, fragt man sich, soll schön sein? Nein, sage ich, ich bin gegen Gleichheit und (es bewegt sich wieder!) gegen den kostenlosen Verfall der Sitten, ich bin für Spannung und Verbote, aber unter den Bedingungen der Gleichberechtigung wird es, meine Herren, schreiben Sie das auf, keinen Höhepunkt der Liebe mehr geben! Sie setzten irgendwelche Schnörkel auf ihre Notizblocks und schlugen mir provozierend vor: wollen Sie nicht vielleicht in unsere Breiten übersiedeln? Und die Iwanowitschs ihrerseits zeigen mir dienstfertig einige Zeitungen, in denen die Fotos abgeschnitten sind, bei den Italienern gibt es sogar Balken, als ob sie mich mit diesen Balken bekleiden wollten und sich schämten, und die Iwanowitschs sagen: sehen Sie, Irina Wladimirowna, wie Ihre Schönheit ausgenutzt wird! Nicht ihrer

Bestimmung gemäß! – Laßt mal sehen, sage ich, her damit! Und sie drücken mir verschiedene Ausschnitte in die Hand und übersetzen:
PROVOKATION EINER RUSSISCHEN SCHÖNHEIT!
Ich zweifle: haben Sie das auch richtig übersetzt? – Natürlich – sie sind sogar etwas gekränkt. Ich bin wütend – Alles Quatsch! Was denn für eine Provokation? Ich habe überhaupt niemanden provoziert, aber daß man mich in den innersten Gefühlen der Liebe verletzt hat – das ist wahr, und so eine Situation gibt es gar nicht, die verbietet, einen Menschen zu lieben, wenn er auch älter ist als du, und sie sagen, hier, schauen Sie sich lieber das hier an und freuen Sie sich: EIN TOLLKÜHNES WEIB! – das schreiben diese bösartigen Giftzwerge, die Franzosen, hinterfotzig wie immer, und hier der Schund aus Schweden: RENDEZVOUS VON LIEBE UND WILLKÜR, und hier die Faschisten: ZEHN FOTOS, DIE DIE WELT ERSCHÜTTERTEN. Ist das wahr, jubele ich, erschütterten? Aber sie schmunzeln: erschüttert haben sie keinen, das ist bloß grobes Lügengeschwätz der Springerpresse, das machen sie, um etwas nachzuwürzen, nur, Irina Wladimirowna, seien Sie nun auch so gut, na, gehört sich das etwa, sagen sie, für eine der Unseren, wahrhaftig, sich so zu Markte zu tragen, damit die da alle möglichen Schweinereien über Sie schreiben können, na ja, mit Blumen vielleicht, das wäre noch in Ordnung, irgendwo auf einem Feld, wie im alten Hellas, das würde noch hinhauen, gegen Schönheit haben wir überhaupt nichts einzuwenden, wir hätten Sie selbst in die Presse gebracht... oder einen Kalender für den Export, pflichtet Nikolaj Iwanowitsch bei, oder sogar... wir hätten schon was gefunden! auch wir, wissen Sie, sind für Mut... ja... meinen Sie, wir verstehen das nicht...? auch wir kämpfen gegen Schludrigkeit in Fragen des Geschmacks... wenn es nur nach uns ginge... Sie können sich das gar nicht vorstellen...! vor allem hat man Angst...! und mit Blumen,

was meinst du? na? irgendwo auf einer Anhöhe oder an einem Bächlein, im Schilf... (Ich denke: genau das, was ich brauche...!) genau davon spreche ich ja... das würde ich mir ins eigene Badezimmer hängen (sie lachen)... aber was den Hunderter angeht – Irina Wladimirowna, da haben Sie einen Fehler gemacht! – Wieso? Versteh ich nicht. – Schmutzige Wäsche. Was für eine Kleinkrämerei... Und deine Frau hätte nichts dagegen, wenn du im Badezimmer...? Deine vielleicht, aber meine – die ist modern... aber es gibt doch trotzdem geheiligte Dinge... Verspottung der Totentrauer... ja, das geht wirklich zu weit...! und wer hat Sie eigentlich auf die Idee gebracht, Irina Wladimirowna...? entschuldigen Sie, man sieht bei Ihnen alles zwischen den Beinen... Das ist, Irina Wladimirowna, verzeihen Sie die Offenheit, unsittlich... Sie sind doch immerhin eine Frau... – Unsittlich? – brauste ich auf. – Und finden Sie es sittlich, mich wegen meiner Liebe aus der Arbeit rauszuschmeißen? Das ist wohl Ihrer Meinung nach sittlich, was? – Sie schütteln die Köpfe: das haben nicht wir... wir – hier, sehen Sie (sie zeigen auf ihre Abzeichen mit den kleinen Schreibfedern), wir schreiben... aber Sinaida Wassiljewna muß man auch verstehen... wir werden darüber nachdenken... übrigens! falls die da Sie wieder belästigen sollten (sie stopfen die Ausschnitte in die Aktentasche), schicken Sie sie in die Wüste, Irina Wladimirowna, na schön (ich verspreche es), das machen wir unter uns aus (sie verabschieden sich), und kaum hatte ich sie hinausbegleitet, da rufen sie an: in gebrochenem Russisch, na ja, ich kann natürlich meine Gastfreundschaft nicht verweigern: ich empfange sie erfreut im Kimono, unser Haus ist ja eher bescheiden, proletarisch, kann man sagen... Ah, ich halt's nicht aus! Er strampelt, der Giftzwerg!

14

Die sechs allerschönsten Schönheiten Amerikas – hier ihre Namen: Patty U., Kim S. (Miß Arizona oder auch Alaska), Nancy R. (ein fünfzehnjähriges Mädchen mit kapriziösem Mund), Natascha W. (russischer Herkunft, die später an der Küste Floridas ertrinken sollte), Karen C. (phantastisches Haar) und die schokoladenbraune Beverly A. (ich hatte Gelegenheit, ein Gruppenfoto von ihnen zu sehen, da waren sie in einem New Yorker Swimmingpool und lagerten am Rand des smaragdfarbenen Wassers in den resoluten und lässigen Posen der Mitstreiterinnen von James Bond, Natascha W. sogar mit einem Fernglas in der Hand, auf das weiße Geländer gestützt, und auf dem Hemdchen von Karen C. sieht man die silberglitzernden Initialen E. T., und die schokoladenbraune Beverly zeigt bedrohlich ihre kreolischen Zähne, um mich zu ermutigen) – schickten plötzlich ein giftig-liebenswürdiges Protestschreiben von 222 Worten. Sie forderten, Beleidigungen gegen mich zu unterlassen und brachten – im Gegenteil – ihre Begeisterung über meinen slawischen Wagemut und Charme zum Ausdruck. Und falls Viktor Charitonytsch und dergleichen Phallokraten so weitermachten, würden sie alle ihre alten Freunde und Mäzene auf die Beine bringen (inklusive drei Ölmagnaten, fünfunddreißig Senatoren, sieben Nobelpreisträger, Arthur Miller, die Hafenarbeiter der Ostküste, kanadische Fluglotsen, den Brain-Trust der NASA und außerdem das Kommando der 6. Mittelmeerflotte) und sie nachdrücklich bitten, mit meinen Widersachern *keine* gemeinsame Sache zu machen, und so ganz nebenbei erfahre ich, daß ihre Schönheit ihnen durchschnittlich dreihundert Dollar pro Stunde (pro Stunde!) einbringt und daß sie daher sehr reich sind und Patty U. sogar Millionärin ist. Ritulja ruft mich an, sie kann sich nicht beherrschen und brüllt unvorsichtigerweise in den Hörer, daß im Radio darüber in den letzten Meldungen, und ich mit Kopftuch, den Staubsauger in der Hand, das Gesicht ganz grau, ich stürze zu meinem altersschwachen »Spidola« mit dem kaputten Griff, und tatsächlich: sie bringen es, mir brach der Schweiß aus, au weia, denke ich, jetzt ist die Kacke am dampfen!

Doch statt dessen kriege ich am nächsten Morgen Besuch von Serjoscha und Kolja Iwanowitsch, in voller Montur, in beigefarbenen jugoslawischen Anzügen, tadelloser Duft von einem leicht bitteren Toilettenwasser, die Stiefel blitzen, und sie sind sehr höflich und sagen, daß sie die Zeit sinnvoll genutzt und einen Produktionsfehler entdeckt haben, daß es natürlich nicht sehr schön ist, das zu zeigen, was man nur dem einem nahestehenden Menschen und intimen Freund zeigen sollte, daß man aber auch mit mir nicht richtig umgesprungen ist, sozusagen unter Mißachtung der Spielregeln, und daß die Schuld bei Viktor Charitonytsch liegt, der von Übereifer getrieben war, und daß der die Suppe nur alleine auslöffeln soll, denn er ist verdonnert worden, den hitzigen Hübschen einen Brief zu schreiben, in dem er in aller Offenheit erzählen soll – obwohl das ja eigentlich nicht ihr Bier ist, aber wo sie nun mal Interesse gezeigt haben –, daß ich auf eigenen Wunsch meine Arbeit aufgegeben habe, und zwar wegen der Verletzung, die ich mir in der Todesstunde zugezogen habe, und sie ihrerseits werden Maßnahmen ergreifen und einen Artikel schreiben, sofern ich nur behilflich sein werde, obwohl, einen anderen Ausweg habe ich sowieso nicht. Und ich sitze da, wie die Witwe, und ich zupfe an den Fransen der Tischdecke rum, ich beiße mir auf die Nägel und wiederhole: Er würde mich verteidigen, wenn er noch am Leben wär! Er würde mich verteidigen... Er hat mich so geliebt! – Genau das werden wir schreiben, und sie kramen Kugelschreiber aus ihren Taschen und beginnen zu schreiben, wie Ilf und Petrow, obwohl ich ihnen noch gar nichts erzählt habe, aber plötzlich sagen sie: und würden Sie nicht vielleicht selbst, Irina Wladimirowna, diesen eifrigen dummen Gänschen ein Briefchen schreiben wollen: ich danke Ihnen, schreiben Sie, für Ihre Fürsorge, für

Ihre liebe Zuwendung, bloß regen Sie sich umsonst auf, schreiben Sie, wie Sie da in Ihrem Swimmingpool baden, weil bei mir alles in bester Ordnung ist und Ihre Informationen nicht zuverlässig sind. Aber zu Viktor Charitonytsch sage ich: wo bitte, Vitek, ist bei mir alles in bester Ordnung? Du irrst dich. Und er plustert sich auf, und er sagt: Ach, rutsch mir den Buckel runter, du siehst ja, was du mit mir gemacht hast, nie im Leben habe ich Briefe nach Amerika geschrieben, und überhaupt schreibe ich höchst ungern, und Großpapa, den alten Mann, hast du nicht vor dem Infarkt bewahrt, und ich zu ihm: Großpapa geht auch auf deine Rechnung, Vitek, er hat sich übermäßig aufgeregt bei seinem Auftritt, als ihr mich mit irgendeinem toten General einschüchtern wolltet, aber er sagt: schon gut, reden wir nicht davon, du kennst die Details nicht, also halt die Klappe, und du, sage ich, werd nicht grob, wo du nun mal reingeraten bist in die Geschichte, gib Ruhe, laß das Gezwitscher, und er nahm ein Blatt weißes Papier, setzte die Feder an, seufzte und malte mit großen runden Buchstaben:

SEHR GEEHRTE AMERIKANISCHE
NUTTEN UND OBERNUTTEN!

Wie Ihnen zu Ohren gekommen ist... Wie uns zu Ohren gekommen ist... erreichte uns Ihr Schreiben... Ihr Schreiben... Sehe ich mich genötigt, Ihnen mitzuteilen... Es ist uns unangenehm... unangenehm... während unser Kollektiv... Sehe ich mich genötigt, Ihnen mitzuteilen... Weshalb? Weshalb das Ganze?... Weshalb kümmern Sie sich nicht um Ihren eigenen Kram?... Sie sind nur Marionetten in einem großen Spiel... Ich bin auch nicht mehr der Jüngste...

Er versank hoffnungslos in Gedanken. Angewidert legte er seinen Füllfederhalter mit der goldenen Feder aus der Hand, nicht er selbst, gestand er, ist auf den Gedanken gekommen, mich zu quälen, sondern man hat ihn instruiert, und ich sagte beinahe versöhnlich: gut, Vitek, laß uns nicht streiten, schreib lieber deinen Brief, und ich gehe, aber er zu mir: warte! Er machte auf beleidigte Leberwurst, du hast mir gefehlt, ich habe keinen Ersatz gefunden, und so bin ich bei meiner Frau hängengeblieben... Oh, wie du lügst! Ich weiß, mit wem du deine Zeit in Kneipen verbracht hast. Von Ritulja, oder was? Und ich sage: was geht's dich an? Der mußt du nicht glauben, und meine Frau, das weißt du doch, da staubt's, bleib doch, Ira, leg dich ein wenig auf den Diwan. Aha, sage ich, auf den Diwan, auf dem ich fast den Geist aufgegeben habe, während Polina und du eure Schandtat gefeiert habt, ach, leck mich doch, bleib auf dem Teppich! Aber er überhört das: du sitzt wohl auf dem trockenen? Oder haben dir diese Ziegen eine Million geschickt? Nichts haben sie mir geschickt, nicht einmal einen Lammfellmantel haben sie springen lassen, aber dein dreckiges Geld nehme ich nicht, bilde dir das bloß nicht ein, wisch dir den Arsch damit ab, wenn du zuviel hast.

Und er fing zu heulen an, das Ziegengesicht, wegen meiner Worte, du wirst es schon verschmerzen! für ihn ist das kränkend, aber bitter auch für mich, er besteht darauf, und ich sage spöttisch: nimmst du mich wieder in die Firma auf? Gleich, wenn's sein muß, antwortet er, bloß, sagt er, nicht sofort, halt noch ein bißchen aus, soll sich der Lärm erst ein wenig legen, damit es dann nicht heißt, daß ich unter Druck, und ich sage: na dann eben nicht, ich kann meinen Hunderter auch so verdienen, keine Sorge, und die macht er sich auch gar nicht – durch mich bist du berühmt geworden, und wegen dir muß ich diesen idiotischen Brief schreiben – er stülpte sauer die Kappe auf seinen Parker – und stehe blöd da. Selber schuld, sage ich. Versteh doch, wenn es nach mir gegangen wäre, man hat mir angeraten, das sind nur, sagt er, die Intrigen der allmächtigen Sinaida Wassiljewna, die wegen der Trauerfeier über dich hergefallen ist, die wollte ihre Tränen nicht teilen, und ich darf die Suppe auslöffeln! Aber weißt du noch, früher... Aber ich bin unerbittlich, und ich sage: Süßer, vergiß es, reg dich ab, schreib lieber den Brief, aber er sagt: du könntest mir wenigstens dieses Heftchen zeigen, ich hab's nicht mal gesehen. – Sonst noch was! – Dumme Gans, sagt er, ich sag's niemandem, ich schau nur mal rein und geb's dir zurück – glaubst du mir nicht? – Du wirst es schon verschmerzen! – Und ich ging nach Hause, und Großpapa liegt im Krankenhaus: krepier nur, du alter Knacker und Verräter! Um dich ist es nicht schade. Und da erscheint, ganz nebenbei, der Artikel mit der Überschrift »Liebe«, an einem Mittwoch, und ich lese mit Erstaunen, daß meine dienstfertigen Iwanowitschs in der Tat einen Artikel mit der Überschrift »Liebe« geschrieben haben, der allerdings absolut unverständlich ist, obwohl da hintenrum einige Andeutungen gemacht werden, daß die Liebe, so heißt es, eine heilige Angelegenheit ist, eine individuelle, und daß alles, was aufgrund von gegenseitiger Sympathie zwischen zwei Leuten geschieht, schön ist und nur zu beiderseitigem Nutzen, und daß diejenigen im Unrecht sind, die darauf erpicht sind, durchs Schlüsselloch zu gucken, weil sie damit die Ruhe und Intimsphäre stören, denn wir alle sind pflichtbewußte Menschen und bereit, für unsere Handlungen die Verantwortung zu tragen, und das Alter, in klassischer Definition, hat hier keine Bedeutung, wie man manchmal meint, daß aber, so heißt es, hin und wieder gewisse Leute jenseits des Ozeans gern ihre Nasen in fremde Angelegenheiten stecken und einem ihre Meinung aufdrängen, dabei hat die Liebe bei uns tiefe Wurzeln und uralte Traditionen, man nehme nur die Klage der Jaroslawna in Putiwl oder die »Dreifaltigkeit« Andrej Rubljows, wir kommen schon selber damit klar, also, da könnten sich einige heimliche Beobachterinnen die Finger verbrennen, trotz ihrer grellen oder, besser gesagt, raubgierigen Schönheit und ihrer wenig überzeugenden 222 Worte, inspiriert von einer bestimmten Bürgerin eines dritten Landes, einer Person ohne feste Beschäftigung, die das Land gewechselt und einige behördliche Ungereimtheiten ausgenutzt hat... Und wieder kommen die Iwanowitschs zu mir: na, und? Alles richtig, finde ich! Ist Ihnen ein Mann namens Carlos bekannt? – Was denn? Hat man ihn umgebracht? Ach, sage ich, wie lang ist's her! Dort wurde kein Russisch gesprochen, und ich hatte ein bißchen getrunken und wußte nicht mehr, wo ich war, und da habe ich zu tanzen angefangen, und wissen Sie, wie ich tanze! – ich kann's Ihnen zeigen, na ja, wie Sie wollen... nein, Ehrenwort! Was denn für ein Carlos, da haben Sie vielleicht was rausgekramt! – Na schön. Wir wünschen Ihnen, Irina Wladimirowna, daß Sie in Zukunft etwas bescheidener sind, wir wünschen Ihnen Gesundheit, gehen Sie nicht zu weit, kümmern Sie sich um den Großpapa. – Danke, Jungs, keine Sorge, ich werde das berücksichtigen. Na dann, auf bald, und sie gehen, und da ruft Mersljakow an: komm her, morgen abend, einige Leute wollen dich kennenlernen. Ich war ausgehungert nach Leuten, ich war so viel allein gewesen und fühlte mich einsam mit meinem ungeklärten Schicksal, obwohl es, das fühle ich, wohl irgendwie gehen wird, trotz der ganzen Ereignisse oder dank derselben, obwohl ich nicht weiß, wo mir der Kopf steht. Ich verspreche, unbedingt zu kommen – bloß läutet es plötzlich an der Tür, um halb acht Uhr morgens.

Allen Anzeichen nach: die Verwandtschaft aus der Provinz – bloß bricht sie ohne Vorwarnung in aller Herrgottsfrühe in mein Leben ein, mit einem Koffer, um den eine Wäscheleine gewickelt ist. Was ist los? Ich mache auf. Ich bin noch nicht aufgewacht, erwarte niemanden, und da läutet es. Wer ist da? Ich gucke in den Spion. Die Sechsmonatsdauerwelle und schnauft wie ein Dampfer. Was denn, ich öffne ihr die Tür, was willst du denn hier? Ohne ein Wort wirft sie sich mir an den Hals und fängt zu heulen an, daß es durchs ganze Treppenhaus schallt! Töchterlein, schluchzt sie, lebst du denn noch? Bist du noch heil und gesund? Ich hatte ja kaum noch Hoffnung, dich je wiederzusehen. Golownja, Iwan Nikolajewitsch, hat mir alles erzählt, der hört immer, wenn er abends im Taubenschlag sitzt, die Meldungen, und da kommt er ganz verstört angerannt: Antonina, ein Unglück! Er hat's mir erzählt – ich war baff, Vater hab ich keine Ruhe gelassen, hörst du, steh auf! – sinnlos, ich hab ihn sitzenlassen, und ab nach Moskau. Sie hat einen schwarzen Koffer, kaum hochzukriegen, ob sie etwa für immer gekommen ist? Und Großvater, wo ist der? Im Krankenhaus. Ach! ach! Warte, sage ich, es reicht mit deinen Achs, warum, antworte lieber, warum ist dein Koffer so schwer, hast du da Ziegelsteine reingepackt, oder was? Na, komm erstmal rein, wo du schon mal da bist, heul nicht im Treppenhaus rum. Sie trug den Koffer in die Wohnung. So, sage ich, da kann man ja einen Herzanfall kriegen, bist du völlig durchgeknallt, oder was? Und sie: Vater hat überhaupt nichts begriffen, und Golownja, der Wanja, der ist so einer, der kommt zu uns gerannt und schreit: Antonina, ein Unglück! Gerade eben hab ich gehört, schreit er, von deiner Tochter, von Irina Tarakanowa haben sie was gesagt, sie ist, sagt er, im Magazin *Amerika* auf der ersten Seite im Adamskostüm, mehr hab ich nicht verstanden: der Empfang heute ist schlecht – die haben sie in die Peter-und-Pauls-Festung gesteckt oder sonstwo in die Wüste geschickt, aber dann haben sich vierzig Millionäre versammelt und für sie eine Kaution gezahlt, und die Hauptperson, einer mit einem russischen Familiennamen, Wladimir Sergejewitsch, wie sie sagen, hat sich vor aller Augen erschossen, und dann haben sie sie an der Grenze ausgetauscht gegen fünf Zentner Mais und einen Computer für die Wettervorhersage, so ist das, und sie schleppt ihren untragbaren Koffer ins Schlafzimmer. Ich betrachte sie genauer, ich sehe eine Macke in ihrem Gesicht: hat sie da einen blauen Fleck unter dem rechten Auge? Mama, sage ich, wer hat dich denn da geküßt? Pah...! antwortet sie und läßt sich auf das niedrige Sitzkissen vor dem Trumeau fallen, so daß es aus allen Nähten platzt. Pah...! Quatsch! sagt sie, da hab ich mich im Zug mit der Bedienung im Büfett geprügelt, als ich eingestiegen bin, gestern noch, ich hab ihr die Haare halb ausgerissen, wegen dem Wechselgeld, sie hat mir nicht richtig rausgegeben, verstehst du, ich geb ihr einen Fünfer, ich nehme Waffeln – »Nordlicht« – und sie sagt: was erzählen Sie da, Sie haben mir drei Rubel gegeben, wegen dem Lärm kam der Koch raus, er glotzt uns lange an, also, und dann reicht's ihm, und er sagt: ich geh lieber mein Gulasch essen, und ihr beide vertragt euch. Da ist es uns auf einmal auch peinlich geworden, daß wir uns prügeln, und wir haben aufgehört, aber wir haben noch lange gemeckert, um uns ein bißchen wieder einzukriegen, und als wir schon kurz vor Moskau waren, da haben wir zusammen im Büfett einen Portwein getrunken und uns nicht mehr gestritten, sondern wir haben uns gefreut, daß wir aufgehört haben, uns zu prügeln, und überhaupt, die ist gar nicht übel, die Frau, Walentina Ignatjewna, na ja, Walja eben, verstehst du? der ihr Sohn hat dies Jahr in der Hochschule angefangen, Maschinenbau, ein klasse Junge, sieht ihr ähnlich, ich hab ihn allerdings noch nicht gesehen, und dann kommt der Koch zurück, wie er sein Gulasch gegessen hatte, und er kommt zu uns und sagt: na, wie sieht's aus, Mädels, genug gekläfft? Und wir wie aus einem Mund: geh scheißen, Glatzkopf! Wir haben so gelacht, also wirklich, so gelacht, daß wir fast verpaßt hätten, in Moskau auszusteigen, und am Bahnhof haben wir uns verabschiedet: Walentina Ignatjewna ist zu ihren Leuten gefahren, zum Simferopolski-Boulevard, die haben da eine Zweizimmerwohnung, allerdings im Erdgeschoß, und die Zimmer sind Durchgangszimmer, aber dafür gibt's Telefon, aber sie sagt, daß sie was draufzahlen will und tauschen, na und ob, sie klaut ja! und außerdem hat sie im siebten Stock eine Bekannte, die arbeitet im Bezirkssowjet, die hat versprochen, ihr zu helfen, vielleicht hast du von der gehört: Bessmertnaja? Und dieser Koch da, der Koch, dieser Glatzkopf, der ist zu sich nach Hause gefahren, nach Tuschino, zu seiner Tussi, was haben wir gelacht, und Walentina Ignatjewna hat mich zu sich eingeladen, wenn Sie nicht kommen, sagt sie, bin ich beleidigt, ich werd wohl müssen, und der – der ist nach Tuschino!

Hier stirbt meine herzallerliebste Mama fast vor Lachen, aber ich unterbreche sie mitten im Satz und frage, du hast doch nicht etwa beschlossen, für immer hierherzuziehen? Und sie antwortet, nur zu Besuch ist sie gekommen, dabei geht ihr Blick an mir vorbei, und das eine Auge, sehe ich, guckt überhaupt ganz daneben. Paß auf, sage ich, du wirst noch genauso einäugig wie Vater! Oje, sagt sie, erinnere mich nicht an den! Er lebt noch, sagt sie, das schielende Monstrum, er kriegt überhaupt nichts mehr auf die Reihe, dem steht der Sprit bis obenhin, obwohl er besser sterben sollte, dann hätte er seine Ruhe und ich auch, er kann schon die Hälfte der Buchstaben nicht mehr aussprechen, und je weiter das geht, desto schlimmer, ganz maulfaul ist er geworden, wochenlang kriegt er kein Wort mehr raus, es kommt vor, daß man ihn fragt: willst du was essen? – und er muht bloß, ja, ja, zum Fressen hat er immer Lust, das hat er gerne, aber daß er wie ein normaler Mensch was sagen täte – nein, das nicht, arbeiten tut er auch nirgendwo, und was hatte er für einen Beruf – Kunsttischler! Mit so einem Beruf kann man das Geld doch nur so scheffeln, sich ein flottes Leben machen, aber er muht bloß und will zu essen, je schneller er krepiert, desto besser, und jetzt hat er auch noch so eine ganz neue Mode eingeführt: er ruft mich mit einem anderen Namen, am Anfang hab ich nicht zugehört, soweit kommt's noch, aber dann hab ich's mitgekriegt: er tituliert mich Vera! Ich sage zu ihm: bist du noch bei Trost, du alte Töle? wie kommst du bloß auf Vera, ich hab immer schon Tonja geheißen, hörst du, Tonja! ich bin Antonina! Antonina Petrowna! Hörst du oder nicht? aber vielleicht, bei dem weiß man nie, vielleicht ist er taub geworden, irgendwie muß ich ihn mal in die Poliklinik bugsieren, denke ich, ihn da vorführen, bloß vor den Ärzten ist das peinlich, wo kann man so einen schon vorzeigen, und da, also, eines Abends, kommt Golownja angerannt, der hört immer die Meldungen im Radio, unser Nachbar, also, weißt du, den haben seine Tauben von oben bis unten zugeschissen, da kommt er ganz aufgeregt angerannt: ich hab von Ihrer Tochter gehört! Zuerst hab ich nicht begriffen, ich hab ganz schnell die Quasselkiste angestellt, und er erklärt mir: ich hab's selber nicht so genau verstanden, der Empfang ist schlecht heute, die Wolken hängen tief, aber mir schwant, daß sie nach Amerika abgehauen ist, im Austausch gegen landwirtschaftliche Erzeugnisse. Ich war baff: was denn, nach Amerika! Das ist unmöglich! Aber er sagt zu mir: heute ist alles möglich. Ich hab zu weinen angefangen: was denn, wie denn das, meine einzige, immerhin die einzige Tochter, und auf einmal nach Amerika, ohne was zu sagen, und Golownja bekreuzigt sich: bestimmt, das hab ich gehört! Nach Amerika ist sie abgehauen und Millionärin geworden. Ich sage: geh nur, hör noch ein bißchen Radio, vielleicht sagen sie ja noch was, aber er sagt: gehen wir lieber und fragen Polunow, der hört auch immer Radio, wenn er nicht gerade besoffen ist. Und wir sind zu Polunow. Als er mich sah, da hat er mit den Armen rumgefuchtelt, als ob ich der Satan persönlich wär, und Golownja fragt ihn: hast du gehört? Nein, antwortet Polunow, was denn? Du lügst, sagt Golownja, du hast es gehört. Und Polunow zur Antwort: laßt mich zufrieden, und du, sagt er, Tonja, du bist erledigt. Ich sage: was ist passiert? Aber er sagt nichts. Na ja, ich hab ihm dann versprochen, ein Fläschchen vorbeizubringen, ich hatte noch eine heimliche Reserve, ich bringe sie ihm, und er hat dann, na ja, die Flasche eingesackt, mit dem Kopf gewackelt, und er sagt: deine Tochter, Tonja – die ist ein Volksfeind, und sie wird mindestens erschossen, wenn nicht schlimmer! Golownja und ich, wir haben angefangen, ihn auszuquetschen, red schon, drängeln wir ihn, wo du doch die Flasche genommen und schon halb alle gemacht hast! Na ja, da hat er dann erzählt, der Polunow... Ich war baff. Und Golownja, der Kerl ist nicht auf den Kopf gefallen, er sagt: so also, sagt er, liegen die Dinge...!

Na ja, ich hab meine Sachen gepackt, hab Vater nichts gesagt, der wird schon nicht verhungern, ich kenne ihn, das Schielauge, der wird sich schon durchfressen, na, und dann bin ich gleich hergekommen, daß sie mir mein Töchterchen nicht völlig fertig machen, denke ich, immerhin mein Fleisch und Blut, na ja, unterwegs hab ich mich ein bißchen geprügelt, bloß eins will ich dir sagen: diese Walentina Ignatjewna, die hat mir nicht richtig rausgegeben, verstehst du, ich hab Waffeln genommen – »Nordlicht« – ich geb ihr fünf Rubel, und sie sagt zu mir, daß ich ihr einen Dreirubelschein gegeben hab, dabei hatte ich überhaupt keine Dreirubelscheine in der Geldbörse, verstehst du? wie soll ich ihr da einen Dreirubelschein gegeben haben? Und daß ihr Sohn jetzt Maschinenbau macht, das ist nur, weil sie Beziehungen hat, das hat sie mir erzählt. Ich komme also hier an, sozusagen auf den Flügeln der Mutterliebe, ich gucke: sie haben mein Töchterlein gar nicht umgebracht! Sie ist am Leben! Es hat mich fast umgehauen vor Freude! Ich sehe: Mama spielt ein bißchen Theater, na gut, sage ich, komm erstmal zu dir, reden wir später drüber. Und dann legt meine herzallerliebste Mama erstmal los, von früh bis spät ist sie unterwegs, kauft ganze Würste in Riesenmengen ein, schleppt kiloweise Käse an und nimmt dreimal täglich ein Bad, *sie weicht sich auf*, wie sie sich ausdrückt. Sie weicht sich dermaßen auf, daß die Wände schwitzen, und aus dem Badezimmer schallen Lieder, und danach reibt sie sich unter den Achseln und an sonstigen Stellen ihres alternden Körpers mit meinen französischen Parfüms ein. Es ist mir nicht schade drum, aber warum nimmt sie davon, ohne zu fragen? Also, fährt sie fort, wo sie dich nicht umgebracht haben, ist es wohl an der Zeit, daß wir beide ein neues Leben anfangen. Und ich zu meiner nach französischen Parfüms riechenden Mama: Mama, wovon sprichst du? Wegfahren? Wohin denn? – Was denn, wohin? Nach Israel. – Aber Mama! Wieso denn Israel! Wir beide, sage ich, sind doch keine Juden! Was denn, sagt sie, lassen sie da denn nur Juden rein?

Warum drückt man bei denen ein Auge zu? Was ist denn schlechter an uns? Immer schaffen die es, sich besser einzurichten, diese lumpigen Juden! Und dann überlegte sie: komm, wir sagen einfach, daß wir Juden sind! Und meine Mama sieht einem Juden ähnlich wie ich dem Sandmännchen, und in den Ohren Dreirubelohrringe. Ich sage: nimm sie raus, mach dich nicht lächerlich! In Israel, sage ich, werden sie sich totlachen über dich. Und außerdem, sage ich, kannst du dir ein Land vorstellen, wo es nur Juden gibt, wohin du auch guckst? Das gibt's gar nicht, so ein Land! sagt Mama entsetzt. Und ich: doch, genauso ein Land ist das, dieses beschissene Israel. Dabei denke ich: nirgendwohin werde ich fahren. Aber von allen Seiten, sowohl meine Freunde, als auch Charitonytsch, sogar er, alle fragen: warum fährst du nicht? Du bist dort jetzt eine Berühmtheit, Millionen von Männern wichsen sich einen auf dich, während sie deine schwarzen Strümpfe betrachten. Auch die Iwanowitschs waren begreiflicherweise erstaunt. Warum nur, Irina Wladimirowna, haben Sie sich mit dem Ausland eingelassen? Wozu, zum Teufel, haben Sie das nötig? Sie hätten sich besser, Irina Wladimirowna, an *Ogonjok* gewandt, da hätte man für Ihre Schönheit gleich eine ganze Doppelseite reserviert, mit unserer vollen Unterstützung – doch ich registriere, daß keiner Wladimir Sergejewitsch erwähnt, im Fernsehen sagen sie kein Sterbenswörtchen, als hätten sie seine ruhelose Seele für meine Fehler bestraft, und langsam erlosch der große Mann, kaum daß ein halbes Jahr verstrichen war – und im Ausland, Irina Wladimirowna, werden Sie von niemandem gebraucht. Ich sage: Als ob ich hier von jemand gebraucht würde! Das Telefon schweigt, als hätten sie es abgestellt wegen unbezahlter Rechnungen... Sie befinden sich im Irrtum, Irina Wladimirowna, Ihre Schönheit könnte noch für einen noblen Zweck von Nutzen sein, für die ethische Erziehung im Geiste der Ästhetik, aber dort? – dort ist nichts als Schamlosigkeit! Aber eigentlich fragen sie sich erstaunt: wieso fährt sie nicht?

Und ich antworte den Zwillingen: meine lieben Jungs, meine Brüste stehen schon in sämtliche Richtungen, wie bei einer Ziege, wo soll ich noch hin, so wie ich aussehe? Nein, sage ich, allein aus patriotischen Erwägungen werde ich mich nicht vom Fleck rühren, und überhaupt, ich kann keine Sprachen, bloß kleine Liedchen, und der Engländer in Jalta hat sehr gelacht, als ich ihm was vorgesungen habe, und seine Frau hat er vergessen, und die war ziemlich beunruhigt: sie hatten zwei Töchter, die ganze Familie auf Urlaub, und auf einmal so eine Story. Nein, sage ich, ich will nirgendwohin fahren, in keine Himmelsrichtung, kommt, sind wir lieber nett miteinander und nicht beleidigend. So redete ich. Und auch Großpapa hat kein Plätzchen für sich gefunden. Was ist nur los? murmelte Großpapa, als er im Vorgarten spazierenging, unter unseren Fenstern. ALLEN helfen wir. Wir helfen Griechenland und Kanada, Island und Sansibar. Und womit revanchieren die sich? Mit kubanischen Zigarren! Bei diesen Zigarren kann nur ein Brand rauskommen! Und ich habe keine Lust, auf meine alten Tage abzubrennen! Seine Domino-Freunde knurrten zustimmend. Zur Mittagszeit, als die Sonne den Rentnern auf die Glatzen knallte und sie ihre Sommerhüte aufsetzten, kriegte Großpapa einen Herzanfall. Sie legten ihn im Vorgarten auf den Tisch. Großpapa lag inmitten der Dominosteine. Die Ärzte sorgten sich weniger um das Leben als um den Verstand des hochbetagten Stachanowarbeiters. Übrigens, eigentlich sorgten sie sich um überhaupt nichts! Sie kamen daher, rotwangig und jung, mit ihren blitzenden Stethoskopen und scherzten mit den vielseitig erfahrenen Krankenschwestern. Großpapa lag abwesend in seinem Krankenbett, von Zeit zu Zeit bewegte sich sein Adamsapfel. Er lag im Krankenbett und ahnte nicht im geringsten, daß mich bald ein Auto über den Haufen fahren würde.

15

Weint nicht über mich! Ihr werdet euch noch auf meiner Hochzeit amüsieren, das verspreche ich, alle werde ich einladen, aber zuerst kehren wir zu jener Nacht zurück, auf den klebrigen, ölfleckigen Asphalt, als ich beflügelt von den neuen Freunden zurückkam. Die neuen Freunde empfingen mich mit großem Hallo. Im Bibliothekszimmer, wo traurige Gestalten, die einander fest und kräftig umarmten, hinter den Scheiben der Bücherschränke hervorguckten und wo es unaufgeräumt war, stellte Witassik mich vor: hier ist unsere Heldin! Sie applaudierten. Sie sahen mich mit ihren tiefliegenden, begeisterten Augen an und wiederholten: Sie haben ja keine Ahnung, *was* Sie getan haben! Das ist unglaublich! Da kann Vera Sassulitsch nicht mithalten! Wo sind die Advokaten, die Sie verteidigen? Ich schwieg bescheiden und machte ein verstehendes Gesicht. Haben Sie keine Angst? Sie meinten, daß ich Angst hatte. Ich lächelte: nicht so schlimm, nur möchte ich Moskau nicht verlassen, denn ich bete Moskau an, sie fragten mich über die Versammlung aus, und einer von ihnen, der jüdische Ilja Muromez sagte, obwohl schon bei Jahren, mit gefälltem Krückstock: nein, geben Sie zu, daß Sie Angst haben! Sie haben doch nichts außer Ihrer Schönheit! Ich sage erstaunt: ist das etwa nichts? Auch er war unter den neuen Freunden, Jura Fjodorow. Er war neidisch und wütend, daß sich alles um mich drehte, und sie fingen an zu diskutieren, ob ich mich richtig verhalten hätte, und die einen sagen: richtig und *schön* und der ehemalige Wächter von Wladimir Sergejewitsch, Jegor mit dem Kälberblick, sagt: laß mich dich küssen! – und Jura Fjodorow sagt, daß man auf die Art nicht lange braucht, um die Kultur ins Verderben zu stürzen, wenn man die Tradition mit Füßen tritt, und daß meine Aktion nur den verderblichen Einfluß des europäischen Romantizismus auf die unreife Seele widerspiegelt, und ein Mann von asiatischem Aussehen verzog angewidert das teigige Gesicht und sagte nichts. Aber trotzdem waren alle entzückt. Und Mersljakow – der Narziß der sechstägigen Liebe – war sehr stolz, daß er mich kennt. Alle kannten mich, und ich erzählte, daß Polina, das mordwinische Aas, sich am meisten ins Zeug gelegt hat und mir eine Liebschaft mit diesem General, einem Verräter, anhängen wollte, aber das ist nicht wahr, denn Wladimir Sergejewitsch war im Begriff, eine Erzählung über mich zu schreiben und hatte schon das Libretto für eine Oper vorbereitet, und sie fingen alle gleichzeitig zu brummen an und griffen sich an den Kopf, als ob man sie selbst zum Geliebten dieses Mordbuben erklärt hätte – so waren sie, die neuen Freunde! Da kann sich Schochrat eine Scheibe von abschneiden – völliges gegenseitiges Einverständnis und Wildlederjacken, alles sehr anständig. Und Boris Davidowitsch, der Ritter, sieht mich an wie seine eigene Tochter und sagt: wißt ihr, an wen sie mich erinnert? Und die Frauen ringsum sagen: bitte, erzählen Sie! Es waren nämlich auch Frauen da. Sie rauchten viel, die jüngeren Zigaretten und die älteren Papirossy »Bjelomor«, sie rauchten sehr, sehr viel, und sie hatten gelbe Finger, häßliche Zähne und harte, knauserige Gesichter, und wenn sie lächelten, lächelten sie nur mit den Lippen, und wenn sie lachten, husteten sie hinterher auf Männerart und wischten sich dicke Tränen weg, sie waren herzlich und sehr vergrämt, und wenn man sie fragte: wie geht's? – dann antworteten sie: schlecht!

Boris Davidowitsch war irgendwann mal ein junger Offizier gewesen. Ich erinnere mich, begann er, wie in Deutschland kurz vor Kriegsende eine Deutsche zu mir kam und fragte: Herr Offizier, wollen Sie nicht mit mir mitkommen? Ich war jung und unerschrocken, ich antworte: na ja, warum nicht, gehen wir! Aber, sage ich auf deutsch, Sie sind nicht zufällig krank? Nein, antwortet sie, wie können Sie nur sowas denken? Wir gingen also. Sie hakte sich bei mir unter, und wir gingen über Trümmer und Gräber, wie Goethe schrieb, zu ihr nach Hause, in ihre kleine saubere Wohnung mit lauter Rissen in der Zimmerdecke. Sie haben doch nichts dagegen, sagt sie, wenn ich das Licht lösche? also, sie meinte die Kerzen in einem spießigen altertümlichen Kandelaber. Warum nicht, ich habe nichts dagegen, nur warum eigentlich? Wie in dem französischen Liedchen: »Marie-Hélène, lösch nicht das Licht...« Er musterte verschmitzt die Zuhörerinnen. Die Zuhörerinnen lächelten nur mit den Lippen. Ach! sagt mein kleines Gretchen. Ich bin ein ehrliches Mädchen, vor lauter Hunger hab ich Sie eingeladen. Und darum, sie macht einen Knicks, geniere ich mich vor Ihnen. Na schön. Vielleicht wollen Sie erst was essen? frage ich, in der Hand amerikanisches Dosenfleisch und Brot. Denn eigentlich, sage ich, ist es gegen meine Prinzipien, mit einem hungrigen und ehrlichen Mädchen zu schlafen, ich hatte einfach große Sehnsucht und möchte mich richtig verstanden wissen. Nein, sagt sie, ich werde danach was essen, Herr Offizier. Ich respektiere, sagt sie, während sie mir hilft, die Stiefel auszuziehen, Ihr Vergnügen. Nur eine Deutsche kann so etwas sagen! Na ja, wir ziehen uns im Dunkeln aus, und sie wird sehr zärtlich. Hier blinzelten die Frauen in Erwartung eines interessanten Moments. Sie rauchten viel, aber sie blinzelten noch viel mehr. Und auch ich dachte: die treibt irgendein falsches Spiel, die Deutsche, aber ich sagte nichts, ich höre zu, was weiter kommt. Plötzlich, sagt Boris Davidowitsch, befielen mich Zweifel, ich fühle, sie ist fast zu zärtlich, ich zündete schnell die Kerzen an, ich gucke: pfui! An den besagten Stellen hat sie einen bösartigen Ausschlag! Also alles klar! Ich sprang auf. Und sie sagt: Herr Offizier, ich wollte so gerne was essen...! So, sage ich, antworte, wie viele von unseren Offizieren sind heute bei dir gewesen? Sie! nur Sie! schwört sie und legt die Hände an die Brust, wie das größte Unschuldslamm. Sie ist nicht älter als zwanzig, und ihre Brüste, sage ich Ihnen, waren groß und weiß. Da stehe ich also, vollkommen *nu*, mit der Pistole in der Hand, und krrrach, ihr in die Fresse! Sag die Wahrheit, befehle ich! Sie sind, sagt sie, der zehnte! Der zehnte? So... Das war wie ein elektrischer Schlag. Na dann, sage ich, Deutsche, ade! Und ich brachte sie um, mit einem Schuß direkt in ihr Gesicht, in ein vollkommenes Engelsgesichtchen, wie ich mich jetzt erinnere. Dann beugte ich mich herunter, sah mir noch einmal den bösartigen Ausschlag an, spuckte aus und ging meines Wegs, zufrieden, daß ich eine Verbrecherin bestraft hatte...

Was für eine Sauerei! – rief Achmed Nasarowitsch zornig aus, wobei er sein teigiges Gesicht verzog. – Daß du dich nicht schämst! Erst machst du dich an sie ran, und dann bringst du sie um! Eine Frau hast du umgebracht! – Die Gesetze des Krieges. – Boris Davidowitsch breitete zu seiner Rechtfertigung die Arme aus, betrübt über das vergangene Verbrechen. – Aber das war vielleicht eine! – strahlte er. – Sowas nennt man Kamikaze! Sie hat das getretene Deutschland gerächt! – Irgendwo habe ich eine ähnliche Geschichte gelesen – sagte Jura Fjodorow mürrisch, dem das Ganze auch nicht gefallen hatte. – Ich weiß nicht, *was* Sie gelesen haben, junger Mann – sagte Boris Davidowitsch – aber ich habe eine Geschichte aus meinem Leben erzählt. – Alle Geschichten aus dem Krieg ähneln sich – bemerkte versöhnlerisch der Wächter Jegor. – In welchem Deutschland war denn das? – fragte ich neugierig. – In Westdeutschland oder in der DDR? – Als Antwort auf meine Frage brach Jura Fjodorow in betont lautes Gelächter aus, und Achmed Nasarowitsch brachte triumphierend hervor: Nein, seht ihr? Seht ihr? – Er saß da, demonstrativ von mir abgewandt, aber die Frauen paßten auf, daß die Männer kompromißlos und gerecht waren. – Wie können Sie nur so reden! – Boris Davidowitsch platzte vor Zorn, und ihm stand der Zorn gut zu Gesicht, wie auch Ilja Muromez. – Sie ist genauso eine wie diese Deutsche! – Das ist nicht wahr! – protestierte ich. – Ich bin sauber! – Und ich dachte an Ritulja. – Sauber? – schnaubte Achmed Nasarowitsch – Aber sie stinkt doch (er sah mich nicht an) auf tausend Meter Entfernung nach Sünde! – Aber Jegor und

Mersljakow beeilten sich, mich zu verteidigen und sagten, daß ich die Waffe des Schicksals und der Vergeltung bin, und daß Wladimir Sergejewitsch nicht ohne Grund das Zeitliche gesegnet hat, und daß ich dann, von *denen* zur Verzweiflung gebracht, meine Provokation losgelassen habe, aber ich widersprach (die hatten nur noch Provokation im Kopf!), daß ich niemanden provoziert habe, aber über die Liebe verbreitete ich mich gar nicht erst groß, weil ich sah, was für eine ungeheuerliche Einstellung sie zu Leonardik hatten...

An diesem Punkt fiel mir der Stift aus der Hand, und drei Wochen lang schrieb ich nichts mehr: erstens habe ich die Mohairdecke fertiggestrickt, und zweitens saß ich meinen Bauch in der Nähe von Suchumi aus, wohin mich der Pianist Dato gelockt hatte, zu seinen mingrelischen Verwandten. Das von Stimmen widerhallende, schlampige und nach frischer Renovierung riechende Haus stand direkt am Meer. Anfangs regnete es. Die Verwandten lebten mit einer permanenten Lärmkulisse. Sie schienen sich ewig zu streiten und gegenseitig zu beleidigen, dabei war das einfach ihre Art, miteinander zu reden. Sie hatten sogar ihre hauseigene Uroma, ein altes Mütterchen von sechsundneunzig Jahren, eine kleine, krummbeinige, quirlige Alte. Inzwischen ist sie gestorben. – Glauben Sie an Gott? – fragte ich sie neugierig, aber höflich. – Eh! – krächzte die wackere Alte, ohne die Zigarette, Marke »Kosmos«, aus dem Mund zu nehmen. – Wie kann man denn ungläubig sein! – Dato spielte auf einem verstimmten Klavier Schubert. Nachts ging ich immer zu ihm und vergaß die schicksalhafte Schwangerschaft. Er bemerkte nicht einmal etwas und sagte bloß: du hast hier aber zugenommen! – *Typisch* Mann. Tomaten auf den Augen. Ich überdachte vieles, während ich auf das herbstliche Meer hinaussah. Wir gingen auf eine Hochzeit, wo es Spanferkel gab. Der Tamada brachte mit schallender Stimme Trinksprüche aus. Man tanzte. Man prügelte sich. Fünfundzwanzigtausend hatten sie für die Hochzeit lockergemacht. Bei denen bleibt das Geld in der Familie.

Einem jungen Mann wurde bei der Prügelei die Nasenspitze abgeschnitten. Vorsätzlich? Darüber wurde am nächsten Tag viel diskutiert. Höhepunkt der Streichholzkrise. Der Preis für eine Schachtel steigt bis zu einem Rubel. Später dann – die Litauer.

Sie kamen mit einem Moskwitsch auf der Durchreise in unser Dorf – an die dreißig Jahre alt, absolut durchschnittliches Äußeres – und baten um etwas zu trinken. Tante Wenera (hier sind die Namen nicht weniger üppig als die Vegetation) brachte ihnen Wasser und bot ihnen süße blaue Weintrauben aus dem Garten an. Wir gingen zusammen an den Strand, mit diesen Litauern. Sie waren auf dem Weg nach Batumi. Kommen Sie auf dem Rückweg wieder vorbei – sagte Dato. Sie schrieben die Adresse auf und fuhren weg. Am Morgen kam ein Milizionär. Im Notizbuch des Litauers hatte er die Adresse gefunden. Zuerst dachten wir, daß sie Spekulanten waren, aber es stellte sich heraus, daß man sie umgebracht hatte. Sie hatten ihr Nachtlager an einem malerischen Flüßchen aufgeschlagen. Den Litauer hatten sie erstochen und ins Wasser geworfen. Seine Frau hatten sie mitsamt dem Auto verbrannt, nachdem sie es mit Benzin übergossen hatten. Warum? – fragte ich. – Sadisten – erklärte der Milizionär. Mingrelische Milizionäre sehen eher wie Gauner aus als wie Milizionäre. Werden Sie sie schnappen? – fragte ich. – Unbedingt! – sagte der Milizionär. Er trank das Glas Champagner aus, wischte sich den Schweiß von der Stirn und ging seines Wegs, mit dem trägen Gang des dicken, subtropischen Menschen. Und Dato ging nach oben in die kühleren Räume und spielte Schubert auf dem verstimmten Klavier. Christina hieß sie wohl, die Litauerin. Ihr Mann hatte sie Huckepack genommen, und so waren sie ins Meer gelaufen, sie liefen so langsam ins Meer, und Dato und ich saßen auf dem großen orangefarbenen Handtuch und kloppten Schafskopf.

Ich fuhr weg aus diesem Haus, das von Dattelbäumen und Granatapfelbäumen umgeben war. Die Mandarinen wurden reif. Außen waren sie noch grün, aber innen blaßgelb und ganz eßbar. Was hat das schon für eine Bedeutung? Nachts, wenn die Verwandten in einen schweren, freudlosen Schlaf gefallen waren – sie seufzten geräuschvoll, gaben Ohs und Achs von sich, knarrten mit den Matratzen und furzten wehmütig –, schlich ich mich zu Dato, aber ich blieb trocken und gleichgültig. Erstmals empfand ich einen Ekel gegenüber dem vielgepriesenen Ursprung des Lebens. Dato war befremdet. Ich war selbst einigermaßen befremdet. Dein fleischiger Auswuchs interessiert mich überhaupt nicht! Er wollte mich schlagen, aber die Verwandten schliefen gleich nebenan, in der Dunkelheit funkelten die Kristallvasen, und er sagte nur flüsternd: geh! Ich ging. Die Brautmutter auf der mingrelischen Hochzeit war fünfunddreißig Jahre alt. Ich werde keinen Sohn kriegen, sondern gleich einen Enkel. Hast du vielleicht kein Geld, fragt Ritulja? In der Tat, ich habe kein Geld. Ich brauche eine Jeans für Schwangere, aber ich bin zu träge, eine zu besorgen. Überall Schweine. Keine Lust zu schreiben. Kein bißchen Lust auf gar nichts. Zum Sterben auch keine Lust. Und Ksjuscha ist weit.

Zurück! Zurück! Zu jenen glücklichen Zeiten, als man noch aß und trank und wollte und konnte, zurück in die süßen Niederungen des Lebens, wo alles interessant ist: wie dich wer anguckt, wie die Brasse mit ihrem Fischschwanz an seine Hosen klopft, wie du aus der Menge heraustrittst und zu tanzen anfängst, wie sich Carlos auf dich stürzt, um dir den Pelzmantel abzunehmen, der kämpferische, progressive Botschafter, wie Wladimir Sergejewitsch nach dem Essen die Augen zusammenkneift und dir den aktuellen Staatsklatsch anvertraut, der zum Geheimnis erhoben wird, und wie er dich, weil er nichts zu tun hat, in die Oper einlädt, wie gern wäre ich nach Paris gefahren, nach Amsterdam und nach London, sie haben mich nicht gelassen, wie gern hätte ich die erstaunlichen ukrainischen Brüste der Aktivistin Nina Tschisch berührt! Wie gern wollte ich das alles!

Zurück! Zurück! Zu jenen weit zurückliegenden, fast sagenhaften Zeiten, als ich, wie Hitler, die Sperren, Schutzwälle und Stadttore durchbrach und in Moskau einzog, Viktor Charitonytsch bezirzte und den einfältigen Großpapa zum Narren hielt...

Ritulja nervt mich wieder mit ihrem lausigen Hamlet! Ritulja ist den zweiten Monat mit ihm zusammen und merklich reicher geworden. Sie sagt: wie wär's? Jetzt war sie die Anstifterin. Ich hatte genug von ihren Nervereien, und ich antwortete: also gut. Mir ist alles egal, und früher war das nicht so. Ich fürchte mich nicht mal mehr besonders vor Leonardik. Er wird hereinkommen, und ich werde zu ihm sagen: du Schuft! Hier, das ist dein Werk! Und wer immer er auch ist, er wird sich schämen. Und ich kriege trotzdem das Kind. Nein, nicht etwa aus Rache oder Bosheit, nicht, um zu beobachten, was aus ihm wird und auch nicht im Interesse der Wissenschaft oder der Religion, ich kriege es, weil es für mich keinen anderen Ausweg gibt und nicht geben wird!

Schön ist der russische Herbst! Puschkin hat recht. Wenn ich Gedichte schreiben könnte wie er, ich würde nur über den Herbst schreiben, darüber, wie die gelben Blätter fallen, wie der Himmel voll dunkler Wolken hängt, und wenn es sich aufheitert, ist er durchsichtig wie eine Seifenblase. Und die Sonne? Es tut nicht weh, in die Sonne zu gucken, ist das etwa nicht toll? Aber dann kommt der Winter, und er erschlägt alles. Ich selbst gleiche dem Herbst, und alle anderen gleichen dem Winter. Jedenfalls, ich wurde von einem Auto angefahren, als ich nach langen Diskussionen von den neuen Freunden kam, ich wurde angefahren und überfahren, als ich gegen zwei Uhr nachts die Straße entlangging – da ereilte mich dieser Stepan, er erwischte mich direkt am Oberschenkel.

Viele hielten mich für klug, staunten über meinen Verstand und taten recht daran, denn, ich will nicht lügen, blöd bin ich nie gewesen, also, nachdem ich einige Abende nacheinander bei den neuen Freunden gewesen war, fing ich an, das eine oder andere zu kapieren. Als Dato erfuhr, mit wem ich verkehre, sagte er: hast du eine Ahnung, was das für Leute sind? Ich wußte ja gar nicht, daß du ein Feigling bist. Und er sagte: ich will nur in Ruhe arbeiten, das ist keine Feigheit. Und Ksjuscha sagte ihrerseits zu mir: jetzt, mein Kleines, wird bei *euch* – sie war inzwischen französisiert – eine zweite Rechnung aufgemacht. Diese Rechnung ist gerade mal aufgemacht worden, und sie bringt für dein Leben nichts Gutes, nur Schlechtes, weil das da bei euch, sagt Ksjuscha, nein, das sagt Mersljakow, der Jesuit, kein Land ist, sondern ein Wartesaal, und die grundlegende Frage ist, spottet er: Sein oder Wegsein, doch bis heute ist auch er nicht weg, aber das ist alles uninteressant, ich möchte etwas anderes sagen: Ksjuscha behauptete, daß man jetzt, wo nun mal eine doppelte Rechnungsführung aufgemacht ist, nicht mehr weiß, was letzten Endes *günstiger* sein wird, man kann nie wissen, welche von beiden Rechnungen aufgeht, und das ganze Leben wird gemein und wenig verlockend. Für mich waren ihre Worte zunächst nur leeres Gerede, ich begriff überhaupt nichts davon, denn Ksjuscha konnte manchmal in Rätseln sprechen, und ich dachte bloß: und selber hast du's dir anders eingerichtet, unter den Fittichen des Stomatologen, aber auch ich hatte einiges gelernt, und wenn ich einen Raum betrat, versetzte ich auf die Frage, wie geht's? – schlecht! Und ich hatte gelernt zu blinzeln, und ich kann nicht gerade behaupten, daß sie am Hungertuch nagten: einige besaßen sogar Transportmittel. Im übrigen wollten sie mich überzeugen, daß Stepan mich nicht zufällig überfahren hatte, obwohl ich ihnen nach Möglichkeit widersprach: das kann doch nicht sein! Aber sie grinsen: wenn du wüßtest, daß ihren Limousinen für alle Fälle immer Unfallwagen hinterherrasen, um die geistesabwesenden Passanten einzusammeln, die sie wie die Kegel über den Haufen fahren! – Was reden Sie da! Wie entsetzlich! – Aber sie grinsen und sagen: wenn sie vorgehabt hätten, dich na du weißt schon – dann hätten sie einen Lastwagen oder einen Bulldozer genommen, aber da sie nun mal einen Saporoschez gewählt haben, war das eher fein berechnet, um dich zu warnen und ein bißchen zu verunstalten, denn was ist das Wesentliche an dir? – Na, die Schönheit! – Siehst du. Also muß man dir deine Schönheit nehmen wie eine überflüssige Last, und dann darfst du in dein altes Städtchen fahren und da als Mißgeburt vor die Hunde gehen!

Ich wurde nachdenklich, meine liebe Ksjuscha (denn ich schreibe für dich), ich wurde nachdenklich und aufmerksam, weil ich die eiserne Logik spürte, und sie standen im Halbkreis um mein Lager, nachdem sie beschlossen hatten, mich zu Hause aufzusuchen und ihre Empörung zum Ausdruck zu bringen.

Ich fiel hin. Stepan sprang aus dem Saporoschez und auf mich zu, in dem Glauben, er hätte mich umgebracht. Er beugte sich zu meinem Körper herunter und befühlte ihn. Er war stark betrunken, und ich sagte verdrossen, den Schmerz unterdrückend: Sie sind ja betrunken! Er freute sich, daß ich was gesagt hatte, und sofort wollte er mir Geld anbieten, er zitterte regelrecht vor Aufregung und Verstörung. Es gab keinerlei Zeugen, als er mich in seinen Saporoschez trug (bis dahin war ich noch nie mit einem Saporoschez gefahren), denn alle Leute schliefen, statt sich in dunklen Ecken rumzutreiben, wo betrunkene Stepans durch die Gegend rasen. Ich setzte mich in die enge Karre, ohne richtig zu kapieren, was los war, und er flehte: ruinier mich nicht! Er hatte ein finsteres Gesicht und war absolut nicht aus meinen Kreisen. Ich befahl ihm, mich in die Sklifossowski-Klinik zu bringen. Er flehte: ruinier mich nicht! – Wie komm ich dazu, dich auch noch zu bedauern? – fragte ich. – Dich Saufkopf? – Sein Gesicht wurde vollends stumpfsinnig. Er stammelte, daß er Kinder hätte. Am Oberschenkel ein rasender Schmerz, der Rock zerrissen, und außerdem drehte sich verdächtig der Kopf. Ich habe eine Gehirnerschütterung, sagte ich, damit ist nicht zu spaßen. In die Sklifossowski-Klinik! – Versteh doch, ich komm von einem Geburtstag – erklärte Stepan. – Ich wollte das Auto stehen lassen, aber dann kam ich auf den Hof, ich gucke: da steht es. Ich hab mich reingesetzt und bin losgefahren... Überhaupt bist du selber schuld! – Stepan wurde plötzlich mutiger. – Halt die Klappe, du Flegel! – schnauzte ich ihn an und hielt mir abwechselnd die verschiedenen angeknacksten Stellen. – Da hat mich der Teufel geritten! – sagte Stepan reumütig. Wir schwiegen eine Weile. – Zum Kuckuck mit dir! – sagte ich (ich bin ein mitfühlendes Weib, das war mein Fehler). – Bring mich nach Hause! – Er war froh und erleichtert und brachte mich nach Hause. Unterwegs begann mein Oberschenkel noch heftiger zu schmerzen, ich bekam es mit der Angst: wenn plötzlich ein Knochen gebrochen war? Er fuhr mich bis zum Hauseingang, und er sagt: Komm, soll ich dich rauftragen? Ich wohne im ersten Stock. Laß mich bloß nicht fallen! Er trug mich hinauf. Das war seltsam, als ob er mich wie eine Braut ins Haus getragen hätte, nur war mir nicht zum Lachen, weil er auf der Treppe stolperte und mich beinahe fallengelassen hätte, aber es passierte nichts weiter. In der Wohnung legte er mich direkt aufs Bett. Ich schickte ihn vor die Zimmertür, zog mich aus und humpelte zum Trumeau, mich an den Möbeln festhaltend: ein riesiger blauer Fleck, so groß wie das Schwarze Meer! Ich warf den Morgenmantel über – er guckt zur Tür rein. Er steht schwankend im Türrahmen und grinst: ein dicker Bauch tut's auch! – Proletarierwitzchen! – Ich ging ins Bad und bearbeitete den blauen Fleck mit Wasserstoffperoxid, ich komme zurück: er schläft in Großpapas Zimmer auf dem Diwan, er schläft und pfeift vor sich hin. Mich packte die Wut: steh auf! hau ab! Aber kann man diesen Stepan etwa aufwecken? Er schläft und pfeift vor sich hin. Ich zog ihn an den Ohren, spritzte ihm Wasser in die Visage und schlug ihn auf die Wangen – null Reaktion! Er rutschte vom Diwan herunter und machte es sich auf dem Fußboden bequem, die Arme weit ausgebreitet. Ich betrachtete ihn genauer: wer bist du? Vollgefressene Visage. Koch? Vorarbeiter? Verkäufer? Sportler? Lebst du vom Klauen oder von ehrlicher Arbeit? Bist du mit deinem Leben zufrieden? – Die Krawatte saß schief, er hatte sich amüsiert. Er gibt keine Antwort. Wahrscheinlich ist er zufrieden. Herr seines kleinen Lebens. Er stinkt nach teurem Portwein. Ich griff in den Schrank und goß mir auch einen Kognak ein, ich konnte ja schlecht die Miliz rufen! Ich trank ein halbes Glas: das geht runter! Ich trank noch ein halbes Glas: die Aufregung ließ irgendwie nach. Zum Teufel mit dir! Ich löschte das Licht.

Am Morgen wache ich auf, ich höre: Geräusche im Nebenzimmer. Ich gehe hin: er sitzt auf dem Boden, mit raushängender Zunge, er leckt sich über die Lippen. Die Haare – ein Wespennest. Er starrte mich an. – Wo bin ich eigentlich? – fragt er heiser. – Auf Besuch – antworte ich sauer. – Und wo ist Marfa Georgijewna? – Welche Marfa Georgijewna? – Wieso welche? Das Geburtstagskind. – Sehr interessant! Erst überfährt er mich, und dann redet er von irgendeinem Geburtstagskind! – Wie denn, wundert er sich, überfahren? Das ist doch, sagt er, die Wohnung von Marfa Georgijewna. Wir haben hier gestern auf ihre Gesundheit getrunken. Und Sie, entschuldigen Sie, sehe ich zum ersten Mal. – Ich werd dir gleich, sage ich, auf die Sprünge helfen. Ich lüfte den Morgenmantel und zeige ihm den riesigen blauen Fleck von der Größe des Schwarzen Meers, bloß, sehe ich, er starrt nicht auf den blauen Fleck. Ich sage: Flegel, wo guckst du denn hin? Guck *hierher!* Aber er antwortet nichts, er leckt sich mit der ungehorsamen Zunge die Lippen und glotzt. Ich bedeckte empört meine Blöße, und ich sage: na, was ist, erinnerst du dich? Erinnerst du dich, wie du mich mit deiner idiotischen Karre fast umgebracht hast? – Nein – er bleibt halsstarrig. – Ich bin nirgendwohin gefahren. Marfa Georgijewna hat mich bei sich übernachten lassen. – Du hast doch Kinder! – erinnerte ich ihn. – Die Kinder werden das richtig verstehen. – Sein Blick suchte die Wanduhr. – Oje! – rief er aus. – Ich muß zur Arbeit! – Wir gingen in die Küche frühstücken. Stepan benahm sich anspruchslos, aber den Quark lehnte er entschieden ab. Sowas esse ich nicht. Sie haben nicht vielleicht ein heißes Süppchen oder so? Ich wärmte ihm den Borschtsch auf. Er machte sich ans Essen: er schmatzt, das Fleisch fischt er mit den Fingern raus. Er kriegte sogar Schweißperlen auf der Stirn von der Suppe. Er holte tief Luft und wischte sich mit der Serviette ab: uff! Jetzt sieht die Sache schon ganz anders aus... Ich fange wieder an: na, was ist, erinnerst du dich, Stepan? Er antwortet mir darauf: ich hab keinen blassen Schimmer, aber auf alle Fälle, entschuldigen Sie, daß ich Sie gestört habe... Und Sie, das heißt, Sie kennen Marfa Georgijewna nicht? Da ist Ihnen was entgangen. Tolle Frau. Wenn Sie's nicht glauben – ich kann Sie miteinander bekannt machen.

Ich hatte kein besonderes Bedürfnis, und er ging einigermaßen beleidigt weg. Ich sah aus dem Fenster, wie Stepan nachdenklich um sein Auto herumging, das mitten im Hof stand, sich den Nacken kratzte und laut knatternd, daß es in der ganzen Umgebung zu hören war, davonfuhr.

Nach dem Essen empfing ich die neuen Freunde. Allen voran, mit dem Krückstock klappernd, Boris Davidowitsch. Ihm nach die Frauen, mit Blumen und Kuchen. Vor lauter Respekt steckten sie sich nicht mal eine an. Ich empfing sie im Bett. Zu meinen Füßen versammelt, brachten sie ihr Mitgefühl zum Ausdruck. Mit schwacher Stimme begann ich ihnen von dem vergeßlichen Stepan zu erzählen, aber je mehr ich erzählte, desto ungläubiger wurden ihre sympathischen Gesichter. – Die kennen wir, diese Stepans mit ihren Gedächtnislücken! – sagte Boris Davidowitsch, der auf dem Sitzkissen neben dem Trumeau hockte und schließlich nicht mehr an sich halten konnte. – Oh, die kennen wir nur zu gut! – und alle seufzten: oh, nur zu gut! – und die Frauen blinzelten, als ob sie auf irgendwas zielten. – Ja, die haben Sie ganz schön in die Mangel genommen! – gab Achmed Nasarowitsch zu, mit seinem leidenden, teigigen Gesicht. Als Beweis zeigte ich ihnen den blauen Fleck, aber ihnen zeigte ich ihn ganz raffiniert, Stepan hatte ich ihn ohne Hintergedanken gezeigt, vor Empörung, damit er sich erinnerte! aber hier zeigte ich ihn mit Raffinesse, unschuldig schlug ich die Decke zur Seite und lüftete das Hemdchen, allerdings so, daß nicht nur der blaue Fleck zutage trat, sondern auch dessen Umgebung, dabei aber in vollkommener Unschuld, wie beim Onkel Doktor. Und eben damit brachte ich sie – die nichtrauchenden Damen und die Kerle: Boris Davidowitsch, Achmed Nasarowitsch und den unerschütterlichen Jegor – in eine heikle Lage: hinsehen durfte man nicht, und sich abwenden war auch irgendwie unpassend, da hier nun mal der Gegenstand der Diskussion geboten wurde, und das Hemdchen rollte sich wie von allein nach oben! – die wunderbare Landschaft des Bermuda-Dreiecks. Und wie ich mich mit einem Antlitz reinster Unschuld wieder bedeckte, da kam ich auch schon, aus lauter Übermut, ich kam still für mich, ohne mir das geringste anmerken zu lassen, manchmal mochte ich solche Späße, und nicht umsonst verdächtigte mich Ksjuscha solcher verspäteten Versuche von jungfräulichem Exhibitionismus, wobei sie mir liebevoll mit dem Zeigefinger drohte, aber das mußte doch ansteckend sein, wenn alle mich ansahen, ob im Badeanzug oder im Pelzmantel, wie eine Schauspielerin, nur vergeht die Zeit, und dies Spiel dauert nicht ewig, und ich verabscheute die Schamlosigkeit von alternden Frauen, die gierig gucken und Versäumtes nachholen wollen, da sollte man sich besser gleich den Strick nehmen. Nur du, liebe Ksjuscha, du weckst in mir noch süßen Schmerz!

Aber allmählich befreiten sich meine neuen Freunde aus ihrer ganz unverhofften (aus der Schule habe ich behalten: schreibt sich mit zwei F) Verlegenheit, und sie sagen: Unsinn! Das war überhaupt kein Stepan! Wie sieht er aus? Wie Stepan sieht er auch aus, erwidere ich schüchtern, und nach Wein hat er gestunken und wärmstens von einer Marfa Georgijewna gesprochen. Haben Sie nicht die Nummer von dem Saporoschez notiert, Irina Wladimirowna? – Die Idee ist mir gar nicht gekommen! – Naives Mädchen... – Aber die wechseln die Autonummern doch sowieso wie Handschuhe! – rief Achmed Nasarowitsch aus, und alle stimmten zu: wie Handschuhe, und auch ich wurde nachdenklich: und wenn sie die wie Handschuhe wechseln?

Aber hatte er denn nicht ganz echt geschnarcht? und sich im Schlaf vollgepißt, wie es am nächsten Morgen sowohl fürs Auge als auch für die Nase wahrzunehmen war, was ich übrigens aus Anstand zuerst nicht erwähnt habe, um das Feingefühl meiner Gäste zu schonen, die sehr kämpferisch gestimmt waren und diskutierten, ob man diese, wie soll man sagen, Stepans nicht auf der Stelle entlarven muß, indem man die Geschichte ihrer Schurkereien niederschreibt und sie den entsprechenden Stellen zeigt? Ich verstand nicht recht, wem man sie zeigen mußte, denn in der Welt, in der ich lebte, gab es andere, denen man sie zeigen mußte, und die, denen man sie in diesem Fall zeigen mußte, waren das absolute Gegenteil von denen, denen man sie in meinen Augen zeigen mußte, wenn man die Dimension ihres Lebens in Betracht zog: riskant und mit sehr unerwarteten Wendungen. Ich riß natürlich bloß den Mund auf bei ihren Offenbarungen, und sie ließen mich nicht mal was erwidern, wie eine einfältige Jungfer, die für ihre Schönheit gestraft wurde und noch von Glück sagen konnte, daß es kein Lastwagen war, und da erinnerte ich mich an Stepans entgeisterte Glubschaugen, die mich morgens angeguckt hatten, und Zweifel befielen mich: und wenn sie doch recht haben?

Ach, denke ich, so ist das also! Und wirklich, mein Stepan hatte ein bißchen dick aufgetragen, von wegen keine Ahnung, wo der blaue Fleck herkommt, er hatte sich blöd gestellt und blühenden Unsinn von dieser Marfa Georgijewna gefaselt, aber wenn ich so daran denke, andererseits, wie er den Borschtsch gegessen und mit den Fingern das Fleisch rausgefischt hat – wieder eine neue Welle des Zweifels: wirklich ein verdammt guter Schauspieler!

Ksjuscha! Sie haben mich vollkommen lächerlich gemacht! Und haben Sie dies gelesen? Und haben Sie das gelesen? – Woher sollte ich das nehmen, und überhaupt reicht die Zeit für das alles nicht aus! Sie haben mich zugeschüttet mit ihrer Belesenheit, sie haben mir schlimm zugesetzt, ich habe ihnen zugehört, sie haben mich beschämt! Ich habe ihnen zugehört – und bin sauer geworden!

Ich bin wahnsinnig sauer geworden, aber so sauer nun auch wieder nicht, sonst hätte es das Feld nicht gegeben und auch nicht meine tödlichen Gänge, nichts dergleichen hätte es gegeben! Aber ich bin unheimlich sauer geworden, und ich sage: das lasse ich denen nicht einfach so durchgehen! Jegor, Wladimir Sergejewitschs Verräter, war ernsthaft aufgeregt: laß mich dich küssen! Und die weise Schlange, Boris Davidowitsch, zügelt mich: ereifern Sie sich nicht! Besprechen wir lieber vernünftig, wie man Sie retten kann! – Ach, Boris Davidowitsch! – flehte eine etwas klein geratene Dame in sackähnlichen Synthetikhosen ihn an, und sie konnte sich vor lauter Erregung die Zigarette nicht anzünden. – Sie selbst müssen gerettet werden! Sie balancieren ja auf der Grenze! – Na ja, so mutig bin ich nun auch wieder nicht! – winkte Boris Davidowitsch freundlich ab und lächelte – Ich habe denen nicht meinen Hintern gezeigt wie Irina Wladimirowna! – Also, ich auch nicht, möchte ich mal sagen. Erstens nicht denen, und zweitens nicht den Hintern, sondern alles zusammen, ich war selber gerührt, denn schließlich ist das doch schön und natürlich überhaupt nicht beleidigend, sondern eher aus reinstem Herzen und wie eine Einladung, und überhaupt mag ich es, wie's die Hunde machen, wie es im übrigen alle mögen, und nach Ksjuschas und meinem Gesetz, genannt das Motschulskaja-Tarakanowa-Gesetz, das die Stufen menschlicher Ähnlichkeit offenbart, triumphiert der Gott der Liebe – der kleine Anus, küßt ihn auf seine süßen Lippen! –, und alles andere sind bloß Annäherungen und gestürzte Götzen, und einmal telefonierte ich und hatte Dato den Rücken zugewandt, und Dato sah mich von hinten und hielt es nicht aus: er fiel über mich her wie ein Geier, und Ritulja kann ja stundenlang telefonieren: Ach, Ritulka! Was heißt hier drei! Dreiunddreißig! – Also, jetzt lüg nicht! – Ritulja ist von den Socken. – Das gibt's gar nicht. – Bei mir schon! Erinnerst du dich an Witassik? Meinen *Blitzkrieg* in Liebe! – Und sie: nur bitte, lüg nicht! – Und dann Dato. Ich schrie in den Hörer, das hatte ich einfach nicht erwartet, aber Ritulja hängt den Hörer nicht ein, sie lauscht, unterhaltet euch weiter! bittet Dato, und wir unterhalten uns, und sie sagt: ich werde auch ganz heiß, und ich hob überhaupt ab, und ich flehe um Schonung und hoffe gar nicht auf Schonung. So lebte ich, mit Mersljakow oder mit Dato, oder mit allen zusammen, und das Leben floß dahin, und dann begann der Tod. Denn der Tod begann nicht, weil ich die Liebe vergessen oder einfach genug gehabt hätte, davon, liebe Ksjuscha, kann man nicht genug kriegen – nein, der Tod begann, weil es niemanden mehr gab, den ich lieben konnte. Und ich begriff die Unschuld meiner neuen Freunde, ihre zweite gerechte Dimension (du sagst: die zweite Rechnung). Und als wir uns verabschiedet hatten, begann ich nachzudenken, nicht weil ich Rachegelüste verspürte gegenüber Stepan, dem Werwolf, der sich theatralisch seine staatlichen Hosen vollgepißt hatte, sondern weil mir eine Idee in den Kopf kam, als ob ich reifer geworden wäre, und ich blickte um mich, und ich begriff, daß bei weitem nicht alles in Ordnung ist, sondern es im Gegenteil viel Ungerechtigkeit und Betrug gibt, der über der zarten Erde schwebt, über Räumen und in Schluchten, wie ein gelber rotziger Nebel, und daß sich die Unwahrheit in ausgetrockneten Flußbetten und im Dickicht der Straßenränder angestaut hat, und ich war wie vor den Kopf geschlagen, und ich wurde mißmutig, und alles stand deutlich vor mir. Dabei grämten sich meine neuen Freunde ganz umsonst bei ihrer

Suche nach einer möglichen Erlösung, denn hier hilft kein Gedanke, und wenn du dich umbringst, und sie brachten sich geradezu um, und wieviel jüdisches Denken auch seine Haken schlägt, vergebens, also geradezu erstaunlich, warum sorgen sie sich mehr als wir selbst um unsere Rettung? – so überlegte ich, während ich mit dem enormen blauen Fleck am Oberschenkel im Bett lag und um mich blickte bei meinen Überlegungen, was man anstellen müßte, um den gelben rotzigen Nebel zu vertreiben, ja, ich blickte um mich und fand nicht viel, und die Freunde traten den Rückzug an und verdufteten, während sie über Stepan und Limousinen redeten, die Leute wie Kegel wegfegen. Ja.

Und da rief ich Veronika an, und ich sage: Veronika, mein Herzchen, meine Süßeste, meine Klügste, ich muß dich sehen, ich hab was zu besprechen. Sie sagt: komm her. Es ging mir zu dem Zeitpunkt schon etwas besser. Ich nahm ein Taxi und fuhr hin. Ich erzähle es Veronika. Ich sage: ich bemerke an mir eine geheimnisvolle Besonderheit. Ich kann alles Unreine in mich aufnehmen. Was denkst du darüber? Sie schwieg eine Weile, und sie sagt: sag mir bitte, wirst du vielleicht von einem Traum verfolgt...? O Gott, sage ich, ich kann schon nicht mehr, so verfolgt er mich! Timofej schleicht um uns herum und schnuppert an mir. Immer wenn ich komme, schnuppert er an mir wie an einem Maiglöckchen, und Veronika ist ein wenig eifersüchtig und mag das nicht besonders, aber sie hält sich zurück. Na gut. Ich bin selber eifersüchtig. Fast jede Nacht ein und derselbe Traum, sage ich, wenn mir nicht der richtige Mann begegnet... Veronika zog die Stirn in Falten: sie mochte Männer nicht, aber ich dachte nicht immer daran, ich vergaß es manchmal, weil das nicht normal ist, aber sie mochte sie nicht. Sie sagte: merkt ihr denn nicht, ihr dummen Gänse, wie sie riechen! Sie riechen aus dem Mund und aus allem: nach schmutziger Wäsche, nach Sperma und nach Scheiße. Ksjuscha, das Filou, widersprach ihr, und ich schwieg – weiblicher Schweiß ist durchdringender, das merkt man in den öffentlichen Verkehrsmitteln. Nein, beharrte Veronika gegen jede Wahrheit, nein! Warum parfümieren sich die Frauen? fragte Ksjuscha und gab sich selbst die Antwort: Die Frauen trauen ihrem eigenen Geruch nicht! – Hört auf, sonst muß ich mich übergeben! – flehte ich. Veronika winkte nur ab. Allen anderen zog sie ihren Timofej vor. Ja. Ein und derselbe. Nacht. Die Straße. Keine Menschenseele. Ich gehe daher in einem weiten, gelben Rock. Plötzlich kommt *er* hinter mir her, er hat einen Hut auf, wie am Schädel festgeklebt, vor Angst stürze ich in einen Hauseingang, ich renne höher und höher, das Herz hämmert, ich bin auf dem letzten Treppenabsatz, und er steigt nach oben, mit mahlenden Kiefern, er beeilt sich nicht, er kaut auf einem imaginären Grashalm, er steigt zielsicher nach oben, er weiß, daß ich mich nicht in den Abgrund des Treppenhauses stürzen werde, und auch ich weiß, daß ich es nicht tun werde, und ich läute verzweifelt an einer Tür, niemand sperrt auf, kein Hund bellt, dort ist Totenstille, aber man atmet dort und sieht durch den Spion, daran denke ich, er steigt nach oben, und da ist er, er kommt auf mich zu, auf dem imaginären Grashalm kauend, und ohne ein Wort greift er, wie eine Axt, seinen... so einen!... also so einen, Veronika! Idiot, denke ich... Die Wimperntusche zerläuft... Idiot... Ich würde ja selbst, ich würde ja selbst, und mit großem Vergnügen...! Bis zum Zwerchfell...! Nur das Gesicht ist nicht zu sehen... Und Veronika, die Hexe, sie verkehrt mit schrecklichen Mächten, sie sagt stirnrunzelnd: und kommt er? Ich wurde nachdenklich, auf eine Antwort nicht vorbereitet. Also ich, ich ganz bestimmt, aber er? Ich sage: ich glaube, ja... Veronika erleichtert: dann ist es gut! Aber erinnerst du dich genau? Ich strengte mich an. Ich sage unsicher: bestimmt! Dabei denke ich: warum sollte er denn nicht kommen? Und bereits ohne jeden Zweifel: bestimmt! bestimmt! Und das Gesicht hast du nie gesehen? Nein, antworte ich, er hat immer den Hut auf, wie am Schädel festgeklebt, aber das nächste Mal, lache ich, bitte ich ihn unbedingt, immer wenn ich aufwache, sage ich mir: das nächste Mal muß ich ihn bitten, aber dann vergesse ich es wieder, vor lauter Angst, und dann ... also so ein Ding! – das ist dann, lache ich, einfach zuviel. Aber Veronika lacht nicht. Sie sagt: weißt du was, Ira? – Was? – frage ich verwundert. – Du kannst die neue Jeanne d'Arc werden. So ist das, sagt sie, Tarakanowa! – Ich wurde still. – Willst du, fragt sie, die neue Jeanne d'Arc werden? – Aber die haben sie doch wohl, sage ich, auf dem Scheiterhaufen ... – Der Scheiterhaufen droht dir nicht – wirklich, eine wahre Hexe ist sie! und dabei Doktor der Naturwissenschaften. – Der Scheiterhaufen droht dir nicht, aber es wird dich trotzdem das Leben kosten: er wird dich verzehren, Ira! – Wie verzehren? Wer denn? – Eben diese Macht wird dich verzehren, die nachts immer im Hut zu dir kommt! – O Gott, sage ich, was sind das für Leidenschaften! Nein, bitte nicht. – Aber sie sieht mich mit klarem Blick an und sagt: hast du wenigstens eine Ahnung, Tarakanowa, wofür du leiden wirst? – Na ja, antworte ich, im großen und ganzen ... für die Gerechtigkeit! – Nein – sagt sie, nicht nur. – Und für was? – sage ich. Ungerechtigkeit gibt es viel, aber trotzdem fürchte ich mich zu sterben. – Dumme Gans! – sagt sie. – Fürchte dich nicht! Du weißt ja, *wo* du post mortem landest! Und all deine Sünden und kleinen Gemeinheiten werden vergessen sein, und die Engel werden vor dir ihren Heiligenschein abnehmen, und du wirst die Zarin im russischen Kosmos sein!

16

Ich eilte zu den neuen Freunden. Ich eilte. Ich betrat den Raum – sie hatten nicht mal einen Blick für mich übrig, sie wunderten sich nicht: wie? haben Sie keine Angst, allein aus dem Haus zu gehen? wie kann man denn so unvorsichtig sein! Sie sagten nur: psst! – und verfrachteten mich in ein stilles

Eckchen. Jegor warf mir einen verschleierten, kreativen Blick zu und vertiefte sich mit erneuter Kraft in sein Manuskript. Nun stellte sich plötzlich raus, daß er ein Dramatiker war. Eine vielköpfige Gesellschaft saß in Trauben auf Diwan, Stühlen, Sesseln, Armlehnen und Fensterbänken, und die Jüngeren, mit fiebrig lebhaften Gesichtern, lehnten an den Wänden. Durch das Oberlicht zog der Zigarettenqualm ab. Die Beine übereinandergeschlagen, saßen die Damen mit weit vorgestrecktem Kinn, so konnten sie besser zuhören. Das Stück hieß »Pottsau«. Das Stück war schwer. Die Handlung spielte mal in einer Wodkaschlange, mal in der Ausnüchterung, mal in einem Krankenzimmer für Frauen nach der Abtreibung, mal in einer öffentlichen Toilette auf einem Bahnhof oder auch in einem scheußlichen engen Zimmerchen einer Kommunalwohnung. Alle handelnden Personen in dem Stück tranken fast ununterbrochen viele verschiedene alkoholische Getränke, inklusive einen rätselhaften Balsam namens »Farnblüte«. Ich betrat den Raum, als gerade in der öffentlichen Toilette ein brutales Gespräch zwischen zwei Typen und der alten Klofrau ablief.

KLOFRAU. Ihr Monster! Ein Wort nur: Monster! Den ganzen Boden habt ihr vollgekotzt.
PAWEL. Ach sei doch still, Alte! Mir ist so schon schlecht. (kotzt wieder)
PJOTR. Das mußt du verstehen, Alte, wir hatten einen Grund. Die Tschechen haben verloren.
KLOFRAU. Beim Hockey, oder was?
PAWEL. Mensch, Alte, das war vielleicht ein Spiel...! (winkt ab und kotzt wieder)
Das Stück verlagert sich rasch in das Zimmerchen. Auf einem Tisch Essensreste, leere Konservendosen, Zigarettenkippen, dreckige Watte. Am Tisch sitzen zwei Mädchen.
SOJA. (gießt sich ein halbes Glas »Kurbelwelle« ein) Ich warte auf niemand mehr.

LJUBA. Ich auch nicht. Die Hochschule hab ich sausen lassen, aus der Wohnung meiner Eltern bin ich weg... mit den cremefarbenen Vorhängen...
SOJA. Du lügst. Du wartest auf Petka.
LJUBA. Nein. Die letzte Abtreibung hat mir die Augen geöffnet.
SOJA. Du lügst. Du wartest auf ihn.
LJUBA. (nachdenklich) Tu ich das...? (In einem Anfall von Jähzorn wirft sie den Tisch mit den Essensresten um und packt SOJA fest bei den Haaren.) Du machst dich lustig...? (SOJA schreit vor Schmerz.)

Das Stück endet mit einem Monolog der alten KLOFRAU aus der öffentlichen Toilette, die, wie sich rausstellt, zufällig die Nachbarin von SOJA und LJUBA ist. Stark betrunken kommt sie auf SOJAS Geschrei hin ins Zimmer gelaufen, trennt die sich prügelnden Mädchen und tanzt danach einen abstoßenden Shake. Während sie tanzt, trägt sie ihr Credo vor.

KLOFRAU. (tanzt weiter, in abgehackten Sätzen) Weiß nicht mehr. Irgendein. Schriftsteller. Hat gesagt. Der Mensch. Ist eine Nutte. Das klingt. Stolz. Ich würde. Diesem. Schriftsteller. (Sie wedelt beim Tanz mit dem Putzlappen.) Ich würde. Ihm. (Sie schreit.) Die Fresse! Polieren...! (Entkräftet läßt sie sich an der Rampe nieder.) Humanismus? Euer Humanismus, der kann mir gestohlen bleiben! Heute ist in meinen Armen (hebt die Hände zum Gesicht und betrachtet sie aufmerksam) ein Junge gestorben, an seiner Kotze erstickt...! Da habt ihr ihn, euren Humanismus!
LJUBA. (richtet sich auf und wird weiß wie ein Laken) Petja... Mein Petja...
VORHANG –

Ganz erschöpft atmete Jegor tief durch, wischte sein feuchtes Gesicht ab und streifte das Publikum mit einem zaghaften Blick. Das Publikum war stark beeindruckt. Nervöse Röte in den Gesichtern. Boris Davidowitschs Frau verschwand unauffällig in die Küche, um die vorbereiteten Brote mit Wurst, Marke »Liebhaber« zu zwei neunzig, und Tee mit Gebäckstangen zu holen. – Ja – durchbrach Boris Davidowitsch das anhaltende Schweigen. – Stark! – und er wackelte sogar irgendwie vorwurfsvoll mit seinem Charakterkopf. Alle gratulierten ihm. – Also, du bist toll...! – Das geht durch Mark und Bein...! – Der versteht was vom Leben...! – Genau das hat uns auf der Seele gebrannt... – Jegor faßte augenblicklich wieder Mut, und als Autor trank er aus dem größten Becher mit einem Hahn drauf. Alle waren sich einig in der Meinung, daß es ein dichtes Stück ist, doch es gab auch kritische Stimmen. Achmed Nasarowitsch sagte, daß es dem Stück an moralischem Potential mangelt, nein, er ist nicht gegen das, was man, mit Verlaub, Verunglimpfung nennt, aber sie muß unbedingt konstruktiv in höchstem Sinne sein! – Ich dachte an Wladimir Sergejewitsch und sagte auch: Natürlich! Kunst muß konstruktiv sein. – Elender Realismus – knurrte Jura Fjodorow. – Ein Haufen billiger Anspielungen – sagte in seiner üblichen fiesen Art, sanft lächelnd, mein Freund Mersljakow. – Sodbrennen der Sechzigergeneration. – Es erhob sich einhelliger Lärm. Mersljakow wurde des Ästhetizismus und Intellektualismus beschuldigt. Was Witassik aber nicht davon abhielt, in aller Ruhe hinzuzufügen, daß ihm der Titel »Pottsau« nicht gefiel. – Das ist ein *schlechter* Titel – sagte er. – Nenn es einfach »Kotze«. – Ich werd drüber nachdenken – willigte der Autor ein. – Zu Unrecht sind Sie, Jegor, gegen Humanismus – sagte eine wohlwollende Dame, die der Theaterszene nahestand. – Das sage nicht ich – wandte Jegor ein. – Das war die Klofrau. – Lieber Jegortschik, wem erzählen Sie das! – lächelte die Dame mit gekräuselten Lippen. – Apropos, unanständiges Vokabular verunreinigt nur Ihre satte volkstümliche Sprache – meldete sich der Pädiater Wassili Arkadijewitsch zu Wort. – (Ich habe seine Telefonnummer notiert. Ich werde mich nach der Geburt an ihn wenden.) – Ja, wissen Sie, mich hat das auch ein wenig schockiert – bekannte ich, liebenswürdig lächelnd.

Und überhaupt – ich errötete vor Aufregung, denn ich fühlte, daß ich mich in den Mittelpunkt rückte – wie kann man nur? Kein einziger lichter Moment... – Wo soll ich denn den herkriegen, deinen lichten Moment? – der Dramatiker wurde plötzlich sauer. – Denk dir doch einen aus! – schlug ich vor. – Dafür bist du doch Schriftsteller! – Ich werde aus Scheiße keine Bonbons machen – erklärte Jegor und vergrub Lippen und Nase in seinem Datschawächterbart. – Ich bin nicht N.! (Er nannte den Namen eines Filmregisseurs, der gerade in Mode war.) – Was ist denn schlecht an N.? – wunderte ich mich (mir gefielen seine Filme). – Irotschka, der ist ein eingefleischter Anpasser – erklärte mir Mersljakow in leichtverständlicher Form. – Jedenfalls produziert er nicht so ein finsteres Zeug – ich zuckte mit meinen Schultern. – Alle sahen mich interessiert an, weil ich auch in Mode bin und im Radio von mir die Rede war. – In Jegor Wassiljewitschs Stück gibt es, in der Tat, Ausweglosigkeit – verteidigte Boris Davidowitsch den Autor. – Aber das ist eine *bittere* Ausweglosigkeit, da gibt es nichts Beschwichtigendes oder billig Obszönes. Und das ist großartig! – Allerdings bringt die Kunst wenig Nutzen, wenn sie zu gar nichts aufruft – bemerkte seinerseits Achmed Nasarowitsch, mein Verbündeter in der Diskussion. – Meiner Meinung nach bringt die Kunst überhaupt wenig Nutzen – verriet ich. Verwirrung bei den Anwesenden. Man wirft sich lächelnd Blicke zu. Ich hob gleichmütig die Brauen. – Sehen Sie, Ira – sagte Boris Davidowitsch, – in schweren Zeiten übernimmt das Wort bestimmte Funktionen des Handelns... – Es gibt das Wort, und es gibt Das Wort – wandte der ehemalige Doktorand Belochwostow ein. – Wort ist Wort, das heißt, ein leeres Geräusch – ich klimperte unschuldig mit meinen langen Wimpern. – Ja, ja, natürlich! – Jegor kochte vor Wut und stellte seine Hahnentasse zur Seite. – Sie meint, daß man ihnen besser den Arsch zeigt! – *Das* meine ich nicht – antwortete ich in die absolute Stille hinein, die immer auf Persönlichkeitsbeleidigung folgt. – Aber ich weiß, was besser ist!

Geblieben war nur noch eine Handvoll Eingeweihter. Und ich sage: gibt es keinen Champagner bei Ihnen? Sie sagen: es gibt wohl welchen. Ich sage: trinken wir, ich werde Ihnen jetzt etwas sehr Wichtiges mitteilen. Sie rannten los, brachten Champagner und schenkten mir ein Glas ein, und sie fragen: wie sieht's aus? – Schlecht! – Sie nickten erfreut: ich bin keine schlechte Schülerin, bloß, denke ich, gleich werdet ihr das Maul aufsperren, da sitzt ihr hier herum und diskutiert, hört euch beschissene Theaterstücke an, und die Zeit verrinnt, ihr heult und könnt nicht begreifen, weshalb das alles so weitergeht, immer weiter, und kein Ende in Sicht und kein Ausweg, und die Menschen werden häßlich in ihrer Schwermut, und ihr erzählt noch Witze, aber wenn man euch fragt: was tun? – dann schweigt ihr, oder ihr denkt euch auf einmal solche Märchen aus, daß es allen peinlich ist, als ob ihr einen Furz losgelassen hättet, immerzu beschuldigt ihr irgendwen und ereifert euch, immerzu lauft ihr mit leidenden Visagen durch die Gegend und drängt diese leidenden Visagen jedem auf, und ihr seufzt, prima Leute seid ihr, da kann ich nichts sagen, gewissenhaft, in der Scheiße bis zur Halskrause – ihr kämpft mit der Scheiße, ihr trinkt auf eine hoffnungslose Sache und lästert über Ordnung, Bosheit häuft ihr an, ihr führt eine Satire auf die Satire vor, aber mir gefällt Ordnung, jawohl, sie gefällt mir! überhaupt bin ich für Sauberkeit und Ordnung, und ihr seid Schlappschwänze! So dachte ich laut vor mich hin, und ich hatte das Recht dazu, denn ich machte mich bereit für den Tod, und ich hängte mir nicht bloß das Mäntelchen des Leids und der Trauer um. Und nun fragen Sie mich: weshalb habe ich beschlossen, den Tod durch Vergewaltigung zu empfangen? Als ob ich nicht am eigenen Leib erfahren hätte, wie das aussieht und wie das schmeckt? Weil ich einmal, wie ich mit einem Privattaxi nach Hause fuhr – und das habe ich absolut nicht geträumt – da war ich schon im Begriff, in meinem bescheidenen Hauseingang zu verschwinden, als mir ein eleganter Mann entgegenkommt, wie aus dem Ei gepellt und ziemlich groß, und er sagt: ich warte auf Sie. Was soll das, Sie warten auf mich! Ich blöde Kuh, ich hätte den mir fremden Fahrer des Privattaxis rufen sollen, er war noch nicht weggefahren, aber statt dessen lasse ich ihn wegfahren und wende mich an den unbekannten Dunkelhaarigen: junger Mann, Sie müssen da etwas verwechseln. Aber er sagt, daß er nichts verwechselt, daß er schon lange auf mich wartet. Das war noch zu Lebzeiten von Wladimir Sergejewitsch, er wußte aber nichts davon, und es war tiefe Nacht, und überhaupt war es Herbst, und dies ist kein Traum. Nein, sagt er bestimmt, ich verwechsle nichts. Ich, sagt er, werde Sie jetzt durchficken! Ich zuckte am ganzen Körper zusammen, und ich antworte: das dürfte Ihnen schwerfallen! Und ich gehe zur Haustür, aber er packt mich derart an der Taille und schleudert mich dorthin, wo immer die Rentner Domino spielen, in unserem Gärtchen, ich überschlug mich und stürzte hin, und er fiel über mich her und – er würgt mich, und zuerst wehrte ich ihn ab, und dann sehe ich: er scheint mich allen Ernstes erwürgen zu wollen, also er würgt mich dermaßen, daß ich nicht mehr atmen kann und keine Luft kriege, und ich bekam einen Mordsschreck und dachte, daß ich ihm zu verstehen geben mußte, gut, fick nur, leck mich doch am Arsch, sonst würgt er mich noch zu Tode, bloß wie ihm das zu verstehen geben, wo er sich auf mich geworfen hat und mich würgt und würgt, da kriegt man doch keinen Ton mehr raus, und mir kam der gräßliche Gedanke, daß er mich zuerst umbringt und erst dann durchfickt, und bei diesem Gedanken und aus Atemnot, oder vielleicht war meine Atemnot genau dieser Gedanke – fiel ich in Ohnmacht, das heißt, ich verlor das Bewußtsein, ich steige aus, leb wohl, Ira! und ich dachte nicht daran, den Löffel abzugeben, und als Wladimir Sergejewitsch (oder jedenfalls sein Vor- oder Ebenbild) bei mir auftauchte, da beschloß ich, mich nicht zur Wehr zu setzen, gut dressiert, und außerdem sagt er: na, was kostet dich das schon! Aber Dato warf mir immer wieder vor, daß es mich nichts kostet, er sah überall bloß Schwänze, und er entlarvte und beschimpfte mich, bis er fast umkam vor Leidenschaft, und ich sagte lachend zu ihm: ich werd dir ein süßes Kleines in die Welt setzen, und er nahm mich in beide Arme, und er wusch mich eigenhändig, ganz besorgt, und ich betrachtete gleichmütig seine junge Glatze, streng dich an, du Idiot, ich bin sowieso unfruchtbar wie die Wüste Karakum, aber damals nahm die Sache eine andere Wendung: ich kam wieder zu mir, und ich sehe: er auf mir und – er arbeitet, na, denke ich, umgebracht hat er mich nicht, und ich fühle an einigen nebensächlichen Anzeichen, die Sache nähert sich ihrem Ende, obwohl ich überhaupt nichts fühle, als ob er gar keinen Schwanz hätte, als ob er mich mit nichts ficken würde, und ich fühle, meine knallengen Jeans hat er mir über die Stiefel gezogen, der Scheißkerl, ein Profi, ich liege da: kommt mir denn wirklich keiner zu Hilfe, ich weine, hat denn wirklich niemand meine durchdringenden Schreie gehört (und ich habe geschrien!), so sind die Leute... Und die soll ich retten? Alle haben sie gehört, wie man mich mißhandelt, und nicht mal ihre Nase rausgestreckt oder die Miliz angerufen haben sie! Es fragt sich nun: was brauchen die überhaupt? Die neuen Freunde erklären – Freiheit. Verrückt geworden, wie? Das ist ja schlimmer als Diebstahl! Das riecht ja nach Blut! Er erhob sich, klopfte seine gut gebügelten Hosen ab, und er sagt: also, gehen wir zu dir. Ich antworte wie in einem Traum: wie komme ich denn dazu? Sie haben mich vergewaltigt, und ich nehme Sie mit zu mir nach Hause? Er bot mir eine Zigarette an. Wir sitzen auf der Rentnerbank, wir rauchen. Ich sage: Herrgott, weshalb haben Sie mich so gewürgt? Eine Minute länger, und ich hätte mich ins Jenseits verabschiedet! Und er sagt: sonst hättest du mich nicht rangelassen. Na ja, was soll man dazu sagen, das hat seine Logik, aber ich denke, ich sollte gehen, sonst will er plötzlich nochmal, und wir werden bis morgen früh nicht fertig, und ich rannte los, ich lief auf die Straße, aber mein Vergewaltiger lief mir nicht nach – er lief in die entgegengesetzte Richtung, und ich lief zu Arkascha, er wohnt nicht weit entfernt, aber da ist die Familie, seine Frau macht auf, wir kennen uns kaum: was ist denn mit Ihnen passiert! Eine seltsame Frau, sie brachte mich ins Bad, sie bepinselt mir die Schrammen mit Jod, als wär ich nicht die Geliebte ihres Mannes, und dabei ist sie nicht mal lesbisch! Arkaschetschka kam auf das Wasserrauschen hin aus dem Zimmer, ins Licht blinzelnd wie eine Ratte, und ich stehe in der Badewanne, ein Häuflein Elend, er regte sich furchtbar auf, er schreit: ich rufe die Miliz an! Und seine stille Frau sagt: bleib hier bei uns. Mir kamen sogar die Tränen. Wie eine Schwester. Ich sage, deinen Mann werde ich nie mehr anrühren. Bist du Christin, eine Baptistin oder so? Aber sie antwortet nicht. Eine unbegreifliche Frau. Und ich sage: spinnst du, oder was? Das wird eine Schande für mich. Die gesamte Miliz wird sich ins Fäustchen lachen – die alte Isergil haben sie durchgefickt!

So daß also alles ein Geheimnis blieb, ich habe es niemandem erzählt, und dieser Imaginäre, der aus dem Traum, verschwand auch für eine lange Zeit, er hielt sich verborgen, ich sehnte mich geradezu nach ihm. Na ja, und nun, sehen Sie, mußte ich selber darum bitten, auf die gräßlichste Weise durchgebumst zu werden, und dann noch von wem! Also, selbstverständlich *nicht* von meinen neuen Freunden, lauter Nullen, was das Ficken angeht, das war mit bloßem Auge zu erkennen, die hatten's mit der Philosophie. Die einen, die mit dem verlorenen, schlaffen Blick, waren typische Impotenzler, die anderen, wie Achmed Nasarowitsch, gehörten zu den ganz Fixen, die krampfhaft und nicht sehr lange zucken, richtig geil für mich! diese Sorte fuchtelt bei Diskussionen mit den Händen rum und ist hysterisch wie eine Frau, und der ehemalige Doktorand Belochwostow, der sich irgendwelchen kirchlichen Kreisen angeschlossen hatte, trank schrecklich viel und war arm, und ich mag arme Leute nicht, ich bin doch kein Wohltätigkeitsverein, und unter denen gab es keinen würdigen Kandidaten, Mersljakow nicht mitgerechnet, obwohl der auch seit kurzem eher schlaff ist und *verflossen,* das heißt, ein frischgebackener Entrechteter, dabei war er mal ganz lustig – und ich nahm Abstand von allen ernsthaften Absichten. Ich denke nur: bin ich erst einmal die neue Jeanne d'Arc, dann werden wir schon sehen! das heißt, ich werde sterben, aber dafür werde ich eine Heilige, so schien es mir, dabei hatte ich eher nicht die Absicht, Rußland zu retten oder so, ich wollte eine Heilige werden, die Sünde liegt näher bei der Heiligkeit als das Spießertum. Und Belochwostow flüsterte mir zu, daß es eine solche Möglichkeit gibt, eine Heilige zu werden, für alle Ewigkeit, und man wird mich besingen, aber Witassik war dagegen, nicht etwa, weil er nicht an Wunder glaubte, sondern weil er mich bedauerte, als mein ehemaliger Liebhaber, und ich sage zu ihm: fahren wir zusammen zum Feld, und er antwortet: Was meinst du da zu finden, auf deinem Feld? Ruhm? Dummer Witassik! Wo bleibt der Ruhm, wenn ich tot daliegen werde, verzehrt von dem Teufelsspuk, Ruhm paßt nur zu einer Lebenden, und eine Tote ist eben tot, aber eine Heilige – das ist was anderes, das ist nicht Ruhm, sondern Unsterblichkeit, und außerdem hatte ich von all dem die Nase voll, von all dem Lärm. Das heißt, letzten Endes ergab sich folgendes: ich wollte nicht Rußland, sondern mich selbst retten. Was bedeutet: Rußland retten? Ich fragte meine neuen Freunde: was bedeutet das? Ob ich von denen irgendeine gescheite Antwort bekommen habe? Nein. Darauf antwortet mir Achmed Nasarowitsch, halb Russe und halb Angehöriger irgendeiner nationalen Minderheit: es wird erst dann gut, wenn sich Güte und Eintracht über die russische Erde ausbreiten und alle einander lieben und fleißig arbeiten. Spinnerei, sage ich, nie wird es das geben. Doch! doch! – will man mich überzeugen. Ach, laßt doch eure kindischen Träume! – ich sprach ein ernstes Wort mit ihnen: ich gehe in den Tod! Sie verstanden das und hörten zu, obwohl sie Zweifel anmeldeten: ist das denn nicht, Irina Wladimirowna, Terrorismus Ihrerseits? Wird das nicht der Ökologie schaden? – Nein, sage ich, das wird nichts und niemandem schaden, es wird kein menschliches Blut fließen. – Aber was wird denn fließen? – Vollkommen klar: der wie Eiter stinkende Samen des größten Feindes Rußlands, des wollüstigen Dämons, Usurpators und Autokraten. Und sobald er fließt, wird er auch schon welken, schrumpfen und erschlaffen, und dann wird die Macht der Gerechtigkeit triumphieren, die jahrhundertelange Hexerei ist am Ende, denn anders als mit Hexerei läßt sich all das nicht erklären.

Sie hörten sehr aufmerksam zu, das heißt, sie unterbrachen mich nicht einmal, sie widersprachen nicht, meine Mitteilungen hatten sie verstummen lassen, und Jegors Stück war vergessen. Irina Wladimirowna, woher haben Sie das? *Ich vernahm eine Stimme.* Und wahrhaftig: da war eine Stimme! Und die hat mich zu Veronika geschickt. Und was hat die Stimme gesagt? Die Stimme sagte: viel verschiedenen sauren Samen hat deine Fotze aufgenommen, Irina Wladimirowna, Herzchen, du bist vollkommen am Ende, es ist höchste Zeit, Schluß zu machen. Das war die Stimme. Ich lief auch gleich Hals über Kopf zu Veronika, die alles begriff, und sie fragt: und hattest du Träume von einem Vergewaltiger? Ich bekannte mich schuldig vor ihr für meine im Traum begangene Sünde: oft hatte ich solche Träume. Und dann zog sie die Stirn in Falten, sie wollte keine Mittäterin sein, und sie segnete mich mit dem Zeichen einer wahren Hexe, und sie schickt mich in den Tod: geh und stirb! Und ich sage zu meinen neuen Freunden: ich verfüge über eine außerordentliche Fähigkeit. Ich kann alles Unreine in mich aufsaugen. Nur erklärt mir bitte, um Christi willen, was danach kommt, was für ein Wunderland, damit in mir der Enthusiasmus gären kann und ich nicht einfach so gehe, ohne jeden Sinn.

Sie wurden nachdenklich, und sie sagen: das wird ein großer Feiertag für den Staat, er wird sich verjüngen, verschüttete Kräfte werden erwachen und an die Oberfläche kommen wie die Wasser im Frühling, des weiteren werden Handwerk und Wissenschaft aufblühen, bei Perm werden die Ananas reifen, und die Bauern werden sich zweistöckige Häuser aus Stein mit Kanalisation und Garagen bauen, mit Schwimmbädern und Orangerien, gutgenährtes Vieh züchten und fröhliche Hochzeitslieder singen. Sie können sich nicht vorstellen, Irina Wladimirowna, was alles sein wird! Mächtig ist unser Land, Irina, mächtig und einzigartig, ohne Not liegt es brach und fault tatenlos vor sich hin (so sang mir die feindliche Stimme), jegliche Arbeit entgleitet den Händen, überall nur Mangel, Planuntererfüllung, Mißernten, die Arbeit ist pervertiert, der arbeitende Mensch schämt sich, ein arbeitender Mensch zu sein, der Kellner serviert Ihnen voller Abscheu ein scheußliches Essen, alle stümpern nur noch so vor sich hin, sind faul, versoffen, verkommen bis zum Gehtnichtmehr, mit einem Wort: Dreckschleudern! Das Ende eines großen Volkes bricht an, wenn es nicht schon angebrochen ist, helfen Sie ihm, Irina Wladimirowna!

Ich hörte mir das alles niedergeschlagen an, und ihnen glühten die Wangen, und ihre Frauen waren zu dieser späten Stunde sogar recht hübsch anzusehen, trotz ihrer frigiden Züge. Nehmen wir an, sagte ich – ich sagte das ziemlich unterkühlt, ich wollte mich vom Enthusiasmus anderer und unbegründeten Verallgemeinerungen nicht beeinflussen lassen, und ich bedauerte, daß Wladimir Sergejewitsch nicht mehr bei mir war –, nehmen wir also an, daß alles so sein wird, wie Sie sagen. Aber wo ist die Garantie, daß die bestimmte Stunde nicht schon vorüber ist? daß es überhaupt noch jemanden gibt, der zu retten ist? Sind das Opfer, das ich auf mich nehme, und mein Tod nicht vergebens?

Um die Wahrheit zu sagen, die Meinungen der Anwesenden waren geteilt. Die einen, wie zum Beispiel Boris Davidowitsch, der war so eine Art Sprecher – fragen Sie doch ihn, was hab ich schon dazu zu sagen? –, die waren sicher, daß der Zeitpunkt schon beinahe überschritten war und es gut gewesen wäre, sich früher damit zu befassen, so vor zweihundert, vierhundert Jahren, wenn nicht gar noch früher, solange uns noch nicht die Klistiere des gewalttätigen Asiatentums angesetzt waren und unsere Kiewer Landschaften noch den Sonnenuntergängen Claude Lorrains vorgezogen wurden, aber trotzdem glaubte er an die ureigenen Qualitäten der alteingesessenen Bevölkerung, an ihren passiven Widerstand gegen den Kapitalismus und die unmenschliche Ausbeutung des Menschen durch den Menschen, und daß er, Boris Davidowitsch, ohnehin recht hat, weil seine Ideen wahrhaftig sind usw. Aber die anderen waren ihrerseits geradezu enttäuscht über solche Äußerungen und derartig volkstümelnde Ansichten, da ja die Entwicklung des Kapitalismus nicht zu bremsen ist und man ihn im Gegenteil für seine eigenen Ziele nutzen muß, und sie warfen ihm vor, das seien auf Sand gebaute Phantasien, kurzum, sie glaubten ihm nicht, und Witassik an erster Stelle, aber für sie war er nicht der erste, sie erteilten ihm nicht das Wort, und ich sah zu ihm hinüber und tagträumte von den sechs Tagen blitzartiger Liebe, als wir das Bett nicht mehr verließen und nur für unsere schreckliche Leidenschaft lebten, und Witassik schrie, daß er nie wieder kommen könnte, aber er kam trotzdem: mit allerletzter Kraft. Also, damals kam er mit allerletzter Kraft, und hier legte er Pessimismus an den Tag. Gestatten Sie, sagt er, und hören Sie auch, was ich zu sagen habe, ich liebe Ira nicht nur als Symbol der Kühnheit und nicht nur, weil sie, wie Sie sich auszudrücken beliebten, in Millionenauflage ihren Hintern gezeigt hat, nein, es ist einfach sinnlos, daß das Mädchen für nichts und wieder nichts zugrunde geht! – Eine Kassandra! Eine Kassandra! – zischten die neuen Freunde, und einer von ihnen, mit einer traurigen Brille, bezweifelte plötzlich, ob Witassik überhaupt ein Russe sei. Witassik war indessen waschechter Russe, ungeachtet seines verlangsamten Redeflusses und der gepflegten Fingernägel und auch seiner Visage, deren Anblick mir, zugegeben, einmal lieb gewesen war, und ich war an seiner Stelle beleidigt und sagte: laßt ihn doch endlich reden! Und Witassik redete. Er sagte, daß kein chirurgischer Eingriff, mag er auch noch so mystischer Art sein, zu einer Wiedergeburt beitragen könne, daß die Entwicklung eine immanente sein müsse und daß man den von Gott Erleuchteten sich selbst überlassen solle und wir keine Quacksalber seien. – Was denn sonst? – Was denn sonst? – wunderte sich Witassik. – Selbsternannte Advokaten. – Die Damen fanden das skandalös, aber Witassik fuhr fort, weil ich es so wollte: Irotschka, es gibt für dich nichts zu retten, aber es gibt jemanden, den du retten mußt: dich selbst, und alles übrige vergiß und schlag dir aus dem Kopf. – Warum denn? – schrien auf einmal alle im Chor. Der Dramatiker Jegor sagte: Was die Sauferei betrifft, das werden sie nicht bleiben lassen. Da hat Witassik recht. Und alles übrige wage ich nicht zu beurteilen. – Aber Jura Fjodorow widersprach beiden: Sauferei – sagte er – ist nicht die größte Sünde, wenn es überhaupt eine ist. Das ist, wenn Sie wollen, eine Form von allgemeiner Buße, wo ja die Kirche in die Ecke gedrängt ist und in Stagnation verharrt. Das ist Buße, und das bedeutet, daß die moralischen Kräfte des Volkes bei weitem noch nicht aufgebraucht sind. Denn, Irina Wladimirowna, sagte er, als ob er Ksjuscha nie hinterherspioniert hätte mit seinen Vermutungen über ihre gelähmte Schwester, denn, Irina Wladimirowna, Sie sollten wissen: je mehr sie trinken, desto mehr quälen sie sich. Sie betrinken sich, tränenüberströmt, und das nicht etwa, weil sie alle Schweine wären, wie Mersljakow behauptet. Da sprang Witassik auf und brüllte los: Schweine? Schweine habe ich sie nicht genannt! Aber was kann ich dafür, daß sie bloß Brei im Kopf haben...! – Bitte, hören Sie auf! – nun mischte sich der Hausherr ein. – Wissen Sie überhaupt, was Sie da sagen? – Witassik lief dunkelrot an: Boris Davidowitsch, ich bedaure nur eins: daß ich sie hierher gebracht habe. – Hören Sie mal, Mersljakow – sagte Boris Davidowitsch – wir sind doch alle vernünftige Leute. Wir mögen nicht immer dieselben Dinge. Warum können wir uns nicht einigen? – Weil – Witassik wollte sich nicht beruhigen – weil wir hier vor dem historischen Paradox des Willens stehen. Das Volk will nicht das, was es wollen sollte, sondern es will das, was es nicht sollte. – Unverantwortliche Wortspielerei! – verkündete Achmed Nasarowitsch angewidert. – Es will gut leben – sagte Jegor. – Quatsch! – winkte Witassik ab. – Seien wir objektiv. Es hat nie so gut gelebt wie jetzt. – Was? – Rühr mir die Kirche nicht an! – meldete sich der ehemalige Doktorand Belochwostow zu Wort. – Die Kirche wird sich noch zeigen! – Überhaupt nichts wird sie zeigen! – Doch, das wird sie! – Guck dir lieber an, wie sie leben! – Du hast ja keine Ahnung vom Leben! – Aber du, was? – Und Sie sollten überhaupt den Mund halten! – Wie kannst du es eigentlich wagen? – Allerdings kann ich! – Genug! Ge-nug! GENUG! Belochwostow, nehmen Sie die Hände weg von Mersljakow! – Soll er verschwinden! – Lassen Sie ihn los, ich sage Ihnen auf gut russisch ... fuchteln Sie nicht mit der Flasche rum!

Ich gehe wohl besser – sagte ich und erhob mich. Jeder schämte sich plötzlich für den anderen. Und mir drehte sich der Kopf. Und ich sagte zu den besänftigten Freunden: Meine Lieben! Es ist klar wie Kloßbrühe, daß überhaupt nichts klar ist. Und da nun wenigstens das mal klar ist, wollen wir den Versuch wagen! Und dann sehen wir weiter. – Also, wie immer – murmelte Witasssik. – Erst machen und dann sehen. – Beruhige dich – sagte ich. – Ich habe keinen besonderen künstlerischen Wert. Na ja, ich sterbe eben ... Als ob vor mir nie einer gestorben wär! – Mein Argument zog. Ich sah, wie den mannhaften Frauen, den Freundinnen meiner neuen Freunde, Tränen in die Augen stiegen, und Achmed Nasarowitsch näherte sich mir und umarmte mich wie die eigene Tochter. Auch Jegor küßte mich: er glaubte an Dämonen, trotz seiner Schlitzohrigkeit. Sie begannen zu überlegen, was zu tun sei. Die Verschwörung organisierte sich. Ich erklärte.

Man braucht ein Feld. Man braucht ein Feld, wo unschuldiges und gerechtes Blut vergossen wurde. Irgendwer, ich weiß nicht mehr wer, bemerkte, daß es überall vergossen worden sei, da müsse man nicht lange suchen. Witassik, sich selber treu, sagte finster: war es denn unschuldig und gerecht? Achmed Nasarowitsch schlug Borodino vor. Er respektierte die Franzosen nicht, er hielt sie für eine borniterte Nation und meinte, daß genau dort ein Schutzwall gegen Genußsucht und Dekadenz errichtet wurde. Der junge Belochwostow schlug Kolyma vor, und das allen Ernstes. Er vertrat einen weitverbreiteten Standpunkt und rief alle auf, unverzüglich aufzubrechen, er könnte die Sache in die Hand nehmen und eine Unterkunft garantieren, er habe dort einen Freund, einen Goldgräber, vorausgesetzt, der sei noch auf freiem Fuß. Der Vorschlag fand überraschenderweise ungeteilte Zustimmung: die Männer wie auch die Frauen und selbst Boris Davidowitsch mit seinem Krückstock – alle sagten, daß es dort natürlich ideal sei, bloß ein bißchen weit ab. Zu ihrer Verwunderung war ich entschieden dagegen. Ich sagte, daß ich nicht die geringste Absicht habe, nach Kolyma zu fahren, denn dort leben die Tschuktschen und die Hirsche, die sollen selber sehen, wie sie miteinander klarkommen, und daß dort Russen erfroren sind – wer weiß denn, wo die Ärmsten noch überall erfroren sind! – Vielleicht, dann eben da, wo die Tataren ... – schlug Jegor zaghaft vor. Meiner Meinung nach hatte er recht. Da gibt es noch Glauben und eigene, ursprüngliche Erde. Und nach Kolyma fahre ich nicht. Dort ist es zu kalt für den Gang, ich könnte mich erkälten – sagte ich. – Und nach Borodino zu fahren, wenn es auch nah ist, finde ich peinlich! – sagte der Kinderarzt Wassili Arkadijewitsch (angenehmes Äußeres, Schnurrbart, gute Manieren). – In Borodino liegen die Knochen einer aufgeklärten Nation! Dort liegen die Knochen von Menschen, die uns in allem überlegen waren. Sehen Sie nur: selbst ihre Kinder, noch Säuglinge – und sogar die zeigen wunderbare Gelassenheit, Erziehung, Kultur! Sie brüllen nicht und sind nicht launisch. Sie fallen den Erwachsenen nicht zur Last. Sie spielen immer vernünftige, stille

Spiele! Das sind Liberale von der Wiege an, und der Liberalismus ist ja wohl die höchste Form der menschlichen Existenz, und unsere pissen sich nur voll und plärren und zerbeißen noch die Mutterbrust, bis sie total verunstaltet ist...! Schade, daß die Franzosen beim Brand von Moskau im Qualm den Kopf verloren haben! – Das hat schon einer in den Brüdern Karamasow beklagt – bemerkte der Enzyklopädist Boris Davidowitsch. – Na also! – sagte der Pädiater. – Smerdjakow – präzisierte Boris Davidowitsch. – Das beweist noch gar nichts! – der Pädiater ließ sich nicht aus dem Konzept bringen. – Doch, allerdings! – Achmed Nasarowitsch, der sich bis dahin zurückgehalten hatte, ging zum Angriff über. – Was ist denn an denen aufgeklärt, an Ihren Franzosen, wo doch ihre ganze Geschichte und ihr ganzes Leben ein einziges, nicht enden wollendes München ist! – Ha-ha-ha! – Wassili Arkadijewitsch brach in einigermaßen echtes Gelächter aus. – Ha-ha-ha! Und was sollen sie machen, Ihrer Meinung nach, sollen sie Ihretwegen krepieren? Die spucken auf die Russen! So wie wir auf die Chinesen spucken! – Ich spucke nicht – bemerkte Achmed Nasarowitsch mit Würde – auf die Chinesen. Überhaupt habe ich nicht die Angewohnheit, auf jemanden zu spucken. – Nein, Sie spucken! – sagte der Kinderarzt und geriet in Rage (weder Schnurrbart noch gute Manieren). – Ich erinnere mich sehr gut, wie Sie vor fünfzehn Jahren sehr gern irgendwas richtig Schweres nach den Chinesen geworfen hätten, vor lauter Schreck, ich erinnere mich. – Achmed Nasarowitsch wurde rot wie ein Granatapfel und sagte: Und ich, Wassili Arkadijewitsch, erinnere mich, wie Sie ein Briefchen an die Medizinalbehörde zusammengekritzelt haben, als man Ihnen ein winziges bißchen auf den Schlips getreten ist, und was haben Sie denen Honig ums Maul geschmiert! – Meine Herrschaften! – schrie Boris Davidowitsch. – Wir sind alle nicht ohne alte Sünden. Ich zum Beispiel habe bei Kriegsende eine junge und vollkommen unschuldige Deutsche getötet. Aber wir büßen ja dafür! Wir büßen dafür und sie werden uns einst erlassen, meine lieben Herrschaften! – Borja – sagte Boris Davidowitschs Frau. – Gib auf dein krankes Herz acht! – Aber ich zum Beispiel bin ohne Sünden – sagte erfreut der junge Belochwostow. – Ich bin niemandem in den Hintern gekrochen. – Sehr bedauerlich für Sie – er tat mir leid, denn ich erinnerte mich an das bemerkenswerte Motschulskaja-Tarakanowa-Gesetz. – Sehr bedauerlich!

Ich hatte gleich begriffen, daß der junge Doktorand wenig von Frauen verstand, und ich hatte auch keine besondere Lust, mich mit ihm in ein Bett zu legen. Ich stellte ihn mir vor: das Gesicht einer Zieselmaus, Rührung und Sirup, schlabbrige Unterhosen, ach, das mußte nicht sein! Aber ich hielt mich zurück und gab unser Gesetz natürlich nicht der Öffentlichkeit preis. Schließlich hatten sie sich auf ein Feld geeinigt. Nun erhob sich die Frage des Autos. Wassili Arkadijewitsch bot galant seinen Saporoschez an. Ich lehnte glattweg ab. Unangenehme Assoziationen. Der angeknackste Oberschenkel. Und außerdem: sich in einem Saporoschez auf ein derart riskantes Abenteuer einzulassen, war irgendwie daneben. Lächerlich. Jura Fjodorow bot seine Dienste an. Es stellte sich heraus, daß er einen Schiguli fuhr. Du hast einen Schiguli? Also dann, wer begleitet Irotschka? Witassik, fährst du? Witassik antwortete, daß er nicht fährt. Seine Frau leide an einer Allergie der inneren Organe. Diplomatische Krankheit. Er war als einziger gegen mein Vorhaben, und alle guckten ihn an wie einen Abtrünnigen. Er begann mir sogar ein bißchen leid zu tun, und ich sagte: Ich weiß, warum er dagegen ist. – Ich auch – sagte Belochwostow, der zu diesem Zeitpunkt bereits einige Gläschen Wodka intus hatte. – Er ist kein Liebhaber von Rußland. Aber ich fahre! – Nein – sagte ich – Sie fahren nicht. Sie werden sich besaufen. – Er war blamiert, und Mersljakow bemerkte mit einem fiesen Grinsen: Du halt die Klappe. In einem halben Jahr bist du nicht mehr hier, du mit deiner ganzen Liebe für Rußland! – Das ist kein Argument – sagte Belochwostow. – Das ist *noch* kein Argument, und wenn es ein Argument ist, dann ist es herangereift, und weißt du wo? – Sie schienen Mersljakow nicht besonders zu mögen. – Wo? – fragte Mersljakow höflich interessiert. Belochwostow lachte bösartig auf. Jegor spielte plötzlich den Vermittler. Der ehemalige Lakai. Der allgemeine Liebling. Sie hatten das Tatarenfeld gewählt, gegen den Widerstand von Achmed Nasarowitsch, der an die früheren starken Bindungen zwischen der Rus und der Tatarei erinnert hatte. – Man darf das nicht simplifizieren! – ärgerte er sich. Jegor erbot sich ebenfalls, mich zu begleiten. Er war ein Meister im Erzählen von Geschichtchen, und er erzählte mir unterwegs, um mich zu zerstreuen, apropos Tataren, daß ein gewisser Kasaner Bildhauer Sinaida Wassiljewna bedient und daß sie beim Liebemachen geschrien hatte: Reite mich, Tatare! – was dieser denn auch tat. – Und wußte Wladimir Sergejewitsch davon? – Nein – antwortete Jegor treuherzig. – Warum hast du mir das nicht früher erzählt! – bedauerte ich. – Vielleicht hätte ich dann nicht über dieses verfluchte Feld gehen müssen.

17

Nun denn, das Feld. Die Tragödie meines absurden Lebens. Es war ein schöner warmer Septembertag. Vielmehr, ein früher Morgen, der noch nicht warm war, wie bei uns im September die kühlen Morgenstunden eben sind, der durchsichtige Atem des Herbstes, aber dann ging die Sonne auf, die Blätter wurden golden und versprachen ein mildes Wetter. Bis zum Feld fünf bis sechs Stunden schnelle Fahrt. Sie kamen mich abholen und hupten kurz, als sie in den Hof fuhren. Ein letzter Strich mit dem Stift (für die Augenbrauen), ein Kontrollblick in den Spiegel, fertig! ich bin bereit. Ich lief nach unten, in der Hand einen großen geflochtenen Korb mit Essen, wie für ein Picknick: eine Melone, gekauft bei einem Kalmücken, Brote mit Schinken und Käse, in Folie gewickelt ein Hähnchen mit knuspriger Kruste, ein Weißbrot zu zweiundzwanzig Kopeken, eine Flasche trockenen Wein, schöne rote Tomaten, Servietten, einen winzigen Salzstreuer und eine Thermosflasche mit starkem Kaffee. – Guten Tag, Jungs! – Ich lächelte. Ich wollte an diesem Tag nicht traurig sein. Ich trug sandfarbene Jeans, sehr schick und fast neu, ein Wildlederjäckchen (von derselben Farbe wie die Kruste des gebratenen Hähnchens) und um den Hals einen blau-weiß-roten Schal. Bildhübsch. – Die Nationalfarben – Jura betrachtete beifällig den Schal. Jegors Bart kitzelte, als er mir die Hand küßte. – Na dann, in Gottes Namen! – sagte ich, als ich die Wagentür zuknallte, und ich bekreuzigte mich, obwohl ich noch nicht getauft war. – In Gottes Namen! – sagte Jegor würdevoll. – Knallt doch nicht so mit den Türen – brummte der Eigentümer. Wir fuhren los. Die Verantwortung des Augenblicks war zu spüren. In einigen Stunden (abends, in der Dämmerung) sollten sich zwei Schicksale entscheiden: das Schicksal Rußlands und mein Schicksal.

Eine Vergnügungsreise. Ein Lüftchen in den Haaren. Vereinzelte Wolken, die wie Kosmetikwattebäuschchen aussahen. Mit voller Geschwindigkeit sausten wir Richtung Süd-Ost, ins Innere des Landes, zum Feld. Die hübsch reinliche, frisch ausstaffierte Moskauer Umgebung empfing uns mit luftigen kleinen Wäldchen und verlassenen Datschas, um die herum alles voller Äpfel hing und goldene Kugeln verblühten, Dahlien und verschiedenfarbige Astern. Ich kann Astern nicht ausstehen. Warum? Einmal, auf einer Beerdigung... Schon gut. Das erzähle ich ein andermal. In den Siedlungen schleppten kleine Mädchen in schokoladenbraunen Kleidchen riesige Schultaschen, und durch das Rückfenster eines Autobusses betrachtete uns noch ganz schläfrig mit gleichmütiger Neugier die arbeitende Bevölkerung.

Man muß sich nicht weit von Moskau entfernen, um zu sehen, wie das Leben einfacher wird, wie sich die Schritte verlangsamen und der Atem der Mode flacher wird, wie sie schon bei Kilometer vierzig gerade mal anfangen, die Kleider aufzutragen, die in Moskau längst aufgetragen sind, wie sich die Gesichter entspannen, obwohl viele diesen bestimmten Anflug von Erbitterung der Moskauer Umgebung haben, die hauptstadtnahe Gesindel- und Rowdyzone, Tanzplätze hinter Verschlägen, aus Brettern zusammengezimmerte Klubs, Abneigung gegen die Datschabesitzer und verächtlicher Neid gegenüber dem Publikum aus der Hauptstadt, hier gibt es eine mächtige Welle aus der Stadt, die kreisförmig Auslauf sucht, wie vor dem Stein, dem Kreml, geflüchtet, und diese Welle trifft auf eine ebenso machtvolle Welle, die aus den Weiten flieht, und all das schlägt zusammen: wattierte Arbeitsjacken und hochhackige Schuhe, Kringel und Machorka: hier überholen sie dich, ohne dich einzuholen, und sie bleiben mit ihrem Gaunerlächeln zurück, wir fahren weiter, dorthin, wo die Busverbindung mit den dreistelligen Ziffern aufhört, wo die Vorortzüge müde schnaufen und an jedem Bahnsteig, bis hierher sind sie noch betoniert, schlappmachen, wo das ländliche Leben immer urwüchsiger wird, Dreck an den Stiefeln, die Füße verwachsen mit der Erde, Hühner und klassische abgebröckelte Portale an Nachkriegsgebäuden, und nach einer unförmigen Industriestadt mit schwungvollen Losungen – ein weiterer Sprung – Jugenderinnerungen, Schülertwist, Miniröcke, toupierte Haare, Hosen mit Schlag, Beatlesfransen und das Blöken von Transistorradios, Zeit wird gegen Kilometer gewechselt, als ob es in Rußland eine Bank gäbe, die nach einem vor Ewigkeiten festgesetzten Wechselkurs arbeitet, die Zeit verdichtet sich in der Luft, sie wird konserviert wie Kondensmilch, und zähflüssig sammelt sie sich am Boden, Jahrzehnte werden wie Karten gemischt, da ist eine Frau auf den Absätzen unserer Kindheit auf die Straße getreten, da auf dem Feld ist das Soldatenhemd aus der Jugendzeit unserer Eltern vorbeigehuscht, und da ist schon die Ewigkeit, die in den alten Frauen nistet, die stabiler sind als der Schweizer

Franken und die wie auf Erlaß von Komsomolzinnen zu Kirchgängerinnen geworden sind, denn das venöse Blut der Ahnen ist mächtiger als der widerspenstige Atheismus. Aber noch bewahrt die Hauptstadt ihre Rechte: in den Vorgärten blitzen bunte Autos, obwohl darunter immer häufiger vorsintflutliche Moskwitsch-Modelle mit selbstgebastelten Bremslichtern und dickbäuchige Pobjedas anzutreffen sind. Und nun endet das Gebiet Moskau, die Felder dehnen sich in die Weite, die Gegend wird störrisch und uneben, noch nicht von der Zivilisation geglättet, die Entfernungen zwischen den Dörfern, die einen immer verlasseneren Eindruck machen, ziehen sich in die Länge, die Wasserleitung wird gegen Brunnen eingetauscht, die Hemden der Burschen werden bunt, Gesichter voller Sommersprossen, aber auch diese Buntheit reduziert sich auf ein Nichts, und die Hast entläßt die Gesichter, an der Grenze der Zeit erträgt das Gesicht keine Hast, und es verknöchert, bevor es sich noch von der Jugend trennen und Hochzeit feiern konnte, und was bedeutet denn Ewigkeit, wenn nicht das Gleichgewicht zwischen Leben und Tod?

So ist es immer, wenn du aus Moskau hinausfährst: du schaust aus dem Zugfenster, oder du fährst im Auto mit Ksjuscha in den Süden, auf die Krim, und für viele Kilometer verzögert sich das Leben, und die in der Ferne rauchenden Schornsteine erscheinen mit ihrem Rauch wie aus Pappe ausgeschnitten, aber plötzlich, auf halbem Wege, zuerst kaum merklich, beginnt eine erneute Flut von Leben, die mit der Brandung der Hauptstadt gar nichts gemein hat, da plätschert eine Welle südlichen ukrainischen Lebens, auf den Feldern reifen die vielköpfigen Sonnenblumen, da wächst der schlechte Scherz der Fünfziger – der Mais, da erfährt der Körper die Liebkosungen der Sonne, und wenn man am Straßenrand aussteigt, spürt die Wange ihre Berührung, und dann, in irgendeinem Gasthaus an der Straße, wo der Borschtsch nicht mehr unbedingt mit einer Magenverstimmung droht, wird man gefragt: Woher kommen Sie? Aus dem Norden? und immer wieder wird betont, wie mild die hiesigen Winter sind. Aber heute fahren wir nicht weiter, das ist nicht unsere Richtung, nicht unser Weg, wir halten mittendrin, wir sind der Gravitation der Hauptstadt entronnen und werden die träge südliche Skrupellosigkeit, wo die Weiber keine Unterhosen tragen, wo man gern frißt und nach dem Essen ein Schläfchen macht, nicht erreichen. Heute halten wir mittendrin, an einem stillen Flecken, wo in den Geschäften gähnende Leere herrscht – was übrigens niemanden wundert –, wo Bauern in schäbigen schwarzen Jacken die Straße entlang gehen, Jakken, die wohl niemals ausgezogen werden, und mit schwarzen Mützen auf den Köpfen, einmal aufgesetzt und dort vergessen – na, wie geht's? – wie's geht? na ja, es muß! – das ist die ganze Unterhaltung, und die Weiber spülen ihre Wäsche im Teich, wobei sie ihre rosa, fliederfarbenen, himmelblauen und grünen Hintern in die Luft strecken, sie spülen die gewaschene, gestopfte und geflickte Wäsche und sind niemandem böse.

Nur die Autofahrer randalieren. Ihre klapprigen Pritschenwagen machen einen Höllenlärm. Riskante Überholmanöver. Jura klammert sich am Lenkrad fest. Fahren aus der Position der Stärke. Fjodorow gibt klein bei. Er flucht. Man nimmt gelegentlich Leute mit. Von Wladimir nach Kursk, von Woronesch nach Pskow – na, wie geht's? – na ja, es muß! – In Moskau gibt es alles. Die Mädchen lassen jeden ran. Bei uns kriegen alle was ab. Keine Ordnung. Drei Rubel, weil du's bist.

Aber Schönheiten fahren sie umsonst.

Wir fuhren mit einem hübschen, modischen Auto, von Jura blankgeputzt wie ein rumänisches Möbel, aus dem Kassettenrecorder nervtötende Schlager und zum hundertsten Mal Wyssozki, er hatte mir nach dem »Hamlet« zugenickt, das Saxophon glich einer Ziehharmonika, eine ausgereifte Herbstlandschaft, die Felder standen üppig, die Wälder breiteten ihre Baumkronen aus, über die Felder krochen Traktoren, und ich erwartete vom Sterben die Unsterblichkeit, ist es nicht Zeit zu frühstücken, sagte ich zu Jurotschka, ist es nicht Zeit, sich etwas zu stärken, breiten wir doch das Tischleindeckdich aus, da kommt auch ein freundliches und buntes Wäldchen, und außerdem möchten alle wohl auch mal pinkeln, aber Jurotschka ist ein sturer Autofahrer, er wollte nicht, daß die überholten Pritschenwagen ihn wieder einholten, er war nicht einverstanden, und der gutmütige Jegor, der auf dem weichen Rücksitz döste, träumte wie ein Kater vom Schinken. Auf den Knien eine sinnlose Karte, er hatte keinen blassen Schimmer davon, obwohl er das halbe Land von Karelien bis Duschanbe bereist hatte – und warum bist du gereist? – Bevor ich bei Wladimir Sergejewitsch als Heizer anfing, bin ich gereist, weil ich nichts Besseres zu tun hatte. Duschanbe, stellt sich heraus, bedeutet in deren Sprache »Montag«. – Und ich freute mich und sagte: dann ist Taschkent Dienstag, Kiew Mittwoch, Tallinn Donnerstag und Moskau – unbedingt Sonntag! – Und ich erzählte den Jungs, wie ich seit meiner Kindheit davon träumte, eine Katja Furzewa zu werden, und wie unter meiner Leitung im ganzen Land, von Montag bis Sonntag, die Theater und Music-Halls, die Künstler und Musiker aufblühen würden, wie lustig das wäre, und wie mich alle lieben würden. Die Jungs lachten und waren vom Ziel der Reise abgelenkt, auch ich war abgelenkt, und Jurka würde ich zu meinem Stellvertreter ernennen, nein, Alte, du würdest die gesamte Kultur zum Entgleisen bringen! und ich hatte Lust, einfach so zu fahren und zu fahren, unter Blues und Himmel ohne Ende, aber ich hatte auch Hunger und mußte pinkeln, ich meuterte, und Jurotschka gab nach, wir breiteten das Tischtuch aus und wir machten uns gierig über das Essen her, so hungrig waren wir, und als wir gefuttert hatten und uns eine ansteckten, waren wir endgültig in Stimmung und hatten nicht mal mehr Lust weiterzufahren, ich ließ mich ins Gras fallen, so hätte ich ewig herumliegen können, alles war erstaunlich schön, aber Jura klopft an das Glas seiner Uhr. Die Straße war immer stümperhafter gebaut, die Schlaglöcher wurden immer größer, Jurotschka nahm das Gas weg. Wir fuhren durch ein verstummtes Rußland. Mir wurde traurig zumute: wir hatten nicht dieselben Rollen. Meine Eskorte verhielt sich zärtlich mir gegenüber, die beiden zündeten mir Zigaretten an, tätschelten mir die Schulter, und Jegor kramte ein Sahnebonbon aus der Jackentasche, ich lächelte Jegor zu, mit einer Träne im Knopfloch, doch das trübe Gefühl holte mich ein, waren sie wirklich so uneigennützig? sie liefern mich doch aus, nein, was denke ich da? ich gehe freiwillig, aber was denken sie bei sich, und was ist an ihrer Zärtlichkeit besser als an jener, der wiederhergestellten? Jene Zärtlichkeit konnte ich selber steuern, ich hatte feste Prinzipien, wenn du einen Schwanz in die Hand nimmst, dann überprüfe, ob er tropft wie ein durchlöchertes Dach. Denen war der Sieg wichtiger als das Vergnügen, vor meinen Augen warfen sie sich in die Brust und blähten sich auf, sie pfiffen Siegesmärsche, während ich mich schnell waschen ging, die Sieger! sie liebten das Lieben nicht, sie siegten bloß unermüdlich, und hier, du blöde Kuh, hast du die Heulsuse rausgelassen, beim Anblick eines Sahnebonbons, während ich doch den Preis für wiederhergestellte Zärtlichkeit kannte, ich kannte ihn, aber ich verzieh, was blieb mir übrig, mochte sie also mit Gold bezahlt werden und nicht mit einer armseligen Kopeke! ich verachtete Männer ohne Geld, ich hielt sie nicht für Männer, und jetzt, aber ich gehe ja freiwillig, warum habe ich so wenig Glück gehabt? ich wollte so wenig, Heim und Herd, wohin bringen sie mich? sie wollten mich ausliefern wie den von den Finnen geschnappten kleinen Trottel, die Finnen begleiten ihn ehrenhaft bis zum Fluß, bis zur Grenze, ein Kaugummi, eine Zigarette, ein Täßchen Kaffee, sie sind wirklich ganz reizend, sie zeigen sich betrübt, noch eine Zigarette? – das haben sie mir erzählt, aber von mir wollten sie diesmal mehr, warum habe ich eingewilligt? zärtlich wie mit einer zum Tode Verurteilten, was weiß ich vom Tod, außer daß es weh tut? und niemand, niemand hatte Mitleid mit mir, nur Witassik, aber kann man das etwa Mitleid nennen? er hätte doch gestern zu mir kommen können, als ich das Hähnchen briet, ich war allein, nein, er ist bei seiner Frau geblieben, bei ihrer Allergie, nicht mal angerufen hat er! das ist mir vielleicht ein Freund, und diese zwei, warum sind sie so erbarmungslos? warum? und sie fürchten, daß die Sache plötzlich platzt, daß sie es nicht schaffen, mich hinzubringen, und sie blinzeln sich im Rückspiegel zu, oder bin ich bloß so argwöhnisch geworden? Überhaupt, meine Stimmung hatte sich verfinstert, und das beunruhigte sie. Jegor brach mitten im Satz sein lustiges Geschichtchen ab, Jura lachte nicht zu Ende, Stille hing in der Luft. Ich schluchzte. Sie sagten nichts. Was sollten sie zu meinem Trost auch sagen?

Wir kamen in eine staubige, heillose Stadt ohne Anfang und ohne Ende, froschkalte Hände, die Jahre waren geschrumpft, unbegreiflich, ich hatte so wenig gelebt! und mein ewig besoffener Papascha grinste mir ins Gesicht, ich sagte: wißt ihr, was ich will? Ich will geröstete Sonnenblumenkerne! Auf den Markt! – Ganz erleichtert sprangen sie aus dem Auto und stürzten los, um die Passanten zu fragen. Die Passanten antworteten mit unhöflichen, aber wohlklingenden Stimmen. Sie waren sehr gründlich, was die Straßennamen und Orientierungspunkte anging, nach der Apotheke siehst du ein Haushaltswarengeschäft, da biegst du links ab... Neugierig guckten sie in meine Richtung. Durch ungepflasterte Gäßchen, die mich an ein bestimmtes altes Städtchen erinnerten, fanden wir zum Markt. Dort waren nur noch wenig Menschen, und es wurde wenig getan fürs Geschäft, die Verkäufer gähnten und quälten sich, und Pfützen waren da, obwohl es in der Umgegend keine gegeben hatte, wir gingen über wankende Stege, irgendeine Schindmähre stand angebunden herum, mit der Schnauze zum Pfosten, und Hunde rannten hin und her, aber es gab Sonnenblumenkerne und auch Äpfel, gefleckt, angestoßen und gesprenkelt, die aussahen wie die Gesichter der Menschen, und die Männer saßen auf Säcken mit Zwiebeln oder auch Kartoffeln und soffen Bier, dünnes Bier mit flockigem Bodensatz, die Hunde zeigten mit Hingabe ihre Unterwürfigkeit, und sie brauchten nur an einem Sack zu schnüffeln, da wurden sie auch schon weggejagt und mit fauligen Zwiebeln beschmissen, sie liefen davon, Ohren und Schwanz eingeklemmt und überhaupt nicht beleidigt. Weiber verramschten alten Plunder. Ein Pilzsammler mit rotem Gesicht und einem langschößigen Regenmantel stand da wie ein Pilz und handelte mit Pfifferlingen, die halb zerdrückt in einem Beutel lagen. In einer anderen Reihe – Metallgeklapper: Schrauben, Nägel, Schlösser, Rohrgelenke. Dahinter vertrank ein Schlosser, ein altes Männchen, der abwechselnd rauchte und hustete, seinen Laden – und neben den Rohren ein Paar Kinderstiefelchen, kornblumenblaue, mit abgestoßenen Spitzen. Meine Jungs gingen zu einem Verkäufer, der etwas jünger und flinker schien. Nicht ohne Hochnäsigkeit breitete der auf dem Verkaufstisch Stapel von Zeitschriften aus, Bücher, Plastiktaschen und hingeschmierte Portraits in grellen Farben: Kätzchen mit Schleifchen, kluge Hündchen, Jessenin mit Pfeife. Jegor blätterte in Gogols *Tote Seelen* und erkundigte sich nach dem Preis. Jura, der von uns allen am meisten Vorsicht walten ließ, tapste in den Matsch.

Und dann, als wir den Markt besichtigt hatten, dachte ich plötzlich, daß man genau hier die Leute fragen müßte, was ihnen fehlt und wofür ich den Gang machen soll. Die Sache nahm unerbittlich ihren Lauf. Da waren wir, die Moskauer Papageien, die hartnäckig müßigen Schrittes in der Gegend herumschlenderten, und da waren sie – die Stützen des Firmaments, die Bewahrer des Ganzen, die Kapitalisten der Ewigkeit. Sie lebten, wir – existierten. Wir plätscherten in der Zeit wie silberne Fischlein.

Der Unterschied zwischen uns erwies sich als erstaunlich

einfach: ihr Leben war voll von unsinnigem Sinn, unseres – eine sinnvolle Sinnlosigkeit. Folglich wird Bewußtsein im Tausch gegen Sinnverlust erlangt. Später setzt die Jagd nach dem flötengegangenen Sinn ein. Und noch viel später, wenn man meint, ihn wiedergefunden zu haben, stellt man fest, daß der wiedergefundene Sinn nicht derselbe ist wie der flötengegangene. Der sinnvolle Sinn hat die unschuldige Frische des ursprünglichen Sinns eingebüßt.

Sie können ja nichts dafür, daß sie den Sinn besitzen, er gehört ihnen wie der Kuh ihre Milch. Zugegeben, ohne Milch gibt es kein Leben. Unsere Schuld besteht darin, daß wir den Sinn mit den Sinnbesitzern verwechseln, wir laden unseren Sinn auf ihren Schultern ab.

Wozu es verbergen? Auch ich bin ja mal *sie* gewesen. Ich war von meinen Schulfreundinnen nicht zu unterscheiden, ich war wie Mamascha, die *sie* geblieben ist, trotz aller Spinnereien, ins jüdische Palästina zu übersiedeln, doch in mir gab es einen Überschuß an Leben, und in diesem müßigen und festlichen Schoß des Überschusses wurde mein Unglück geboren. Also ist Bewußtsein ein Luxus, der wie jeder Luxus einen Schuldkomplex nach sich zieht, und letzten Endes die Strafe: den Sinnverlust.

Das ist alles. Aber damals kam mir das irgendwie nicht in den Kopf, und ich nervte Jegor, indem ich den Minderbemittelten zunickte und den weniger Minderbemittelten von weitem zulächelte: Jegor, nervte ich ihn, erklär mir um Gottes willen, wodurch sind *sie* besser als wir? Und Jegor, auch ein ehemaliger *sie*, sagte: keine Ahnung, sie sind überhaupt nicht besser. Da stellte ich eine eher heimtückische Frage: Jegor, das bedeutet, *sie* sind schlechter? Und da begann Jegor zu zweifeln, und er will nicht zugeben, daß *sie* schlechter sind. Aber *sie* sind doch schlechter! – beharre ich. – Laß mich zufrieden! – antwortet Jegor, und Jurotschka, ein angestammter, abgeklärter Intelligenzler, sagt: Nein, trotzdem sind *sie* durch irgend etwas besser... – Wenn das so ist – ich geriet in

Bewegung – dann los, Jungs, wir beraten uns mit ihnen! Wir erzählen frei von der Leber weg, wohin und wozu wir unterwegs sind, wie ich über das Feld gehen und den großen Usurpator anlocken werde (wird er einer sein?), und wie er mich verzehren wird, und wie der Schleier fallen wird (fällt er wirklich?)! Los, Jungs, fragen wir, los! Wir wollen die Sache nicht komplizieren, das können wir später noch, laßt uns erstmal ganz ungeschützt vorgehen: wodurch sind *sie* besser als wir, wodurch schlechter? Ich weiß es nicht! Soll die Antwort von ihnen kommen! *Sie* sind deswegen besser als wir, befand Jurotschka, weil *sie* uns nicht fragen, ob wir besser oder schlechter sind als sie. Das sind nur wir, die solche Fragen stellen! – Was soll denn das für ein großartiger Vorzug sein, wenn sich bei ihnen das Gehirn mit der Schnelligkeit einer stehengebliebenen Uhr bewegt? Nein. Ich will nicht aufs Geratewohl gehen, ich will fragen. Und meine Kavaliere konnten nichts machen, ich trat auf die Marktweiber zu, und ich frage:

Hört mal her, ihr Weibsbilder! Laßt mal für ein paar Minuten eure Geschäfte sein! Wißt ihr, wer ich bin?

Die Marktfrauen warfen mir bloß einen schrägen Blick zu und tarnten ein wenig ihre Ware, all diesen Fummel und diese Strümpfchen, als wär ich der Revisor oder ein Polyp, und einige eilten auch Richtung Ausgang, hinweg von der Sünde. Ich sehe: ich hatte sie erschreckt, das heißt, sie laufen auseinander und sind nicht mehr zusammenzuhalten, und da kletterte ich schnell auf den Verkaufstisch, wobei ich mich mit der einen Hand an dem Pfahl festhielt, der das Dach über der Marktreihe stützte, und ich schrie:

Bleibt stehen! Hört mir zu! He, ihr alle hier! Bleibt stehen! Ich werde heute den Tod empfangen, damit ihr alle ohne Ausnahme besser und schöner leben könnt, ohne jeden Betrug werde ich ihn empfangen, wie seinerzeit Jeanne d'Arc! Ich werde über das Tatarenfeld gehen, hier ganz in der Nähe, hört ihr mich? Ihr Weiber, bleibt doch stehen! Lauft nicht weg!

Und ihr Männer! Hört auf zu trinken! Ich erbitte von euch einen Rat, ich will euch nicht belehren. Erklärt mir endlich, was ihr wollt, ihr guten Leute, wie ihr leben wollt, damit ich nicht umsonst für euch leide, damit ich für euer Glück und für euer Leben in den Tod gehe!

So fing ich an zu brüllen, denn ein feiges Weib bin ich nie gewesen, und ich bat sie ja auch nur um einen Rat, na, sogar weniger als das, sie sollten stehenbleiben und zuhören, und wenn auch nur aus Neugier, aber Jegor und Jurotschka kriegten einen Mordsschreck, und sofort wollten sie mich von dem Verkaufstisch entfernen, aber ich wehrte mich, und die Weiber, die versuchten sich nicht mehr zu verstecken, sondern hauten ab, sie zitterten ab, und der Typ, der auf dem Zwiebelsack gesessen hatte, reibt sich mit dem Finger die Schläfe und grinst mich an: ist die besoffen oder aus der Klapsmühle entsprungen... Aber während Jurotschka und Jegor versuchten, mich von dem Verkaufstisch zu entfernen, erschien schon die Staatsmacht, auf das Geschrei hin beehrte sie uns, sie näherte sich aus dem Hinterhalt. Sie, sagt er höflich zu mir, wobei er mich von unten nach oben mustert, warum sind Sie auf den Marktstand geklettert, wo doch Waren verkauft werden? Sie, Bürgerin, Sie sind im Begriff, doch einigermaßen die öffentliche Ordnung zu stören, warum tun Sie das? Zeigen Sie mir, sagt er, Ihre Papiere. Ich sehe, da gucken die Weiber aus den Ecken hervor und freuen sich natürlich, und die Kerle gucken auch und trinken ihr Bierchen. Ich sprang von dem Verkaufstisch herunter, ich sehe, dieser Milizionär ist eine klägliche Figur, ein bescheidener Knabe ohne jedes Abzeichen auf den Schulterstücken, na ja, Fußvolk eben. Ich sage zu ihm: dir zeige ich keine Papiere! Keine Lust! Da sehe ich, Jurotschka zieht ihn ein wenig zur Seite und flüstert ihm irgendwas zu. Eine Moskauer Schauspielerin, so er, auf der Durchreise, kapriziös, Sie sehen ja, und die Papiere sind im Auto, gehen wir, ich zeige sie Ihnen, wir haben hier auf dem Platz geparkt, und das Wetter bei Ihnen ist wundervoll, geregnet hat es wohl lange nicht mehr? rauchst du? – sie zündeten sich eine an, und so wären wir wohl auf den Platz gegangen, aber ich sage: wenn das so ist, dann kauft mir wenigstens Sonnenblumenkerne! – Na, siehst du, lacht Jurotschka, und der Bulle lacht auch, und er warf einen gebieterischen Blick über den Markt: na, wer von euch hat Sonnenblumenkerne? Jegor kaufte mir Sonnenblumenkerne, wir gingen zum Auto, und der Bulle heftete sich an unsere Fersen: Jungs, verkauft ihr eure Jeans nicht? Jurotschka, der angestammte Intelligenzler, sagte natürlich mit öliger Stimme: mit Vergnügen würden wir sie verkaufen, aber leider sind wir nur für einen kleinen Ausflug von Moskau weg und haben keinen Ersatz dabei, du verstehst doch... Der Bulle versteht, man kann ja nicht ohne Hosen nach Moskau zurückfahren, und, Sie, sagt er mir zuletzt noch, nicht ohne Schüchternheit, bringen Sie mir das Volk nicht mehr durcheinander... Es ist allerdings, antworte ich, nicht leicht durcheinanderzubringen, bis man das geschafft hat, quält man sich ganz schön ab. Erstmal rennt es auseinander, und bloß die Saufbrüder bleiben, und die kriechen auch noch auf allen vieren davon... Der Milizionär lächelt. Die Schauspielerin scherzt. Aber trotzdem plagt ihn dieser Gedanke: warum ist sie bloß in so interessanten Stiefeln auf die Marktreihe geklettert? Mit diesem Gedanken bleibt er zurück und schaut uns nach, und damit wird er leben: warum? warum nur? So lebt er und erinnert sich an mich, und von dieser Erinnerung wird er süß gepiesackt, und vor dem Einschlafen sagt er zu seiner Frau Nina: Und trotzdem werde ich nie verstehen, warum mußte diese Moskauer Schauspielerin unbedingt auf die Marktreihe klettern, eh, Nina? Und Nina überlegt und antwortet: Vielleicht hat sie irgendeine Rolle probiert? Und der Milizionär darauf zu ihr: Stimmt, ja, du hast wohl recht, Nina, eine Rolle... tatsächlich, Nina... warum bin ich nicht früher drauf gekommen, daß sie eine Rolle probiert hat... Und seine Frau Nina sagt vorwurfsvoll zu ihm: Was bist du schwer von Begriff, Iwan, du bist schon unheimlich schwer von Begriff, Iwan... Und dann schweigen sie, sehr lange, das ganze Leben schweigen sie, und auf einmal zucken sie zusammen: ehe man sich's versieht, ist sie eine ungekämmte Alte und er auf Rente, als Wachtmeister, mit ein paar Auszeichnungen, und es ist Zeit zu sterben, und wir sterben.

Kaum hatten wir diese Stadt mit dem Markt verlassen, als Jurotschka auf mich losging, er bringt sein Mißfallen zum Ausdruck, er wirft mir vor, ich sei kapriziös, aber ich knacke Sonnenblumenkerne, spucke sie aus dem Fenster und betrachte die Abwesenheit jeglicher Sehenswürdigkeiten. Sie schwiegen eine Weile und ließen mich in Ruhe, meine zärtliche Eskorte, und sie begannen miteinander zu diskutieren, weshalb bei vielen entgegenkommenden Lastwagen, besonders seit wir das Moskauer Gebiet verlassen hatten, ein Portrait Stalins in Marschalluniform an der Scheibe klebte. Jegor sagt deprimiert, daß die Leute ihn für den Krieg verehren, und Jurotschka wendet ein, daß die Leute was gegen Chaos haben, und daß sie bestimmt nicht für Repressionen sind, sondern sich einfach nach den alten Zeiten zurücksehnen. Sie stellen sich den Schnauzbart hin, sagt Jurotschka, weil sie sich an nichts erinnern, nichts wissen und nichts wissen wollen, und zwischen den beiden entspann sich eine lange Diskussion, ob die Leute von den Repressionen wissen, oder ob sie nichts wissen wollen, und ob sie bereit sind, alles zu verzeihen, wenn es nur der Ordnung dient. Ich hörte zu, und schließlich sagte ich: wie wär's, wollen wir sie nicht fragen? Aber sie sagen: Du bleib mal schön sitzen! Du hast schon einmal gefragt. Wir haben uns gerade noch aus dem Staub machen können. – Obwohl uns doch niemand angerührt hat, aber sie begannen wieder zu diskutieren: hätte der Staat durchgehalten, wenn Stalin nicht gewesen wäre, oder wäre er zusammengebrochen, und obwohl sie dachten, daß er nicht zusammengebrochen wäre, standen doch alle Anzeichen dafür, daß er zusammengebrochen wäre und wir Hitler nicht besiegt hätten, und ich frage sie: was meint ihr, hat ihn irgendwann eine Frau in den Mund genommen oder nicht? Sie wurden nachdenklich. Woher sollen wir das wissen... Berija, wird behauptet, ganz bestimmt, dem haben sie einen geblasen, das steht ihm in der Visage geschrieben... Im übrigen, was macht das schon für einen Unterschied? Aber ich sage: das *macht* einen Unterschied, denn wenn sie ihm keinen geblasen haben, dann ist er deshalb so ein Vieh geworden. Sie brachen in Gelächter aus und sagten, daß ich spinne, und sie fingen eine wissenschaftliche Unterhaltung an, so daß mir langweilig wurde. Vielleicht, weil ich zu diesem Punkt eine besondere weibliche Meinung habe.

Ob er unschuldige Leute umgebracht hat, wie manche behaupten, oder nicht – heute ist das schon ganz egal, vielleicht hat er ja einen Grund gehabt, sie umzubringen, vielleicht dafür, daß sie nicht geglaubt haben, daß er den Leuten Gutes tun wollte, und sie haben ihn gestört, und er ist böse auf sie geworden, und als großer, beleidigter und zorniger Mann hat er sie umgebracht. Aber Jegor bestand darauf, daß er nicht groß war, sondern ein Sadist und Blutsauger, ein Henker und ein Scheusal. Und ich sage: also, was regst du dich so auf! Gott mit ihm, mit Stalin, ich habe die Nase voll davon! reden wir von was anderem. Und Jegor sagt: du kannst keine echte Jeanne d'Arc sein, wenn du ein positives Verhältnis zu Stalin hast, und ich sage: wieso denn ein positives Verhältnis, ich doch nicht, zu diesem georgischen Affen! wahrscheinlich hat er nur gern rumkommandiert, und sollte es ihm etwa leid tun, ein fremdes Volk umzubringen? – Aber Georgier hat er doch auch umgebracht! – empörte sich auf einmal Jurotschka. – Und da sagt ihr noch, er wär ungerecht gewesen! – schnappte ich zu. Und übrigens, sage ich, hat Wladimir Sergejewitsch mir erzählt – er ist Stalin mehrmals begegnet –, daß Stalin jeden Menschen durchschaut hat, bis in die Eingeweide, und ihr wollt mir erzählen, er war kein großer Mann...

Ich sehe: sie sind nicht gerade begeistert von dem, was ich

rede, und sie sagen: du solltest dich besser daran erinnern, wie sie dich über den Haufen gefahren haben, denk darüber nach, und im Vergleich zu Kolyma, sagen sie, ist das noch eine Lappalie. Hätte man dich damals nach Kolyma geschafft, sagen sie, wo sich jeder Aufseher an deiner Schönheit vergreift – da würdest du anders reden, und ich antworte, daß ich in Kolyma nichts zu suchen gehabt hätte, ich wäre im Gegenteil in Begleitung von Wladimir Sergejewitsch die erste Schönheit auf Stalins Empfängen gewesen und hätte begeistert in die Objektive der Kameras gelächelt, und Jungs, wirklich, wir wollen uns nicht streiten! Es ist geradezu lächerlich, sich wegen Stalin in die Wolle zu kriegen, wie wär's, wenn wir uns noch ein bißchen wegen Zar Pawel streiten? Aber sie sagen: also weshalb willst du eigentlich über das Feld gehen?

Tja, das ist eine andere Frage. Die hat mit Politik nichts zu tun. Die hat mit Dingen zu tun, die Hexerei heißen. Es gibt einen Haufen Degenerierter, die trinken Fusel, grunzen unverständliches Zeug, aber wenn ich gehe, wird sich rausstellen, wer recht und wer unrecht hat, und überhaupt, sage ich, bleibt mir vom Leib, ich hätte überhaupt den lateinamerikanischen Botschafter heiraten und in Panama leben können und auf alles scheißen. Und warum hast du das nicht gemacht? Es hat sich eben nicht ergeben, keine Ahnung. Und wie oft war es so: jetzt, im nächsten Augenblick lächelt mir das Schicksal zu und bringt mir Glück – und brauche ich denn viel? –, doch nein! es führt mich zu irgendwelchen Jämmerlingen und Schwächlingen, die weder Haus noch Hof besitzen, aber ich brauche... Sie warfen sich Blicke zu, und sie sagen: Komm, Irotschka, lassen wir das, aber ich, ich war bockbeinig, ihr kennt mich nicht, so bin ich: wenn ich mich mal auf was versteift habe, bin ich nicht davon abzubringen. Manchmal fängt irgendein Typ Feuer, und kaum macht er sich an mich ran, da sage ich auf einmal: nein! ich will nicht! Wie denn das? warum denn nicht? was ist los? er bibbert von Kopf bis Fuß, er muß unbedingt rein, aber ich sage: nein!

einfach nein! keine Lust mehr... Und ich gucke vergnügt zu, wie er schlapp wird. Daß er sich bloß nicht zuviel einbildet! Denkste... So auch hier. Ach ihr, denke ich, ihr Süßen! Werft euch nur Blicke zu! Wozu, denkt ihr, mit ihr diskutieren, soll sie erstmal über das Feld gehen, soll sie sich doch quälen und krepieren, soll der feindliche Samen sie in Stücke reißen – egal: sie wird sterben, und wir werden leben, über uns wird jeden Tag die Sonne aufgehen, und sie soll ruhig die Würmer füttern!

Sie waren schon von der Hauptstraße abgebogen, sie suchen auf der Karte nach dem Weg, es ist nicht mehr weit, bald wird das besagte Tatarenfeld auftauchen, man wird sich nicht mehr lange mit mir plagen und meine Launen ertragen müssen! Ich sage: also, ich werde überhaupt nicht gehen, ihr habt mir meine ganze heroische Stimmung versaut. Ich gucke, Jegor steigt langsam die Farbe ins Gesicht, gleich wird seine bärtige Visage wie eine Granate explodieren, und Jurotschka, er begreift, daß die Lage kritisch geworden ist, er ist ein Filou, er sagt, ganz bekümmert und abgeklärt: Irotschka, du gehst nicht uns zuliebe, und nicht wir haben dir diesen Gang vorgeschlagen. Du gehst, weil du von oben eine Stimme vernommen hast, und wir sind nur so, Begleitpersonen, und wenn du unseretwegen nicht gehst, dann hast du damit nur einen Vorwand gefunden: sag ehrlich, daß du Schiß gekriegt hast, und wir kehren um nach Hause – nach Moskau. Ich sage: gebt mir eine Zigarette! Die Nerven, sage ich, tatsächlich... Ich steckte mir eine Marlboro an – ich rauche nur Marlboro, die beschafft mir der Direktor eines Restaurants, er ist fast offiziell ein Millionär, das heißt, er versucht es gar nicht zu verbergen! und sein Restaurant: pfui! ein billiges Café... Ich sage: schon gut, Jungs. Ich bin vor Aufregung so nervös geworden, mir dreht sich richtig der Magen um, ich hab doch Angst. Aber meine – ich will es mal so sagen – Mission, die verstehe ich, sie ist vielleicht größer als ich, ja, sage ich, und Jeanne d'Arc hat doch wohl mit dem Spatzenhirn einer fünfzehnjährigen Jungfer auch nicht alles verstanden, der ist wohl auch der Arsch auf Grundeis gegangen, spätestens auf dem Scheiterhaufen.

Und ich will es ehrlich sagen: ich befand mich damals in einem seltsamen Zustand, sogar noch bevor wir das Feld erreicht hatten, so ein Zustand, als ob ich mir nicht mehr selbst gehörte. Hätte ich mir noch ganz gehört, wär ich natürlich nicht gegangen, ich hätte keine solche Dummheit gemacht, ich hätte auch diesem Stepan verziehen, der mich überfahren hat, und jedem einzelnen der Reihe nach, und schlimmstenfalls wär ich dahin verduftet, wo das Magazin mit meinen Fotos herkommt, aber, ich sage es ehrlich, ein seltsamer Zustand: die eine Hälfte von mir stirbt vor Angst und glaubt, daß tatsächlich ein Unglück geschehen wird, das heißt, ich werde nicht umsonst über das Feld gehen, das heißt, nicht aus Quatsch – so ein Vorgefühl, bei dem das Blut in den Adern gefriert und die Beine taub werden –, und die andere Hälfte von mir fühlt, daß ich unbedingt gehen werde, so sehr ich mich auch an die Jungs klammern möchte. Und diese Hälfte wiegt letzten Endes schwerer, es ist, als ob das irgendwie außerhalb von mir passiert, ohne mein Zutun oder mein Einverständnis, und nicht mal deshalb, weil ich eine Heilige werden wollte, daran zu denken hatte ich irgendwie vergessen, nein, ich hatte so ein Gefühl, daß es kein Zurück gab. Also wenn ich das jetzt vernünftig erklären könnte, wär ich ein Genie, aber wer bin ich denn schon! eine alternde Schönheit, die sich am Ende noch mit ihrer verblühenden Schönheit herausputzen will, hier gab es schließlich auch was zu betrauern – nicht nur Leonardik, der im ungelegenen Moment dahingeschieden war, sondern mich! mich! mich! Damals empfand ich mich als alt, endgültig, und alles weitere war uninteressant.

Und da kam das Feld auf uns zu, es sprang hinter einer Kurve hervor, ein ganz gewöhnliches Feld, mit Klee bedeckt, und in der Ferne funkelt ein Flüßchen, hinter den Erlen am Ufer. Also, sagt Jurotschka, wir sind wohl da... Wir stiegen aus dem Auto und sahen uns um. Jegor machte sportliche Übungen und reckte die Glieder. Ich prustete vor Lachen. Ein bärtiger Mann sollte sportliche Übungen lieber lassen. Ich sage: seid ihr sicher, daß es *das* Feld ist? Sie sagen: sieht ganz so aus. Vielleicht, sage ich, sollten wir jemanden fragen? Aber es ist ja keiner da, den man fragen könnte. Na gut, sage ich, los, wir machen ein Feuer, bis zur Dämmerung ist es noch lang hin. Wir gingen in das Wäldchen und sammelten Reisig, dabei fanden wir Täublinge. Ich setzte mich auf die Erde. Sie war kalt. Oje, sage ich, ich werd mich erkälten. Und dann mußte ich auf einmal lachen: nein, dazu werde ich nicht mehr kommen... Und ich sehe: meine Eskorte schüttelte es bei meinem Gelächter, irgendwie hatten sie wohl auch daran gedacht, daß ich dazu nicht mehr kommen werde, ich weiß es nicht... Ich sage: na, was schweigt ihr, habt ihr vor, bis zum Abend so zu schweigen? Erzählt irgendwas. Du, Jegor, sage ich, du bist doch ein Dichterling, du wirst doch wohl, sage ich, das alles später in Form einer Erzählung beschreiben? Den Klee hier auf dem Feld beispielsweise... Nein, Jegor schüttelt den Kopf, aber falls ich das doch beschreiben sollte, dann wird es keine Erzählung, sondern ich weiß nicht mal was, na ja, so was wie das Evangelium... Irgendwie, sage ich, rauche ich in einer Tour, der Gang wird mir schwerfallen, ich werd ja keine Luft kriegen – und ich warf die Zigarette weg. Also, was kann man noch über das Feld sagen? Ein stinknormales Feld, ein wenig uneben, von der Sorte gibt es reichlich bei uns, man hätte sich gar nicht so weit von Moskau zu entfernen brauchen, aber immer meint man, es müßte etwas Besonderes sein, na ja, als ob da im Klee weiße Knochen und Schädel rumliegen müßten, bunt gemischt mit Pfeilen und Lanzen und ich weiß nicht was noch, wie auf dem Bild eines gewissen Wasnjezow, ja und einen Krähenschwarm sollte es auch geben, und der Krähenschwarm sollte krächzen, aber im Moment ist es friedlich und leer, von einem Wäldchen gesäumt, das golden herbstlich schimmert. Wir fingen an, die Melone zu essen, aber irgendwas wollte nicht so recht rutschen, obwohl sie süß war, der Kalmücke hatte mich nicht übers Ohr gehauen, du wirst es nicht bereuen, hatte er gesagt, du kommst noch eine zweite kaufen, und ich erzählte ihnen noch einen Witz, der war mir bei der Melone eingefallen, wißt ihr, sage ich, wieso Wassili Iwanowitsch eine Melone mit einer Kakerlake kreuzen wollte? Also hört mal her. Damit, sage ich, kaum daß man sie aufgeschnitten hat, alle Kerne ganz von selber weglaufen, wie die Kakerlaken... Lustig? Nicht lustig. Ich merke ja selber, daß es nicht lustig ist, aber was Besseres fällt mir nicht ein, lauter Quatsch kommt einem in die Birne.

18

Und so erwarteten wir die Abendröte, der Westen färbte sich blutrot in einem hochmütigen und trüben Licht, das Abendrot stand da wie eine Mauer und kündete von baldiger Kälte, und wir saßen am Feuer und pulten unlustig in der Melone herum, und das Gespräch war schon längst ins Stocken gekommen, nur ab und zu stand einer von beiden auf, um die Erstarrung zu lösen, mal zerbrach Jura, mal Jegor einen Zweig über dem Knie und warf ihn stumm ins Feuer. Wir blickten alle drei ins Feuer, trinken wollten wir auch nicht, ein Tropfen – und wir hätten die Aufregung nicht ertragen.

Je dunkler es wurde, desto strenger und feierlicher wurden die Gesichter meiner Freunde und Begleiter, sie schwiegen nicht mehr, sondern bewahrten Schweigen, während jeder für sich an etwas Hehres und ganz Unmögliches dachte, denn das Unmögliche war für dieses eine Mal möglich, und während ich ins Feuer schaute, verwirrten sich meine Gedanken, und aus welchem Grund auch immer, mir fielen meine Schulausflüge in die heimatliche Umgebung ein, die Zelte, die Kessel über dem Lagerfeuer, das Putzen von Pilzen und Kartoffeln und das obligatorische Tanzen bei den Klängen des Transistorradios, mit seinem Blubbern und Knistern, und man hat gerade richtig zu tanzen angefangen, da kommen schon die letzten Nachrichten und die ungelenken Aufdringlichkeiten und die schweißnassen Hände der verpickelten Altersgenossen und dieselbe abendliche Kühle und sogar eine ähnliche Feierlichkeit vor dem Schlafengehen in freier Natur, bloß haben wir heute nichts getrunken, und ihre Küsse waren so arglos! Und als es ganz dunkel wurde, als die Abendröte verblaßte und gerann, und als der goldene Wald schwarz wurde und von uns abrückte und wir am Waldrand saßen, da stieß mich etwas an, irgendwas stieß mich in die Seite, und ich begriff: es ist soweit. Es ist soweit!

Ich verhehle es nicht, ich werde mich nicht verstellen und nicht heucheln: ich hatte wahnsinnige Angst, ich wollte nicht sterben, ich war schon diesen ganzen Tag hindurch gestorben, ein dutzendmal, und ich hatte mich kein bißchen ans Sterben gewöhnt, ich dachte an die leere Großpapawohnung, wo unter dem Kopfkissen mein besticktes Batistnachthemd vergeblich auf mich wartete, und ich hatte Mitleid mit ihm, weil ich es nicht mehr brauchen würde und irgendeine andere es tragen und entweihen wird, indem sie es anzieht, und es könnte alles ganz anders sein, wenn da nicht die Feinde wären, die sich um mich herum vermehrten wie die Kaninchen, große, graue, rotäugige Kreaturen, und ich sagte: es ist soweit! Ich wollte fragen, was sie danach tun werden, was aus mir wird, aus meinem Körper, ob sie ihn zurückbringen oder ihn hier begraben, und ich meinte im Kofferraum einen in Lappen eingewickelten Spaten gesehen zu haben... Aber ich brachte es nicht fertig zu fragen. Vermutlich dachten sie auch an so etwas, denn plötzlich räusperte sich Jegor und sagte mit tiefer leiser Stimme: Heute kleben sie sich Stalin in die Windschutzscheibe ihres KamAS, aber danach wirst du da kleben... Und Jurotschka sagte: Mein Gott! Wird es denn wirklich geschehen? Kann sich dieser Fluch wirklich in Luft auflösen? Ich zittere von oben bis unten und weine bei diesem Gedanken – und ich verbeuge mich vor dir – fügte er mit Tränen in den Augen hinzu. Und ich antwortete ihnen heiser, mit schweißbedecktem Gesicht: Jungs... mich stößt etwas in die Seite und sagt: Es ist soweit!

Sie zuckten gleichzeitig zusammen und sahen mich nicht sehr tapfer und eher hilflos an, wie Kinder ihre Mutter ansehen, bei der die Wehen einsetzen. Ja, sagte ich, dies ist in der Tat *das* Feld, ich spüre sein unruhiges Fluidum... Jeguruschka, ich habe Angst!

Jegor stürzte auf mich zu, umfaßte meine Schultern mit starken, bebenden Händen, und dann beugte er sich zu mir herunter und hinterließ auf meiner Wange einen aufgeregten brüderlichen Kuß. Und Jurotschka, der preßte einfach seinen Mund an meine Hand und brachte nichts heraus. Ich zündete mir die letzte Zigarette an und hatte den Rauch noch gar nicht richtig eingeatmet, da verbrannte mir die Kippe schon die Finger. Ich warf sie ins Feuer und erhob mich, ich begann, langsam den Reißverschluß meiner Stiefel zu öffnen, meine lieben holländischen Stiefel, die auf Schecks meines Gastspielers Dato gekauft waren. Idiot, dachte ich, in welchem Paraguay spielst du heute dein Violinkonzert, dein Requiem auf deine Irotschka... Ich zog die Stiefel aus und überlegte, was ich mit ihnen machen sollte. Ins Feuer werfen? Wozu brauche ich sie noch? Zum Teufel damit! Aber plötzlich fand ich solche barschen, theatralischen Gesten peinlich, Theater – das ist doch eine Beleidigung des Geheimnisses, in dem Moment begann ich, in einem anderen, im letzten Leben zu leben, und ich mußte keine überflüssigen Bewegungen mehr machen, alles soll ruhig vor sich gehen, Ira, ohne Hast. Ich zog die Stiefel aus. Ich warf sie zur Seite. Pediküre. Ich hatte schöne Zehen, fast so musikalisch wie meine Finger, nicht irgendwelche Stummel wie der Großteil der Menschheit, krumm und schief von schlechten Schuhen und nachlässiger Pflege, ich sah auf meine Zehen und sagte mir: diese Zehen hat keiner angemessen würdigen können, nicht ein einziger Mensch... und überhaupt hat mich keiner angemessen gewürdigt, sie haben mich bloß so angeguckt wie ein Stück saftiges, rosiges Fleisch, und sie verschluckten sich an ihrem Speichel, und ihre Hosen standen ab: die Hosen von Ministern und die Hosen von Dichtern. Und die von meinem eigenen Papascha.

Ach, Ksjuscha! In diesem Moment hätte ich dich so gern umarmt, dir meine letzten Worte, meine letzten Küsse vermacht! In Gedanken an dich, an unser gemeinsames Leben, zog ich meine sandfarbenen Jeans aus, das war auch ein Geschenk, ein Geschenk von Wladimir Sergejewitsch, das er von seiner letzten Reise mitgebracht hatte – aus Kopenhagen, wohin er entsprechend seiner Gewohnheit, für die Entspannung zu kämpfen, gefahren war, und nachdem er eine Woche gekämpft hatte, brachte er eben diese Jeans mit, sowie ein Kartenspiel mit Bildchen drauf und außerdem eine Müdigkeit, wie ich sie selten an ihm erlebt hatte: es hing ihm dermaßen zum Hals raus, irgendwohin zu fahren und zu kämpfen, daß er nicht mal mehr Interesse heuchelte, sich um Reisen herumdrückte oder schließlich ohne jeden Enthusiasmus fuhr. Leonardik, nimm mich mit. Nimm mich mit als Sekretärin oder bloß so, bitte, wenigstens ein einziges Mal, Leonardik! Also, was hast du denn da verloren? Diese Hotels, das schlechte Essen, Protokolle und Sitzungen. Und in den Sitzungssälen permanenter Durchzug wegen ihrer Klimaanlagen!

Ich zog bedächtig meine sandfarbenen Jeans aus – um mir einen Gefallen zu tun, hatte er gleich drei Paar mitgebracht, moorfarbene, beigefarbene und sandfarbene, aber ich verguckte mich in die sandfarbenen, die anderen verkaufte ich, ich zog sie aus und legte sie auch beiseite, und kaum hatte ich sie ausgezogen, spürte ich, nur noch in meinen hauchdünnen Strumpfhosen, meinen aschfarbenen Strumpfhosen, meinen Lieblingsstrumpfhosen, die Feuchtigkeit und die Kühle des herbstlichen Abends.

Ich zog die Strumpfhosen aus, und sie lagen zusammengerollt wie eine Maus in meiner Hand, die Beine hatten ihre Bräune behalten, das war eine nicht sehr beständige Bräune aus dem Norden, die Bräune aus dem Silberwäldchen und vom Nikola-Berg, in diesem Jahr war ich nirgendwohin gefahren, in diesem Jahr hatten sie mich schikaniert, immerzu fürchtete ich, wenn ich wegfahre, geht das zappzarapp – und sie haben die Wohnung versiegelt.

Ich zog meine aschfarbenen Strumpfhosen aus, hockte mich hin und warf die Wildlederjacke ab, und danach, über den Kopf gezogen, den Pullover aus reinster, weicher, schottischer Wolle und nach dem Pullover, ein wenig zitternd – instinktiv hatte ich das Bedürfnis, mein Haar zu bürsten –, nach dem Pullover das weiße T-Shirt mit meinen Initialen I. T. vorne drauf – das hatten mir die Amerikanerinnen dann doch noch geschickt, und schon ist meine Brust der abendlichen Kühle und Feuchtigkeit ausgesetzt, jetzt sich in das Flüßchen stürzen und eine Minute später in die Umarmung eines Frottiertuchs, ein Gläschen Kognak und nach Hause, nach Hause... und der trügerischen Gewalt des Feuers.

Meine Klamotten liegen ordentlich zusammengefaltet neben mir.

Die Jungs starrten ins Feuer, denn sie verstanden, daß dieses letzte Entkleiden nicht für sie bestimmt war, das verstanden sie, und sie starrten ins Feuer, aber schon damals, am Feuer fühlte ich auf einmal den fernen, fremden und erregten Blick, als ob einer durch ein weit entferntes Fenster seinen Feldstecher auf mich richtet, er zittert, er kniet auf dem Fensterbrett und betet zu Gott, daß ich nicht gleich das Licht lösche, sondern im Gegenteil: daß ich noch ziellos durchs Zimmer gehe und ein wenig vor dem Trumeau kokettiere – so ein Gefühl hatte ich – oder daß ich mir noch das Haar kämme, aber nichts davon sagte ich den Jungs, die ihre Nasen zwischen den Knien vergraben hatten.

Ich stand wieder auf. Ich erhob mich über das Feuer,

streifte mit einem seltsamen, aus der Kindheit zurückgebliebenen Schamgefühl den schmalen weißen Baumwollslip herunter, ich konnte bunte und erst recht gestreifte Slips nicht ausstehen, ich liebe das Weiß der Reinheit, und immer habe ich den Slip mit einem Schamgefühl ausgezogen, und die Männer starben auf der Stelle, und ich sage euch, daß eine Frau, die ohne Schamgefühl ihren Slip auszieht, von Liebe keinen blassen Dunst hat.

Ich streifte den Slip herunter, ich trat von einem Fuß auf den anderen, ich drückte fest mit beiden Händen meine Brüste, wie um meinen Mut zusammenzunehmen, *ich rang mich durch*, und ich sagte mit einem Lächeln...

Ich kenne dieses Lächeln an mir. Es ist irgendwie schuldbewußt, dieses sehr russische Lächeln. So schuldbewußt verstehen Ausländerinnen nicht zu lächeln, wahrscheinlich haben sie keine solche Schuld, oder vielleicht kommt bei ihnen diese Schuld niemals an die Oberfläche, sie erreicht nicht die Augen und die Haut. Ich entschuldigte mich nicht für etwas Bestimmtes, sondern für alles. Die Hausfrau, vor allem die Provinzlerin, lächelt dieses Lächeln, wenn sie die Gäste hinausbegleitet, und sie sagt: Entschuldigen Sie, wenn irgend etwas nicht so war, wie es sein sollte.

Und ich ging aus dem Leben mit so einem Lächeln, ich fühlte es auf meinem Gesicht. Entschuldigen Sie, wenn irgend etwas nicht so war, wie es sein sollte. Aber gesagt hab ich etwas anderes.

Jungs... Also, dann... Ich muß los... Und meinen Plunder gebt den Armen... Also, was noch? Weint nicht über mich! Nicht nötig. Und irgendwelche Mausoleen sind auch nicht angebracht. Soll ruhig alles unter uns bleiben. Aber wenn der Schleier fällt, verliert keine Minute, säumt nicht, wartet nicht, bis das runzlige Fleisch wieder prall und elastisch wird. Läutet die Glocken! Es soll ein Festtag werden und keine Totenfeier!

So sprach ich, oder so sprach ein ganz anderer, für mich,

durch mich, und ich verkündete es auf seine Einflüsterung, während ich mit beiden Händen meine Brüste drückte, daß es weh tat. Sie nickten verschämt, meine Jungs, und ich schritt hinaus in die Dunkelheit, aber plötzlich drehte ich mich um und fügte hinzu, einfach so, obwohl ich den Sinn dieser Worte selbst nicht verstand: Und Blut laßt nicht zu, es hat genug Blut gegeben. Und seid gnädig zu den Chinesen. Beleidigt die Chinesen nicht! Ade.

Das mit dem Blut war ja noch in Ordnung, aber die Chinesen! Woher kamen auf einmal die Chinesen? Ich hatte nie über sie nachgedacht. Das blieb in Dunkel gehüllt.

Gab es einen Mond? Ja. Er hing niedrig über dem Wald, aber immer wieder wurde er von Wolken verdeckt, er war nicht klar und nicht voll. Ich fühlte die Schartigkeit der Erde, ihre Unebenheiten vom Pflügen. Ich sah mich nicht mehr zum Feuer um, ich überlegte, in welche Richtung ich gehen sollte, durch den dicken Nebel hindurch waren Bäume zu erkennen, die modrigen Erlen, die am Flüßchen entlang wuchsen, und ich beschloß, dorthin zu gehen.

Ich ging los, ich ging und krümmte meine zarten Fußsohlen, so schmerzhaft stach die Erde, als ob ich über Dornen ginge, aber das fühlte ich nur bei den ersten Schritten, und die Brüste hüpften in alle Richtungen, und dann fühlte ich von all dem nichts mehr, ich ging, und je weiter, desto dichter und undurchdringlicher wurde die anfänglich entspannte Herbstluft, die Luft wurde mit jedem Schritt schwerer und quälender, und ich ging weiter, als ob ich nicht über das Feld ginge, sondern bis zum Hals durchs Wasser, so schwierig war mein Gang, und zugleich ging ich ziemlich schnell, meine Mähne flatterte, bald wurde mir heiß, und das schwere Wasser, durch das ich ging, verdichtete sich und konzentrierte sich zu einem einzigen Strahl, der von irgendwo oben her auf mich gerichtet war, aber nicht von ganz hoch oben, nicht von irgendwoher aus den Sternen, sondern niedriger, wie aus den Wolken, die über dem Feld hingen, und ich fühlte, daß ich in diesem Strahl gehe, aber das war nicht der Strahl eines Scheinwerfers oder eines Leuchtturms, kein Lichtkegel, nein, er hatte mit Licht und Dunkel nichts zu tun, er war von einer anderen, nicht leuchtenden Qualität, er hatte etwas Zähflüssiges wie Honig oder Gelee, er bedeckte mich bald mit seiner klebrigen Masse, und mal schien er mich anzuheben, daß ich ohne jeden Halt mit den Beinen strampelnd in der dickflüssigen Luft hing, mal ließ er mich wieder herunter, und ich spürte das Gras unter den Fußsohlen, so spielte er mit mir, dieser Strahl, er schwappte über mir zusammen und drückte mich mit seiner honigartigen, zähflüssigen Masse, und dann ließ er mich wieder los und verfolgte mich, und ich ging weiter, dann hebt er mich wieder an, und wieder strample ich chaotisch mit den Beinen, aber ich bewege mich dennoch fort, ich trete nicht auf der Stelle, und die Erde, die stand auch nicht auf der Stelle, sie fing an, sich zu biegen, mal nach oben, mal nach unten, als ginge ich über eine Wippe, bis zur Hälfte nach oben, dann steil wieder hinunter und gleich wieder nach oben und wieder steil hinunter, und das unsichtbare Gelee umhüllt den ganzen Körper: die Füße, den Bauch, die Brust, den Hals, schließlich den Kopf, und die Erde begann mich abzustoßen, damit ich stürzte, damit ich strauchelte und ins Gras fiele, aber ich wehrte mich dagegen mit all meiner Kraft, weil mir schien, sobald ich hinfalle, wird die wildgewordene Erde mich wie eine Welle überrollen, mich immer weiter und weiter über die Erdhügel schleifen, und ich werde zerkratzt, zerschlagen und zerschunden, aber ich wollte nicht aufgeben, ich wollte keineswegs alle viere von mir strecken, ich hatte nicht die Absicht, Schlagdame zu spielen, ich fühlte, daß *es* stärker ist als ich, aber das verlieh mir eine gewisse endgültige Verzweiflung, nein, du wirst mich nicht betäuben, du sollst mich lebend nehmen und nicht als Kadaver, das heißt, ich dachte nicht daran, mich zu retten, aber ich wollte auch nicht voreilig klein beigeben: so ertrinkt man im nächtlichen Meer, wenn es weit ist zum Ufer und man fühlt – das schafft man nicht, und man fuchtelt wild mit den Armen, aber es treibt einen immer weiter fort vom Ufer, immer und immer weiter, aber trotzdem schwimmt man aufs Ufer zu, trotzdem, solange man noch Kraft hat, man sinkt nicht in die Tiefe, obwohl das alles zwecklos ist, und so kämpfte auch ich, obwohl mich das Grauen gepackt hatte, das heißt, ich begriff, als mich die Erde in die Luft schleuderte und rasend wurde unter mir, da begriff ich, daß eben diese Säule zähflüssiger Substanz genau das ist, was in mich eindringen und mich in Stücke reißen würde, und das, sage ich euch, hatte keine Ähnlichkeit mehr mit meinem Vergewaltiger, weder mit dem aus meinem Traum, noch mit dem aus der Wirklichkeit, der allerdings ein Gigant war, was Ausmaß und Standfestigkeit anging, aber trotzdem paßte er noch in menschliche Vorstellungen, in gewisse Grenzen, er rief sogar noch gemischte Gefühle zwischen Schmerz und Entzücken hervor. Aber das hier sprengte alle Dimensionen, ich weiß nicht, womit das noch zu vergleichen wäre, mit irgend etwas, das jede Vorstellung übersteigt, also, wie wenn ich erst drei Jahre alt wäre und er – ein Verrückter, ein Bulle, und ich – ein dreijähriger Krümel, der nicht die geringste Ahnung hat, was ihn erwartet, bloß sieht, daß der Onkel keinen Spaß macht, und das übersteigt die menschliche Vorstellungskraft, das produziert bestialische Schreie, und man reißt sich die Haare mit der Wurzel aus, und auch ich muß geschrien haben, jedenfalls war mein Mund so aufgerissen, daß sich die Kiefer verkrampften, und irgendwas habe ich dort geschrien, jedenfalls hatte ich das Bedürfnis, ganz einfache Worte rauszuschreien: Mama! Mama! Mamotschka! – obwohl ich in dem Moment nicht an meine Mamascha mit ihren Ohrringen und ihrer Dauerwelle dachte, nicht sie rief ich an, ich rief nach irgendeiner anderen, allen gemeinsamen Mama. Und wißt ihr, ich sage euch was: gebe Gott, daß ihr das nicht durchmachen müßt! Dem schlimmsten Feind wünscht man das nicht... Aber dann, hin und her geschleudert zwischen Himmel und Erde, fühlte ich plötzlich, daß die Macht dieses Strahls oder dieser Säule, ich weiß nicht mal, wie ich das nennen soll, kurzum, daß sie nachläßt, das heißt, als ob *er* für eine Sekunde von mir abgelenkt wäre, und danach, als er sich erneut ans Werk machte – und er machte sich erneut ans Werk –, da tat er es irgendwie weniger hitzig, eher gleichgültig in seinen Verschrobenheiten, ohne solche Leidenschaft, und dann auf einmal: zack! – und er wandte sich ganz in eine andere Richtung, und ich flog sozusagen ins Leere, und ich sehe: ich gehe energisch durch die entspannte Herbstluft, trotz aller Erschöpfung, kurzum, er hat mich entlassen, das heißt, er hat sich mir gegenüber nicht wie ein gewöhnlicher Mann benommen, der immer mehr in Fahrt kommt und so heiß wird, daß er einen nicht mehr losläßt, bis er gekommen ist, der würde sogar losprügeln, wenn man ihm nicht gibt, was er will, obwohl ich manchmal auch dieses Risiko einging, aus Bosheit oder um noch mehr begehrt zu werden: so bin ich eben, so leicht bin ich nicht zu haben – aber hier hatte *er* auf einmal kein Interesse mehr, als ob er bei ihm zuerst verdammt gut gestanden und sich dann die Stimmung geändert hätte, keine Lust mehr, gefiel ich ihm nicht mehr, oder was, und obwohl ich sehr gut verstand, daß seine Zärtlichkeiten mich nicht weniger als den Tod kosten würden, war ich dennoch ein bißchen gekränkt, und ich blickte mich sogar verständnislos um, wohin er denn verschwunden war, mein Quälgeist! Ich muß noch sagen, daß seine Quälereien nicht auf menschliche Art lustvoll waren, das heißt, ich will sagen, wie wenn man eine geklebt kriegt und das auch will, na ja, Masochismus, obwohl ich dafür nicht viel übrig hab, nur in seltenen Fällen, zum Beispiel mit Dato, ich kann eher selber mal zuhauen, und Leonardik flehte mich geradezu an, aber hier gab es entschieden nicht den geringsten Genuß, das heißt, ich fühlte, daß das da kein Mensch war, sondern irgendein lebendiges Gelee, und vielleicht hat es früher wirklich Weibsbilder gegeben, die kamen, wenn man sie auf einen Pfahl setzte – ich weiß nicht, aber bei mir ging das Vergnügen nie bis zu solchen Extremen, und ehrlich gesagt, geil fand ich dieses Gelee wirklich nicht.

Jedenfalls, ich war fast bis zu dem Flüßchen gegangen, ich war schaumbedeckt, ich bekam keine Luft mehr, ich dachte, wenn ich mich jetzt ins Wasser stürze, fange ich sofort an zu qualmen wie ein Holzscheit, und das Wasser um mich herum beginnt zu kochen – in so einem Zustand war ich! Aber ich stürzte mich nicht in das Flüßchen, statt dessen schleppte ich mich zurück, zum Feuer.

Ich weiß nicht, wie lange ich lief, aber ich kam dort an, ich trat aus der Dunkelheit auf sie zu, ich sah aus, daß sie fanden, ich könnte nicht mehr von dieser Welt sein, sie sprangen auf die Füße und machten Riesenaugen, und ich sage, während ich am Feuer auf die Knie falle: Jungs, Entwarnung. Und sie: was? wie? Ich erkläre: *Er* ist da draußen, das ist klar wie der hellichte Tag, er hat mich gequält und gequält, er hat sich amüsiert wie mit einer Puppe, aber dann hat er sich plötzlich abgewandt... als ob er wüßte, wo es noch andere, noch lustvollere Quälereien gibt. Jegor sagt, und sein Bart zittert: Da, trink. Beruhige dich ein bißchen. Herrgott, was sind das bloß für Leidenschaften! Ich wies mit der Hand das Glas Wodka zurück. Nein, Jegor. Ich verschnaufe nur ein wenig, sage ich, und dann gehe ich wieder: denn jetzt ist ja ganz sicher, daß *er* da draußen ist!

Also hatte die Stimme recht. Eine Stimme! Die können Sie sich sonstwohin stecken, Ihre Scheißstimme! – spotten dann unverschämt die Iwanowitschs. Pfui! In meinem Hals fing es richtig zu kratzen an, wie ich mir das vorstellte. Die Spaßvögel. Kurzsichtige Materialisten. Sie glauben wohl an Vorzeichen? schwarze Katzen? zerschlagene Spiegel? oder wenn Sie von blutenden Zähnen träumen? Na? warum schweigen Sie? Sie schweigen. Sie sind ja nicht *dort* gewesen. Und Jurotschka sagt: Du willst doch nicht wirklich ein zweites Mal gehen? Und Jegor: Du hast übers ganze Feld gebrüllt! Und ich sitze vor ihnen, wie auf dem Gemälde »Frühstück im Freien«, und mich schüttelt ein Fieberschauer, und Jegor hängt mir sein Jackett über die Schultern, wie ein Kavalier vom Dorf, er bietet mir Wodka an, aber ich lehne ab, ich habe nicht mal Lust zu rauchen, denn es zieht mich – es treibt mich, ob ihr es glaubt oder nicht, zurück, aufs Feld, das heißt, meinem Untergang entgegen, wie ihr wollt, so könnt ihr es erklären, und nicht mal irgendeiner hehren Angelegenheit wegen, es passiert wie ganz von selber, es zieht mich an, das Verderben zieht mich an, ich war wie in einer anderen Dimension, ich war nicht mehr von dieser Welt. Nicht, daß ich den Tod nicht mehr fürchtete, nein, ich fürchtete ihn, aber ich hatte mich gespalten, ich und nicht ich, die eine wird von Fieberschauern geschüttelt, die andere schlägt mit den Flügeln. Natürlich – so darf man nicht leben, ich selber verstehe das doch besser als jeder andere, ich schreibe und verstehe, daß man so nicht leben darf, und schreiben darf man darüber auch nicht, verboten, und dieses Verbot haben mir nicht die Iwanowitschs auferlegt, das ist sicher! Aber das hier ist ein anderes Verbot, raffinierter, ich sollte nicht schreiben, sondern beten, beten wäre angebracht, aber ich schreibe, ich schlage mit den Flügeln, und es zieht mich an, dieses Geschreibsel zieht mich an, ich hab mich in Rage geschrieben, ich blöde Kuh. Und ich gehe wie von selber wieder aufs Feld hinaus, derselbe Schüttelfrost, dieselbe fliegende Hitze, das schicksalhafte Kind heult in meinem Schoß, aus dem Schoß fleht es mich an, nicht zu schreiben, es droht mir mit Fehlgeburt, aber schweigen darf ich auch nicht, und ich bin ja sowieso erledigt, das ist eben mein Los, Ksjuschetschka. Ich schreibe also. Ich schreibe, wie ich gegangen bin, und ich bin gegangen, wie ich schreibe...

Ich verschnaufte ein wenig und kam wieder zu mir, obwohl in meinem Kopf immer noch ein Dröhnen war, das nicht verschwinden wollte, es blieb da, aber ich stehe auf, werfe Jegors Jackett ab und trete erneut in die Finsternis. Und zuletzt sage ich zu ihnen: Wenn es diesmal wieder nichts wird

– ich gehe ein drittes Mal. Ich gebe nicht auf. Und sie gucken mir nach, wie Jeanne d'Arc, und sie weinen. Wird sich denn wirklich dieses Phantom bis zum jüngsten Gericht immer wieder zusammenballen? Und wenn ich auch eine ganz beschissene Jeanne d'Arc abgebe, vielleicht kriegt ihr ja eine gelungenere hin. Und außerdem: wenn ich auf tausend Meter Entfernung nach Sünde und Bergamotte rieche – solange ich nicht schwanger war, das hat mir dann den Geruch versaut, aber auch das ist ein Zeichen! –, wenn ich also *so* einen Geruch verbreite, wieso versteckt *er* sich dann vor mir? Nein, er wird fließen, er kann nicht anders als fließen, sein giftiger Samen, sein fauliger Saft! Mit diesen Gedanken ging ich wieder los.

Und wieder, als ich etwa vierzig Meter gegangen war, begann die Erde unter mir zu kreisen und sich zu drehen, der Strahl konzentrierte und verdickte sich zu Gelee und Eiter, unter mir bäumte sich die Erde auf, ich flog in die Luft auf dieser Schaukel, und jene Säule, die aus den Wolken ragte, umschloß mich und quälte meine Seele und zerbrach meinen Körper, immer drauflos, alles in mir brennt, meine Eingeweide ächzen, es reißt mich, und ich schreie ganz außer mir und rufe nicht nach meiner Mamotschka: Mama! Mamotschka! Uhhh! Diesmal klammert sich die Macht ernsthaft an mir fest, wenn sie mich nicht durchfickt, quält sie mich zu Tode, an der Grenze meines Verstands fühle ich, das Scheusal findet immer mehr Gefallen an mir, es drückt meine Brüste mit toten Händen, es will sie mit der Wurzel ausreißen, das Blut aus den klaffenden Löchern lecken und aussaugen und dann Arme und Beine ausreißen und zum Schluß den Stumpf aufziehen wie eine Marionette, ich fühle genau: jetzt gleich! Er fixierte mich lange, er spielte mit mir, und ich wußte nicht mehr, ob ich gehe oder kopfüber dem Himmel und den Wolken entgegenfliege oder auf allen vieren über die Erde krieche, die Tränen fließen, ich heule, ich werfe den Kopf hin und her, die Brüste ausgerissen, die Hüfte zerschmettert, oder bin ich schon tot oder noch was ganz anderes, das heißt, ich hatte jede Orientierung verloren, als wäre mein Gleichgewichtsorgan wie eine Uhr von der Wand gefallen – und in tausend Stücke, so ein Zustand, nah am Irrsinn, und nicht umsonst schauten mir die Iwanowitschs später in die Augen und fanden darin das Urchaos, und sie fragten teilnahmsvoll: ob ich nicht durchgeknallt bin nach der Sache mit dem Feld? ob ich nicht eine kleine Kur nötig hätte? Nein, hab ich nicht. Und ich bin nicht durchgeknallt, sondern nur hingeknallt, aber damals auf dem Feld hatte ich anderes im Kopf als die Iwanowitschs, die paßten bei mir in eine Hand, und ich hatte mich bereits von allen verabschiedet, und von dir, Ksjuscha, ganz besonders. Und dann ging es wieder daneben! Also wirklich, verstehst du, fast war es so weit – und daneben! Als wäre er wieder abgelenkt worden. Also, was sagst du dazu! Weißt du, wie bei einer Frigiden, da kommt die Welle unaufhaltsam angerollt, und plötzlich vorbei, und so sehr sie auch geleckt und gereizt wird – vorbei! vorbei! vorbei! Verstehst du, Ksjuscha? Erinnerst du dich – was haben wir uns mit Natascha rumgequält! Ein schwerer Fall... So auch hier. Nur eine Million Mal schrecklicher, und wenn du willst, beleidigender. Denn ich hatte es ja drauf angelegt. Denn das hält nicht jede aus. Du zum Beispiel, Ksjuscha, du würdest das nicht aushalten, ich kenne dich, du fürchtest jede Art von Schmerz, du fürchtest dich ja sogar, von René deine Zähne behandeln zu lassen, dabei ist er doch immerhin dein Mann, er würde dir nicht unnötig weh tun, zudem noch Franzose, ein sensibler Mann. Aber ich hielt es aus! Ich wollte es! Ich schlug mein Rad wie ein Pfau: da! nimm mich! mach mich fertig! Komm doch endlich, Scheusal, komm endlich mit deinem üblen Gestank! Er nahm mich nicht. Er machte mich nicht fertig. Er kam nicht.

Und wieder kehrte ich zum Feuer zurück, zu meinen Wächtern, zu Jegor und Jurotschka.

Sie sitzen da, grün wie die Kakerlaken, und es reißt und schüttelt sie so, daß die Gesichter, die Wangen, die Nasen in verschiedene Himmelsrichtungen fliehen. Ich sehe: auch sie haben irgendwas Ungutes gewittert. Ich setzte mich zu ihnen, ich sagte nichts. Was gab es da zu sagen? Auch ohne Worte war alles klar. Und da flehte Jurotschka mich an: Irina, sagt er, geh nicht ein drittes Mal, weiß Gott, wo das noch hinführt! Die Natur steht kopf, alles wird nur noch schlimmer! Dabei klappern ihm richtig die Zähne. – Geh nicht ein drittes Mal, ich flehe dich an, Irotschka! – Aber ich sage: Red keinen Scheiß. Schlimmer kann's nicht werden. – Und Jegor, der beeilt sich, Jurotschka beizupflichten: Was heißt hier, es kann nicht? Und wenn doch? – Und er erklärt: Eigentlich geht's ja gerade noch, es ist auszuhalten, natürlich wird einem übel von all dem, aber Kotzen – das ist nicht Umkommen, wir schlagen uns schon durch... Komm, wir fahren im warmen Auto nach Moskau zurück!

Kurzum, meine Eskorte hatte den Mut verloren, wie sie von weitem meinen Gang beobachtete, sie vergaßen sogar, mir das Jackett überzuhängen, vor lauter Angst zeigten sie weder Sorge noch Respekt. Ich zog meinen schottischen Pullover an, ich rupfte Grashalme aus, ich sitze da und kaue auf den Halmen herum, ich ruhe mich aus und glaube ihrer Angst nicht, schlimmer kann's nicht kommen. Aufs neue zieht es mich an, dieses Teufelsfeld – über die Knochen der gefallenen Landsleute gehen, über die Knochen von Ungläubigen und Gäulen, kopfüber dem Himmel entgegenfliegen, ich war auf den Todesgeschmack gekommen, für mich gab es kein Zurück ins frühere Leben. Auf dem Feld Dunkelheit und Stille, es liegt friedlich da, und der Mond, der bisweilen auftaucht, läßt den milchigen Nebel aufschimmern, und all das ist sehr trügerisch, und ich möchte weiter gehen.

Ich stand auf und warf den Pullover fort. Ich muß los, Jungs, sage ich. Sie sitzen da, eng aneinandergedrückt, unzufrieden mit meinem Vorhaben, aber sie können sich auch nicht entschließen, mir zu widersprechen, und das Feuer flakkert nur noch schwach, weil sie sich nicht darum kümmern. Ich stand auf, ich trat hinaus aufs Feld, mir klopfte das Herz, ich atmete tief die süße Kleeluft ein, strich mir die Haare zurück – und ich jagte los, ich sprang über die Erdhügel hinweg.

Ich gehe. Ich gehe, gehe, gehe, gehe.

Und ein drittes Mal verdichtet sich um mich her das Unreine, und wieder fängt es an, mit mir Fliegen und Orientierungsverlust zu spielen, nur habe ich mich schon beinahe an diese Scherze gewöhnt, meine Beine bewegen sich fast mechanisch, ich stürme, soweit der Atem reicht, durch dieses Gelee. Und plötzlich höre ich in der Stille dieses Felds: Gesang. Erst eine Stimme, dann eine zweite, und noch eine. Zuerst klingen sie disharmonisch und unsicher, und dann werden es mehr und mehr, also, ein ganzer Chor, und sie singen, es ist wie ein Abgesang, wie auf einer Beerdigung. Die Worte kann ich nicht verstehen, obwohl sie lauter werden, und nun ist es schon, als ob das ganze Feld zu singen angefangen hätte, auch der schwarze Wald singt und alle Grashalme singen unter meinen Füßen und die dunklen Wolken und sogar der Fluß. Das heißt, von überallher... Und sie singen so wehmütig, wie zum Abschied, wie zu einer Beerdigung, daß es mir ganz unmöglich ist weiterzugehen, zudem auch noch nackt, und ich möchte stehenbleiben und mich mit den Händen bedecken, und ringsum singt alles. Ich verlangsame meine Schritte, und ich strenge mich an zu begreifen, für wen dieser Abgesang bestimmt ist, vielleicht für mich, und mir scheint, für mich, aber mir scheint auch, nicht nur für mich, dies ist ein Abgesang auf alles ringsumher, auf den Himmel und die dunklen Wolken und sogar den Fluß. Ein Abgesang auf sie selbst und auf mich und auf alles zusammen. Und ich blieb stehen, ich lauschte, wie diese Mächte, lebendige und unbegreifliche Mächte, ihr wehmütiges Lied singen. Von allen Seiten haben sie mich umzingelt, und sie singen, aber nicht, daß sie mich verurteilten: dein Vorhaben ist unnütz, und deine Gänge sind sinnlos – sie singen eher mitleidig und prophezeien mir den Tod, sie legen mich in einen weißen Sarg und überhäufen mich mit Nelken, mich, die Sterbliche, die

Dienerin Gottes, Irina Wladimirowna... Da war ich nun verwirrt stehengeblieben, und ich dachte: na dann falle ich auf die Knie, das Gesicht in den Klee, den Arsch gen Himmel, ich grabe mich ein in meine Bergamottmähne, und komme, was da wolle, wo sie mich ohnehin in einem weißen Sarg hinaustragen, und sie singen und singen unermüdlich. Komme, was da wolle! Er tut, was er tun muß! Ob er mich durchfickt oder verscharrt, sowieso ist dies ein Abgesang auf alle und jeden... Und so knie ich mich hin, inmitten des singenden Felds, das von urrussischen Stimmen erfüllt ist, und das widerliche Unreine, es kneift mich in die Schenkel und Arschbacken. So kniete ich, ich kniete und beweinte unsere unmögliche Auferstehung, und ich hob den Kopf, und ich brülle los wie verrückt geworden, den dunklen Wolken und dem trüben Mond entgegen: was ist, wirst du mich ficken oder nicht?

Und im selben Augenblick verstummte das Feld, es herrschte Totenstille, der Chor der lebenden unbegreiflichen Mächte erstarrte in Erwartung einer Antwort, alles verbarg sich, und der Sarg war reglos. Doch nach einem Moment der Ungeduld, der Bitterkeit, der letzten Hoffnung – da plötzlich kracht es! wie es kracht über dem Feld! Aber da krachte kein Donner und kein Blitz, da entlud sich kein Gewitter, es trommelten keine dicken Tropfen auf den weißen Sargdeckel, die modrigen Erlen rauschten nicht aufgewühlt vom Wind, auch der Krähenschwarm schlug nicht mit den Flügeln, nein, da krachte kein Donner, es ging nur ein fiebriges Zittern über das Feld. Und ich dachte: na dann, Irina, halt dich tapfer, deine Stunde hat geschlagen – doch nicht das Todesurteil donnerte da in den Wolken, und dann wieder dachte ich: gleich ist es soweit, oh, verzehren wird er dich! Aber nein, ich spüre, das ist es nicht, das ist nicht der richtige Klang, nicht das richtige Dröhnen, und der milchige Nebel färbte sich gelb, und ein böser Gestank kam vom Himmel herab und legte sich über das Gras, und es gab nichts mehr zum Atmen, und ich erstickte...

Na ja, ich stand auf, wankte, hielt mir die Schläfen wie eine alte Frau, und niemand sang mehr über mir, und ich dachte: leck mich am Arsch! Mir reicht's... Und ich lief los, lachend, kichernd und winselnd – ich lief langsam über das graue Feld.

Ich kehrte zum Feuer zurück, mit kraftlos herabhängenden Armen. Ich sehe: meine trauten Freunde sitzen nicht mehr mit grünen Gesichtern da, sie haben Farbe bekommen und lachen sogar ein bißchen, sie haben sich Wein eingeschenkt, und das Feuer züngelt lustig vor sich hin. Woher diese Fröhlichkeit? Ich sage: Gott, was bin ich müde! – Na, komm, setz dich, ruh dich aus. – Habt ihr irgendwas gehört? – Was meinst du? – Habt ihr gehört, wie der Chor mit wehmütiger Stimme gesungen hat? – Der Chor? Was für ein Chor? – Dort war ein Chor... – Ach ne, wirklich? – Und ich sage: Was ist los, seid ihr besoffen, oder was? Ich hab hier, sage ich müde, mein Leben riskiert, und ihr laßt euch vollaufen? Nein, antwortet Jurotschka, wir haben uns nicht vollaufen lassen, ich trinke nicht, wenn ich ans Steuer muß, dabei schenkt er sich noch ein Glas Wein ein. Und Jegor sagt: Was mich betrifft, ich hab ein bißchen was getrunken, weil alles so eine gute Wendung genommen hat. – Was faselst du da? Was für eine Wendung? – Was denn? – sagt er. – Du kommst lebend und unbeschadet zurück, in all deiner Schönheit, wie ein Blumenstrauß, und da haben wir hier, der Kumpel und ich, da haben wir einen drauf getrunken. Setz dich zu uns. – Und sie sehen mich bedeutungsvoll an. – Aber habt ihr denn gar nichts gehört? – Was sollten wir hören, bei der Stille. Gesehen haben wir dich von weitem. Du hast weiß geleuchtet wie eine Flagge. – Dreh dich um, sage ich. Und Jurotschka sagt: Gott sei Dank, daß es nicht schlimmer gekommen ist, besser wär es ja sowieso nicht geworden, darum haben wir hier gehockt wie zwei Kakerlaken, uns aneinander geklammert und gefürchtet, es könnten noch schlimmere Zeiten kommen. Jegortschik, geh doch mal zum Auto und bring uns noch eine Flasche Wodka, na denn, trinken wir einen! Jegor stemmte die Arme in die Hüften und antwortete resolut: Ich geh nicht zum Auto, Wodka holen, ich will, daß Ira mir vorher wie einem Bruder einen Kuß gibt. Dabei hockte er auf meinen Klamotten. Ich sage: Geh von meinen Kleidern runter, und danach darfst du dich gern mein Bruder nennen. Sie tauschten Blicke aus. Zwei intelligente Gauner, sie antworten nicht. Du, sagen sie, du brauchst dich mit dem Anziehen nicht zu beeilen, wir sind doch unter uns, wir verstehen alles. – Was versteht ihr? – Sie schweigen, sie blinzeln sich zu, sie rauchen Zigaretten. Da ging ich langsam auf Jegor zu, ohne meine Blöße zu bedecken. – Gib mir deine Wange für einen Kuß. – Er hielt sie mir hin. Mit letzter Kraft knallte ich ihm eine. Er kippte nach hinten. – Ach, ihr Scheißer! – sage ich. Er erhob sich, wobei er schützend die Hand vor sein bärtiges Gesicht hielt, und ich fand das auf einmal komisch, wenn auch widerwärtig. In vollkommener Stille zog ich mich an, Jurotschka riß sich mühsam zusammen, und als ich mich angezogen ans Feuer setzte und mir die Hände wärmte, da zischte er los: du, zischt er, paß auf, übernimm dich nicht, du bist mir die Richtige, ich werd allen zeigen, was für eine Jeanne d'Arc du bist...! Darauf ich zu ihm: Erinnerst du dich an Ksjuscha? Erinnerst du dich, wie du Salz in ihre Wunde gestreut und sie verspottet hast? Du hast ihr so übel mitgespielt, daß sie mit dir geschlafen hat, aber sie hat aus purem Haß mit dir geschlafen, aus Ekel... – Möchtest du vielleicht eine geknallt haben? – interessierte sich Jurotschka höflich lächelnd. Aber ich war müde, ich hatte mich überanstrengt, ich war sogar zu träge, mich mit ihm anzulegen, ich sage: na, schlag doch zu! Schlag zu, du Feigling! Schlag zu, du Volksbefreier! Schlag zu, du mieses Schwein! Und ich schlug ihm selber eine rein. Und während er noch große Augen machte, er ist nicht wie Jegor, das weiß ich, er ist eingebildet, arrogant und jähzornig, sprang ich auf und lief vor ihnen weg, ich denke, ach, fickt euch doch ins Knie! Das hatte ich von denen nicht erwartet, ich war enttäuscht... Ich lief in die

Dunkelheit, diesmal nicht aufs Feld, sondern auf die Straße zu, und ich verbarg mich im dicken Nebel. Ich setzte mich hin. Ich denke. Was soll ich jetzt tun? Wohin gehen? Wo gibt's hier lebendige Menschen?

Sie schwiegen eine Weile, und dann, höre ich, schreit Jegor: Ira! Irkaaaaa! Wooo bist duuuuu? Ich schweige, ich reagiere nicht, sollen sie doch schreien. Dann, höre ich, stiegen sie ins Auto und fingen an zu hupen, sie hupen aus Leibeskräften und schalten die Scheinwerfer ein. Hupt nur, hupt, meine Süßen... Dabei denke ich: sollte ich wirklich zu ihnen zurückgehen? Und ich gebe mir selbst die Antwort: Na ja, sicher, du gehst zurück! Wo solltest du auch hin? Ganz brav wirst du zurückgehen. Und sie überlegen sich ihrerseits dasselbe. Sie wird doch nicht mitten in der Nacht hier sitzenbleiben, vor Kälte erstarren und ein wenig den Herbst genießen? Wenn sie erstmal ordentlich durchgefroren ist, kommt sie schon zurück zum Feuer...

Du bist müde, du bist zuviel gegangen, du bist kaputt, Irotschka, du bist heute viel zuviel gegangen, fürs ganze Leben genug gegangen, mein Kleines...

Und ich höre, auch Jura schreit: Ira, komm zurück! Komm zurück! Wir fahren nach Moskau! Abfaaahrt!

Und ich dumme Kuh, ich begreife sehr gut, daß ich aufstehen und zurückgehen muß, da brennen ihre Scheinwerfer und locken mich, ich soll zurückgehen, ich soll aufstehen und antworten, denn wohin könnte ich auch gehen, ringsum dunkle Nacht, und außerdem hab ich meine Uhr am Feuer liegengelassen, meine goldene Uhr mit dem goldenen Armband, eine Schweizeruhr, ein Geschenk von Carlos. Aber ich stand nicht auf und ging nicht zurück. – Iraaaaa! – schrien die Jungs im Duett. – Wir müssen los! Mach keinen Quatsch! War nicht so gemeint! Verzeeeiih uns...! Und sie hupen wieder, sie locken mich aus der Nacht ins Scheinwerferlicht und ins Auto, warm und weich wie das Kopfkissen, und unter dem Kopfkissen das Batisthemdchen. Und den ganzen

Heimweg werde ich auf dem Rücksitz zusammengerollt verschlafen, und ich werde weder die Dörfer, noch die blinden Lichter der wenigen entgegenkommenden Autos sehen, sondern schlafen, schlafen, schlafen – natürlich muß ich aufstehen und laufen, bloß habe ich keine Kraft mehr, bloß kann ich die Lider nicht mehr heben, die Augen nicht mehr öffnen, und ich dachte: sowieso bin ich nicht mehr von dieser Welt, und wie ich das dachte, stieg ich aus. Abgeschaltet. Und Schluß.

19

Nach der Ankunft rief ich die doppelten Iwanowitschs an, und gleich am Telefon kapitulierte ich. Aber trotzdem waren sie mürrisch und spielten die beleidigte Leberwurst, als sie in ihren Trenchcoats bei mir ankamen. – Ach, Irina Wladimirowna, weshalb, weshalb sind Sie über das Feld gegangen? – riefen sie beide aus, kaum hatten sie mich erblickt. – War das denn nötig? Wir hatten doch schon alles abgemacht. Wir hatten alles geregelt. Man hat Sie wieder in der Firma aufgenommen. Und Viktor Charitonytsch, obwohl der sich sehr gesträubt hat, haben wir mit Mühe dazu gebracht, Sie wieder einzustellen. Und nun? Es gehen Gerüchte um. In Literatenkreisen rühren sich böse Zungen: Jeanne d'Arc! Jeanne d'Arc! Wem wollten Sie eigentlich was beweisen? Wozu hatten Sie das nötig? Ach, Ira, Ira, Sie haben alles verdorben. Und fordern Sie uns nicht auf, unsere Trenchcoats abzulegen! Sie hätten sich vorher mit uns beraten sollen. Wenn Sie schon über das Feld gehen mußten, dann wenigstens mit einem klaren Auftrag! Aber Sie...! So haben Sie auch Wladimir Sergejewitsch in Verlegenheit gebracht. Ihretwegen wird er nun endgültig zur Figura non grata, beim Fernsehen hat man bereits eine Sendung abgesetzt. Sie haben die letzten Reserven seiner soliden Reputation erschöpft. Bis auf den Grund! Oh, der hätte Ihnen die Ohren langgezogen! O ja, das hätte er!

Sie gingen und überließen es mir, mich um mein weiteres Schicksal zu sorgen. Gawlejew! Na klar! Na klar! Natürlich, ich erinnere mich. Der Kenner offener Sphären und spannender Verbindungen... Na klar! Na klar! Und ich hatte das vergessen...

Ich empfing sie mit Husten, Rotz und Ohrenreißen, und ich antworte mit einer fremden, dick belegten Stimme: Und Sie? Sie sind auch gut! Was war denn das für eine Strategie, daß Sie diesen Stepan mit seinem mitternächtlichen Panzerspähwagen auf mich losgelassen haben? – Was denn für ein Stepan? – Oh, ich bitte Sie! – Nein, erklären Sie das mal vernünftig. – Oh, oh! – ich runzle die Stirn. – Als ob Sie das nicht wüßten! Diesen Stepan eben, der drauf und dran war, mich zum Krüppel zu machen, mich meiner Schönheit zu berauben, und der dann, weil er seinen Auftrag nicht erfüllen konnte, den Besoffenen markiert und sich vollgepißt hat, genau hier, kommen Sie her, auf dem Teppich neben dem Diwan, schnuppern Sie nur mal an dem Teppich als Beweis, genau hier hat er die ganze Nacht verbracht, und am nächsten Morgen hat er irgendein unzusammenhängendes Zeug von einer Tatjana Georgijewna gestammelt, von ihrem angeblichen Geburtstag...

Sergej und Nikolaj wechselten einen Blick. Erstklassige Journalisten. Und ich erkläre ihnen mit meiner Anginastimme, in beleidigtem Tonfall, wie durch ein Ofenrohr: Ach, hören Sie doch auf, bitte! ich habe bis heute am Oberschenkel einen blauen Fleck, der ein Sechstel von meinem Körper bedeckt, hören Sie auf, ich bin kein kleines Mädchen mehr...

Aber sie ächzen und stöhnen und breiten bloß hilflos die Arme aus. Also, Irina Wladimirowna, da sind Sie doch nicht ohne fremde Hilfe draufgekommen. Das kann doch nur Boris *Davidowitsch* gewesen sein, der ihm das Kainsmal verpaßt hat, nicht wahr? – In der Tat, antworte ich, Dank diesem klugen Mann. Mir ist das nicht gleich gedämmert, ich bin eine schwache Frau. – Ach! – die Brüder stießen einen Pfiff aus. – Irina Wladimirowna...! Sie neigen zum Judentum – sagen sie. – Das ist nicht schön! – Ich seh schon. Alle beleidigen und betrügen mich! – Und ich vergoß eine Träne. Sie traten sich die Füße ab, zogen die Trenchcoats aus und hängten sie auf einen Bügel. – Und Sie auch – beschwere ich mich. – Wem kann ich noch vertrauen? Setzen Sie sich bitte. – Wir setzten uns an den Tisch. – So – sagen Nikolaj und Sergej. – Und was das tatarisch-mongolische Feld betrifft, das sich bei dem und dem Kilometerstein vor Moskau befindet (ich erinnere mich nicht, bei welchem, ich kann Zahlen schlecht behalten), war das auch Boris Davidowitsch, der Ihnen diesen Floh ins Ohr gesetzt hat? Na, na, beruhigen Sie sich... beruhigen Sie sich... beruhigen Sie sich. – Wie könnte ich mich beruhigen? – antworte ich weinerlich und knete das feuchte Taschentuch in meinen Händen. – Ich habe d-d-dort meine g-g-goldene U-u-uhr... Schweizeruhr... v-v-verloren... mit dem goldenen Armb-b-band... – Also auch er? – Nein – antworte ich ehrlich und aufrichtig. – Er nicht. Ich habe eine Stimme vernommen. – Sie spitzen die Ohren noch mehr und sagen: So. Was für eine Stimme? Erzählen Sie. Das ist nur in Ihrem eigenen Interesse... – Ach, sage ich, da gibt's gar nichts zu erzählen... Das werden *Sie* nie verstehen... – ??? – Sie, sage ich, Sie sind Materialisten. – Nun ja, wissen Sie, Irina Wladimirowna, ein *kreativer* Materialismus läßt in Natur und Physik auch Unerklärliches zu. Unser Sergej hier beispielsweise schreibt Artikel über Parapsychologie. – Und glauben Sie an Vorzeichen? – Hm! – murmelt Sergej etwas Unverständliches: vielleicht *ja*, vielleicht *sonst noch was*. – Ich putze mir die Nase. – Kommt, sage ich, seien wir wieder Freunde. – Freunde! – die Brüder lächeln ungläubig und spöttisch. – Wir sind es, die sich die ganze Zeit wie Freunde benehmen, und Sie gehen hinter unserem Rücken über das Feld! – Ich bin so schon genug bestraft – beschwere ich mich – sehen Sie, eine Angina hab ich mir geholt, achtunddreißig drei Fieber, ich glühe regelrecht. – Und die Iwanowitschs, die sollen meinetwegen mit verglühen. – Also, Irina Wladimirowna, das haben wir, ehrlich gesagt, nicht von Ihnen erwartet! Sie sind doch Russin! – Allerdings, antworte ich, was denn sonst? – Also wirklich, wundern sie sich, ist das etwa kein Frevel? Ein Nationalheiligtum mit Füßen zu treten und splitternackt darauf herumzugehen? Sie haben uns hinters Licht geführt. Und Chefredakteur Gawlejew ist außer sich vor Zorn, weil er einen Artikel gebracht hat, der Sie rechtfertigt... – Schon gut, Jungs – gebe ich nach – schon gut! Es war dumm von mir zu gehen, ich tu's nicht wieder, Ehrenwort. Und dabei denke ich: zum Teufel mit diesem Rußland, sollen sich andere darüber Kopfschmerzen machen! Mir reicht's! Leben will ich! – Ihr seid doch Geschäftsleute, ja? Also. Das heißt, wir werden uns verständigen können? – Aber sie sind hartnäckig. – Nehmen wir bloß mal an, sagen sie zweifelnd, daß Sie auf dem Feld das nationale Gleichgewicht gestört haben – was dann? Und Gawlejew, der ist in seinen edelsten Empfindungen gekränkt, er hat Ihnen auch vertraut! Ich sage: bestellen Sie Ihrem Chef Gawlejew, daß es keinerlei Störungen des Gleichgewichts gegeben hat und auch gar nicht geben kann, denn ich habe mich an meinem eigenen unglückseligen Leibe überzeugt, daß dieses Ihr Gleichgewicht – genau so ist, wie es sein muß! Sie können Ihren Chef beruhigen! – Und da fielen mir die Weiber auf dem fernen, mir unbekannten Markt ein, die von Gleichgewicht mehr verstanden als ich. Also, ihr Weiber, rief ich, während ich auf den Marktstand kletterte, bittet mich, um was ihr wollt! Um was immer ihr mich bittet, das wird auch geschehen! Sie drängten sich zusammen und sie antworteten zaghaft: gar nix wollen wir, uns geht's auch so gut. Wirklich, sage ich, geht es euch wirklich gut? Was sollen wir uns beklagen, antworten sie, und den Zorn Gottes ganz umsonst auf uns ziehen, Krieg haben wir nicht... Und ich sage: also, irgend etwas werdet ihr doch wollen? Du, Töchterchen, sagt eine, kauf bei uns Sonnenblumenkerne, wir geben sie her für wenig Geld. Ich will eure Sonnenblumenkerne nicht, antworte ich, davon kriegt man bloß Verdauungsstörungen...

Sie verließen mich sogar mit einer gewissen Erleichterung, die Iwanowitschs, sie gingen Gawlejew Mitteilung machen, nur, Irina Wladimirowna, verbreiten Sie sich nicht so sehr über diese Ihre Gänge, vor allem nicht gegenüber Ausländern, die verdrehen das dann und interpretieren das nicht richtig. – Wie könnte ich? – versichere ich. – Nie im Leben! Nur dürfen auch Sie mich nicht mehr kränken, und ich erzählte ihnen von Jegor und von Jurotschka, von ihren blöden Diskussionen und wie sie im Gras gesessen hatten, grün wie die Kakerlaken, aber von dem Unreinen sagte ich kein Sterbenswörtchen, denn das gehört mir allein, und die Iwanowitschs sagen: Fixe Jungs. Und ich dachte: Fix seid ihr alle! Damit verabschiedeten wir uns. Und da auf dem Markt kommt ein menschlicher Stumpf angekrochen, Onkel Mischa, dem fehlen drei Gliedmaßen, in der Hand ein volles Glas Wodka. Onkel Mischa, iß eine Gurke hinterher! Aber Onkel Mischa vertritt eine andere Theorie. Nachdem er das halbe Glas runtergeschüttet hat, antwortet er: Wozu trinkt man, wenn man dann was ißt? Und er spuckt zur Seite aus. Die Weiber stopfen ihm gesprenkelte Äpfel in die Jackentaschen. Die Weiber knacken Sonnenblumenkerne. In den Pfützen die Sonne. Onkel Mischa trinkt den Wodka aus. Er wird niemals betrunken, Onkel Mischa, er wird niemals nüchtern. Er kriecht über den Markt und hilft mit der übriggebliebenen Harke nach. Er kriecht in den Wartesaal, die Wangen glühen. In dem Wartesaal habe ich viele Stunden verbracht. Ein aus Zigarettenkippen hervorwachsender Gummibaum. Die Stationsvorsteherin erbarmte sich meiner und rückte eine Fahrkarte aus der harten Reserve raus. Zwischen den Fenstern Portraits. Überwiegend Grün- und Brauntöne.

Die Portraitierten sahen, wie Filmschauspielerinnen, etwa vierzig Jahre jünger aus als sie waren. Sie waren gut erhalten oder einfach nicht dazu gekommen, alt zu werden: in die Arbeit vertieft, hatten sie keine Zeit dazu gehabt, und ihre hohlen, schneidigen Gesichter atmeten die festlichen Ehrensalven des Sieges von gestern. Auf einer gelben Bank der Sowjetischen Eisenbahnen sitzend, sah ich sie mir genau an. Sie gefielen mir alle. Weder sie, noch ich – wir hatten es nirgendwohin eilig. Die Füße heulten. Der Stumpf kroch. Der Durchzug verhieß eine Angina. Der Zug traf ein, als es hell zu werden begann. Von irgendwoher kamen die Leute, sie strömten herbei mit ihren Einkaufstaschen und Koffern. Einsteigen. Sie mußten die Beine sehr hoch heben, um in den Waggon zu klettern. Die verschlafenen, in ihre Dienstmäntel gehüllten Zugbegleiterinnen keiften ab und zu jemanden an.

So ein Zufall! Im schummrigen Waggon der vierten Klasse saßen sie und spielten Karten, kicherten und verströmten ihren Duft.

Alle waren sie da: Tanka mit dem Tripper und die zärtliche, große Larissa und Nina Tschisch, die mir verziehen hatte, und Andrjuscha, mein Eigenbrötler, und mir mit dem Rücken zugewandt... sie drehte sich um... Irka! Ritulja! Schmatz. Schmatz. Was hat euch denn hierher verschlagen? Woher kommt ihr? Vom Jahrmarkt. Vom *Affentheater*. Andrjuscha ist wie immer *so* elegant, seine Gesten sind zögernd. Nur mit Andrjuscha habe ich mich als *Mensch* gefühlt. Nach unseren Feten half er mir immer den Tisch abräumen, wusch in meiner Schürze das Geschirr und trug den Müll nach draußen. Dann legten wir uns hin, und nachdem wir ausgiebig geplaudert, getratscht und gelacht hatten, schliefen wir ein, Rücken an Rücken, bei geöffnetem Fenster. Wie schön wir schlafen konnten. Wir wachten auf – gut gelaunt und munter. Wir tobten im Bett rum. Andrjuschik, sagte ich, wie schön du bist! Du bist ein Apoll! Entzückend! Erlaub's mir doch, laß mich dich küssen, nun laß mich doch! Andrjuscha!

Aber er sagte verwirrt: Irischa! Mein Engel! Komm, wir werden nicht anfangen, unsere Freundschaft mit gierigen Lippen zu beschmutzen! Sieh aus dem Fenster: auf den Bäumen liegt Schnee. Er ist weiß, Ira...

Wir tranken Kaffee. Einmal schafften wir sogar einen Ausflug, zum Langlauf. Also wirklich, warum gibt es auf der Welt so wenig saubere Männer, solche wie Andrjuscha! Gäbe es mehr davon, welche Last fiele von den schmalen Frauenschultern! Wie nett sich alles entspannen würde!

Und du, Irischka, wo kommst du her? Wie siehst du denn aus? Was für ein entzündetes Gesicht. Ist dir irgendwas zugestoßen? – Ach was, Mädchen! Ich bin bloß aufs Land gefahren. Das Auto ist kaputtgegangen. Der Kavalier sitzt fest... – Willst du was trinken? – Oh, Kognak! Und wo ist Polina? – Die ist mit dem Bus gefahren. Nimm noch ein Schlückchen. – Oh, Klasse! Ritulja, bist du's wirklich? Na, wie geht es dir, Liebe? – Du fehlst mir. Du hast neue Freunde. – Ach, die sollen krepieren! Ich hab die Nase voll von denen! – Und ich werd wohl... – Wen? Hamlet? – Na und? – Nein, schon in Ordnung! – Er hat mir den hier... – Fünf Mille? – Mehr! – Paß auf, daß sie ihn dir nicht samt dem Finger abreißen! Andrjuscha, Lieber! Wie trist ist es ohne dich, ohne euch, Mädchen... – Für uns auch! Für uns auch! Wann kommst du zurück? – Was weiß denn ich! – Komm zurück. Oder *haust du ab*? – Nein, Ninul, wo soll ich denn hin... zu spät... – Weißt du, die Marischka ist weg. – Nein, wirklich? – Nach Holland. – Also, bald wird's hier überhaupt keine Mädchen mehr geben. Bloß noch Kühe. – Die fahren auch weg. – Stimmt. Oje, was ist das?

Alle guckten. Ich werde nicht sagen, was da war. – Tja, der Abgrund! – sagte ich. – Gehen wir eine rauchen.

Andrjuscha begleitete mich und Tanka auf die Plattform. – Bist du wieder gesund? – Schon lange! Und du? – Wieso ich? – Du hattest doch auch... – Nein, das war Ritulka... – Aber das Weib da ist nicht auf den Kopf gefallen – lobte Andrjuscha, der noch nie im Leben eine Zigarette geraucht hatte. – Die hat gleich gewußt, was zu tun ist. Ihm die Stiefel unterschieben. Soll er sie doch vollkotzen bis zum Rand. – Der ganze Waggon hat gelacht. Alle, die nicht geschlafen haben, aber die meisten haben geschlafen und nicht gelacht. – Und wie wird er sie morgen früh wieder anziehen? – Genauso wie immer. – Tja, der Abgrund! – sagte ich. Ich fuhr nach Moskau. Ich fahre das ganze Leben nach Moskau. Die Typen, die auf der Plattform rumstanden, gaben damit an, wer wie oft wo gewesen war. Plötzlich legte einer seine Pranke auf meine Schulter. – Warst du das, die gesagt hat, wir sind – der Abgrund? – Andrjuscha, ein skrupulöser Mensch, sagte zu dem Typen: Ich versichere Ihnen, Sie haben sich verhört. – Verschwinde! He, ihr! Sie hat gesagt, wir sind der Abgrund! – Die Weltmeister der Ausnüchterung regten sich nicht besonders auf, und alles wäre noch glimpflich abgegangen, wenn nicht Tanja gewesen wäre, und die reagiert auch eher heftig. – Wer sind Sie denn überhaupt? – sagte Tanja und trat mit dem Absatz die Kippe aus. – Ach, du Ziege! – brüllte der Typ sie an. – Jedem Dahergelaufenen kaust du sein Ding, und dann sagst du, wir sind der Abgrund! – Schon gut! – winkte ich ab und versuchte, dem Ganzen eine scherzhafte Wendung zu geben – welches Weibsbild tut das heutzutage nicht... – Der Typ drehte mich mit seiner Pranke zu sich herum. Ein gewöhnliches Männergesicht. Eine üble Fresse. – Warum hast du gesagt, daß wir der Abgrund sind? – Ich hab doch überhaupt nichts gesagt. Laß mich zufrieden. – Nein, das hast du gesagt! He, ihr, die hat gesagt, wir sind der Abgrund! – Andrjuscha sagte sanft: Also, gehen wir, Mädchen? Geraucht haben wir – also gehen wir. – Aber wohin? Sie standen da und guckten uns an. Andrjuscha wurde nervös. Der eine Typ versperrte mit seinem Körper die Tür. Von der anderen Seite her wurde energisch geklopft. Im Mund eine Papirossa. Er nahm die Papirossa aus dem Mund und wollte sie mir ins Gesicht stoßen, aber ich schlug die unentschlossene Hand weg, und die Glut traf Tanja an der Wange. Nur Tanja kann so brüllen. Sie kann eine Fabriksirene überbrüllen. Die Typen standen da und guckten, wie sie brüllt. Tanja war größer als sie, ich auch. Und dann noch auf hohen Absätzen. Da lief plötzlich ein anderer rot an, und er sagt: Was soll denn das? – Und der erste antwortet: Was denn? Sie hat uns Abgrund genannt. – Na und? – Nichts und! – Sie gerieten so ungeschickt aneinander, daß auf der Plattform für keinen mehr Platz blieb. Tanja und ich öffneten die Tür und stürzten in den Waggon, wo wir auf die Zugbegleiterin stießen, die für Ordnung sorgen wollte. Der Waggon schlief. In den Gang ragten die Füße von Weibern, alten Männern und Soldaten. Der typische Dunst der vierten Klasse. Ich kenne ihn und sage euch: zu dieser Stunde findet man die beste Luft – auf der Toilette. Dort ist das Fenster leicht geöffnet. Ich schloß mich ein und trat ans Fenster.

Na ja, sie haben Tanja die Wange verbrannt... Na ja, es wird noch ein bißchen weh tun... Na ja, es wird vorbeigehen... Ich atmete die frische Morgenluft ein. Ich dachte an nichts. Die finden das amüsant, dachte ich, als ich mich daran erinnerte, wie sich der ganze Waggon angesichts dieses Typen, der in seine Schuhe kotzte, amüsiert hatte. Wie sie sich amüsiert haben! Sogar seine Frau, anfangs so streng, sogar die hatte gelächelt: guck mal, der Trottel! Nach der ganzen Nerverei, nach dem Gedränge beim Einsteigen setzten sie sich hin, sie stärkten sich ein bißchen, wir fuhren, sie amüsierten sich. Und ist das denn nicht lustig? Wie wird er sie morgen wieder anziehen? Zum Totlachen. Ich lachte nicht. Und da stand eben einer auf, einer mit einem gewöhnlichen Männergesicht, er stand auf und war beleidigt, weil ich das – ganz ehrlich – nicht lustig fand. Aber vielleicht habe ich ja tatsächlich unrecht? Und du, Irina Wladimirowna, du mit deinem Papascha und deiner Mamascha, mit deiner Biographie, mit deinen beiden Ehemännern und ewigen Skandalen – hast du wirklich nicht erraten, daß man sie bedauern muß, bedauern und nochmal bedauern... Weshalb hast du dich auf diesen kriminellen Kuhhandel eingelassen? weshalb wolltest du dieses Leben umkrempeln? Man muß überhaupt niemanden retten, *vor wem* denn? vor ihnen selber? Was also tun? Was? Überhaupt nichts. Und, meine liebe Ksjuscha, es ist für mich wohl an der Zeit, in meinem stürmischen Leben einen Punkt zu setzen, es ist an der Zeit, zur Vernunft zu kommen. Ich dachte an nichts.

Andrjuscha! Andrjuscha, du bist mein Guter, du hast mir deine Bank überlassen und bist selber in die dritte Etage geklettert, du mein Guter, heirate mich! Wir werden zusammen schlafen, Rücken an Rücken, wir werden schöne Musik hören, und deine Geschichtchen – in Gottes Namen! Damit kann ich leben. Ich werde dir treu sein, Andrjuscha, und wenn du ein Kindchen möchtest, so ein ganz ganz kleines, das dir ähnlich ist, hörst du, Andrjuscha, das bringe ich dir zur Welt...

Kehr zurück, Irina, zu deinen Wurzeln! Schnuppere nur richtig den Geruch der gestreiften Socken! Schnuppere nur richtig diesen Geruch, Irina! Das ist *dein* Geruch, Kindchen! Alles andere ist Teufelswerk. *Sie* – das bist *du*. *Du* – das sind *sie*, und hau nicht so auf die Kacke, sonst hast du auf dieser Welt nichts mehr verloren, denk daran, Irina...

Ich schnupperte vorsichtig die Luft.

Ich warf einen Blick in die dritte Etage. Er lag mit offenen Augen. – Andrjuscha – sagte ich – sie haben keine Schuld. Ich weiß es genau. – Was geht das mich an? – sagte Andrjuscha. – Schuld oder nicht Schuld... Warum soll ich das ganze Leben in dieser Scheiße leben? – Andrjuscha – sagte ich – es gibt einen Ausweg. Heirate mich. – Die Räder rollten nach Moskau. Sie bremsten, blieben stehen und rollten weiter. Der Postzug hielt an jeder Ecke. Andrjuscha schwieg. Es war kränkend. – Warum sagst du nichts? – flüsterte ich. – Glaubst du mir nicht? – Ist das etwa ein Ausweg? – erwiderte Andrjuscha. – Ist das, meine Liebe, etwa ein *Ausweg?*

Also, was konnte ich sagen? Ich hatte schon ganz anderes verziehen. Ich verzieh ihm. Ich deckte mich bis zur Nasenspitze zu und verzieh ihm.

20

Nach der Ankunft rief ich die Brüder Iwanowitsch an, und gleich am Telefon kapitulierte ich. Aber all das sind bloß Lappalien des Lebens, und ich lasse das aus. Dann brach die Nacht herein. Trotz allem hatte sich irgend etwas verschoben und war durcheinandergewirbelt, in der Natur und auch *da oben*, nun, da die Nacht hereinbrach, und sie brach über *mich* herein.

Herrgott! Gib mir die Kraft, von ihr zu berichten!

Die Angina hatte mich erwischt. Ich stand in Flammen, ich wälzte mich hin und her, ich quälte mich schrecklich und wußte nicht, wohin mit mir. Ich war eine einzige Feuersbrunst, ein Anginaklumpen! Mir schien, das Zimmer leuchtete in einem Rot wie von trockenem Bordeaux. Alles war mir zuwider: die Laken, das Ticken der Uhr, die Bücher, die Tapeten, die Parfüms, die Schallplatten – ich wollte überhaupt nichts mehr, das Kopfkissen piekte, ich richtete mich ab und zu auf und klopfte in dumpfer Verzweiflung rhythmisch mit der Faust darauf herum, das Fieber stieg, draußen ein Unwetter, Zweige blitzten hinter dem Fenster auf, ich ging Menschen und Säfte durch, wer sich um ein krankes Mädchen kümmern würde, was ich trinken könnte, Menschen und Säfte vermischten sich: der süße Ananassaft verbarg in sich den wässerigen, faserigen Viktor Charitonytsch, und ich wies ihn zurück, samt den Fruchtstückchen, der übersüße Mangosaft rief in meiner Erinnerung ein am schmuddeligen Strand vom Nikola-Berg nur flüchtig gesehenes Gesicht hervor, es schwebte ohne Rumpf vor meinen Augen, namenlos und mit dunkler Spiegelbrille, der Orangensaft war zu säuerlich, gar nicht zu reden vom Grapefruitsaft, der bloße Gedanke daran folterte die Schleimhaut, und der Traubensaft, heilsam und klebrig, führte mich ins Traubenzuckersuchumi, und Dato lächelte mir zu mit einem schweren Lächeln. Der Tomatensaft enthielt einen Rest von Aufstoßen, sowie auch die beste Freundin, die auf einmal wie Tomatenhaut am Gaumen klebte, und das Vergnügen meiner Jugend, die blutige Mary, tropfte vom Messer herab, ich ging das alles durch und wählte nichts davon, ich blieb bei abgekochtem Wasser aus dem Teekessel in der Küche, das einen Geschmack von Ritulja absonderte, dafür aber farblos und nichtssagend war. Ich konnte mich lange nicht entschließen aufzustehen, das heißt, nicht einmal, mich im Bett aufzusetzen, um das verrutschte Nachthemd zurechtzuziehen, den treuen Begleiter meiner Krankheiten, und so bin ich wie ohne Hemd und lasse meinen Körper atmen, es würde sowieso wieder hochrutschen, zwecklos, und dann zog ich noch eine Strickjacke drüber und blaue Wollsocken – eine vorzügliche Aufmachung, wie meine eigene Tante, und der Hals wie eine Feder vom Feuervogel, und ich dachte: das ist die Strafe für das Feld, das heißt, heimlich still und leise überlistete ich mich selber, indem ich mich an die Krankheit klammerte und mit einer läppischen Strafe davonkommen wollte, nur gut, dachte ich, daß ich beim Gehen nicht in Glasscherben oder in die Zacken einer offenen Konservendose getreten bin, und mir fiel ein, wie ich mich am ersten Abend bei Leonardik, bevor Leonardik auftauchte, geschnitten hatte, wie ich dagelegen und mich verwundert gefragt hatte, wer der hinter mir gewesen war, neben Ksjuscha und Antontschik, denn da war sonst niemand mehr gewesen, der mir gegen Morgen einen Schluck von dem unmöglichen Champagner hätte bringen und mir zu meiner üppigen Schönheit gratulieren können, aber nicht einmal der Champagner bekam mir, ich verriet ihn nicht ohne eine Grimasse bei dieser fernen Erinnerung, und mir fiel ein, wie ich mit einem Schmerz in der Fußsohle aufgewacht war, aber wie ich mich geschnitten hatte – totaler Filmriß, nur Ksjuscha bewegte ihre geschminkten, klebrigen Lippen und sprach unhörbare Worte. Und überhaupt fürchte ich mich, allein zu schlafen: das Knarren der Dielen, der Türscharniere, der Rudergabeln – der Fluß – das Schlagen des Fensters – das Foto – die Quelle – das Mädchen mit dem Krug – ich reckte mich nach der Eulenlampe – trink nicht, sonst wirst du ein Zicklein! – trink nicht! – ich reckte mich, und nichts Böses ahnend knipste ich das Licht an – und ich konnte nicht einmal aufschreien.

Auf dem kleinen, schmalen Diwan, der rechter Hand steht, wenn man ins Schlafzimmer kommt, bei der Tür, das Bett steht links, saß Leonardik.

Er saß gekrümmt, mit halb gesenktem Kopf, und unter seinen Augenbrauen hervor, mit einem betrübten, ich würde sogar sagen, schuldbewußten Blick, als ob er sich im voraus für sein unangemeldetes Erscheinen entschuldigen wollte, sah er mich an.

Ich preßte die Hände an die Brust und sah ihn mit wildem Entsetzen an.

Er hatte sich irgendwie verändert. Es war nicht nur die gekrümmte Haltung, er sah höchst erschöpft aus, wie nach einer mehrtägigen Wanderung, eingefallene, blasse Wangen und blaue, blutleere Lippen wie ein Strich, die Nase schien mir noch viel adlerhafter und kampflustiger als früher, die Geheimratsecken hatten sich vergrößert, das graumelierte Haar, dichter als früher, kräuselte sich leicht, und allmählich wurde mir klar, worin die Veränderung bestand: er war jünger als der, den ich die Gelegenheit gehabt hatte zu kennen, dem ich auf der Datscha zum ersten Mal begegnet war und der mit gerötetem Gesicht auf dem vereisten Tennisplatz seine Runden gedreht hatte, er war jünger und ganz hager, sein Gesicht verströmte nicht diesen fetten Glanz, und die schwarze Clubjacke mit den silbernen Knöpfen sah ich auch das erste Mal. Glattrasiert, mit den Säckchen der Müdigkeit unter den Augen und zwei tiefen bitteren Furchen, die von den Nasenflügeln bis zu den Mundwinkeln reichten, ähnelte er eher einem Weißgardisten, den sie zu erschlagen vergessen hatten, als einem glücklichen Kulturfunktionär.

Den Blick auf mich gerichtet, sagte er mit ruhiger klarer Stimme:

– Du bist krank. Ich bin gekommen, mich ein wenig um dich zu kümmern. Du möchtest etwas trinken.

Ich wollte aufkreischen, aber statt dessen klapperte ich unwillkürlich mit den Zähnen:

– Bring mir abgekochtes Wasser.

Bereitwillig stand er auf, erfreut über die Möglichkeit, mir dienlich sein zu können. Im Flur flammte das Licht auf. In der Küche klapperte der Deckel des Teekessels. Die Tülle stieß an Glas. Und schwebenden Ganges erschien er wieder, mit einem Glas Wasser, schwebend streckte er die Hand aus und näherte sich dem Bett. Ich nippte, mit unsicheren Lippen den Rand des Glases suchend, und ich schielte nach seinen Fingernägeln: häßlich gebogen, wuchsen sie ins Fleisch der Finger hinein. Er wurde verlegen, setzte sich wieder auf den Diwan und versteckte die Hände hinter dem Rücken.

– Fürchte dich nicht... – bat er.

Ich zuckte mit den Schultern: eine unmögliche Bitte.

– Auf dem Feld war es kalt. – brachte er halb fragend hervor, als ob er angestrengt ein möglichst weltliches Gespräch beginnen wollte.

– Kalt, ja – murmelte ich.

– September – überlegte er.

– Für mich ist jetzt wohl Sense – murmelte ich.

– Aber nein – warum denn? – sagte er sanft.

– Du bist gekommen.

– Ich bin gekommen, weil du krank bist.

– Wozu solche Umstände. Du bist doch tot!

– Ja – sagte er artig und fügte mit einem müden Lächeln hinzu – mit deiner Hilfe.

– Das ist nicht wahr – ich schüttelte langsam den Kopf. – Das ist nicht wahr! Das warst du selber. Vor Entzücken.

– Nicht doch! Ich bereue ja nicht.

Ich blickte ihn an mit einem schwachen Verdacht, beinahe gleichmütig.

– Glaubst du mir nicht? Wozu sollte ich lügen?

– Ich hab dich nicht umgebracht. Das warst du selber... – ich schüttelte den Kopf.

– Schon gut – sagte er.

– Ich hab dich nicht umgebracht. Das warst...

– Ach, was hat das schon für eine Bedeutung! – rief er ungeduldig aus.

– Für dich hat jetzt vielleicht gar nichts mehr Bedeutung, aber ich lebe hier, wo alles Bedeutung hat.

– Na, und wie lebt sich's hier?

– Das siehst du doch – großartig.

Wir schwiegen eine Weile.

– Und hast du vor, noch lange so zu leben?

– Sicher nicht, mir reicht's! – antwortete ich lebhaft. – Ich hab die Nase voll! Ich werd mir endlich *irgendeine* Familie anschaffen und ein Kind...

Er sah mich mit tiefstem Mitgefühl, wenn nicht gar Beileid an, jedenfalls mit solchem Bedauern... Das ertrage ich nicht! Das kann ich nicht ausstehen! Ich sagte:

– Bitte, guck nicht so. Überhaupt, du solltest besser gehen. Geh dahin, wo du hergekommen bist. Ich will noch etwas leben!

Er schüttelte den Kopf:

– Es wird kein Leben für dich geben.

Ich sage:

– Wie meinst du das? Hast du vor, mich ewig zu verfolgen?

– Verstehst du das nicht? – wunderte er sich. – Ich bin dir dankbar. Du hast mich von der Schande des Lebens befreit.

– Das sollte man nicht tun – sagte ich.

– Du hast mein Los erleichtert.

– Ach, hör doch auf! – sagte ich achselzuckend. – Gebe Gott allen solch ein Leben!

– Ich schäme mich... schäme mich... schäme mich... – stammelte Leonardik wie ein Wahnsinniger.

– Ich verstehe – lächelte ich spöttisch. – Du hast gelebt und dich amüsiert, und jetzt ist genau der richtige Zeitpunkt, um Buße zu tun...

– Ja, ich werde Buße tun! – rief er aus, wobei er Speichel verspritzte.

– Du bringst es fertig, auch damit noch Erfolg zu haben.

Wir schweigen eine Weile.

– Du bist grausam – sagte er endlich.

– Und du?

Er stand auf und begann, erregt im Zimmer auf und ab zu gehen, wie ein Lebender.

– Wir beide – erklärte er – sind sehr viel fester miteinander verbunden, als du meinst. Wir sind nicht nur durch mein Blut verbunden...

– Schon wieder fängst du damit an! – ich runzelte die Stirn. – Und wer hat mich betrogen? Goldenes Fischlein! Wer hat versprochen zu heiraten? Hast du mich geheiratet? Na also, laß mich zufrieden! Ich komm schon alleine klar.

Er blieb mitten im Zimmer stehen und sagte mit tiefer Stimme:

– Ich will dich heiraten.

– Was? – wunderte ich mich. – Daran hättest du früher denken müssen! Früher! Jetzt ist das einfach lächerlich! Ein schöner Bräutigam! – schnaubte ich und maß ihn mit einem entsprechenden Blick. – Da hast du eine Blöde gefunden!

Meine Worte betrübten ihn, doch ohne Eile fuhr er fort:

– Seit ich frei bin...

– Ach, frei bist du jetzt! – unterbrach ich ihn. – Ja, natürlich! Jetzt darfst du ungehindert bei mir auftauchen, obwohl du früher keinen Fuß in meine Wohnung gesetzt hast. Jetzt bist du von deiner Sinaida Wassiljewna befreit...

Bei dem Namen Sinaida Wassiljewna winkte er nur ab:
– Ich habe mit einem Vakuum gelebt.
– Jetzt bist du selber – ein Vakuum! – ich wurde sauer. – Geh und tu deine Buße woanders! Verschwinde auf deine Datscha, zu Sinaida! Die wird sich *sehr* freuen, dich wiederzusehen!
– Ich brauche niemanden außer dir. Versteh doch...
– Überhaupt nichts will ich verstehen! Vielleicht hast du vergessen, daß sowas hier bei uns nicht üblich ist! Solche Ehen werden nicht registriert. Sowas gibt es überhaupt nicht, hör auf, solchen Quatsch zu reden!
– Es muß ja nicht unbedingt... nicht unbedingt *hier*... – sagte er mit großer Schüchternheit.
– Ach, so ist das! – rief ich aus, seinen Gedanken erratend. – Das also schlägst du mir vor! Übersiedeln! Nur ein bißchen weiter als das, was Mamascha mir vorschlägt!
– Du kannst ohnehin hier nicht leben.
– Hör auf, mir Angst zu machen! Ich komm schon nicht unter die Räder – keine Sorge! Ich bin jetzt, zu deiner Information, keine Stecknadel mehr – ich geh nicht verloren. Sechs Amerikanerinnen haben mich unterstützt. Vielleicht hast du davon gehört? Sie haben's im Radio gesagt.
– Was redest du da! – er schlug die Hände zusammen und verbarg sie sogleich hinter dem Rücken. – Hör mir mal zu.
– Erzähl mir nicht, daß es bei euch da besser ist. Versuch bloß nicht, mich zu überreden. Auch hier wird es mir gut gehen!
– *Hier* wird es dir sehr gut gehen! – sagte Leonardik höhnisch blinzelnd.
– Sei still! – schrie ich. – Und was gibt's dort?
– Dort wirst du bei mir sein. Wir werden in Liebe vereint sein. Das Licht wird sich erneut über uns ergießen...
– Was denn jetzt wieder für ein Licht? – stöhnte ich. Das Licht brannte mir auch so schon in den Augen.
– In dieser Runde des Lebens waren wir die Verlierer. Wir

beide. Aber trotzdem hast du mich erkannt und *gerufen*. Und ich, ich bin doch so blind gewesen, das Leben hat mir so die Augen verkleistert. Mein Leben war eine einzige Katastrophe. Ich bin wie der Esel hinter der Mohrrübe hergelaufen. Wo das Leben einer Mohrrübe ähnelt, die einem vor der Nase baumelt, da sieht man nichts anderes mehr. Man klammert sich daran... So sehr habe ich mich daran geklammert, *so sehr*... Ich habe nicht einmal dich begriffen...

Er verstummte und atmete schwer.

– Deine Gänge waren außerordentlich schön. Ich war geradezu entzückt... Du warst bereit, den Tod zu empfangen! Und wofür?

– Nicht den Tod, sondern Schande habe ich empfangen! – rief ich aus, überströmt von heißen Tränen.

– Das ging über deine Kräfte, das ging über alle menschlichen Möglichkeiten hinaus – Leonardik wiegte zärtlich den Kopf. – Du warst von vornherein zum Scheitern verurteilt... Wenn du weinst, bist du göttlich – flüsterte er.

– Ich wollte es so schön wie möglich machen – sagte ich.

– Das glaube ich! Aber dieses Land (er trommelte mit dem schrecklichen Fingernagel auf dem Toilettentisch), dieses Land besteht nur durch Hexerei. Wahrscheinlich konntest du dieses Mal nicht die Retterin sein, weil du es auf Zerstörung abgesehen hattest, du bist gegen Rußland gegangen, obwohl du schön gegangen bist...

– Wieso gegen? – fragte ich gekränkt.

– Weil Hexerei das Blut beschwört, sie ist wie Zement – sie bindet die Zentrifugalkräfte. Schon zu Lebzeiten hatte ich eine gewisse Ahnung davon, aber ich habe es geschafft, alles dafür zu tun, daß mir niemand glaubte. Beschämend!

– Du wiederholst dich!

– Nein! – Leonardik schüttelte sich. – Das ist wie ein Fluch! Nicht nur die lebenden Mitbürger, auch die dortigen, die *ehemaligen* können damit nicht fertig werden. Als gäbe es nichts anderes!

– Wie dem auch sei, immerhin ein Sechstel der Erde – verteidigte ich die Mitbürger.

– Eben, nur ein Sechstel! – jammerte Leonardik.

– Und wo ist deiner Meinung nach die Hauptstadt? – fragte ich neugierig.

Er richtete bedeutungsvoll seinen Blick zur Decke, und dann lächelte er durchtrieben:

– Du hast immer ein großstädtisches Leben gewollt. Wozu die Sache aufschieben?

– Wenn du mich liebst, dann wirst du warten – antwortete ich und wandte ebenfalls eine kleine List an.

– Ich kann nicht warten – murmelte Leonardik. – Ich habe mich verzehrt nach dir.

– Sag mir lieber folgendes! – ich wollte ihn ablenken, und plötzlich freute ich mich wirklich. – Wenn du erschienen bist, na ja, da du nun mal erschienen bist, bedeutet das, Er existiert? Ja?

– Das bedeutet, ich existiere – sagte Leonardik kummervoll und lächelte spöttisch.

– Nein, warte! Und Er?

Leonardik schwieg hartnäckig.

– Ist es möglich, daß du Ihn dort nicht fühlst? – fragte ich verblüfft.

– Ja, schon – sagte Leonardik vollkommen lustlos. – Ich fühle Ihn. Ich fühle Ihn und tue Buße, ich vergehe vor Scham. Aber ich kann nichts dagegen tun. Du hast eine stärkere Anziehungskraft.

Er sah mich gehetzt an.

– Wir beide müssen diese Leidenschaft stillen, um zu Ihm zurückzukehren.

– Das bedeutet, Er existiert! – jubelte ich.

– Worüber freust du dich?

– Worüber? Über das ewige Leben!

Leonardik verzog seinen allseits erfahrenen Mund.

– Kein Grund zur Begeisterung. Um es zu erlangen, muß

man sich von sich selbst reinigen und sich trennen von seinem teuren Ich. Und je aufgeregter dieses von seiner endlosen Fortsetzung träumt, um so eher ist es zu Untergang und Auflösung verurteilt. Die Gesetze der Materie sind schwer wie feuchte Erde – seufzte er.

– Wenn man dich so hört, scheint es ganz egal zu sein, ob Er existiert oder nicht!

– Ich spreche von der Schwere der Materie – erwiderte Leonardik. – Seine Strahlen wärmen die Erde kaum. Man möchte meinen, der Unterschied zwischen einem Gläubigen, dem der Weg offensteht, und einem Ungläubigen, der sterblich und stumpfsinnig vor sich hin lebt, sollte sehr viel größer sein, als der zwischen einem Menschen und einer Amöbe, doch tatsächlich ist der Unterschied mikroskopisch klein.

– Tatsächlich leben die Menschen, als ob es Ihn nicht gäbe, dabei leben sie doch nur, weil Er existiert.

– Sieh an, wie forsch du redest! – staunte Leonardik

– Was hast du denn gedacht! – lächelte ich geschmeichelt.

– Und trotzdem – sagte Leonardik matt – was man auch nimmt... Sogar der Stolz über die gelungene Rede wiegt oft schwerer als der Wert dieser Rede selbst. Das gehört zur Kultur als jene unvermeidliche Beimischung, die niemals ihre Wahrhaftigkeit zulassen wird. Verfluchte Schwere! – seufzte er wieder.

– Ist es denn möglich, daß von uns nichts übrigbleibt?

– Hier – die Knochen, dort – die vage Erinnerung an vergangene Inkarnationen. Ein ganzes Kartenspiel von Inkarnationen. Im Grunde ein übles Spiel. Wir sind nur die Masken eines Lebensgerinnsels, aber solange wir lieben...

– Irgendwie ist er nicht besonders gnädig, dein Gott! – sagte ich fröstelnd. – Vielleicht fühlst du ihn nicht richtig? Vielleicht ist genau das deine Strafe?

Er wurde blaß, obwohl er ohnehin nicht gerade rosige Wangen hatte.

– Möglich... – murmelte er.

– Und du rufst mich noch zu dir! – empörte ich mich. – Was hast du mir anzubieten, außer dieser Schwermut und Kälte?

– Die Liebe wird uns beide wärmen. Der Künstler und die Heldin. Talent und Willen. Wir müssen miteinander verschmelzen!

Ich hatte mich schon ein wenig daran gewöhnt, mich mit ihm zu unterhalten. Ich sah ihn mit unverhohlener Neugierde an, ich hatte viel von ihnen gehört und mich immer gefürchtet – an einem Friedhof konnte ich nachts nicht ohne Schaudern vorbeigehen, denn seit frühester Kindheit fühlte ich, daß da irgendwas nicht stimmt, daß es da irgendwas gibt, das mich veranlaßt, mich zu fürchten, sogar wenn ich nicht die Absicht habe, mich zu fürchten – aber gehe ich an einem Friedhof vorbei und denke, daß ich mich nicht fürchten werde, fürchte ich mich doch unwillkürlich, also ist es unrein, und ich fürchtete mich ja nicht, weil ich Angst gehabt hätte, selber dorthin zu kommen, unter die Erde, das ist eine andere Angst, sondern daß sie mich anrufen, das heißt, vielleicht zog ich sie stärker an als andere, obwohl auch andere darüber klagten, dabei bin ich eigentlich nicht ängstlich, und außerdem saß er ganz bescheiden da, in grauen Flanellhosen und schwarzer Clubjacke mit silbernen Knöpfen, bloß sehr traurig, und er sagte sehr traurige Sachen, dabei wollte ich gern, daß er mich mit ein paar lieben Worten tröstete, denn ich bin auch so schon krank, und ich befinde mich in einer schweren Phase meines Lebens, aber statt dessen verbreitete er bloß eine furchtbare Traurigkeit – andererseits waren wir quitt, das heißt, er hatte mir verziehen, und ich atmete verstohlen auf, das heißt, ich dachte, daß er wohl deswegen gekommen war, um mir zu sagen, daß er nicht auf mich böse sei, obwohl ich ihn natürlich gar nicht umgebracht hatte, aber er konnte ja diesen Eindruck haben – ich war ja bei ihm, als er starb, aber kaum hatte er bemerkt, daß ich mich etwas weniger vor ihm fürchtete, da wurde er schon, muß ich sagen, dreister, und das ließ mich die Ohren spitzen.

– Irotschka. – sagte er. – Ich nenne dich immer noch Irotschka, obwohl dieser Name nicht sehr zu dir paßt.
– Welcher paßt denn zu mir?
– Der, mit dem du über das Feld gegangen bist, als du mir die Seele im Leib umgedreht hast.
– Ich bin nicht für dich gegangen.
– Ich weiß. Darum hast du sie mir auch umgedreht.
– Du hättest wohl gern einen Geländelauf dir zu Ehren gehabt?
– Hast du mich irgendwann einmal geliebt?
– Ich habe dich geliebt – antwortete ich mit fester Stimme.
– Und jetzt?
– Tja, jetzt, wo du tot bist...
– Und ich liebe dich mit neuer Kraft. Ich denke immer nur an dich. Ich hatte solche Sehnsucht, es zog mich die ganze Zeit zu dir hin, aber ich fürchtete, dich zu erschrecken. Aber als du über das Feld gingst, sagte ich mir, daß du keine Angst kennst, und ich erlaubte mir...
– Ja – seufzte ich. – Ich wäre besser nicht gegangen!
– Wie schön du gegangen bist! Ich kann nicht ohne dich!
– Was für Leidenschaften! – kicherte ich zaghaft. – Ein verknalltes Gespenst!
– Irotschka... siehst du denn nicht? Ich verschmachte – ich will dich!
– Na bitte! – ereiferte ich mich. – Erst philosophische Gespräche, über Metaphysik und so weiter, und dann? Dann endet alles gemein und banal.

Er biß sich auf die Lippen.

– Aber wenn es doch stärker ist als ich! – schrie er auf. – Irotschka! Ich flehe dich an bei unserer irdischen Liebe: gib dich mir hin! Wenigstens noch ein einziges Mal!

Ich war einfach platt.

– Bist du übergeschnappt? Wem soll ich mich hingeben? Du bist doch, um die Wahrheit zu sagen, gar nicht da. Sozusagen reine Fiktion.

Er widerspricht mit heftig zitternder Stimme:
— Ich habe ernsthafte Absichten. Ich bin bereit zu heiraten. Du gehörst mir! Ich habe das früher nicht begriffen, aber jetzt ist es klar wie der hellichte Tag. Solange ich dich nicht genossen habe, solange ich meine Leidenschaft nicht gestillt habe, werde ich mich quälen und als Leidensgestalt, die nirgendwohin gehört, umherwandern. Also, bitte...
Ich sage:
— Sehr interessant. Wie stellst du dir das vor? Ich pflege mich nicht, entschuldige bitte, mit diesen Dingen zu befassen. Was ist denn das? Das nennt man wohl, scheint mir, Nekrophilie, oder? Ich schlafe nicht mit Leichen!
Aber er sagt:
— Ich bin keine Leiche!
— Egal! Du bist nicht lebendig, nicht echt!
— Ich — sagt er gekränkt — ich bin in gewisser Weise echter als du!
— Na dann — sage ich — geh dorthin zurück, zu den Echteren, und mach mit denen, was du willst, aber mich rühr nicht an!
— Ach, so ist das? Auf dem Feld konntest du dich hergeben, und mir, deinem Kavalier und Opfer, verweigerst du dich?
— Hör mir mal zu! Laß mich zufrieden! Was soll denn das? Willst du, daß ich an einem Herzschlag sterbe?
— Ich werde zärtlich sein... — flüsterte Leonardik.
— Ich scheiße auf deine Zärtlichkeit!
Meine Ruhe war futsch. Ich war schrecklich aufgeregt. Was tun? Losbrüllen? Doch ich spüre in meinem Innern eine tückische Willenlosigkeit. Ich weiß: es ist besser, sich nicht zu sträuben. Womöglich jagt er mir einen solchen Schreck ein, daß ich tatsächlich hopsgehe. Vielleicht lieber das Ganze in eine Sphäre freiwillig-erzwungenen Einvernehmens übergehen lassen? Das sagt mir die Erfahrung — aber was hab ich hier von Erfahrung? Ksjuscha, Liebe, kannst du dir das vorstellen? Sowas hatte ich noch nicht!

Und er, der gemeine Kerl, er sieht mich an und liest meine Gedanken wie aus einem offenen Buch. Du kannst sowieso nirgendwohin, sagt er, du gehörst sowieso mir.

Und er steht vom Diwan auf, heftig erregt, zitternd.

Ich sage:

– Denke an Gott!

Aber er bewegt sich schweigend auf mich zu.

– Laß das... laß die Annäherungsversuche... bleib stehen! Halt!

Aber er kommt näher. Ich griff das Glas vom Nachttischchen und – zack! – ihm direkt an den Kopf, ich begriff nicht, was geschehen war, aber ich hatte den Spiegel getroffen. Klirr! Der Spiegel zerspringt. Ein sternförmiges Loch. Da wurde ich endgültig kleinlaut.

– Ich hab – sage ich – wegen dir den Spiegel kaputtgemacht!

Und er fängt wieder an mit seinem:

– Auf dem Feld, wem wolltest du dich hingeben? Da hast du dich nicht gefürchtet? Und jetzt fürchtest du dich?

– Auf dem Feld – gleich heule ich los – da bin ich für eine heilige Sache gegangen, und was ist das hier? Postume Lüsternheit oder so.

– Dumme Gans! Ich werde dich heiraten!

– Und dann?

– Wir werden uns nie mehr trennen!

– Komm nicht näher! Nicht doch!

Aber er setzte sich auf den Bettrand, ans Fußende, und er sagt:

– Solltest du wirklich meinen, daß es dir mit mir schlecht ergehen wird?

– Weißt du was! Deine Philosophie ist durch und durch faul: du hast nur so einen Pessimismus verbreitet, damit ich mich vor lauter Schwermut in die erstbesten, das heißt, in deine Arme werfe. Wie in eine Schlinge! Jetzt versteh ich...

– Das ist nicht wahr! Ich will dich! – er redet irre.

– Ja, ja! Nicht nur du!

– Wir beide sind ein unteilbares Ganzes, Jeanne!
– Was? Was für eine Jeanne? Quatsch! Jetzt bin ich Jeanne und weiß der Henker was noch, und sobald du mich gevögelt hast – hältst du mich wieder für einen Haufen Scheiße! Das kenn ich! Nix da...!

Aber er erklärt:
– Wenn du dich sträubst, ersticke ich dich mit dem Kopfkissen. Ich bin stark!

Ich sah ihn an. Er war wirklich stark. Sehr viel stärker, als er zu Lebzeiten gewesen war. Muskulös... Wirklich, denke ich, er wird mich ersticken. Was tun? Ich sage:
– Schämst du dich gar nicht? Kommt zu einer Kranken. Verspricht, sich um sie zu kümmern. Mein Hals tut weh...
– Jeanne, Liebste! Ich werde dich so lieben, daß du deinen Hals ganz vergißt!
– Überschätzt du da nicht etwas deine Kräfte? – meldete ich meine Zweifel an.
– Gleich – sagt er – wirst du's erleben. Und er knöpft seine Clubjacke auf.
– Warte, warte! Nicht so schnell! Versuch mich nicht zu verführen, verstanden? Das kannst du sowieso nicht! Ich fürchte mich vor dir, verstanden? Ich fürchte mich!

Er legte seine Hand mit den widerlichen Fingernägeln auf die Decke, und er fängt an, durch die Decke hindurch mein Bein zu streicheln, er streichelt und streichelt, mir fallen fast die Augen raus, und die Hand geht immer höher, höher und höher. Ich sehe: er fängt bereits an, meine Scham zu streicheln. Ich sage:
– Trotzdem kriegst du mich nicht rum. Ich schlafe nicht mit Toten!

Aber er liebkost mich und antwortet:
– Für dich, ich wiederhole, bin ich kein Toter, für dich bin ich ganz warm. Berühr meine Hand.

Und er streckt mir seine sehnige Hand entgegen. Ich zuckte zusammen.

– Auch das noch! Die Hände befühlen! Wieso bist du so warm? Wohl wiederauferstanden, was?

Er antwortet geheimnisvoll:

– Vielleicht...

Er macht mir also was vor, aber ich sehe ja, daß er kein Mensch ist, sondern irgendein anderer, obwohl die Hände warm sind.

– Und warum hast du solche Fingernägel? – frage ich hinterlistig.

– Ja, die Fingernägel – sagt er – entschuldige, aber daran ist nichts zu ändern.

Na also – kein Mensch!

– Was tust du, Leonardik, willst du mich vergewaltigen, oder was? Rühr mich nicht an!

Und er:

– Du hast mich umgebracht.

Und ich:

– Das hast du mir doch schon längst verziehen! Du bist irgendwie inkonsequent!

– Ich zerspringe fast vor Lust – antwortet er – und du erzählst mir was von Inkonsequenz!

Was sollte ich mit ihm machen? Ich sehe – ich werde mit ihm nicht fertig. Ich fürchte mich sogar, ihn wegzustoßen.

Und auf einmal stürzt er sich auf mich! Er preßte seine Lippen auf meine, seine scheußliche Zunge drängt sich zwischen meine Zähne, und er faßte nach meinem Hals, als ob er mich umarmen wollte. Ich begann zu zappeln, mich im Bett hin und her zu werfen, ich verlor die Socken, ich sehe, er hat schon die Decke beiseite geworfen, mein Hemd schiebt er mir bis zum Hals hoch, er greift mir an die Brüste, schnappt nach meinen Beinen. Nichts zu machen, da drehte ich mich um, dann schon lieber von hinten, denke ich, daß ich ihn nicht sehe, ich liege mit dem Gesicht nach unten und presse die Beine nicht zusammen, nicht, daß er mich da noch zerreißt, denke ich, und ich murmele:

– Was tust du, Leonardik! Was tust du! Du bist verrückt! Du bist doch tot!

So murmele ich vor mich hin, und die Beine presse ich für alle Fälle nicht zusammen. Und nun komme was da wolle. – Bloß – flüstere ich – bring mich nicht um! ich möchte noch ein kleines bißchen leben! Oh!

Zu Lebzeiten war Leonardik nicht gerade ein Draufgänger, er strebte nicht nach Heldentaten, und es kam vor, daß ich lange mit ihm herummachte und immer wieder das erloschene, feuchte Feuer anpustete, oh, buchstäblich stundenlang, du pustest dir die Seele aus dem Leib, damit wieder ein Fünkchen aufglimmt, und alles zwecklos... und so trist! oh...! Aber hier läuft die Sache ganz anders, wie ich sehe, er bedrängt mich, er drückt meine Brüste, und nicht so wie früher, sabbernd und schwächlich, sondern fest, vielleicht sogar ein wenig fester als nötig, das heißt, eigentlich genau so wie nötig, er drückt sie, er richtet sich ganz auf, und es geht los! Ich denke: jetzt! jetzt gleich! Aber nichts da. Und dann werde ich geradezu neugierig: schau an, denke ich, was für eine Verwandlung, wer hätte das gedacht! Und er murmelt obendrein noch irgendwas, sowas wie du mein Mädchen, liebste Jeannotschka, das heißt, er hat seine Rolle gefunden, er bildet sich weiß der Henker was ein, und davon gerät er noch heftiger in Flammen. Ganz schön stürmisch wird er! Herrgott, denke ich, ein Wahnsinn! Erst führt er intellektuelle Gespräche über Gott und die Welt, und dann läßt er die Maske fallen und macht sich ans Werk, oh, nur weiter, oh, mehr, Leonardik! Oh, wie wunderbar, oh! oh! oh! – wie köstlich... Lieber...! Oh! Au! Herrgott! A-a-a-a-a!

Ich klammerte mich ans Kissen, ich biß hinein, ich brüllte. Ich kam einmal und ein zweites Mal, und wieder packte es mich, es packt mich in Wellen, eine nach der anderen rollt auf mich zu, mein Körper hüpft. Du mein Gott! Er läßt mich nicht zur Besinnung kommen, und bei ihm – also, das läßt nichts zu wünschen übrig! Und ich begann zu winseln und zu beißen, ich übertraf mich selber, ich beiße ins Kissen, und dann, um nicht ganz durchzudrehen, steckte ich mir den Daumen in den Mund, und ich sauge ...

Herrgott, gib mir Kraft! Und er macht weiter und weiter und weiter, er wird immer rasender und stürmischer. Ich kann nicht mehr! Ich kann nicht mehr! Oh! Au! Halt ein! Nein, mehr ...!

Also, unglaublich!

Ich komme ein übers andere Mal, ich begreife überhaupt nichts mehr, ich weiß nicht mehr, was mit mir los ist, ich leuchte schon von oben bis unten wie der Feuervogel, es gibt mich schon nicht mehr, ich bin ganz dort, und er mit mir, und er triumphiert, und unerträglich raffiniert vibrierend dringt er ein, so wie nur Carlos es verstand, obwohl auch der es nicht perfekt machte, trotz seiner Pariser Eleganz. Noch ein bißchen! Oh! Ich brülle. Mamotschka! Oh! Und er – noch ein bißchen. Gleich wird es uns beide nicht mehr geben. Leonardik! Jeannotschka! Zuckungen, Tränen. Ich segelte davon, ich segelte davon – ich zuckte zusammen! Und es war vollbracht.

21

Ich erwache vom Zwitschern der Vögel. Ein milder Altweibersommer, es blähen sich die weißen Voilegardinen. Ich liege quer im Bett, auf dem Bauch, das Kissen umschlungen. Auf dem Kissen braune Flecken, Federn ragen heraus, der Daumen ist geschwollen und halb abgebissen. Die Vögel singen. Die Decke auf dem Fußboden, das Hemd zerfetzt – ein ziemlich runtergekommener Anblick. Ich setzte mich auf und blickte mich um – der Spiegel! Ein schwarzer Stern. Zwischen den Kämmchen und Cremes lauter Glassplitter.

Ich wischte mir die Stirn. Die Angina hatte ich sogar vergessen, aber als ich mir die Stirn wischte, merkte ich, daß das Fieber wohl runtergegangen war, ich räusperte mich kräftig, und auch hier – da brannte irgendwie nichts mehr, doch das interessiert mich weniger: ich sehe, ich bin noch am Leben. Also, ich stand auf, wie gewohnt begab ich mich ins Bad, und plötzlich, als ich durch den Flur gehe, wo noch das Licht brannte, da fällt mir alles wieder ein! – und ich lehnte mich an die Wand, ich stöhnte, mir brach der Schweiß aus, ein Schwächeanfall... Ich stand eine Weile da, ich stand da und schleppte mich dann ins Bad.

Der Gasboiler summt. Ich drückte die Zahnpasta aus der Tube, öffnete den Mund, zeigte die Zähne, und ich hatte die ganze Blödsinnigkeit der Morgentoilette vor Augen. Barfuß, zerzaust, mit der Zahnbürste in der Hand, verstand ich auf einmal Katjuscha Minkowa, meine Schulfreundin aus dem Krähwinkel, die unter ihrer Häßlichkeit litt und mir in der achten Klasse, in der Pause, unter dem Siegel der Verschwiegenheit gestand, daß sie davon träumt, an der Seite einen Reißverschluß zu haben, den sie eines Tages aufmacht, und dann würde sie einfach aus sich selbst heraustreten, und alles würde ganz anders.

Aber wieso eigentlich – dachte ich und legte die Zahnbürste beiseite – wieso ist mir so unwohl in meiner Haut? Und auf einmal ging mir ein Licht auf: der Geruch stimmt nicht! Also, wie soll ich sagen? Als wäre mein Bergamottgarten verwüstet – abgerissen sind meine Bergamotten, und sie faulen. Ich spürte das ganz deutlich.

Ksjuscha! Ksjuscha!

Bloß ist sie nicht da, meine Ksjuscha, sie hat sich in ihr beschissenes Fontainebleau abgeseilt und sich dort festgesetzt. Na, und ich – wen anrufen? – denke ich. Vielleicht meine Eskorte? Und draußen ist es mild und warm. Ich grübelte vor mich hin, ich wähle Mersljakows Nummer, wir sind ja immerhin befreundet. Seine Frau geht ran, ein nicht gerade zärtlicher Tonfall, ich weiß, ich bin unmöglich, aber ich hänge den Hörer nicht ein. – Guten Tag! – sage ich. – Ich möchte bitte Witali sprechen. – Und er: Hallo! Aber was kann ich ihm sagen? Ich sage: Witassik! Komm bitte schnell! Eine Katastrophe! Er schwieg eine Weile, und er antwortet: Das heißt, der Artikel ist fertig? Gut, ich komme vorbei. Ich hole ihn ab. Danke, Marina Lwowna! Die Armseligkeit dieses Tricks deprimierte mich. Ich bin auf der Grenze zwischen Leben und Tod, und er: Marina Lwowna... Ich bekam sogar Lust, nochmal anzurufen und ihm zu sagen, er soll lieber gleich zu Hause bleiben, aber ungefähr zwei Stunden später ist er da, und ich verbringe diese Zeit mit quälendem Warten, ich machte sogar für alle Fälle das Fenster weit auf, um das Stimmengewirr vom Hof einzulassen, obwohl *sie* tagsüber ja wohl nicht erscheinen, aber denen ist alles zuzutrauen, wo sie schon so wüst vögeln! Beim bloßen Gedanken daran könnte ich durchdrehen vor Entsetzen. Aber da kommt er Gott sei Dank angefahren, mit dem fröhlichen Gesicht eines Mannes, der unerwartet die Gelegenheit hatte, sich an einem freien Tag von der Familie loszueisen, er schmatzt mir auf die Wange und fällt zum Scherz mit Vorwürfen über mich her: wie konntest du wagen, mich anzurufen? Witassik, Lieber, verzeih – ein Notfall, keine Launen, die Welt ist aus den Angeln, und dabei zittere ich von oben bis unten. Er betrachtete mich aufmerksam: was ist mit dir? Er wußte schon, daß ich über das Feld gegangen war, daß aber nichts dabei herausgekommen war und ich mich mit meinen Begleitern nur zerstritten hatte. Die Jungs haben dich die ganze Nacht gesucht. Wo bist du abgeblieben? Sie lügen, daß sie mich gesucht haben! Die sind einfach weggefahren, sage ich. Ich hab an der Straße gesessen. Macht nichts – ich hab auch so nach Hause gefunden. Nein, nein, ich bin beinahe wieder gesund. Sie haben einfach die Nerven verloren, als ich zum dritten Mal losging, ach, zum Kuckuck mit ihnen! das ist jetzt unwichtig, jetzt ist alles unwichtig – hier – guck mal. Er guckt: der kaputte Spiegel. So. Wie ist denn das wieder passiert? Ich hab was geschmissen.

Auf wen? Auf *ihn*. Auf wen genau? Na, auf ihn, auf Leonardik. Das heißt, auf Wladimir Sergejewitsch. – Er war hier.

Witassik ließ sich auf den Diwan fallen. Er kriegte es mit der Angst zu tun. Das erstaunte mich nicht. Er guckt ungläubig und scheu. Abwechselnd auf mich und den Spiegel. Was denn, hat er sich im Spiegel gezeigt? Was redest du! Hier auf dem Diwan hat er gesessen! Witassik sprang vom Diwan hoch...

Witassik, der Held der sechstägigen Liebe. Du könntest wenigstens die Jacke ausziehen! Er zog sie nicht aus. Er fragte: Hat er dir gedroht? – Was hast du denn gedacht? Er hat gesagt, wenn jemand erfährt, daß er bei mir war, dem wird es schlecht ergehen. – Ich legte die Hand an den Mund. – Na denn, besten Dank! – quetschte Witassik hervor. – Ich hab doch niemanden außer dir – rechtfertigte ich mich. Aber Mersljakow ist ein Filou, ziemlich flexibel mit dem Kopf: Vielleicht hat er dir bloß einen Bären aufgebunden, damit du nicht schwatzt? – Ich freute mich: Natürlich, einen Bären aufgebunden! Bloß, wenn er plötzlich wiederkommt? – Hat er das versprochen? – Es zieht ihn zu mir. Er hat gesagt, daß Gott überhaupt nicht so ist, wie wir ihn uns vorstellen, und daß es, obwohl Er existiert, im Prinzip keine Bedeutung hat... – Und was *hat* Bedeutung? – Witassik spitzte die Ohren. – Das hab ich nicht kapiert – gestand ich treuherzig. – Jedenfalls hat er davon gesprochen, daß man die Natur schützen muß, daß man Wälder und Gewässer nicht verschmutzen darf... – Witassik räusperte sich ärgerlich: Und daß man Kranke heilen muß, Haustiere nicht quälen darf, Ältere in Ehren halten soll und Vorgesetzte respektieren – hat er sich darüber auch ausgelassen? – Warum fragst du das? – Wie du warst – begann Witassik lustig in falschen Tönen zu singen – so bist du noch heut... – Du hast unrecht – ich war nicht seiner Meinung. – Er tut Buße. Er hat gesagt, daß er vieles verstanden hat, die Idee des Weltkommunismus als Idee allerdings billigt und unterstützt. – Aber daß er sich an ein lebendiges Mädchen ranmacht, das findet er wohl ganz in Ordnung? – Er hat mir ja zuerst seine Liebe gestanden! – ich war ein bißchen für Leonardik beleidigt. – Und außerdem: hat er denn nicht recht? soll man denn nicht Kranke heilen und Bäume pflanzen? – Was für eine rührende und humane Erscheinung! – sagte Witassik ergriffen. – Ich hätte ihn um ein Autogramm gebeten... – Er hat seine eigenen Bücher runtergemacht – erinnerte ich mich. – Ach ja? – Witassik glaubte mir nicht. – Er hat überhaupt *gezweifelt*! Er hat gesagt, daß die Kultur überall kastriert ist und daß nur eine neue Offenbarung sie wiederbeleben kann. – Witassik runzelte die Stirn: Halt mal, und was meinte er mit der neuen Offenbarung?

Ich kann überspannte Intellektuelle nicht ausstehen: sie neigen zu abstrakten Reden und stundenlangem Geschwätz in vollgequalmten Räumen!

– Mir kann diese Offenbarung gestohlen bleiben! – ärgerte ich mich. – Gib mir lieber einen Rat, was ich machen soll. – Hängt davon ab, was du selber willst. – Daß er mir von der Pelle bleibt! – Interessant, war das ein Gespenst oder ein Geist? – Witassik wurde nachdenklich. – Das ist doch wohl egal! Die Hauptsache ist, er hat sich auf mich gestürzt. – Und du? – Und ich, was? – Hat's dir gefallen? – Spinnst du? – schrie ich. – Gefallen! Er wollte mich mit dem Kissen erstikken! – Und wie oft bist du gekommen? – Ich erinnere mich nicht... – Verstehe. – Überhaupt nichts verstehst du! – widersprach ich. – Ich hab Angst, daß er jetzt öfter kommt und mich vögeln will. Witassik! Das halte ich nicht durch. Ich geh dabei drauf! – Witassik schwieg eine Weile. Weißt du, sagte er, daß sie Jegor und Jura gestern vorgeladen haben? Was hast du da eigentlich über sie erzählt? – Gar nichts hab ich über sie erzählt! Da sind bloß zwei Journalisten zu mir gekommen, na, die zwei, die den unverständlichen Artikel über mich geschrieben haben... – Sind die von allein gekommen? – Ja doch! Sie wußten schon genauestens Bescheid... – Klasse Leute! – sagte Witassik säuerlich, aber beeindruckt. – Vielleicht wissen sie auch über *ihn* Bescheid? – überlegte er. Aus Mersljakow wird man nie klug: scherzt er oder verspottet er einen oder sagt er die Wahrheit. – Geh aufs Revier und melde, daß man dich vergewaltigt hat. Denn er hat dich doch vergewaltigt, oder? – Weißt du was? – sagte ich wütend. – Was? – fragte Witassik herausfordernd. – Komm mal her! – befahl ich. – Bück dich! – Ja... – murmelte Witassik schuldbewußt, als er sich vergewissert hatte. – Es riecht irgendwie nach Leiche! – sagte ich. – Witassik wiegte den Kopf. Der Geruch hatte ihn aus der Fassung gebracht. – Du bist doch klug – sagte ich – du weißt immer alles, sag mir, sind solche Dinge auf dieser Welt schon vorgekommen? Na ja, fern von Menschenaugen... Haben vielleicht früher die Hexen mit *ihnen* geschlafen? – Witassik breitete hilflos die Arme aus. Er hatte nie etwas Derartiges gehört. – Was soll ich denn jetzt tun? – fragte ich und erzählte von Katjuscha Minkowa und von dem Reißverschluß an der Seite. – Ich sehe nur einen Ausweg – sagte Witassik nach kurzem Nachdenken. – Zieh dich an! Fahren wir! – Wohin? – Er sah mich seltsam an: Wohin? In die Kirche.

Während ich mich anzog und richtig einmummte, um einer Rückkehr der Krankheit vorzubeugen, die mich in Panik verlassen hatte, lief Witassik um mich herum und studierte die Gegenstände des ihm wohlbekannten Schlafzimmers. Er hatte hier mal in höheren Gefilden geschwebt, aber dann war er auf den Boden zurückgekehrt, und wir hatten uns angefreundet. – Irotschka, sag mir bitte, diese Geschichte mit dem Feld und nun diese Begegnung mit Leonardik – wo kommt das her? Du warst doch immer ein sehr irdisches Mädchen. Du bist nicht zufällig irgendeinem Esoteriker in die Hände gefallen, oder sowas in der Richtung? Nein? – Ich wies das entschieden zurück. – In Hosen in die Kirche, das paßt wohl nicht? Und im Schottenrock – ist der nicht zu bunt? – Das geht – sagte Witassik billigend. – Überhaupt schlafe ich jetzt mit keinem mehr – erklärte ich. – Und überhaupt, nach dir, mein Süßer, hab ich mit den Typen ohne jeden Enthusiasmus geschlafen. – Du warst immer ein sehr höfliches Mädchen – Witassik verneigte sich. – Nein, ich mein's ernst! – Ich habe auch nach dir mit keiner geschlafen, außer mit meiner Frau – lächelte mein Freund. – Und glaubst du an Gott? – fragte ich. – Ich kann mich nicht so recht dazu durchringen . . . – sagte er irritiert. – Ich weiß, es wäre ausgesprochen nützlich, aber vielleicht gerade, weil ich das weiß – erzählte er mir unterwegs – stehe ich da, verstehst du, und warte und warte auf irgendwas . . . – Na, und jetzt, nach dem, was mir passiert ist? – Witassik warf mir einen schrägen Blick zu: Auf jeden Fall inspirierend . . . – Und wieder: scherzt er oder verspottet er mich, aber Freunde sind wir trotzdem.

Wir fuhren raus aus der Stadt, als ob es in Moskau keine Kirchen gäbe, aber er sagt, daß es außerhalb von Moskau irgendwie ungezwungener sei, also fuhren wir los, und wieder fahre ich durch die Herbstlandschaft, vorbei an gelben Bäumen und an Teichen, die gerade einschliefen wie die Fische, und bald flogen wir eine Anhöhe hinauf, vorbei an einem Abfallhaufen mit verwelkten Kränzen, an Zäunen und Kreuzen, krumm und schief wie Kindergekritzel. Und plötzlich flammt und blitzt wie ein kupferner Samowar die Kirche auf – wir sind da. Es war Sonntag, gerade erst war der Gottesdienst zu Ende, und die Leute traten in die Kirchenvorhalle hinaus und bekreuzigten sich, nachdem sie sich noch einmal nach dem Samowar umgeschaut hatten, und ich band ein Kopftuch um – wir gehen hinein, wir kämpfen gegen die Strömung an, und dort werden noch Kerzen verkauft, ich hatte plötzlich Lust, eine zu kaufen, die vom Atmen und Beten geschwängerte Luft ist dicht in einer mir unbegreiflichen Dichte, und ich fremde, hochaufgeschossene Figur stehe als letzte in der Schlange nach Kerzen – hier bin ich eine Bohnenstange – und das bei meinen Musterproportionen (nur die Knöchel, die sind eine Spur zu schlank, wegen meiner adligen Herkunft), denn die Gläubigen sind ja ein eher mickriges, kleingewachsenes Völkchen – einen großen Menschen trifft man selten in der Kirche, und wenn doch, dann dreht man sich bestimmt nach ihm um. Wie dem auch sei, wir hielten uns lange mit den Kerzen auf, wir gafften, und als wir gerade zum Altar gehen wollten, da lassen uns die Putzfrauen nicht durch, wir fangen jetzt an, sagen sie, den Fußboden zu wischen, basta, husch, husch, stellt die Kerzen auf und verschwindet, haltet uns nicht von der Arbeit ab, aber Witassik nimmt sie mit Charme, er lächelt den Putzfrauen sein etwas abgegriffenes weltmännisches Lächeln zu: Lassen Sie uns durch, meine Damen, wir haben eine dringende Angelegenheit, wir müssen unbedingt beten. Aber sie lassen uns selbstverständlich nicht durch, denen ist das egal, da hättet ihr früher kommen müssen, wenn ihr so dringend beten wollt, anstatt bis mittags zu pennen, und sie lassen uns nicht durch, wie bei der Mittagspause in einem Geschäft. Aber Witassik ist stur und fängt sogar an, sich zu ärgern, was ihn sein Lächeln kostet, haben Sie denn überhaupt kein Gewissen mehr, wir werden Sie schon nicht beim Aufwischen stören, aber die – kommt nicht in die Tüte, und sie rempeln uns sogar an, das heißt, sie sind drauf und dran, uns rauszuscheuchen, doch auf einmal geben sie den Weg frei, bitte sehr, ich sehe an Witassiks Gesicht, aha, auch hier kann man sich im Guten einigen, und alle sind zufrieden, wir gingen nach vorn, sie machen sich daran, den Fußboden zu wischen, und sie beachten uns nicht weiter, obwohl sie eben noch zickig und unnachgiebig waren.

Wir traten auf die Heiligenbilder zu. Leere. Ringsum brennen Kerzen, sie brennen ihrem Ende entgegen. Was tun? Ich sah mich zu Witassik um. Er flüstert: knie dich hin, also, ich kniete mich hin, geradezu hingebungsvoll, obwohl ich mich bis dahin noch nie hingekniet hatte, aber Wladimir Sergejewitsch war ja auch noch nie als Gespenst zu mir gekommen. Ich kniete mich hin. Witassik kniete sich neben mich. Wir knien. Ich legte die Finger zusammen und bekreuzigte mich unsicher, aber ich denke, ich habe es richtig gemacht, ich bekreuzigte mich, wie es sich gehört. Er machte es mir nach und bekreuzigte sich auch. Er bekreuzigte sich und bekam rote Wangen, das heißt, er genierte sich, wie er später erzählte, in der Kneipe, in seinem ganzen Leben, erzählte er, haben ihn immer zwei sehr unterschiedliche Dinge irritiert: kirchliche Rituale und männliche Homosexualität, das heißt, da hat die häusliche Erziehung sozusagen eine Linie gezogen, und mit seinem entwickelten Verstand begreift er, daß diese Linie eine gedachte ist, doch wenn das von Jugend an da ist, so wie bei Andrjuscha zum Beispiel, dann kann man sagen: es ist von Natur aus da, und es gibt gar keine Linie, aber wenn man sie überwindet, weil man eine gewisse Übersättigung erreicht hat, überlegte mein Witassik, dann wird man, obwohl es interessant ist, den Gedanken nicht los, ob man sich richtig verhält und sich nicht selber was vormacht. – Und selbst wenn du dir was vormachst? – fragte ich Witassik, als ich etwas Wodka getrunken hatte, denn ich sah die Linie weniger deutlich und verstand nicht, wo da eigentlich das Problem war, wenn ein anderer Mann zärtlich seinen Schwanz berührt. Dumm bist du, wirklich, Witassik! Wir waren beide nicht getauft. Wir knien da wie zwei Idioten. Na los, flüstert er, Ira, fang schon an, bete. – Wie denn? – Na, erzähl einfach, was dir passiert ist, sag, wie du dich dazu verhältst und bitte darum, bitte aus tiefster Seele, daß sich das nicht mehr wiederholen möge – na ja, so in ein paar Worten... Und jetzt bete, sonst werden wir gleich hinauskomplimentiert. Bete, und ich werde auch für dich beten, und für mich auch, wo sich gerade die Gelegenheit bietet, und falls was danebengeht, schieben wir's auf die Psychotherapie, auch nicht weiter schlimm, um nicht wie die Idioten dazustehen, bloß, sagt er, was bringt hier eine Psychotherapie, wenn er um deine Hand anhält und dich verführt, und ich denke: in der Tat, ich muß beten, schlimmer kann's nicht mehr werden, bloß verstehe ich nichts davon, die Ikonen sind alle irgendwie seltsam, ich bin nicht daran gewöhnt, das heißt, ich trage wohl immer ein

Kreuz um den Hals (Kristall, in Gold gefaßt), und Ikonen – das wußte ich – sind eine Kostbarkeit, die schafft man sich an und ist stolz darauf, *Bretter* werden sie genannt, und gehandelt wird damit, und man wird viele Jahre dafür eingelocht. All das versteh ich – Leidenschaften und Schönheit, aber das hier war nicht mein Bier, so wie für Witassik die Päderastie. Aber ich fing an zu beten, so gut ich konnte, die Lippen bewegten sich bei meinen Worten, und ich wandte mich das erste Mal in meinem Leben an Gott:

Gott! Ich knie vor Dir, und zum ersten Mal spreche ich Deinen Namen nicht darum aus, weil es mir gut geht, wie in den Momenten, wenn ich süß seufzte und meine Lippen Deinen Namen flüsterten, Dein Name war mit meinem Vergnügen verbunden, so habe ich ihn immer benutzt – Du mußt das verzeihen, ich wollte Dich nicht beleidigen, es geschah aus Gewohnheit und Unverstand. Doch eine andere Zeit ist angebrochen, und Du weißt alles über mich. Du kennst sogar schon das schlichte Gebet, mit dem ich mich an Dich wende, ohne nach passenden Worten zu suchen, denn passende Worte – das ist auch Schlitzohrigkeit, und Du weißt, was nach diesem Gebet mit mir geschehen wird, morgen und übermorgen und viele Tage später, und Du kennst den Tag, an dem ich sterben werde, wie alle Menschen sterben, aber vielleicht überlegst Du es Dir nochmal, wenn ich Buße tue, bloß, wenn ich Buße tue – so weißt Du auch das schon, und überhaupt, man kann Dir niemals voraus sein. Was soll ich also tun, wo alles nicht ganz so war, wie es sein sollte, wie ich Witassik ja bereits erzählt habe, und überhaupt, wer weiß denn schon, wie es in Wirklichkeit ist, außer Dir, denn ich verstehe so manches nicht, und Ksjuscha hat recht, wenn sie sagt, daß meine Scham stärker ist als mein Schädel, und das ist doch, findest Du nicht, für eine Frau ganz normal, also, was wollte ich sagen? Ach ja, ich will um folgendes bitten –

Und da brach es aus mir hervor, und ich betete inbrünstig – das erste Gebet ist wie die erste Liebe, man vergißt alles, und die Tränen fließen. Denn was ist das für eine Gerechtigkeit? Ich kenne sehr viel blödere und gemeinere Weibsbilder, die leben großartig, ja geradezu luxuriös, sie werden auf Händen getragen, und ich – natürlich, ich bin nicht frei von Sünden, bloß, wofür ist mir diese Strafe zugedacht, die entschieden über meine Kräfte geht? Dafür, daß Leonardik mit meiner Hilfe gestorben ist? Also gut. Da wollen wir mal genauer hingucken. Im übrigen hat er selber sein Versprechen gebrochen: er hat mich nicht geheiratet, und wenn auch alles in meinem Gebet eine banale Hülse ist – unser ganzes hiesiges Leben ist doch, entschuldige, eine Hülse und nichts weiter als eine bunte Hülse. Er hat mich nicht geheiratet, obwohl ich seinetwegen zwei Jahre verloren habe, die Jahre gingen dahin, und meine Hoffnung zerrann, um so mehr, als Carlos abreiste, und überhaupt. Und was ist nun? Wo soll ich hin? Ich bin über das Feld gegangen, stimmt! Aber ich bin nicht für mich selber gegangen. Du sagst, das war meine heißersehnte Chance, eine Heilige zu werden oder wenigstens das Idol der Nation. Aber ich hab doch mein Leben riskiert! Was kann der Mensch denn noch riskieren? Gerade deshalb ist er ein Heiliger und deshalb ein Idol, weil er sein Leben den Interessen des Volkes unterordnet, was er aber, wenn er sein Leben riskiert, im stillen denkt – denn er kann ja nicht nicht denken – und wenn er auch den Heiligen bloß spielt – das ist seine Privatangelegenheit! Vielleicht bin ich auch gerade deshalb in den sicheren Tod gegangen und habe deshalb die Stimme vernommen, weil ich fühlte: ich bin innerlich bereit. Bloß, auch das attraktivste Weib zwingt unsere russische Hexerei nicht in die Knie! Hier braucht es einen noch attraktiveren Köder... Ich weiß nicht, was für einen, ich habe nicht darüber nachgedacht, und ich will auch nicht darüber nachdenken. Ich sitze so schon, verzeih den groben Ausdruck, in der Scheiße. Und jetzt noch ein neues Kreuz: Leonardik. Er ist gekommen und hat mich durchgefickt. Fragt sich, warum. Er will heiraten. Aber kann man denn einen Toten heiraten? Er sagt, wir sind gewissermaßen verwandte Seelen, und daß wir schon mal in demselben Jahrhundert gelebt, sich aber unsere Wege aus irgendwelchen von uns unabhängigen Umständen nicht gekreuzt haben, aber nun haben sie sich gekreuzt, bloß haben wir nicht gleich begriffen, was los ist, und wieder haben wir uns verfehlt, und jetzt, wo er schon tot ist, hat er sich's anders überlegt, er hat Sehnsucht bekommen, während er seine postume Frist in Deinem himmlischen Wartesaal absaß – aus dem es ja offenbar noch einen Weg zurück gibt –, und er kam zu mir, solange seine äußere Erscheinung noch einigermaßen in Schuß war, und er berief sich auf die Liebe, die mit seinem Tod noch heftiger in ihm entflammt sei. Das hat er gesagt. Also gut. Bloß, nun sag mir, was soll ich tun? Nicht, daß er mich benutzt hat, ist schrecklich – obwohl das auch schrecklich ist –, sondern daß er mich mitnehmen will, da hab ich Bedenken... Als wir zur Kirche fuhren, hat Witassik, der hier neben mir kniet, gesagt: alle Wege führen zu Gott, alle, aber kaum jemand geht irgendeinen davon, sie bleiben beim ersten Schritt wie angewurzelt stehen und gehen nicht weiter, und so verleben sie ihr Leben, aber du, Irischa, du bist weiter gekommen als viele andere, und, habe ich widersprochen, auf den Hund bin ich gekommen. Aber Du wirst mich natürlich fragen, was willst du denn selber? Carlos als Ehemann oder irgendwas in der Art? Wirst du damit zufrieden sein? Und wenn ich sage: ja! – dann wirst Du sagen: die ist mir vielleicht eine – Heilige wollte sie werden, und nun reicht ihr schon ein Carlos oder irgendein Kosmonaut. Nein, ein Kosmonaut würde mir nicht stehen. Der soll getrost ohne meine Tränen und meine Anteilnahme durch die Gegend fliegen.

Aber was brauchst du denn, Ira?

Ich hab mich verheddert, Herr! Einen Menschen habe ich an die Schwelle des Todes gestoßen, und nun beschwere ich mich, daß er zu mir kommt.

Also, was werden wir tun?

Herr, ich glaube so wenig fest an Dich, daß ich Deinen

Namen mal mit großem und dann wieder mit kleinem Buchstaben schreibe. Herr, das Mädchen hat sich verheddert, gib mir Zeit! Laß mich aus Dir und aus mir klug werden!

Du wirst nicht klug werden, Ira.

Warum werde ich nicht klug?

Weil es dir nicht gegeben ist, klug zu werden.

Was ist mir denn gegeben, Herr?

Daß du unter den Menschen bleibst und ihre ganze Abscheulichkeit und Häßlichkeit von unten aufdeckst.

Herr! Wie lange muß ich denn die Menschen von unten angucken und ihre Mißgestalt bezeugen? Ja, ich kenne die Menschen ein wenig von dieser Seite, und ich sage Dir, daß sie unschön und häßlich sind und mich überhaupt enttäuscht haben. Aber sollte es wirklich mein Los sein, einzig und allein Abscheulichkeit zu bemerken? Denn Du, Herr, Du siehst sie auf andere Weise, denn Du vermehrst und verlängerst ihr Leben, anstatt es mit glühendem Schwert zu vernichten! Oder gehöre ich nicht Dir? Doch, Dir gehör ich! Dir! Gib mich an niemanden weg! Bitte! Gib mir andere Augen! Hilf mir hoch, ich krieche auf allen vieren!

Nein, Ira.

Herr! Darf man denn einem Menschen die Hoffnung nehmen?

Wenn du deine Bestimmung erfüllt hast, kommst du zu mir, und ich wasche dich rein. Der Zeitpunkt naht, denn deine Schönheit verblaßt...

Aber ich bin doch noch nicht einmal Mutter geworden, Herr! Gib mir wenigstens das...!

Witassik schüttelte mich an der Schulter. Hör auf! Was tust du – im Gotteshaus rumbrüllen! Die Putzfrauen, die ihre Rockzipfel in den Gürtel gesteckt hatten, näherten sich mit drohenden Visagen. Witassik erhob sich und ging sie beschwichtigen. Irgendein Pope steckte seine Nase aus einer Seitentür herein, guckte mich an und verschwand. Wie sich später herausstellte: Vater Weniamin. Witassik redete hastig und leise auf die Putzfrauen ein. Die schüttelten unerbittlich die Köpfe. Witassik zerrte mich zur Tür. Die Frauen meckerten uns hinterher. Witassik, sagte ich, als ich mich draußen wiederfand, Witassik... Ich fing an zu weinen. Er setzte mich ins Auto. – Wozu hast du mich hierhergebracht? Ihr steckt alle unter einer Decke! Ich will dich nicht mehr sehen! – Ich schlug um mich. Ich versuchte, ihn aus dem Auto zu stoßen. – Reiß dich zusammen! – Er packte mich so fest am Arm, daß es weh tat. Ich heulte. Darf man denn einem Menschen die Hoffnung nehmen? Ich glaube nicht an diesen mistigen kleinen Gott! Schließlich leben wir in einem atheistischen Staat! Was haben sie uns von Kindheit an beigebracht? Opium fürs Volk! Wie wahr! Wie wahr! Kirchen, wohin das Auge blickt! Die Idioten! Sie haben es nicht geschafft, sie alle mit Stumpf und Stiel auszurotten! Mein Nervenkostüm war einfach im Eimer. Ich hab Probleme mit den Nerven. Ich muß mich ausruhen. Ich muß mich beruhigen. Weinlese an der kaukasischen Riviera. Ich wischte die Tränen weg. Die Benommenheit verschwand. – Witassik, Lieber – sagte ich. – Entschuldige. Entschuldigung für alles! Ich werde nie wieder einen Fuß hierhersetzen! Witassik, hast du ein bißchen Zeit? Witassik, Lieber, fahren wir in ein Restaurant, ja? Ich habe Geld... – Geld? Geld hab ich auch! – sagte Witassik brummig, aber froh, daß die Weiberhysterie ein Ende hatte. Ich lächelte ihn mit meinen verheulten, ungeschminkten Augen an. – Oh, ich hab einen Bärenhunger! – sagte ich und kniff die Augen zusammen.

Wir traten den Heimweg an wie zu einem Tanz, wir überholten links und rechts und machten die verlorene Zeit wieder wett. Wir freuten uns über die greifbare Dinglichkeit des Lebens, das wie der Teig aus dem Topf herausdrängt, über den Rand! – soll es nur! – Ach, einen Bärenhunger hab ich! – Dorthin, über die Brücke, jenseits des Flusses, den Hang hinauf, wo in einer Kneipe vor der Stadt unsere Freunde, die Köche, mit den Messern klappern und ihre fettigen Gesichter über den Herdplatten schmelzen, wo die Hähnchen »Tabaka« zischen und brutzeln, die Beefsteaks schnauben, das Störfleisch am Spieß rosig wird und das Fleisch in Töpfen schmort! Dorthin, wo meine Freunde, die Kellner, auf bemalten Tabletts, die Arme hoch erhoben, den schwitzenden Wodka und den wohltemperierten Rotwein auftragen, dorthin, wo sich unter den Tischen die Beine verstricken und die Auberginen mit durchsichtigen Andeutungen gefüllt sind!

Wir fuhren vor. Und an der schüchternen Schlange vorbei, die sich auf der Außentreppe in der kläglichen Pose des Wartens auf ein Mittagessen niedergelassen hatte, direkt zur Tür: wir klopfen! Mach auf! Und auf unser resolutes Klopfen hin springt einer der Unsren auf die Außentreppe, ein charmanter Kerl, Fjodor Michajlowitsch, in Portiersuniform, mit einem Lächeln, mit Streifen an den Hosen, alle zischt er an, aber zu uns hin macht er eine einladende Geste, läßt uns sogleich durch und legt hinter uns den schweren Riegel vor. Jetzt werden wir uns vollstopfen nach der langen Enthaltsamkeit! Jetzt kippen wir uns richtig einen hinter die Binde! Und drinnen empfängt uns der überaus liebenswürdige Leonid Pawlowitsch, der die Fähigkeit besitzt, jeden Gast, und wenn er ihm auch nur beiläufig in die Augen schaut, blitzschnell einzuschätzen, was moralische Haltung, finanzielle Möglichkeiten und berufliche und familiäre Lage angeht, aber er sieht auch sofort, ob er schon mal vor Gericht war – wann, wie oft und aufgrund welches Paragraphen –, ob einer ausreisen will oder nur so tut als ob, und bei einem Ausländer weiß er, aus welchem Land er kommt und aus welchem Grund er sich in unseren Breiten aufhält, Leonid Pawlowitsch, mein Freund, meine Empfehlung, und er begleitet uns in ein Séparée mit dicken Vorhängen, und da ist schon der Tisch gedeckt – extra für uns. Die Sakuski sind aufgetragen, als da sind: in Salz eingelegte Edelreizker, Saziwi, gurischer Kohl und Sauerkohl mit Preiselbeeren, Lobio, alles mögliche Grünzeug, heißes Fladenbrot, gebeizter Lachs mit Zitronenscheiben und krauser Petersilie, Sülze mit Meerrettich, Krabbensalat mit Mayonnaise, saftiger Tambower Schinken, gedörrter Stör, Kaviar und so weiter – kurzum, eine gastronomische Auslese, wie geschaffen für den Sieg über Schwermut, Psychasthenie, schwarze Magie, Totalitarismus, Depression, kritischen Realismus, schwere Zeiten und allen übrigen Idealismus. – So... – ich rieb mir die Hände, und meine Armreifen klirrten. – So... beginnen wir mit einem kleinen Wodka. Zum Wodka einen Reizker, den König der Pilze, so, wir bestreichen das heiße Fladenbrot mit goldgelber Butter, auf die Butter streichen wir dick und fett den Kaviar, und wir trinken noch einen, und wir vergessen die Dummheiten, letzten Endes hat die heranwachsende Generation doch recht, die – nimm von den Pilzen – in Gestalt meiner Ritulja behauptet, daß es *dumm* ist, zu kämpfen und sich zu quälen, leben muß man, denn wenn man kämpft, verspannt man sich erstens und vergeudet seine Kräfte, zweitens vergeudet man Zeit, drittens – schenk ein! – kriegt man höchstens selber eine in die Fresse – man soll nicht für andere das Pflaster aufreißen, guck mich an! – viertens, merk dir, du sollst diejenigen respektieren, gegen die du kämpfst – ich balle die Fäuste – aber das ist fad und unserer nicht würdig – fünftens, was fünftens? fünftens, wir stoßen an und werden so leben, als wäre alles großartig, denn dann wird auch alles sofort großartig, und bloß keinen Streß mehr – und weniger an sie denken, und sie verschwinden von allein, mit der Zeit sterben sie aus – genau das ist es! – sich um den eigenen Kram kümmern – oder, entschuldige, nicht mal den kleinen Finger krumm machen – das ist schließlich auch eine Beschäftigung! – und mit überhaupt gar nichts mehr kämpfen, sich auf nichts einlassen – ja, ja, nicht gehen, sondern entgehen – Geld verschleudern, sofern welches da ist, und wenn nicht – dann eben nicht – aber ich hab mir Streß gemacht, und Großmutter spähte immer tadelnd von der Wand auf mein stressiges Leben – wir gehören eben noch zu der Generation, die sich Streß macht, ewig diskutiert und doppeldeutige Liedchen singt... genau das brauchen wir nicht, genau das nicht! – wir brauchen keine Doppeldeutigkeit – genau darin besteht unser Unglück und unsere Unfreiheit! – in der Doppeldeutigkeit – sie hat uns ins Verderben gestürzt – solche Überlegungen stellte Mersljakow an, während er ab und zu einen Wodka kippte, und ich stimmte zu, und ich stellte dieselben Überlegungen an, und er stimmte zu, wir tranken und stimmten uns gegenseitig zu, und uns ging es schon wieder ausgesprochen gut, denn man tischte uns köstliche frische Schtschi auf, und danach aßen wir noch jeder zwei Schaschlik-Spieße mit einer feurig scharfen Soße, dann bestellten wir noch ein Fläschchen Wodka, und das hatten wir, versteht sich, ganz flott alle gemacht, und wie wir so einander gegenüber saßen, staunten wir über die vielen Dummheiten, die wir im Laufe der Zeit begangen hatten. Aber wir hatten immer gern Gänse geärgert, wir waren auf den Geschmack gekommen, und es fiel uns sehr schwer, damit aufzuhören und an ihnen vorbeizugehen – in uns mußte eine Art Treibmittel stecken, und außerdem ist die Gans ein niederträchtiger Vogel, der unverschämt zubeißt. Und obwohl Witassik in seinem Leben auch ein bißchen die Fäuste gezeigt hatte, konnte er mit mir nicht mithalten, nur aus der Ferne war er entzückt von mir gewesen, als ich die Apfelsinen auf das britische Orchester geworfen hatte und in all meiner Pracht in dem schicken Magazin abgebildet war – er besaß keinen echten Wagemut! – aber trotzdem war er mir angenehm, weil ich von Gesindel die Nase voll hatte, und dazu gehörte er bestimmt nicht, den Kognak lehnten wir ab und nahmen noch einmal Wodka, dann aßen wir Schokoladensahneeis mit Bisquits, von Angina keine Rede mehr, aber ich hatte solche Lust auf Schokoladeneis, und wir waren beide der Meinung, daß man Gänse nicht ärgern soll, aber die größte Gans – ist da oben! sagte ich und meinte den mistigen kleinen Gott, der mir die Leviten gelesen hatte, ungeachtet dessen, daß sie ihn schon lange und kategorisch abgeschafft hatten, und sie hatten richtig daran getan! Leonid Pawlowitsch kam einige Male an unseren Tisch, obwohl er sehr beschäftigt war, er ließ Komplimente ab und wohlanständige Scherzchen, und als Witassik für einen Augenblick hinausging, bemerkte Leonid Pawlowitsch, daß mein Kavalier aus allerbester russischer Familie stammt, und ich verriet ihm, daß es zwischen uns einen Moment erhabener Liebe gegeben hatte, weil mir junge Männer mit glatter, reiner Haut gefallen – die kommt von dem guten Essen vom Kolchosmarkt –, weil er gut gebügelte Hosen trägt und die Njanjas ihn in den Kultur- und Erholungspark spazierengeführt haben, weil er mehrere Fremdsprachen spricht und schon als Säugling das geschenkt bekommen hat, was sich andere gegenseitig aus den Rippen schneiden, denn ich liebe diejenigen, denen alles geschenkt wird, ohne Schweiß, und Leonid Pawlowitsch pflichtete mir bei, und auch ich hatte Witassik gefallen, gleich am ersten Abend hatten wir uns ineinander verliebt, und nun sind wir uns erneut begegnet – und da kam Witassik auch schon wieder, und wir redeten und blieben natürlich sitzen, bis das Lokal zumachte, wir gaben unser ganzes Geld aus und waren pleite, und Leonid Pawlowitsch riet uns, doch besser ein Taxi zu nehmen und lieh uns sogar Geld, also fuhren wir mit dem Taxi, gegen Mitternacht waren wir bei mir zu Hause, und als wir zu mir hinaufgingen, Tee trinken, bemerkte Witassik zufällig, daß es schon Mitternacht war, dabei hatte er versprochen, zum Mittagessen wieder bei der Familie zu sein, doch ich bettelte, daß er bei mir bleibt, nicht etwa, weil ich ihn verführen wollte oder so – nein, als wir nach Hause kamen und ich die Wohnung erblickte – das kaputte Glas und das Licht im Flur –, da wurde mir, obwohl ich was getrunken und kategorisch dem Glauben abgeschworen hatte, ganz komisch, und ich sagte, daß er zu Hause anrufen soll und erzählen, daß er bei mir ist, denn du hast doch selber gesagt, wozu diese Doppeldeutigkeit? Aber Witassik meinte, daß man einem nahestehenden Menschen, das heißt, seiner Frau, keinen Schmerz zufügen darf – und ich sagte, daß seine Frau sich mal in meine Lage versetzen soll, auf einmal kommt er heute nacht wieder, ihm ist das doch wurscht, ob ich betrunken bin, er könnte mich beispielsweise umbringen, weil er sich an mir rächen will. – Wofür denn das? – Einfach so! Er rächt sich für nichts und wieder nichts – und er bringt mich um – und ich sterbe im Schlaf, ohne nochmal aufgewacht zu sein, aber wenn du bei mir bist, wird er niemals kommen, und falls er doch kommt, dann wird zwischen euch in der Küche ein Männergespräch über die neue Offenbarung stattfinden, worüber du ihn ja befragen willst, doch Witassik sagte, daß er natürlich nichts gegen ein Männergespräch über die Offenbarung hat, aber er muß nach Hause, weil seine Frau, die Simultandolmetscherin, schon etwa zehn Stunden auf ihn wartet, wenn nicht länger, sie macht sich ausschließlich aus dem Grunde Sorgen – sie vertraut mir nämlich –, weil was mit dem Auto passiert sein könnte, und sein Auto hatte er am Fluß stehenlassen, als wir auf Bitten von Leonid Pawlowitsch mit dem Taxi wegfuhren, der mir obendrein noch einen Strauß weiße Nelken geschenkt hatte (da, ich nahm sie aus der Vase, die kannst du deiner Frau geben), und Witassik hatte zu ihm gesagt, daß er morgen das Geld bringt, weil er ja sowieso das Auto holen muß, und daß er es bei Fjodor Michajlowitsch hinterlegt, weil Leonid Pawlowitsch montags nie im Geschäft ist, und ich sagte zu ihm: leg dich neben mich, zieh dich aus und leg dich hin, da ist *unser* Bett, da ist der kaputte Spiegel. Na ja, zum Teufel damit! Und da ist das Sitzkissen, erinnerst du dich? Darauf haben wir gesessen, Auge in Auge, und ich hab noch den Fuchspelz angezogen, und du hast gelacht und gesagt: was für ein schauderhafter Kitsch! Aus irgendeinem Grund hat dich das ganz besonders erregt, du konntest dich nicht losreißen von mir, weil – du hast die Arme ausgebreitet: ich kann nicht! – so daß, na schön, ruf endlich deine Frau an! – Wen soll ich jetzt anrufen? Es ist nach eins! – Wie, nach eins? Es ist erst elf! – Bei dir ist es immer elf! – Ich hab doch meine Uhr auf dem Feld verloren! Witassik, sag mir: warum wolltest du nicht, daß ich über das Feld gehe? – Weil ich wollte, daß du lebendig und unversehrt bleibst. – Und weißt du, als ich gegangen bin, hab ich gedacht: gleich überfällt es mich! Es verzehrt mich! Aber statt dessen kam Leonardik ohne anzuklopfen. – Und in der Kirche? – Was, in der Kirche? – Warum hast du geschrien? – Weil, mein kleiner Dummkopf, versteh doch, weil man dem Menschen die Hoffnung nicht nehmen darf! Aber auf alle Fälle, ich bin raffiniert, ich lasse mich taufen, verstanden? Bleib bei mir, komm, leg dich hin, zieh deine Buxe aus! Na, wenigstens bis zum ersten Hahnenschrei. – Ich kann nicht! – Nun, ich bitte dich, na dann, wenn du willst, werfe ich mich vor dir auf die Knie! – Er sprang auf: spinnst du! – Ich, Fürstin Tarakanowa, ich greife das erste Mal in meinem Leben nach einer männlichen Hand und küsse sie! Nun bleib doch! – Ich muß nach Hause! – Fürchtest du, daß er kommt? – Er kommt nicht, schlaf, ich muß gehen, auf Wiedersehen. – Geh nicht weg! Ich will dich doch, siehst du das nicht, bitte, du mußt mich retten, den Geruch schütte ich mit Parfüm zu, du kennst doch die alte Volksweisheit: ein schöner Bauch... – Also, was schwatzt du da! – Aha... Ich weiß. Du hast Schiß, dich anzustecken! – Hör doch auf! – Ja! Ja! Du Schwein! – Ira! – Ich bitte das erste Mal einen Typen... – Ira! Irischa, Liebe...! – Wegen dir hab ich Carlos sitzenlassen! Du hast mir das Leben versaut! Du Abschaum! Verschwinde! Ich will dich nicht mehr sehen! Verschwinde! Und komm nie wieder! Ich lasse mich taufen und werde mich nicht mehr fürchten, und du bist ein Mistkerl! Ein Schürzenjäger! Wie viele Geliebte hast du? Ich sag alles deiner gebildeten Frau, die vertraut dir, ha! – Irischa! – Du Impotenzler, unglückseliger! – Da haben wir's... – Was haben wir? Das Leben versaut hast du mir! Ich hasse dich! Nein, warte, geh noch nicht, du Scheißkerl. Feiner Pinkel! Muttersöhnchen! Sauber willst du bleiben? Daraus wird nichts!

Feigling! Ich fürchte mich vor niemandem! Aber warum leben alle, nur ich geh zugrunde? Witassik, antworte, nein, antworte mir: liebst du mich?

Gegen Morgen ist er trotz allem abgehauen. Ich habe ihm wohl noch eine geklebt, gegen Morgen. Oder war sonst noch irgendwas? Keine Ahnung.

Mit dem ersten Hahnenschrei ist er abgehauen. Eine Frau hat in ihrer Wohnung im ersten Stock Hühner und *zwei* Hähne gezüchtet. Der Bezirksmilizionär tauchte bei ihr auf und verbot ihr, sie zu halten, aber sie hält sie immer noch, wir haben sogar einen kollektiven Protestbrief an den Mossowjet geschickt, alle Hausbewohner haben unterschrieben, auch ich hab meine Unterschrift druntergesetzt, aber sie hält sie trotzdem – und sie krähen.

22

Schluß, aus. Ich bin gefallen! Ich bin gefallen! Nein, nicht deshalb bin ich gefallen, weil ich mich überreden ließ und aus purem Geldmangel einwilligte, und auch nicht deshalb, weil der Donnerschleuderer Gawlejew noch immer kein entscheidendes Wort gesprochen und mir seinen Schutz verweigert hat – aber sein Schutz kann mir überhaupt gestohlen bleiben! –, und auch nicht deshalb, weil Ritulja darauf bestanden und mich angefleht hat und ich gesagt habe: na gut! – und ich mit meinem Bauch, ich habe gesagt: wenn du unbedingt willst, und Hamlet brach in Jubelgeschrei aus, wir trafen uns bei Ritulja, und die Prämie war um einen Hunderter höher, als er versprochen hatte, ich war zufrieden und Hamlet auch: er scharwenzelte um meinen Bauch rum und sagte: wie ich mich freue! wie ich mich freue! du wirst eine gute Mutter abgeben – mit seinem armenischen Akzent. Ich schielte im Vorbeigehen auf seinen Schwanz, das war der Schwanz eines uninteressanten, ziemlich ungebildeten Mannes, der im Begriff war, eine blöde Gans zu heiraten, meine Ritulja, und er spannte sich an, als wir dem Drehbuch entsprechend im Duett auftreten sollten, und ich begriff, daß im weiteren blinde Eifersucht zum Vorschein kommen würde, rumänische Möbel, ein Haus in Jerewan – bitte sehr, fahr nur! –, und noch streichelte der kleine Armenier meinen Bauch und war entzückt von den rundlichen Konturen, er fragte immer wieder: und stören wir *ihn* auch nicht? – aber nein, also, warum so zartfühlend! nur zu! – und daneben die liebe Ritulja, die er geradezu vergessen hatte in seiner gierigen Leidenschaft für Frischfleisch, die heuchelt Begeisterung, die beiden wird das noch teuer zu stehen kommen, doch was geht's mich an? – ich kenne mein Geschäft, auch wenn dieser Hamlet einen kurzen Schwanz hat, und ich dachte: der Shakespearesche, was hatte der für einen? warum geben die Dramatiker nie dieses wesentliche Detail an? warum unterschlagen sie das eigentlich immer? als ob sich nicht alles darum drehen würde, oder kommt es mir nur so vor, vielmehr: kam es mir nur so vor, denn jetzt, wo ich andere, dringlichere Sorgen habe, kommt es mir nicht mehr so vor, und ich dachte, als er so auf zartfühlend machte, von wegen stören wir ihn nicht und so: zieh es doch raus wie mit einem Korkenzieher, wie wär's? – dachte ich und sagte: Wie schade, lieber Hamlet von Jerewan, daß Ihr Schwanz kein Korkenzieher ist! – aber sie, diese Asiaten, behaart und wollig wie sie sind ... im übrigen mag ich das, mit Dato schlafen, das ist wie mit einem kleinen Bären, aber sie haben einen Fehler: sie sind schnell beleidigt. Auf einmal blutunterlaufene Augen, bloß kann mir das keine Angst machen, sei nicht beleidigt, Hamlet, und Ritulja: ha-ha-ha! – die wird sich noch wundern, mit den Brillanten in den Ohren, die blöde Gans, und sie sagt: warum soll ich mir so einen Typen durch die Lappen gehen lassen? Ich hab ihm mehrmals in die Taschen geguckt: er hat nie weniger als einen Fünfundzwanziger dabei, und sie sind so nachlässig zusammengeknüllt wie Dreirubelscheine, und ich bin ein anspruchsloses Mädchen, ich will heiraten, und er hat geglaubt, daß er der erste ist, aha, dumm sind sie auch noch, na großartig! aber er bittet sie: bring mich mit deiner Freundin zusammen, hörst du, und als sie mich mit ihm zusammenbrachte, da wurde er gleich ganz aufmerksam, vor allem, als ich sehnsüchtig die Hand nach ihr ausstreckte, na, denke ich, ein andermal, aber er spekulierte auf Frischfleisch, mit Bauch, es hatte bei ihm gezündet, ach, du kannst mich mal! er ging mir eher auf den Wecker, und dann tranken wir Champagner, meinen Brut! – ich hatte gesagt: unbedingt muß Brut da sein! – das war die Bedingung, und er hat zwei Tage lang ganz Moskau mit dem Taxi danach abgeklappert, aber ich sagte bloß: man muß wissen, wo man suchen soll, Sie Jerewaner! – er war beleidigt, die sind dermaßen schnell beleidigt, da fehlen einem die Worte! Sie, sagt er, warum reden Sie so? was geht's mich an: wenn ich will, dann rede ich so, aber dann sitzen wir friedlich da, wir trinken Champagner, und Ritulja, meine ehemalige Abtrünnige, fragt: na, was ist, hast du alles überstanden? Und hören will sie, daß alles überstanden ist, daß sich alles beruhigt hat, und von dem Feld hat sie nicht den geringsten Dunst, darüber wurde nicht getratscht (Jegor und Jurotschka hielten die Klappe, nachdem man den beiden einen ganz schönen Schreck eingejagt hatte – richtig so! Erst hatte sie der Hafer gestochen, sie spuckten große Töne, aber man brauchte sie nur kurz anzuschnauzen, und sie wurden weiß wie ein Laken), aber ich war nachsichtig mit ihr, und ich sage: überstanden – und sie sagt: das bedeutet, das Leben geht weiter? Hurra! – und sie stößt mit dem Champagner an, und Hamlet – erklärt sie – hat das Magazin sehr gefallen, eine *Rarität*, er hat es für einen Haufen Geld erstanden, Hamlet nickt selig, bravo, sage ich, daß es dir nicht leid tut ums Geld, er wohnt im Hotel Berlin – ich war einfach hin und weg – sagt Hamlet – als ich sah, was für eine Schönheit Sie sind, und Ritulja sagt: stell dir vor, das ist meine beste Freundin! – und so kam ich zu dem Honorar für eine Nacht mit dem kleinen Armenier, das war der Vorteil, alles übrige war eher zum Nachteil, na ja, Schwamm drüber, er sagt: Sie sind so schön, direkt wie eine Ausländerin, auf diesen Fotos, ich hatte nämlich sogar... – Ich weiß! ich weiß! gratuliere – sage ich – ich geh gleich ins Bad. – Ein Scherz, er wackelt mit dem Kopf, er fühlt mit seinem behaarten Herzen, daß ich was Beleidigendes sage, aber er versteht es nicht, und Ritulja ist an seiner Stelle beleidigt, sozusagen im voraus, als wär sie schon seine Ehefrau, für alle Fälle, und Ritulja spaziert ohne Klamotten herum, hübsch bist du, meine Liebe, hübsch, und mit dem Finger, mit dem Finger macht sie es schwungvoll, Hamlet spannte sich an, er wird ihr schon noch eine reinhauen, ach, ich weiß das alles im voraus, ich kann das an der Eichel erraten, komm, ich rate mal! – aber er: machst du Witze? – Ritulja hielt es nicht aus. Sie lacht laut, und ich sage: nein, ich mache keinen Witz, es braucht nur einen kurzen Blick, und sofort sage ich, wer deine Eltern sind, welche Farbe dein Wolga hat, wie lange du leben wirst. – Ich gucke: sein Blick ist vorsichtig und unaufrichtig. Ein Gauner. Ich finde das alles unerträglich komisch, und er ärgert sich, und überhaupt, die Typen zu ärgern, das ist die kleinste Übung, in der Hinsicht ist Ksjuscha Meisterin, und Veronika reibt sich immer die Hände, wenn sie hört, wie ein Typ in den Arsch gekniffen ist, und ich sage: weshalb sind eigentlich Ihre Armenierinnen so häßlich, und Hamlet ärgert sich schon wieder: nein, widerspricht er, schön sind sie! wenn sie schön sind, sage ich, warum sind Sie dann zum Heiraten nach Moskau gekommen? – darauf er: sie sind sehr stolz! Die kennen wir, diese stolzen Damen, je grauenhafter das Äußere, desto wilder der Stolz! Uninteressant. – Jetzt, denke ich, naht meine Zeit. Nur wartet noch ein wenig: ich werde euch noch was in die Welt setzen! Aber es gibt eine Menge Bedenken. Stanislaw Albertowitsch fing auch an, Ungutes zu ahnen, er blickt mir, wenn ich ihn konsultiere, schüchtern in die Augen und gratuliert nicht mehr, er hat keine Eile mehr mit seinen Umarmungen und Küssen, der Herr Doktor ist etwas abgekühlt. Was sind Sie so indifferent, Doktor? Die Arbeit, klagt er, frißt mich auf, und außerdem will man mich noch gerichtlich belangen, eine Patientin, eine siebzehnjährige Rotznase! Also bitte, wie finden Sie das! Eine Frechheit! Ich sage: was wird es, ein Junge oder ein Mädchen? Vermutlich ein Junge. Aber keine Garantie. Ich sage: der tobt ganz schön rum! Flawizki, betrübt: tja, also, bislang ist alles in Ordnung. Ich sage: keine pathologischen Befunde? Und der Geruch – kein Verwesungsgeruch? Ja, Kindchen, dieser gewisse Geruch, das stimmt, ich verstehe nicht, woher der kommt. Ich scherze: Ich zersetze mich bei lebendigem Leibe. Und da kamen mir Zweifel. Von wegen gebären. Für eine Abtreibung ist es zu spät. Die Frist ist schon abgelaufen... Und ich bin gefallen!

Erstens, zu Veronika. Sie ist eine Hexe, aber seit dem Feld komme ich mit ihr nicht mehr klar, ich rief sie an, sie redet um den heißen Brei herum, aber wieso, das versteh ich nicht. Sie hat mich in den sicheren Tod geschickt, und jetzt zeigt sie nicht das geringste Interesse, wie und was bei mir los ist, sie redet um den heißen Brei herum, und die neuen Freunde sind wie ausgestorben, na ja, die will ich nicht geschenkt haben, Ritulja nicht mitgerechnet, und Ksjuscha ist wieder in Amerika, ich hielt es nicht aus, rief bei ihr in Fontainebleau an, redete auf englisch mit dem Stomatologen, sie hatte sich irgendeinen tschechischen Regisseur angeschafft, in Amerika – sowas hatte sie schon angedeutet –, und war über den Ozean entschwunden. Ksjuschenka, du hast mich ganz vergessen, und sie haben ihr als Spionin und Diversantin kein Visum für Moskau gegeben. Sie sagt beleidigt: ich schlag mich schon durch. Bloß mir ist das egal: sie ist meine Liebe. Und von Gawlejew kein Ton. Na, dann eben nicht. Der französische Stomatologe sagt: she is in New York, und ich zu ihm: merci, auf Wiedersehen, und ich hängte den Hörer ein, ich denke: wen soll ich um Rat fragen? Ich rief Mersljakow an – der schmollt. Auch ich, teilt er mir mit, habe Unannehmlichkeiten. Deine Unannehmlichkeiten möchte ich haben! Und

Dato ist auf Tournee, ich rief bei ihm an, seine Familie liebt mich, doch sie antworteten ausweichend, und Veronika? Was für ein Aas! Ich verstehe das nicht. Vielleicht ist ihr Timofej krepiert? Nein, der ist noch ganz lustig am Leben... Und ich bin gefallen. Das heißt, ich mußte mir irgendwo anders Rat suchen, und ich ging zu Katerina Maximowna.

Ich komme in ihre Wohnung, sie sitzt da und trinkt ihren abendlichen Tee, mit Kringeln. Eine Einzimmerwohnung, vollgestopft mit Möbeln und Teppichen, sie wohnt in Tschertanowo, weit draußen. Ich hab schon auf dich gewartet. Setz dich, wir trinken Tee. Und sie nimmt den Matrjoschka-Teewärmer von der Kanne und gießt mir bitteren Teesud ein, nein, so starken kann ich nicht trinken, wann, fragt sie – sie wirft einen Blick auf meinen Bauch – bist du soweit? Wann? In ungefähr zwei Monaten. Wir verstummten. Sie sitzt da, sie stellt nie eine überflüssige Frage, sie trinkt Tee, stippt ihren Kringel in die Tasse und starrt auf den Fernseher. Ich sage: Katerina Maximowna, ich habe eine Bitte an Sie. Sie schweigt, sie wartet, was ich noch zu sagen habe. Ich sage: also, ich hatte entschieden, das Kind zu kriegen... aber mein Bräutigam, sage ich, hat mich sitzenlassen, er läßt sich nicht mehr blicken, er ist wie vom Erdboden verschluckt, er weiß nicht mal, sage ich, daß wir ein Kindchen kriegen, ein Baby, kann man ihn, sage ich, nicht rufen? Ich muß dringend mit ihm sprechen. Warum, wundert sie sich, hat er dich denn verlassen? oder, sagt sie, hat er sich eine andere Freundin gesucht? Ist er zu ihr übersiedelt? Ich weiß nicht, sage ich, ich weiß überhaupt nichts, weder wo er ist, noch was mit ihm los ist – ich hab keine blasse Ahnung, aber eine Freundin ist hier nicht im Spiel, ich bin seine Freundin, nur läßt er sich nicht mehr blicken, irgendwas hindert ihn offenbar, und ich muß ihn unbedingt sehen! Also, überlegt Katerina Maximowna, man muß ihn dir anhexen. Ja, ja, sage ich erfreut, irgendwas in der Art, damit er zu mir kommt, das mit dem Baby besprechen. Sie sagt: hast du ein Foto von ihm? – Zu Hause. –

Komm noch mal wieder mit dem Foto und bring hundert Rubel mit, ich werde zu diesem Zweck zehn Kerzen zu je zehn Rubel benötigen, verstanden? Ich antworte: hier haben Sie hundert Rubel, und ich gebe ihr das Armeniergeld, nehmen Sie das für die Kerzen, und ich fahre das Foto holen, ich bin bald zurück, ich bin selber ganz ungeduldig, nur schnell ins Taxi, ich fliege nach Hause durch ganz Moskau, durch das Schneegestöber und die kniehohen Schneeberge, und mittendrin brennt der Kreml wie eine fliegende Untertasse. Ich nehme das Foto und – ins nächste Taxi, ich klopfe mich in der Diele ab, bitte um Pantoffeln, damit ich den Teppich nicht versaue, und ich nehme das Foto aus der Handtasche, als wär gar nichts dabei, doch mir klopft das Herz bis zum Hals, ich fürchte, daß sie ablehnen wird. Sie nimmt das Foto in die Hand, betrachtet es eingehend, dann legt sie es vorsichtig auf den Tisch und sieht mich an. Begreifst du, worum du bittest? Ich sage: ja. Sie schweigt, mit unwilligem Gesichtsausdruck. Ich steckte mir eine an, ich sage: Katerina Maximowna, machen Sie sich um mich keine Sorgen, er ist schon einmal zu mir gekommen, er hat sich auf den Diwan gesetzt, sehr bescheiden, wir haben uns ein bißchen unterhalten, und er ist gegangen. Hat er sich selber, fragt sie, denn ähnlich gesehen? Ja, sage ich, ganz ähnlich, nur ein kleines bißchen trauriger als zu Lebzeiten, und ungefähr um fünf Jahre jünger, so wie auf dem Foto, ich habe extra das ausgewählt, er hat mir mehrere geschenkt. Nein, sagt sie, da geh ich nicht ran. Warum nicht, Katerina Maximowna? Ich bitte Sie, meine Beste! Bitte, ich gebe Ihnen noch mehr Geld! Ich griff in die Handtasche. Sie hält mich zurück. Warte, sagt sie, sag mir lieber folgendes: mit *ihm* hast du das Baby gemacht? Und wieder sieht sie mich abwartend an. Was denn, sage ich, hätte ich das nicht tun dürfen? Was meinen Sie? Eben darum bitte ich ihn eigentlich, zu mir zu kommen, damit geklärt wird ... Aber er kommt nicht, entweder ist er nicht mehr da, wissen Sie, irgendwohin verlegt worden, na ja, wie bei der Armee, oder er ist vielleicht schon weit weg, so weit weg, daß er nie wieder zurückkommt? Ich schnippte die Asche in eine blaue Untertasse und lehnte mich auf dem Diwan zurück. Er hat mir vorgeschlagen, rufe ich aus, mich zu heiraten! – Und was hast du ihm geantwortet? – Also, Katerina Maximowna, was hätte ich ihm denn so auf die schnelle antworten sollen! Ich dachte: er kommt wieder. Aber er kommt und kommt nicht. Hat er sich's anders überlegt? Und ich hab doch das Baby behalten...

Katerina Maximowna stand auf, und sie sagt: komm morgen abend wieder, du Schönheit. Ich werde nach dem Buch hexen... Ich sprang auf: danke! – Bedanken kannst du dich später. – Ich sage: ich kann sogar mit Schecks, wenn Sie welche nehmen... Sie sagt: später! später! Geh! Sie wurde sogar etwas streng. Ich bekam Angst, daß sie es sich plötzlich anders überlegen könnte und machte die Tür schnell von außen zu.

Ich war vollkommen erledigt. Am nächsten Abend fahre ich wieder hin. Sie sitzt da, raucht eine Papirossa. Der Fernseher brüllt und schießt: ein Kriegsfilm. Ich frage vorsichtig: und? Aber sie wiegt den Kopf: nein, sagt sie, daraus wird nichts. Ich habe die ganze Nacht nach dem Buch gehext. Es gelingt nicht. Er will nicht zu dir kommen. Ich sage: was heißt – er will nicht? warum nicht? Aber sie sagt: zu dir darf man nicht gehen. Es ist was faul an dir. Ich bin erstaunt: faul, was denn? Früher ist er doch immer gekommen... Aber nun, sagt sie, kommt er nicht mehr. Ich sage: aber warum denn nicht? Und sie sagt: erinnere dich, was hast du gemacht, nachdem er weg war? Was ich gemacht habe? Ich bin zu meiner Freundin gezogen, zu Ritulja, weil ich natürlich einen furchtbaren Schreck bekommen habe, und ich hab bei ihr gewohnt, und falls er auf sie eifersüchtig sein sollte, dann ohne Grund, und außerdem hat er das von mir immer schon gewußt, also dürfte er wohl auch nicht eifersüchtig sein, und was habe ich noch gemacht? Also, ich weiß nicht, einmal, das war schon danach, ist Mersljakow – Witassik – bei mir gewesen, ich hab ihm alles erzählt, er ist ein Freund, ich erinnere mich nicht mehr so richtig, da hab ich mich betrunken... Katerina Maximowna runzelte die Stirn, und sie sagt: Liebes, nicht danach frage ich dich. Erinnerst du dich nicht noch an was anderes? Na ja, sage ich, Dato ist mal bei mir vorbeigekommen, vor seiner Tournee, ich wußte schon, daß ich schwanger bin, aber ich hab es ihm nicht gesagt – er hätte mich sonst umgebracht, und außerdem wollte ich ja abtreiben, denn das mit dem Geruch kam mir ein bißchen komisch vor, und Dato sagt: was soll das, du Dreckstück, warum bist du ungewaschen? Und ich sage: Dato, du hast es doch manchmal ganz gern, wenn ich ungewaschen bin. Ja, sagt er, aber nicht in einem solchen Ausmaß! Und mit anderen Männern war es mir auf einmal peinlich, obwohl sich ja alles mögliche Kroppzeug aufgedrängt hat, und dann war da neulich bloß der Armenier... Na ja, fahre ich fort, der zählt überhaupt nicht. Ein Idiot, sage ich, wenn er auch Hamlet hieß. Also, ich verstehe überhaupt nicht, warum Wladimir Sergejewitsch auf mich böse ist!

Und du fühlst wirklich, sagt Katerina Maximowna, an dir keine andere Schuld? Nein, sage ich. Dann, sagt sie, denk mal gut nach... Ich dachte nach. Ich weiß nicht, sage ich... Und wohin, fragt sie, bist du gefahren? Wie, wohin? Na ja, ich bin über das Feld gegangen, bloß, das war noch früher, das hat er mitgekriegt, deswegen ist er ja gekommen, das hat er selber gesagt. Ich, sagt Katerina Maximowna, Eigentümerin einer Einzimmerwohnung im Bezirk Tschertanowo, frage dich nicht nach dem *Feld*. Wohin bist du denn gefahren, nachdem ihr euch wiedergesehen hattet, du und dein Bräutigam? Ich sah auf das Foto. Da liegt er hier auf dem Tisch. Liegt da und lächelt uns zu. Ich erinnere mich nicht, sage ich – ich hatte es in der Tat vergessen. Aber sie sagt: und da auf der Anhöhe, inmitten eines Friedhofs, stand da nicht eine Kirche? So war es doch, oder? Oje, sage ich, natürlich, und der Abfallhaufen mit den Kränzen, Herbst, ja doch, am nächsten Tag. Mersljakow hat gesagt: nichts wie in die Kirche! Und wir sind losgefahren. – Und was war weiter? – fragte mit gesenktem Blick Katerina Maximowna, als ob es hier um Details ginge, die nur Liebespaare unter sich besprechen, und sie müßte sozusagen dienstlich, als Heiratsvermittlerin, herausbekommen – hat Ihre heißgeliebte Tochter vielleicht irgendwelche Mängel? ein Muttermal auf der Arschbacke, zum Beispiel, so groß wie ein Lampenschirm? nein? – Ich habe gebetet, sage ich, unbeholfen, das erste Mal in meinem Leben ... – Wofür? – Katerina Maximowna senkte den Blick noch tiefer, wobei sie mit der Papirossa auf dem Grunde des Kristallaschenbechers herumfuhr. Daß er nicht mehr kommt... – gestand ich und lief rot an. Sie hatte mich erwischt! – Und dann? – fragt sie. – Und dann, sage ich, dann bin ich nochmal in diese Kirche gefahren, irgendwie mit dem Vorortzug, und hab diesen kleinen Popen aufgetrieben, der meinen herzzerreißenden Schrei gehört hatte – ein junger Pope, und ich sage zu ihm: taufen Sie mich! Zuerst war er verwundert, aber ich habe ihm alles erzählt, bloß von ihm – ich zeigte auf das Foto – habe ich nichts erzählt, damit er keinen Schreck kriegte, aber das, was ich ihm erzählt habe, hat sowieso gereicht – er hat sich so gefreut, Sie, sagt er, Sie sind die Maria von Ägypten, genau das sind Sie! Und von dem Feld weiß er auch nichts, wozu muß er das wissen! Verstehen Sie eigentlich, sagt er, daß allein Ihre Rettung mehr wert ist als eine ganze Legion gottesfürchtiger Gerechter! Sie, sagt er, sind für Ihn eine willkommene Seele, und auf der Stelle, ohne zu zögern, taufte er mich, ohne Taufpaten und das ganze Brimborium, und eine alte Kirchendienerin zog am Gummi von meinem Slip und kippte Weihwasser hinein, meine Schande auszulöschen! Ah! – endlich war bei mir der Groschen gefallen, und ich sah Katerina Maximowna fassungslos an. Katerina Maximowna fuhr schweigsam mit dem glühenden Ende der Papirossa über den Grund des Kristallaschenbechers. Klar – sagte ich. Na dann, wenn alles klar ist, dann geh also in Gottes Namen – sagte Katerina Maximowna irgendwie schüchtern und zaghaft. Ich kannte sie schon lange. Ich war öfter mit Ksjuscha und den anderen Mädchen zu ihr gefahren. Sie konnte erstaunlich präzise aus der Hand lesen. Wir hörten stundenlang zu. Es stimmte immer alles. Wir waren baff. Und nun war sie auf einmal so wortkarg! Ich sage: Katerina Maximowna, werfen Sie mich nicht raus. Und ich sehe sie an: sie ist widerwärtig, schüttere, mausige Haare, ein dünnes Schwänzchen im Nacken, so welche kann man morgens in den Geschäften haufenweise sehen, da stehen sie in den Schlangen und giften sich an, nur ihre Augen sind besonders: aufmerksame Kirschenaugen. Ich sage: Werfen Sie mich nicht raus! Doch, sagt sie, Liebes, geh! Aber wieder so unsicher, ich sehe: irgendwas spricht sie nicht zu Ende, sie wirft mich raus, aber nicht achtkantig, sie wirft mich raus, aber sie öffnet nicht die Tür, wohin soll ich gehen? Ich steckte mir eine an, ich schweige. Ich sehe sie an. Sie mich. Verschwörerinnen. Und der Fernseher brüllt und schießt. Und mein geliebter kleiner Pope, Vater Weniamin, der hat auch besondere Augen, sie strahlen... Aber er ist noch jung, ein bißchen naiv, und naive Menschen haben oft strahlende Augen, und seine klaren Augen lassen meine Eingeweide stöhnen: du mein Süßester... mein Kleiner... mein Niedlicher...

All das fiel mir unwillkürlich ein, oder jetzt, wo ich schreibe, fällt es mir ein, ja. Und über den Tisch krabbeln rote Ameisen, ich schreibe und zerquetsche sie mit den Fingern, die haben sich im ganzen Haus breitgemacht, sie sind schrecklicher als Kakerlaken, sie sind schrecklich. Wenn ich sterbe, kommen sie in Scharen angekrabbelt – schlimmer als Würmer! – nicht mal die Knochen lassen sie übrig, alles werden sie vertilgen, aber noch zerquetsche ich sie mit den Fingern, und ich schreibe... da krabbelt noch eine über den Tisch... Ich sage: Katerina Maximowna, bitte, tun Sie doch irgendwas für mich! Sie sah mich mit ihren Kirschenaugen an, und sie sagt in gleichmäßigem Tonfall: geh morgen früh, sagt sie, in ein Diätgeschäft und kaufe, sagt sie, ein Ei, aber das Ei muß ganz frisch sein, unbedingt, und dann, wenn du dich am Abend schlafen legst, dann zieh dich aus und rolle das Ei über deinen Körper, von oben nach unten, vom Kopf bis zu den Füßen, rolle es über deinen ganzen Körper, zwanzigmal muß man das machen, und wenn du es zwanzigmal über deinen ganzen Körper gerollt hast, leg das Ei ans Kopfende und schlaf damit bis zum Morgen, und am Morgen komm zu mir...

Ich bin drauf und dran, ihr zu Füßen zu fallen, danke, ich werde alles so machen, wie Sie befohlen haben, zwanzigmal also? – Ja, sagt sie, zwanzigmal. – Und ich stürmte nach Hause. Am nächsten Morgen gehe ich raus, um das Ei zu kaufen. Ich fuhr ins Stadtzentrum und klapperte die Geschäfte ab, ich dränge mich zwischen den Rentnerinnen, ich tippe an die Vitrine, zeigen Sie mir das Ei, welches ist das frischeste (nach dem Datumsstempel), ich sehe nach, welches Datum angegeben ist und wähle eins aus, und die Verkäuferinnen – hartgesottene Mädchen –, die gucken mich an wie eine Kranke, als wär ich eine Eierdiebin oder einfach bekloppt. An der Kasse sage ich, ein Ei bitte! Und alle denken: die ist bekloppt! Na ja, ich hatte mein Ei und fuhr nach Hause. Und als der Abend hereinbrach, legte ich mich hin, der Bauch ragt in die Luft, das Fröschlein schlägt Purzelbäume – und ich rolle das Ei über meinen Körper, vom Kopf bis zu den Füßen, zwanzigmal, und danach legte ich es vorsichtig ans Kopfende, und ich kann und kann nicht einschlafen, ich denke die ganze Zeit an die Zukunft. Und am Morgen erscheine ich bei Katerina Maximowna.

Sie legte das Ei auf eine Untertasse, trinken wir erstmal Tee, schlägt sie vor. Wir tranken Tee, jedoch schweigend, ich warte. Sie sagt: hast du alles so gemacht, wie ich befohlen habe? Na schön... Sie stand auf, fischte einen bunten Lappen aus der Kommode, wickelte das Ei darin ein, und dann begann sie, mit einem Hammer auf den Lappen zu schlagen, sie schlägt und schlägt, aber das Ei läßt sich nicht knacken, mir lief es kalt über den Rücken: das verheißt nichts Gutes! – sie schlägt noch einmal zu, aber es läßt sich nicht knacken, und dann – zack! – es ist kaputt... Sie faltete den Lappen auseinander, sie guckte hinein, sie guckt und guckt, und dann blickt sie mich mit ihren ungutigen Kirschenaugen an und sagt mit spitzen Lippen: Na, dein Glück! Das Faule hat dich verlassen! Und sie zeigt es mir: in dem Ei pulsiert und zittert ein schwarzes Äderchen, wie ein Würmchen... Na, sagt sie, dein Glück!

Und ich denke: wie bin ich gefallen!

Aber zu ihr sagte ich nichts, ich sage nur: Vielen Dank, Katerina Maximowna, ich stehe wohl tief in Ihrer Schuld... Und sie sagt, daß jetzt nichts weiter von ihr abhängt und überhaupt von niemandem irgend etwas abhängt, daß aber meinem Bräutigam, sagt sie, die Tür zu meinem Haus offensteht, aber wann er kommt, das kann ich nicht sagen, das weiß ich nicht, und was die Entlohnung betrifft, warum sie nicht annehmen, da sie ihr ja zusteht, meinetwegen, wo doch das Faule dich verlassen hat, und sie verlangte noch einen Hunderter. Und der zweite armenische Hunderter ging drauf als Entlohnung für Katerina Maximowna, und Leonardik sieht uns von dem Foto her an, und er lächelt.

23

ERKLÄRUNG

Ich, Tarakanowa, Irina Wladimirowna, alias Jeanne d'Arc, Jungfrau von Orléans, alias, teilweise, Maria von Ägypten, Russin, schwanger, parteilos, stark sympathisierend, geschieden, erster Mann – kann mich nicht erinnern, zweiter Mann – Fußballspieler, Fürstentochter, Patriotin, gezwungenermaßen ohne Einkommen, von Geburt an wohnhaft in der Union der Sozialistischen Sowjetrepubliken, mit 23 Jahren in die historische Heimat Moskau zurückgekehrt, Adrianopolskaja uliza, Nummer 3, Gebäude 2, Wohnung 16, *erkläre mich einverstanden*, mit dem mir bestimmten Bräutigam, Leonardo da Vinci, ehemals italienischer Künstler, heute namenloser und ruheloser Körper, die Ehe einzugehen.

Die Hochzeit findet in meiner Wohnung zur angegebenen Zeit statt.

Unterschrift: (Irina Tarakanowa)

Liebste Anastassija Petrowna!
Ich schreibe in aller Eile. Nein, nein, es ist kein Gerücht, ich werde wirklich heiraten. Ja, stellen Sie sich vor, einen Ausländer. Er ist ein Renaissance-Künstler. Wir werden bei ihm leben. Ich flehe Sie an, bereiten Sie meine alten Eltern schonend darauf vor. Wenn sie mir auch nicht ihren Segen geben – daß sie mich wenigstens nicht verfluchen! Mama, Papa! Verzeiht mir! Ich weiß nicht, was ich tue! Anastassija Petrowna, ich würde Sie gerne zur Hochzeit einladen, doch ich weiß, daß Sie nicht kommen werden, daß Sie nicht können, nun ja, natürlich, die Familie, Oljetschka... Anastassija Petrowna, das ist nicht schlimm, ich bin nicht beleidigt! Auf Ihre Frage, ob man es schlucken kann, antworte ich – man *muß*, meine Liebe! Man kann es doch nicht ausspucken? Hier schlucken alle. Aber mit Verstand. Verschlucken Sie sich nicht vor lauter Gefühlen! Na dann, das wär's. Ich muß gehen.

Ich umarme und küsse Sie,
die Ihre bis ins Grab,
Ira.

24

Und da dachte ich: setzt ihr ein Denkmal, und das Volk wird sich freuen, das gibt ein Gelage, aber ich ruh mich ein bißchen aus, ich leide an pränatalen Atembeschwerden, und ich träume ein bißchen, es sei! bis zur Nacht ist es noch lang hin, ich sammle meine Gedanken – mein Fröschlein, es wird mich rächen, daß ihr unter der Last ächzen und vor lauter Schwermut sterben müßt, es sei! ich begrüße dieses große Massensterben und erteile meine Erlaubnis, erkühne dich, Fröschlein, je furchtbarer, desto besser – zerquetsche sie mit dem Schwanz! –, aber ich bin trotzdem nicht bösartig, nein, auch mich überwältigten die Zweifel, und ich wartete auf ihn, um mich mit ihm zu beraten: vernichten oder begnadigen, soll ich meinen Durst an ihren Tränen stillen, aber Zweifel waren da, denn ich hatte mich viel zu tief auf die Niederungen des Lebens eingelassen und dabei das Göttliche vergessen, und als ich mich dessen erinnerte, stellt sich heraus, daß ich aus der Liste schon gestrichen bin und das Thema erledigt ist, und ich sagte mit einer resignierenden Handbewegung: gut, gut, ich bin nicht nachtragend, lebt nur, mögen doch alle dann sterben, wenn sie an der Reihe sind, warum sie zur Verantwortung ziehen – wenn man drückt, kommt kein Eiter raus, sondern Gedärm, und was haben sie für eine Schuld, außer der, daß sie an allem schuld sind, und da es nun mal so ist, werde ich sie nicht verurteilen und zu Sklaven machen, schlaf, mein Fröschlein, schlaf einen tiefen Schlaf, ich liefere dich nicht aus, ich bin keine Verderberin, kein Ungeheuer und keine Giftmischerin, ich will von euch überhaupt nichts, und mich selber – keine Sorge – kann ich schützen und vor Unglück bewahren, ich hab die Nase voll von euch, ich lade euch zur Hochzeit ein, das ist keine Hysterie, ich bin bereit, ich liege und atme, und ich beginne das Leben aufs neue, das heißt, ich sage die Geburt des Sohnes ab, und ich erwarte einen teuren Besucher, nicht etwa mit innerer Erregung, sondern als meinen einzigen Ratgeber, und wenn wir uns dieses Mal nicht – wie in alten Zeiten – vereinigen, so waren wir uns immerhin nah, wir haben uns in der Person geirrt, dafür haben wir uns geliebt, wir sind uns nicht begegnet, *aber* wir haben uns getroffen, ich habe ihn am Ende begriffen, aber er hat nur gebrüllt vor Entzücken, ja, er hat sich als der Blindere erwiesen, aber fein gelebt hat er, das heißt, er hat gesiegt, er hat sich zurechtgefunden, er hat alles richtig gemacht: kleine Nummern, aber er war eine große Nummer, noch größer als früher, denn man muß nichts verstehen, wozu verstehen, wenn klar ist, daß es kein Leben gibt, wenn man versteht, lieber einfach auf der Veranda sitzen, wenn die Hitze schon nachgelassen hat – so wie ich nie dort gesessen habe –, und sauber sein und in kleinen Schlückchen Weißwein trinken, aber der Weg ist mir bestimmt, es ist mir nicht gestattet, das Reiseziel zu ändern, das ist euch vorbehalten, ich bin gegangen – ihr habt keinen Schritt getan, bloß geächzt und gestöhnt – sie sind meinen kleinen Finger nicht wert, und auch das ist egal, aber ich bin gegangen, ich habe das Meine abgegangen, ich liege und sehne mich, in Erwartung einiger schwacher Fragen, daß sich die Luft auffrischt, und der Spiegel hat noch immer ein Loch, die pure Trägheit, aber ich rufe euch: kommt mich besuchen, falls es stattfindet, und falls es nicht stattfindet – kommt mich auch besuchen, wir taugen nicht zu Eltern, was sollen wir denn mit ihm tun? – Ich war bereit, ich war nicht mal aufgeregt, weil ich durch war mit der Quälerei, für alles übrige werde ich mich später dann quälen, ich bedaure das nicht, und mein schlimmster Verrat hatte meinen Alltag in Pastellfarben getaucht, ich lag und betrachtete meine angestaubten Trophäen, die Pokale und die Preise – kein übler Gaul, nicht umsonst liebte ich Pferde, obwohl ich überhaupt nichts davon verstand, aber ich liebte es zu reiten, und einmal am Strand, brachte man mir am Zügel, doch gnädige Frau, wir werden nicht abschweifen, wir blicken auf das weiße Blatt Papier und sagen uns: bei unserem frappierenden Nichtstun gibt es doch was zu tratschen, nachdem wir uns zu guter Letzt dem Original angenähert haben, wenn auch von einer anderen Seite, ja, ich bin eine dumme Gans, und mag ich auch nichts zu erwarten haben und das Wesentliche selber nicht auf die Reihe kriegen, deshalb warte ich ja, und dieses Warten ist vergeblich, die Gänge endeten mit dem Chor, auf dem Feld Kaninchen mit Schlappohren, das ist wichtig für die Buchführung, und wenn sie auch gesungen haben, sie haben sich nicht in Leichengewänder gehüllt, das hat es nicht gegeben, und daß ich nicht unter euch bin, haben mir meine Träume vorhergesagt, doch näher! näher zur Sache! konzentriere dich, Irischa, Irina Wladimirowna, die Hochzeit ist nicht mehr fern, und dein Bräutigam verspätet sich, das ist traurig und verdirbt die Atmosphäre mit einem Anflug unnötiger Nervosität, du kannst ihn auf keinen Fall zur Eile antreiben, doch vielleicht hat er es sich anders überlegt, vielleicht ist er müde? aber nein, Blödsinn, ohne den anderen gehen wir nirgendwohin, Blödsinn, aber trotzdem, weshalb stopfen wir immer nur Scheiße in uns hinein und finden das auch noch gut, zu welchem Zweck tun wir das, hier versank ich in Nachdenken, den Stift zwischen den Zähnen, hast du bei deiner Abrechnung nicht irgendwas ausgelassen, du hast doch selber gesagt: Überleben! Ja, den Verstand – den haben wir überlebt. Und Hysterie ist schön wie ein Springbrunnen. Aber ich habe es fertiggebracht, das eine oder andere hinzukritzeln, mit einer Sauklaue, ich bitte um Nachsicht für meine Handschrift, und ich habe sogar ein Testament aufgesetzt: meine Fotze gebt den Armen, den Invaliden, den Krüppeln, den niedrigsten Dienstgraden, den untalentierten Studenten, den Onanisten, den alten Männern, den Taugenichtsen, den Straßenjungen, den Abdeckern – dem Erstbesten! Die werden für sie Verwendung finden, aber verlangt von ihnen keine Erklärungen, sie finden schon eine, und das ist ihre Sache, aber ich bitte darum, sie nicht für ein Flittchen zu halten: wenn sie auch gebraucht ist, so ist sie doch prachtvoll in allen ihren

Dimensionen, schmal und muskulös, weise und geheimnisvoll, romantisch und aromatisch – liebreich in jeder Hinsicht, doch auch außergewöhnlich zartfühlend, sie fürchtet die geringste Gewaltanwendung, gar nicht zu reden von schmerzhaften Rissen, wozu dem Eigentümer der gute Doktor Flawizki gern eine Konsultation gewährt, er beobachtet sie – doch letzten Endes, falls ihr Geld für ein Denkmal sammelt, setzt es nicht mitten auf einen belebten Platz, das ist geschmacklos, setzt es nicht vis-à-vis der Kathedrale des Heiligen Wassili, da es ihm nicht geziemt, sich alle Tage an ihrem Anblick zu ergötzen, und auch auf den Manegenplatz, wie eine Neujahrstanne – auch da setzt es nicht hin! In Moskau gibt es sehr viel behaglichere Eckchen, wo sich Verliebte und Diebe treffen, arme Schlucker und Wichser. Und bitte, nicht in die Sandunowski-Banja: dort ist es glitschig. Setzt ihr ein Denkmal... doch – eine Sekunde – macht es nicht übermäßig groß, es sollte nicht als Held des Kosmos oder als Rakete in den Himmel ragen, es sollte nicht auf die Erde stampfen wie der Tribun auf dem Platz vor dem Hotel »Peking«, all das ist *männlich*, mir grundsätzlich fremd und ihr nicht angemessen, nein, ihr ist ein keusches Denkmal lieber, bedeckt mit einem Schal oder dem legendären Mantel – ich erinnere mich nicht, irgendwo in einem stillen Hof, wo er bei einem Freund wohnte, eines eigenen Dachs über dem Kopf beraubt, beleidigt und unverstanden, wie *sie*, mag es genauso ein stilles Denkmal werden, an dessen Sockel Bilder aus dem Leben der Liebe ihren Platz einnehmen: s. die Fotografien im Spezialarchiv des Archivarius Gawlejew, der weiß ja am besten Bescheid, er wird ja das Band durchschneiden, aber wo? Da sind die Patriarchenteiche, aber da, vor den Kindern, lümmelt sich schon der Holzkopf Krylow mit seinen groben Stiefeln herum, da sind die Grünanlagen bei den Theatern Aquarium und Ermitage – aber sie ist doch keine Schauspielerin! oder wie wär's mit – aber nein, da steht schon Marx – alle Plätze belegt, draußen im Silberwäldchen gibt es wohl Platz, aber dahin will ich nicht, wo sich Fuchs und Has gute Nacht sagen, wie das Mädel mit dem Ruder, nicht aus Stolz, sondern aus Mitleid mit den Menschen: weit weg von der Metro, so daß man noch mit dem Oberleitungsbus fahren muß, und ich fürchte das Gedränge im Bus, nein, mir würde der Alexandergarten passen, mit seiner holländischen Flora und Milizionärsfauna, ich habe Milizionären gegenüber immer Respekt und zurückhaltende Sympathie empfunden, aber das ist ja auch kein Denkmal für mich, sondern für *sie*, ich selbst habe diesmal weder ein vergoldetes wie das in Paris verdient, noch ein Reiterstandbild und nicht einmal ein ganz einfaches Standbild – in diesem Land habe ich mir das nicht verdient, diesmal ist es für *sie*, und möge es wie eine Rose sein, ohne überflüssige Schnörkel, wie eine Rose – und pflanzt Blumen drumherum, viele Blumen, und Flieder – das ist das Nutzloseste, was ihr tun könnt, so soll es sein, als Gegengewicht zum Ruhm der Krieger – dem Ruhm der Liebe, am anderen Ende, und Blumen, Blumen, Blumen ... ich sehe keine Einwände, und wir werden es nicht meiner Person weihen, sondern einem runden historischen Datum: dem Jahr 2000 unserer Zeitrechnung – das wird abgestimmt werden müssen, ich weiß: die Bürokratie, zweitens, ärgert euch nicht über mich, denn ich hab nichts Böses gewollt und will es auch jetzt nicht, obwohl es seltsam ist, daß ihr überhaupt noch sprechen könnt, mein Papascha ist da sehr viel konsequenter, er hat dem Geschenk der Sprache entsagt, und daß er Mama Vera nennt, das ist geradezu symbolisch, ich muß ihr das sagen, wenn sie zur Hochzeit kommt. Ja, übrigens, ich bin einverstanden. Und auf Papascha bin ich nicht böse, er ist ja ein Fürst und folglich kein Jude und folglich kann er auf Rußland scheißen, weil er selber Rußland ist. Dort bei euch, Ksjuscha, habt *ihr* zu bestimmen, und wir werden uns still, verwandtschaftlich und familiär in die enge Wohnküche setzen, wir werden die Teller nicht wechseln, wir setzen uns und heben einen kleinen, und es geht uns schon besser, und wir stimmen ein Lied an, und einer von uns wird sogar ein Tänzchen wagen, und danach gehen wir schlafen, wer keinen Platz hat – dem machen wir ein Lager auf dem Fußboden, einer neben dem andern werden wir brüderlich nebeneinander liegen: brüderlich und schwesterlich und freundschaftlich und Papa und Mama, wir haben keine großen Ansprüche, die reine Freude für Zuckerbrot und Peitsche, doch genug, nehmt das als Bitte: kein Wort mehr! – und das Denkmal könnt ihr setzen, wenn ihr es nicht tut, tun es andere, sofern einer auf die Idee kommt, jedenfalls: denkt ein bißchen weniger und lebt ein bißchen mehr. Aber ich beeile mich, alle zur Hochzeit einzuladen, und bringt Geschenke, möglichst teure, oder noch besser einfach Geld: das wird dann für das Denkmal gespendet, nur darf es nicht zu groß werden, und unbedingt muß es aus rotem Granit sein, so will ich es, und ihr ist das auch angemessen, also, gehen wir über zum Privatleben: schließlich hat mein Roman nicht irgendeinen abstrakten, sondern einen familiären Inhalt, die Familie habe ich immer in Ehren gehalten, und die Kindererziehung besonders, und trotzdem weine ich nur über Ksjuscha, ich brauche niemanden außer ihr, aber sie war zu Unrecht böse auf Leonardik und machte ihn schlecht, dafür konnte und kann ihr in anderen Dingen niemand das Wasser reichen: niemand hatte ein solches Talent zur Leichtigkeit, niemand konnte so kommen wie sie, niemand sich so begeistern, und sie wurde manchmal sogar ein bißchen blaß vor lauter Lebenslust, ich nahm Stunden bei ihr – auf den ersten Blick, so sieht eine Frau eine Frau nicht an, und ich begann gegen Intoleranz aufzutreten, mögen einfach alle leben, wie sie wollen, ich hab nichts dagegen, darum warte ich auch auf einen Rat – und mein Kavalier reagierte auf meinen Ruf und kam schließlich angeschlichen, und ich liege und strecke wohlig meinen Bauch raus, der Bauchnabel glotzt, also, ganz wie ein drittes Auge, und im Spiegel eine Rißwunde, ich hab kein neues Glas eingesetzt, und von da zieht's: aber er erschien diskret und mit der ihm eigenen Eleganz, er nahm Platz in meinem bescheidenen Leben, indem er es sich auf dem Diwan bequem machte, und ich sagte: mein Herr! das Warten auf dich hat mich erschöpft, was bist du für ein Aas, aber er antwortet bloß: hör endlich auf mit diesem Straßenjargon, ich bin nicht gekommen, um mir diesen Unsinn anzuhören! – und er verstummte majestätisch, aber ich entgegne ihm: du bist ein Schwein, Leonardik, ein großes, fettes Schwein, bei Gott, wenn du das nicht glauben willst – dann eben nicht, aber ein Schwein bist du trotzdem, du hast mich verpaßt und verpennt, und ich habe dich reingewaschen und errettet, indem ich mich mit deinem schmutzigen Blut besudelt habe – schweig jetzt! hör mir zu: ich bin sehr viel edler als du, ich bin in jeder Hinsicht die höhere Karte: du, sage ich, wer bist du schon? du hast gekatzbuckelt, bist auf und nieder gehüpft, und ich habe gelebt und die Steppenluft einer russischen Stadt geatmet, die Begegnung mit dir hat mich vieles gekostet: meinen Papascha, meine beiden inzwischen verwahrlosten Ex-Gatten und noch Hunderte von weiteren Schwänzen, um nur eine annähernde Zahl zu nennen, ohne mich in Details zu verlieren, aber ich habe meine Bestimmung erfüllt, ich habe anständig gearbeitet – und du, wo warst du so lange? Er, beschämt und einigermaßen durchsichtig, durchsichtiger als beim letzten Mal, aha, sage ich, du löst dich auf und willst wohl, daß ich dasselbe tue? – für mich, sagt er, war es schwer, zu dir zu kommen – na dann, sage ich, verpiß dich – ich gucke, der Kerl ist weg, er ist beleidigt, Ksjuscha, ein Kerl bleibt eben ein Kerl, wenn er auch halb durchsichtig ist, jetzt würde er mich nicht mehr anrühren, und ich liege wieder da und streiche über meinen Bauch, in Gedanken über die Lappalien des Lebens, und Zeit hab ich haufenweise, draußen ist Frühling, die vitaminlose Zeit, aber ich kaufe auf dem Markt Granatäpfel und Gemüse und esse für zwei, und dann hat mich ein Hammel auf die Hörner genommen, ich komme von der Metro, ich muß weit laufen, wenn ich nicht den Autobus nehme, und da kommt mir eine

Herde entgegen, Kühe, Kälber – ich kam durch trotz der Hörner, und dann noch die Hammel – ich dachte: Kleinvieh, und ich fürchtete mich nicht, aber einer fiel mich von hinten an und spießte mich auf – es tat weh! – der Schweiß rinnt – ich komme wieder zu mir, ich setze mich, ich schreibe, aber er ist zurückgekehrt, er sagt: Also, jetzt reicht's! Reden wir mal ernsthaft. – Bitte. – Du wirst das Kind kriegen? – Ich würde gern wissen, was der Papa des Babys darüber denkt. – Er sagt: Was sollen wir mit ihm? – Ich sage: Hättest du mir das nicht früher sagen können? – Du wolltest ja nicht. – Na ja, stimmt. In Ordnung. Auch wurscht! – Ich bitte dich, wähl eine andere Ausdrucksweise. Ich bin gekommen, um dich zu heiraten. – Ich sage: fiktive Ehe? – Er begriff und verstummte. – Und hier, sage ich, haben sie dich vollkommen vergessen, es gibt zu viele Lebende, vielleicht sollte ich hierbleiben und an dich erinnern? – Das ist nicht der Punkt – sagt er. – Und was ist der Punkt? – Er sagt: Um ehrlich zu sein... – er schwieg eine Weile – wie soll ich dir das erklären? Ja, ja, natürlich, sage ich, einer blöden Gans... Er sagt: also, wenn es *kein* gemeinsames Maß gibt, wie soll ich das erklären? – Und er schweigt wieder. Er spricht nicht zu Ende. Ich sage: warum sprichst du nicht zu Ende? Gestatte mir, einen hysterischen Anfall zu kriegen. Darin, sagt er, bist du ja Meisterin. Ich sage: laß mich zufrieden, wie wär's, wenn ich noch ein bißchen weiterlebe? Er sagt: und ich? Das heißt, er denkt mal wieder nur an sich. Na gut. Nur, bitte, versuch mich nicht zu überreden. Ich weiß selber, was ich zu tun habe. Und das hier, ich zeige auf das Fröschlein, da hast du mir was angehängt. – Er sagt: Übertreib nicht... Denen ist das sowieso vollkommen egal. Und bitte keine Erziehungsversuche mehr. – Na schön. Liebst du mich? – Er sagt, das ist nicht das richtige Wort, er betet mich an, er weiß nicht wohin mit sich, er sitzt da, ganz blaß, aber wieder zugänglich, und ich sitze auf dem Bett: mit dickem Bauch, voller Leben und stinkend, ich sitze, ich keuche. – Schrecklich, sage ich, ich weiß ja, was ich getan habe, ich meine, das mit Katerina Maximowna, wird man mich nicht strafen? – Was denn, sagt er, willst du vorher alles geklärt haben und den Preis kennen? Willst du dich nicht mal überraschen lassen, wie alle andern, wie ich zum Beispiel? Was ist nun, sage ich, soll ich das Kleid nähen oder wie? – Mach nur – sagt er. – Na, und wenn ich erst gebäre und wir danach heiraten? – Er zuckte die Achseln – Wie du willst... – Und tun sie dir nicht leid? Immerhin wächst da ein Ungeheuer heran. – Wenn nicht dieses, dann ein anderes... – Ja! Aber nicht von mir! – und ich träume davon, ihn zu heiraten, er ist so zart, ich stehe auf, ich gehe auf ihn zu, ich streiche ihm über das Haar, es ist wie bei einem Kind, ganz seidig... – Wann? – sage ich demütig. – Heute. – Was denn, heute! – Wozu aufschieben? – Nur nicht mit Gas! – schrie ich auf. – Leonardik, wie machen wir's am besten? – Wir gingen die Möglichkeiten durch. Ich nörgelte: Adern aufschneiden oder der Sprung aus dem Fenster, das ist irgendwie unpassend, Tabletten sind nicht zuverlässig, außerdem muß man davon vielleicht auch noch kotzen, alles übrige tut ziemlich weh. – Und könntest du selber mich nicht...? – Er runzelte die Stirn. – Du – bestürme ich ihn – bitte... – Aber dann gucke ich: er ist weg. Leonardik, wo bist du hin? Er ist die Axt holen gegangen... Ich lief nach draußen, in anderthalb Monaten – frische, grüne Blätter, und ich, eine verheiratete Frau, werde zu meinem Sohn eilen, freudig erregt, ich hole Mamascha her, nun wird sie doch noch Großmutter, das Aas! und eine Njanka nehme ich mir, und mein wertester Viktor Charitonytsch knapst sich die Zeit von den Staatsgeschäften ab und ruft mich zu Hause an, und zum Ärger der Büropüppchen girrt und gurrt er ins Telefon: na, wie geht es unserm Kleinen? hat er auch alles aufgegessen? tut ihm auch nicht das Bäuchlein weh? sieht er mir morgens ähnlich? oder dir? oder überhaupt niemandem? – Wie könnte er dir, mein Teuerster, nicht ähnlich sehen, wo du mich doch geliebt und dabei das wandelnde Gespenst markiert und die Staatsgeschäfte vergessen und die alternde Ehefrau verschmäht hast, die du längst nicht mehr mit Zärtlichkeiten verwöhnst, oh, Carlos! oh, mein lateinamerikanischer Botschafter! Neruda-Verehrer, Gegner von Juntas und von sonstigen faschistischen Experimenten, jag deinen Schiguljonok mit dem Fähnchen, hübsch wie ein Pyjama, aus der Garage, lad Minister und Könige ein, du mußt nur einmal mit dem Finger schnipsen, und alle kommen sie angelaufen! nein, Carlos, dein Mercedes ist nicht länger als der Mercedes von meinem Leonardik, auch wir können, wenn wir wollen – entschuldige den blöden Witz, aber du sollst wissen: das Söhnchen ist schön wie ein Gott deines Landes, das habe ich vorher gewußt: alles nimmt ein friedliches Ende, du bist mein, du bist mein Mann, aber draußen gibt es schon ein Tohuwabohu, und die Schwarzhundertschaft der Schwänze hat sich aufgebaut, bereit, sich auf die Sakuski zu stürzen, bereit zum Verzeihen, amüsiert euch, meine Lieben, ich werde noch dieses letzte Mal mit euch zusammensein, und ihr, ihr Brüderlein Iwanowitsch, kommt, kommt her, verabschieden wir uns, danke für das Artikelchen, wir werden noch miteinander abrechnen, und ihr, ihr Korrespondenten der Weltkorrespondenz, ihr kommt grad recht, hallo, ihr Gauner! Also, ich empfange die Gäste, auch ihre Frauen, die Nachbarn, Verwandtschaft, Schaulustige und Geliebte, und Antoschka, wie könnte ich Antoschka vergessen? wir sind wieder befreundet, und bitte, nenn mich *Mama*, und das ist dein ungeborenes Brüderchen, das schwarze Würmchen, sag guten Tag, na, was ist denn los, warum drehst du dich weg? nur Mut, hab keine Angst! und gib Mamotschka einen Kuß auf die Wange und erzähl es bloß niemandem, also, das geht zu weit! was für ein Flegel! – als nächster: Dato, er wird für uns spielen, da ist der Steinway, selbstverständlich Mendelssohn, nur nicht zu laut, sonst krieg ich Kopfweh, ja, Dato, heute werde ich dich heiraten, Dato Wissarionowitsch, und dein Vater Wissarion kennt mich als berüchtigte Schönheit, als Gottheit, und Antoschka flüstert mir ins Ohr: Mama, du bist für mich der Genius der reinen Schönheit, Mamotschka, und da sind Jegor und Jurotschka Fjodorow, meine eingeschüchterte Eskorte, mit Gladiolen, ich werde heute heiraten, und da noch ein Duo: meine verwahrlosten Ex-Gatten, hallo! an den einen kann ich mich nicht recht erinnern, aber er hat etwas vage Vertrautes an sich – die ungestüme Flucht aus dem Elternhaus verbindet, der andere in einem sackartigen Anzug aus dem örtlichen Kaufhaus, er trinkt nicht, er raucht nicht, er spielt nicht Fußball, wie das? bist du wirklich noch nicht tot, mein Junge? du hast meine Glut angeheizt! du! und laß die provinziellen Komplexe, die ganze Schwarzhundertschaft der Schwänze – das ist dein Verdienst! He, ihr da! Schon gut, ich werd nicht rumbrüllen, doch, ich werde doch brüllen: einen Moment Geduld noch! – Mamascha, stell dich an die Tür, um halb sieben öffnest du die Tür, und außerdem zieh dich um, da hast du eine Halskette, da hast du Armbänder und Fetzen, viel Spaß damit, nimm von dem Parfüm, auch von diesem, nimm alles, ich brauch's nicht, weine nicht, das ist ein Geschenk, na, na, ich bin glücklich, Mama, weine nicht, und was *euer* weiteres Schicksal angeht, darum sorge ich mich immer weniger: falls ihr euch auch weiterhin gegenseitig auffreßt, aufschlitzt, falls ihr einander weiterhin in Gefängnissen und Lagern einlocht, falls ihr euch weiterhin unter Androhung der Todesstrafe verbietet, aufs Scheißhaus zu gehen und für Trinkwasser Polizeistunde einführt, dann rufe ich aus: das bedeutet, so muß es sein! ich *billige* das! ich gebe euch meinen Segen, Schluß, es reicht für heute, ach, Witassik, du Sechstageheld, du hast uns auch beehrt, Mersljakow hat's faustdick hinter den Ohren, immer ein guter Beobachter: wen wird sie wohl heiraten? vielleicht nur ein böser Scherz? und warum stehen die versammelten Gäste, anstatt in die Wohnung hineinzugehen, bis zum Knie im Märzschnee, ein bunt gemischter Haufen, Diplomaten, Erste-Hilfe-Wagen und Schwarze Raben aus eigener Produktion – warum? – überlegt Witassik angestrengt – warum lehnt sie sich zu uns aus dem Fenster hinaus, wobei sie ihren Kimono nicht sehr fest geschlossen hält, in der Hoffnung auf ein beiläufiges Hervorlugen der Brust? führt sie uns nur an der Nase rum – diese schwangere Hure? – überlegt Mersljakow angestrengt, im Märzschnee versinkend, der bald weggetaut sein wird, und überhaupt wäre hier ein bißchen mehr Natur angebracht: Nebelkrähen kommen angeflogen, Rabennester in den Birken, schließlich haben wir doch ein Recht auf Schönheit, von der slawischen Seele garantiert, wir sind doch keine Geizkragen und Knickersäcke, keine Dänen – wie? ihr kennt euch noch immer nicht? – hier ist mein Däne, er kam und ging, aber trotzdem ist er heute unter uns, direkt von der internationalen Messe für medizinisches Gerät, *kein* Blonder, er schickte mir als Geschenk einen Hoteldiener aus dem »National« mit zwei Freßpaketen und einer Armbanduhr, nichts Teures natürlich, doch ganz angemessen für einen einzigen Abgang, er kam und ging, und Viktor Charitonytsch – er wird auf ewig unter uns sein, er gehört zu uns, waschecht aus Wologda, oh, wie schön ist er mit seiner Fratze, laßt mich ihn zum Schluß nochmal beschreiben: also, mit Brille, dahinter die Schweinsäuglein, das Bärtchen, das Gesicht wie vermodert, die Haut glänzend und großporig wie ein frischer Kuhfladen, feuchte Lippen, der Schwanz wie ein gespitzter Bleistift, so sitzt er in seinem Arbeitszimmer und malt Linien zur Unterstützung der Hirntätigkeit, aber trotzdem ist er mein zukünftiger Mann, man hat ihn inzwischen befördert, demnächst wird er überall rumkommandieren, allerdings hat er mich verteidigt, wie er nur konnte, nur hat er sich auf einen Kuhhandel eingelassen, es gehen Gerüchte, daß er die reiche Witwe Sinaida Wassiljewna heiratet, die in Trauerkleidung und mit einem weißen Spitzentaschentuch ankam, um sich über mich zu beschweren, wie auf einem Bild von El Greco – ich bin immer schon eine kultivierte Frau gewesen, ich trug einen Kimono, in dem Igorjok, ach, den kennt ihr anscheinend auch nicht? für alle hat das Papier nicht gereicht, also Igorjok ist in meinem Kimono weggefahren – sein Auto fing einmal in der Nacht, als wir uns gerade hingelegt hatten, zu heulen an, ein Defekt an der Warnanlage, durch den Wind und die Kälte fing die italienische Warnanlage zu heulen an, sie meinte, der Frost hätte sie beklaut, und einmal kam der Nachbar, der über mir wohnt, mit einer Flasche Wein vorbei, um Bekanntschaft zu schließen, ich entschuldigte mich, ich sei beschäftigt, der Nachbar zog sich zurück und war von da an sauer auf mich, und da brüllt das Auto los, Igorjok schnappt sich den Kimono und rennt nach draußen, und der Nachbar stieß das Fenster auf und brüllte: Wenn du schon zu einer Nutte gehst, mach wenigstens keinen Krach! Sei gefälligst leise! – Vor lauter Schreck fuhr Igorjok im Kimono weg und verschwand für immer, obwohl er schön war und reich – er telefonierte immer aus dem Bett und machte seine Untergebenen in der Autowerkstatt fertig, das Geschimpfe erregte ihn sehr, und er verlangte Zärtlichkeiten im selben Moment, und dann bekomme ich den Kimono per Post zurück, in einem Päckchen, zusammen mit den Schlappen, na ja, den Nachbarn hab ich auch zur Hochzeit eingeladen und sogar diesen Stepan, der beauftragt war, mich totzufahren – ich konnte nicht anders, ich hab ihn eingeladen, er kam mit Marfa Georgijewna, sie haben kürzlich geheiratet, die neuen Freunde kamen auch, unter der Führung von Boris Davidowitsch, im von Stimmen widerhallenden Treppenhaus klopfte der Krückstock mit dem geschnitzten Knauf in Form eines Kopfes des bärtigen Propheten: für den einen – Lew Tolstoj, für den anderen – Solschenizyn, und für seine Leute – Moses. Es kamen die neuen Freunde, umdämmert von ihrem jüngsten Ruhm, gelichtete Reihen, Belochwostow ist schon in Pennsylvania, er arbeitet nicht mehr in seinem Beruf, er ist zufrieden, und mit ihnen kamen die Frauen mit dem Scharfschützenblinzeln und ihren Zigaretten aus der Tabakfabrik Jawa, sie kamen und blinzelten, und schon kommt Leonardik angerauscht, mir einen Skandal zu bescheren: wozu sind sie gekommen? warum so viele Ausländer? eine einzige Liebhaberbande... Aber was soll ich denn tun: ich war mit den Männern unter Zuhilfenahme all meiner Empfindungen befreundet. Und also sagte Leonardik, vor den Kopf gestoßen, halb von Sinnen, vom Diwan her rief er mich an: Du bist ihnen ja noch viel zu nah! – Und nur du, meine liebste Lebensfreundin, nur du warst nicht in diesem armseligen Hof. Du Spionin und Terroristin, du bist nur bis zu den Toren des Flughafens der Hauptstadt gekommen, und dort haben sie dir unerbittlich das Visum entzogen, das sie dir ohnehin nur aus Zerstreutheit erteilt haben, und sie haben dich achtkantig rausgeworfen, und du bist tränenüberströmt zurückgeflogen, mit Zwischenlandung in Warschau, und Leonardik sagte: Gott sei Dank, daß sie die ausgewiesen haben! Die hätte uns hier noch gefehlt! – Aber Ritulja kam, und Hamlet. Hamlet war sehr, sehr aufgeregt, er hatte sich so schnell in mich verliebt, daß er sich von dem Magazin gar nicht trennen konnte, und Ritulja verarbeitete das Magazin mit der Nagelschere zu kleinen Schnipseln und verbrannte sie in der Mülltonne, Hamlet weinte, als er von dem Verlust erfuhr, und Mamascha stand vor der Tür auf Posten, wie ein Zenturio, und Großpapa, der Stachanowarbeiter starb ein Jahr später, voller Sehnsucht nach der Enkelin, und Papascha, der Kunsttischler hatte sich geweigert, nach Moskau zu kommen, da sich bei ihm eine besondere Art von Dünkel offenbart hatte: Furcht vor Oberleitungsbussen, er hielt sie für Teufelswerk, und er weigerte sich trotz aller Überredungsversuche kategorisch, nach Moskau zu kommen, am festgesetzten Tag allerdings zog er ein weißes Hemd an, eine Krawatte, trank vor dem Spiegel ein Riesenglas Portwein aus und dachte an meine Kindheit zurück, zu der ich ihm in einem Brief geschrieben hatte: Mein lieber Papka, du solltest noch wissen, daß das Leben vergeht, ich vergehe und gehe fort für immer, aber der einzige Mann, der mir wirklich teuer ist, nah und lieb, mit dem es mir besser ging als mit allen anderen – s. umseitig den Strauß Pfingstrosen – also, du sollst wissen: das bist du! Deine dich liebende Tochter Ira. Er fischte aus dem Jackett die von langen Jahren zerknitterte Postkarte heraus, und er begann zu weinen. Ihm war vergeben. Mutter hielt die drängelnden, neugierigen Gäste zurück, die sich befremdet schräge Blicke zuwarfen und schon feindliche Lager gebildet hatten. Ich winkte ihnen vom Fenster aus zu. Leonardik jedoch hatte auf dem Diwan die Pose des zufriedenen Bräutigams eingenommen. Er sagte: oh, wie glücklich bin ich, dich zu heiraten, meine Schönheit! Ich sagte: brennt auch der Truthahn nicht an, du Trottel? Die Sorgen fraßen mich auf. Ich war sehr beunruhigt wegen des Truthahns. In beiden Zimmern waren die Tische gedeckt, die Schande des Spiegels wird zugehängt, es bleibt nur noch das Make-up aufzulegen, und Nina Tschisch, an eine Birke gelehnt, heulte vor lauter Neid. Leonardik war natürlich nicht da. Nicht, daß er sich verspätet hätte, wir hatten das einfach so verabredet, daß er später kommt. Zum Henker mit ihm! Immer nörgelt er an mir rum, immer ist er da, Tag und Nacht sitzt er auf dem Diwan, aber tags ist er oft matt und unentschlossen, dafür hält er nachts Moralpredigten und belehrt mich, daß ich nicht verstehe, was geschieht, und daß ich überhaupt keine Jeanne d'Arc sei. Verpiß dich, sage ich, wer bist du schon? Hier, lies das... Und ich nehme sein letztes Meisterwerk aus dem Bücherregal und schlage irgendeine Seite auf... er schimpft, spuckt aus, winselt, aha! sage ich, eben, eben, auch nicht für die Ewigkeit, entschuldige, verpiß dich. Sie taten mir leid, wie sie da im Schnee und der Scheußlichkeit des Hofs bibberten, ich wollte jedem einzelnen etwas Zärtliches tun, aber mein Geschenk war ein kollektives, wie ein Aufruf. Der Roman sollte mit der Hochzeit enden.

Zeit, Schluß zu machen! Den Spiegel mit einem nicht mehr ganz frischen Laken zuzuhängen – aber noch hocke ich auf dem Sitzkissen, der Trumeau reflektiert mein Bild, und ich sehe, von Erregung und Erschöpfung gepackt, auf den Bauch, ich zog mir die Augen nach, ich versank in Nachdenken. Irischa, die Gäste warten! Die Tische verströmten den Duft von Pasteten. Meine Mitgift: Kristall und Tafelsilber. Ich schäme mich nicht. Ich klatschte mir auf den Bauch, na, wie geht's, Fröschlein? Er war ganz friedlich geworden. Deine Mamotschka wird heute verheiratet. Und wieder zum Fenster, und ein Blick auf die Reihe der Gäste: Katerina Maximowna ist auch gekommen und Veronika mit Timofej, der rennt wie verrückt im Hof herum, also, mach dich fertig, Ira! – Leonardik, der sich in der triumphierenden Pose eines satten Herrn auf dem Diwan rekelt, drängt zur Eile, nie war er imstande, diesen tierischen Triumph zu verbergen, ich stimme treuherzig ein Liedchen an, während ich mich kämme, ich schlittere über das Parkett, worüber denn nachdenken, ich verschiebe das Nachdenken, obwohl ich mich bei dem Gedanken ertappe – wann denn nachdenken, wenn nicht jetzt, die Uhr schlug sechs, nun denn: bleibt noch ein kleines bißchen Zeit, um sich an alles zu erinnern oder um ein wenig zu beten: Vater Weniamin, mein niedlicher Pope, hat sich auch unter die Gäste eingereiht, aber er war in Zivil, ich sah ihn das erste Mal in Zivil, wodurch er mir noch verführerischer erschien, meine Hände zog es nur so zu den Haken und Ösen, um sie zu fassen – oh, dieser wunderbare Augenblick! – mit dem trüben Tröpfchen Ungeduld, doch Ira! Dafür ist nicht die Zeit! Du mußt ihnen etwas sagen. Warum *muß* ich denn? Ich finde das komisch. Was soll ich ihnen denn sagen? Wir sind nicht in Rouen. Wo sind die Engländer? Mein ganzes Britannien – das vernichtete Orchester unter der Leitung dieses Bocks aus Jalta, der sich losgerissen hatte, die Leine noch um den Hals, während seine Frau, Mutter von zwei kleinen Töchtern, sich in der Valutabar zu Tode langweilte und über die Reise in diesen Barbarenstaat jammerte, wo die Vorstellung von Ordnung nicht mit Greenwich übereinstimmt. Wir sind nicht in Rouen. Komm, sprich trotzdem. Irina Wladimirowna geht spazieren. Irina Wladimirowna hat ein Bonbon geklaut. Sie kaut. Bequem ein Bein übers andere geschlagen,

sitzt Leonardik, mit einer Nelke im Knopfloch. Eine permanente Erscheinung. Na schön.
 Gehen Sie langsam, achten Sie darauf, wie Sie sich bewegen, viele bei uns bewegen sich ungelenk und häßlich. Ich war eine Ausnahme. Arbeiten Sie an Ihren Bewegungen, es gibt nichts mehr zu schreiben, ich bin betrübt über das, was ich begangen habe, ich bitte zu beachten, wie zerstückelt mein Leben war, immer war ich auf des Messers Schneide, ich war unbeherrscht, ich war zu schüchtern, ich glaubte nicht daran, daß ich jemandem wichtig war. Bald, bald wird eine Flut von Gästen in diese trostlose Wohnung strömen, zum üppigen Festmahl, bald werden sie aufschreien: küßt euch! Na, was trödelst du noch, brummt Leonardik. Es ist typisch für den Bräutigam, sich aufzuregen. Ich heirate zum letzten Mal, aber ich überstürze nichts, ich bin einfach glücklich, in diesem Land zu leben und zu arbeiten, inmitten eines so erstaunlichen Volkes, und sollte ich jemandem nicht gepaßt haben, entschuldige ich mich. Und du, Viktor Charitonytsch, sei nicht so streng! Was verlangst du denn? Bloß ein Weib! Aber dafür ein so schönes... Und zu Unrecht sagt mein liebster Stanislaw Albertowitsch, daß ich die Veteranin der russischen Abtreibung bin. Das stimmt doch nicht... Wer sich an die Freundin seines Lebens oder die Gefährtin des Augenblicks schmiegt, wer denkt in dem Moment nicht an mich, wer denkt nicht: mit ihr, nur mit ihr habe ich mich als König gefühlt, sie ist unvergeßlich. Und ich habe beschlossen, mich in schönster Form zu erhalten, ich schenke euch Frieden, und tragt meine Leiche behutsam aus dem Keller der Gerichtspathologie: ich habe euch geliebt. Ich stand auf und ging ins Bad, das ist der mir bestimmte Weg, Lärm hinter der Tür, und die arme Mamascha hält mit Mühe der Belagerung stand. Matuschka! Du warst eine schrecklich blöde Gans, aber es wird mir gefallen, wie du aufheulst! Heul nur, genier dich nicht...! Leonardik, gib mir die Schlappen... Wohin? Zu dir, mein Teurer und Geliebter. Du mein Liebster, ich

komme zu dir. Auf ein Wiedersehen! Ich weiß, daß jenseits der Tür Leere ist und draußen Schneematsch, daß die Luft feucht ist und modrig, daß die Tische sich biegen von den vielen Speisen, und ich sage nichts, so ist es vielleicht besser, ins Bad zu gehen und eine warme Dusche zu nehmen, mag mein vom Alter befallener Hals sich entspannen! Mag die Hochzeit ausklingen. Verschwindet! Ich habe euch erdichtet, um mich selbst zu erdichten, und nachdem ich euch entdichtet habe, löse ich mich selbst als Person auf, aber vor meiner Auflösung kommt mir der etwas unpassende Gedanke: die Vorfrühlingslandschaft in Moskau ist ohne Brut ziemlich trist, also dann, trinkt Champagner! ich habe für euch drei Kisten gekauft, dort, nehmt sie euch vom Balkon, falls nicht der Frost über Nacht die Flaschen gesprengt hat, oh, Leonardik, und wenn genau das passiert ist – was dann? Hochzeit ohne Champagner, gibt's denn sowas ...? Ich trank ein Glas und aß etwas Lachs dazu. Im Magen werdet ihr die Gräten finden. Ich gehe fort zu meinem Bräutigam, und dabei sag ich euch, daß ich euch nichts sagen werde. Alles bestens, und ihr, meine bezaubernden Amerikanerinnen, ihr werdet noch einen weiteren Protestbrief schreiben. Er wird das bittere Nichtverstehen von Sterletsuppe und Preiselbeerwarenje enthalten, und darin wird stehen, daß die Brüderlichkeit der Frauen, vereint in ihrem verfluchten Martyrium, keine Grenzen kennt. Ich habe es heute so eingerichtet, daß ihr anstelle des Bermuda-Dreiecks ein behaartes Liebesherzchen vorfinden werdet. Witassik, du weißt: ich bin immer etwas sentimental gewesen. Ich bin in deinem weißen Rollkragenpullover durch deine reiche Wohnung gelaufen und habe auf ein Wunder gewartet. Es ist geschehen: du hast dich auf immer und ewig in mich verliebt. Doch die Umstände sind stärker als wir und alles übrige, heute sagen wir einander Zärtlichkeiten, die auf den Bahnhof passen würden, bloß die Zugbegleiterin fehlt noch, nun denn, es ist höchste Eisenbahn, sonst kommen sie noch zurecht. Ich klettere auf den mit Seife verschmierten Schemel, der mir zum Wäschewaschen diente, die Seife ist hart geworden, ich klettere nach oben, und Leonardik kommt herein. – Jeanne – sagt er – diesmal wählen Sie *diese* Methode? – Ja – antworte ich. – Also wirklich, das ist äußerst unfein. – Ja, mein Gebieter. Ja, mein nichtirdischer Bräutigam. – Küssen wir uns? – Wir küssen uns. – Vertragen wir uns? – Wir vertragen uns. Schwer ist das Leben. Ich mache einen Schritt auf ihn zu. Ich werfe mich in seine Arme. Fester! Umarme mich fester, Lieber! Dring ein, dring in mich ein, *kochany*! Oh, wie schön! Oh, wie die Wände und die Handtücher sich drehen! Ach, wie unerwartet! Mehr! Na los, mehr. Drück kräftiger! kräftiger! Na los, mehr. Laß mich süß kommen! Du erwürgst mich, Liebster... Oh, nein! Bitte nicht! Es tut weh, du Idiot! Nicht! – ch-a-a-a-a-a-a-a-chchch-chch-cha... chcha-cha... chchchch... cha...

Licht! Ich sehe Licht! Es weitet sich. Es wächst. Ein Ruck – und ich bin in Freiheit. Ich höre zärtliche Stimmen. Sie ermutigen mich und murmeln beifällig. Der Gasboiler summt. Ich sehe sie: sie schaukelt gleichmäßig hin und her. Mit so einem üppigen Bauch. Leb wohl, Fröschlein! Strampel nicht, schlaf recht schnell ein, schlaf, eiapopeia, mein Fröschlein! Ich sehe sie an: sie rührt sich nicht mehr. Von glücklichen Tränen gewaschen. Matuschka öffnet die Tür. Die Gäste strömen herein. Hochzeit! Hochzeit! Und wo ist die Braut? Da ist sie doch, die Braut. – Seid gegrüßt.